梁晓声文集·长篇小说

19

返城年代（下）

青岛出版社

第十六章

何家。静之默默将电视打开。那是一台十二英寸黑白小电视,不知为什么,却调不出图像来。

几人的目光都望向电视,电视屏幕虽然一片雪花,却终于出了声音:"据我省气象台报道,我省地区,气温骤降。尤其黑河地区一带,普降大雪,交通中断,形成雪灾……"

傍晚时分,大雪纷飞,风声如嚎。一个小村子几乎被埋在雪中,只露房顶。在人家和人家之间,挖出一米多深的通道,像战壕。

两个人袖着手在通道中行走。

远处传来狼嚎声。

两个人大声喊着说话:

"这两天,怎么狼叫得起劲了?"

"饿的呗!逮不着吃的,想进村,又不敢!"

"知青一走,连队人少多了,连狼也放肆了,还要进村吃人咋的!"

"那可没准,得嘱咐女人孩子小心点儿!"

一幢屋子里聚着些男人,其中有林超然和张继红。林超然袄袖戴着黑纱。

一个五十多岁的男人在说话。他是从前的连长,现在的队长。

队长:"超然我就不介绍了。小何在连里当知青副指导员时,他常来。咱连里还常开玩笑,说他是咱连女婿……"

一个男人:"别咱连咱连的了。现在兵团又改成农场了,连队又叫生产队了,你也不是连长,是生产队长了……"

队长失落地:"是啊是啊,不说那些。"他看着张继红问:"你自我介绍一下吧……"

张继红:"我以前是三师十七团的,现在改成什么农场了我也不清楚……我和超然这次不请自到,是想借点儿肉,借点儿面……"

另一个男人:"借点儿?借点儿是借多少?"

听他的口吻,分明不怎么愿意。

张继红:"最好能让我俩带走百多斤猪肉,十来袋面粉。如果是精面粉更好……"

那男人:"还精面粉!"扭头对别人小声说:"听他话好像该他们的。"

张继红听到了,尴尬地看着林超然。

林超然干咳一声,歉意地:"我也知道,我们四十几万知青呼啦一走,北大荒又冷清了。说实在的,我也不好意思来。何况这里也不是我从前的连队,只不过是我妻子从前的连队……"

门忽然开了,刚才在外边朝这里走来的两个男人进入。

其中一个一看到林超然就大呼小叫:"超然,想你呀!小何呢?没跟你一块儿来?"

队长向他指指自己袄袖……他这才发现林超然袄袖上戴着黑纱,愣住。

另一个已明白何凝之为什么没来了,扯他一下,和他一起坐下了。

林超然低了一会儿头,抬起头接着说:"凝之生前也很想大家。如果她还活着,肯定跟我一块儿回来……哈尔滨不少咱们兵团的返城知青还没找到工作。"看着张继红又说:"我俩在夏天里组织大家组装过旧自行车,还卖了点儿钱大家分分。但冬天一来,行不通了。所以,又组织大家包冻饺子卖,希望春节前都能多少再分点儿钱……可你们也都知道的,在城市里,粮食是定量的,得凭购粮证买。肉得凭票,非年非节不发肉票。所以我们就想到了回来借……等我们以后混好了,加倍奉还……"

队长:"超然,你不说这话了行不? 越说越外道了。北大荒是有人情味儿的地方。你俩那份儿返城的歉意,也不必一再表达了。兵团那十年里,有你们四十几万知青在,热闹,也确实多向国家交了许多粮。但年年亏损也是真的。亏就亏在你们四十几万知青每年的工资方面,那每年都是几个亿。对于国家,对于北大荒,你们返城了究竟是好是不好,那得两说着……"

后进来的一个男人打断了队长的话:"队长你也别哪壶不开提哪壶了! 要说就说当下的事儿! 超然,你们不就是需要面,需要肉吗? 面我家不多了,但我上个月刚杀一口猪,你干脆带走半扇猪! 凝之她曾经是我两个孩子的老师,冲哪方面我都不能小气!"

与他同时进屋的男人:"面我家有成袋的,一会儿你跟我回家扛去!"

又一个男人站起大声地:"那就都别瞎耽误工夫了! 凡是家里有的,都回家扛出来往车上装吧! 他俩不是说今晚不能住下吗?"

"成!"

"就这么办!"

"既然来了,那就不能叫你俩空手回去!"

"是啊。如果空手回去,那成个什么事儿!"

男人们七言八语说着,纷纷站起。

队长:"别急,别急,都别急嘛!"看着林超然和张继红又说:"非连夜走不可?"

林超然:"火车站那儿还有几名返城知青在等着,要赶明天早晨开往哈尔滨的那趟车,怕他们等急了。"

张继红:"再说哈尔滨也有些兵团的哥们儿在盼着我俩早点儿回去。我俩一离开,他们没主心骨了。"

队长:"好。不强留。那什么,多套两架爬犁,多去些人,负责安全送到火车站。这几天夜里闹狼,有猎枪的都带上!也多扎些火把带上!"

村口。三架爬犁蓄势待发。一架爬犁上装着东西,坐着林超然和张继红;另两架爬犁上坐着些搂抱猎枪的、持火把的男人。但火把都还没点上。

老人、女人、孩子们在相送。

队长:"都甭等我发话了,走啊!"

三架爬犁驶动了。

三架爬犁疾驶在雪原上。

"驾!驾!"之声及鞭声不绝于耳。

有人指着说:"看!看!他妈的有狼跟上来了!"

接着有人说:"一、二、三……六只!……那儿又一只,七只!……"

黑夜中,一双双绿眼睛分左右两边追上来。

狼嚎声。

爬犁上有人喊:"不让它们总追着!点上火把!"

于是每架爬犁上都燃起了火把;然而狼群还是跟着。一条条狼影从爬犁两边奔过。

男人们的咒骂声:

"妈的,怎么都不怕火了?"

"饿急了呗!"

"震慑震慑,给它们一枪!"

"别,看惊着马!"

但枪声已响……果然,有马受惊了;一架爬犁斜驶开去,并且没多远翻了。人在地上,火把也掉落了。

但见几条狼影向那三人扑去。

这边载人的爬犁上有谁大喊:"快捡起火把!"

那三人捡起了火把,威吓狼群。

这边车老板勒住了两匹马,爬犁上的四人跳下马车跑去解围,奔跑中有谁又放了一枪。

林超然和张继红坐的爬犁驶出了很远才勒住,车老板返身操起枪,瞄了瞄,放下了,担心地:"瞄不准,怕伤着人。"

张继红欲下爬犁,林超然拽住了他。

林超然:"你赤手空拳跑过去能起什么作用!"

他从车老板手中夺过猎枪,瞄准。

砰……

张继红:"好! 撂倒一只!"

车老板:"给你子弹!"

林超然接过子弹,压上膛,又瞄准。

砰……

雪原上……剩下的绿眼睛停止不前了。

狼嚎声似乎有了种悲哀意味。

三架爬犁又行驶在雪原上,火把照亮男人们的脸。一场惊险之后,还都有些兴奋。

一架爬犁上有人问:"刚才谁开的枪那么有准头? 两枪打死了两只狼,弹无虚发嘛!"

另一架爬犁上有人回答:"是林超然!"

其他男人议论:

"小子行啊,不愧在战备连待过!"

"光两张狼皮在哈尔滨就能卖不少钱！他可没白回来一趟,还发了一笔！"

"他说不要！让咱们卖了,把钱分分,算给各家孩子的过年礼钱啦！"

"这才够意思嘛！"

哈哈哈哈……

男人们的笑声中,三架爬犁渐远。

白日。哈尔滨市工商局会议室。

局长也就是小韩他父亲在主持会议。

韩局长:"卖假牌车的现象还没查清楚,现在又出了卖冻饺子的现象,市里领导把我找去严肃批评了一顿……"

小韩:"哪座城市没有卖假牌自行车的现象？至于那么当回事儿吗？"

韩局长:"你是不是了解点儿什么情况,徇私不报啊？"

小韩:"爸,这您可冤枉我！"

韩局长严厉地:"出去！"

小韩:"我怎么了您发脾气？"

韩局长一拍桌子:"我叫你出去！"

小韩:"那您也得说出个理由！"

一名老工商将小韩拉起,劝了出去。

韩局长:"不像话！开会时叫起爸来了！这是在局里,又不是在家里！假牌自行车的事,要继续抓紧查！飞鸽也有了,永久也有了,凤凰也有了,那都是人家上海、天津的名牌！人家两市工商的同志来咱们哈市开会,在存自行车处发现了那种拼凑组装车！咱们市的面子栽大了！必须查个水落石出,严加惩处！冻饺子的事是最近才发现的现象对不对？"

有人汇报:"对。我们的同志还没亲眼看到过,但接到了七封举报信……"

韩局长:"这现象比假牌自行车的事更要及时查清,严肃惩处!否则,如果有市民吃出问题来,那我们工商责任大了。"

又有人说:"局长,既然市里领导都很重视了,能不能请公安的同志配合一下,那样执法的威力会强不少。"

说这话的是位四十来岁,看上去精明能干的女同志。

韩局长:"同意。你先跟公安的同志沟通一下。如果需要,我亲自给公安局长打电话。"

组装自行车的那个小厂院里。这儿那儿,包括犄角旮旯都打扫得很干净。院里临时用砖和木板搭起了些架子,放着大大小小的面板、菜板、盖帘子什么的,其上冻着饺子。

屋里。些个男女返城知青守着两大盆馅儿在包饺子,边包边说话,静之也在其中。

"自从我家面板拿这儿来了,我妈一要做面食,我就得到邻居家去借面板。"

"那有什么法子呢,我家的面板不也贡献这儿来了吗?谁叫咱们既接不了班,又不是考大学的料,而且还没门路呢!"

"哎哎哎,你们女的就别抱怨了!我们这几个大老爷们儿,要是整天和你们一块儿包饺子,还得每天晚上偷偷地卖,说起来多丢面子啊!"

"面子重要,生存更重要啊!听说,香港、台湾早就有了饺子机,一台机器比一百多双手包得还快!"

"我盼着那么一天,要不咱这儿成了自行车厂,要不有了那么一台饺子机。总之,那咱们好歹也算是工人,现在咱们这算什么?"

静之却没说话,飞快地擀皮儿。

有人问她:"静之,今天怎么话这么少啊?"

有人接言:"人家现在是黑大法律系的大学生了,跟咱们说不到一块儿了嘛!"

静之这才苦笑道:"我有我的愁事儿,以后四年,如果靠爸妈给的钱买饭票的话,那不也同样没面子吗?"

门一开,李玖进来了,拿着用红绳扎成一卷的挂历。

李玖:"好热闹啊!"

静之:"拿的什么?"

李玖:"挂历。"

静之:"挂历?什么挂历?快打开看看!"

李玖解开了系绳,一幅条形大挂历呈现在静之面前。上面印的是古代山水画。

静之:"太美观了!哪儿来的?"

李玖一页页掀着挂历,同时说:"市政府发给各局和离休老干部的,有人也给了我爸这么一幅。我呢,来这儿找静之她姐夫,有件麻烦他的事儿。又快过春节了,不好意思空手,临出门就带来了。静之你要是喜欢那就拿回你家去,反正给了你给了你姐夫,都能代表我的心意……"

一个姑娘说:"这么珍贵的东西你送人,你爸妈舍得呀?"

李玖:"他们舍不得也得舍得啊。在我们家,我的事儿压倒一切!"

静之:"我做主了,先挂这儿吧,让大家欣赏几天!"

李玖将挂历挂在了一面有钉子的墙上,问静之:"你姐夫不在这儿?"

静之:"和张继红大哥在里屋炕上睡着呢。他俩昨天后半夜才从兵团回来,估计一路没在车上合过眼。洗洗手,帮我擀皮儿。他们那么多人包,我有点儿供不上了。"

她放下擀杖甩双手。

李玖洗罢手,帮她擀,同样擀得飞快。

静之:"找我姐夫什么事儿?"

李玖:"还不是我和罗一民的事儿！我俩的事儿他不关心可不行！"小声地:"我跟你讲,我俩都那样了！去年春节前那样好几次……"

静之:"哪样了啊？"

李玖:"别装糊涂！"

静之明白了,笑她:"小声点儿。"

李玖:"我儿子都五六岁了,还怕别人议论那种破事儿呀？"

静之:"破事儿你还让慧之为罗一民倒腾壮阳的偏方！"

李玖在静之手背上拧了一下:"你也给我小声点儿！这个慧之,嘱咐她保密,她到底还是泄密了！我也不是为了那事儿,一民他确实肾亏,他肾亏,对他自己也不利嘛……"

静之笑道:"得啦,别解释了,越描越黑！"

李玖:"让你给描黑的！哎,啥时候吃你和小韩的喜糖啊？"

静之忧郁了:"也许,你还真吃不上了……"

李玖:"咋了？他家条件那么好,人我也见过,长得挺帅,你可别眼光太高！"

静之叹口气:"一言难尽,以后再跟你细说。"

她将包好的饺子托在手心呆看,陷入了回忆……

黑大的一间小教室。黑板上写着"首期读书会"五个美术字,课桌摆在了一起,静之等十二三名男女同学在交流。而桌上,摆着厚厚薄薄几本鲁迅的书。

一名男生在发言,很激动的样子:"我认为,鲁迅先生当年所揭示的国民劣根性,无非两点。一曰奴性,二曰看客心态。而这两点,在'文革'中又全面呈现了一番。在我们那一所中学,有些红卫兵学生往老师脖子上拴铁链子,逼迫老师在地上爬,还要学狗叫,就因为那位老师的出身是资本家。并且指着说,看,资本家的乏走狗就是这个鸟样子！许多同学都围观了,我也是围观者之一。有人还笑,我也笑……"

敲门声,一名同学起身开了门,叫静之:"静之,有人找。"

静之起身出了教室。

见门外是穿着工商制服的小韩。

静之:"工作落定了?"

小韩:"这不是制服都穿上了吗,怎么样?"

静之:"挺合身。"

两人在校园里走着。此时已是深秋,树上地上,一片金黄的叶子。

静之:"你不是说,还要考一次吗?"

小韩:"我爸妈说,其实也没那必要了。"

静之:"你爸妈给你解决的工作?"

小韩:"我不靠他们靠谁?'文革'中被改造了十来年,受了许多苦,让我进工商局,也体现着组织上对他们的精神赔偿。"

静之:"如果对干部们都按这种赔偿,好工作还不都让你们干部子女占了?"

小韩:"别动不动就以批评的眼光看一些事……"

静之:"对于中国,有些现象现在不批评,将来成后患!"

小韩:"我怎么听着,好像'文革'在你这儿还没结束似的?"

话不投机,静之抬头望天,望树上的黄叶。

小韩:"别一句话不爱听就那副嘴脸。"

静之倏地将目光瞪向他。

小韩:"用词不当,收回收回。我找你有重要的事商议!"

静之:"请简单点说,我在主持讨论会。"

小韩:"还是那件事儿。我爸妈的意思是,现在你考上了大学,我的工作也落定了……"

静之:"可我现在还是学生!"

小韩:"已经当爸爸妈妈了的还有是学生的呢,学校又不是不允许你这种年龄的女生结婚!我爸妈将新房都替咱们解决了!大两居,还是木板的地,朝阳,老式的俄式楼房。我去看过了,特满意,相信你也会满意……"

静之:"我的态度不变,不毕业,不结婚!对不起,我不能陪你太久。"转身欲走。

小韩抓住了她的手腕。

两人互瞪。

小韩:"是不是移情别恋了?"

静之:"如果是那样,我会当面向你作出坦率的声明。"

小韩一拽,将她拽到了跟前,脸对脸地瞪着她,审问地:"你和你姐夫是怎么回事?"

静之挣了挣手腕,没挣开。

小韩:"老实交代!"

静之:"不放开我咬你手了啊!"

小韩:"别以为我什么都蒙在鼓里,我发现过你挽着他走!从那以后……"静之咬他手。

小韩哎哟一声,放开了静之的手腕。

静之:"说下去。"

小韩:"你还真使劲儿咬啊!"举起了手。

静之:"敢!不想谈恋爱了是不是?"

小韩:"你总这样拖着我,我还怎么跟你谈下去?"

静之:"你居然暗中监视我,我又怎么跟你谈下去?"

小韩:"我是干部子弟,工作好,又有房,不是除了你何静之就找不到老婆了!"

静之:"那你他妈的就去找!"转身便走,走了两步,回头又说:"如果让我在你和我姐夫之间选择,我当然会选择他!"

小韩望着静之的背影走远,气极,踹树,踹疼了脚。

教室里。同学们在听静之发言。

静之:"我承认,刚才大家对国民劣根性的看法都有道理。但我同时认为,奴性也罢,看客心态也罢,其实也是全人类的劣根性,需要文化进行特别长期的启蒙影响才能改掉。《巴黎圣母院》中,加西莫多在广场上受鞭笞时,不是也有成千上万的人在看戏似的围观吗?《红字》中的女主角受羞辱时,不是有围观者用马铃薯砸她吗?只不过,中国需要有雨果,有霍桑,现在还没有……"

一名女生:"我们也需要中国的《复活》,我们需要忏悔的精神和自我救赎的意识。"

一名男生:"从前我们还有梁启超、鲁迅。"

另一名女生:"我觉得中国文化中只有鲁迅是不够的。"

静之:"最近我读到了一本关于闻一多的书。他的清华好友潘光旦留美时,他还在清华。潘光旦是在美国读优生学,在写给闻一多的信中,批判了中国多生而无优生意识的弊端,这基本上也是一个事实。但闻一多在回信中说:如果你想要据此证明中华民族从根本上就是一个劣种的民族,那么我将在你回国之前买一把手枪,一见到你就亲手打死你!"

同学们都笑了。

门突然开了。小韩双手叉腰,气势汹汹地:"何静之,你给我出来!"

静之霍地往起一站:"韩士强,你想干什么?"

小韩一言不发往教室里闯,几名男生挡在了他面前。

静之:"有劳你们几位,把他给我拖走,一直拖到校门外!"

小韩被拖走了。

静之生气地:"岂有此理!"

门突然又开了,闯入两名公安人员,其中一名举着搜查证喝道:"都别动！我们是公安人员,有搜查证。"

大家都吃惊地呆住。

立刻又进来两名工商人员,其中一人是小韩。

小韩与静之四目相对,他避开了目光,而静之却瞪着他。

另一名工商:"他们两名公安人员在配合我们工商部门打击投机倒把、非法牟利行为！人赃俱在,你们还有什么可说的？"

里屋。睡在炕上的林超然和张继红惊醒了,一齐匆匆穿衣服。

外屋。那名年长的工商指着一个锈迹斑斑、看上去很重的铁柜子问:"这是什么？"

"保险箱。"张继红的声音。

年长的工商一回头,见林超然和张继红已从里屋走出,张继红还在扣袄扣。

年长的工商:"钥匙在谁那儿？"

张继红:"在我这儿。"他腰带上有条链子,链子上就那么一把钥匙,显然,那是他极重视的一把钥匙。

年长的工商:"打开。"

张继红瞪着对方不动。

年长的工商:"叫你打开,没听到？"

张继红看林超然。

林超然点头。

那铁柜有密码。张继红旋转密码。

小韩对其他男返城知青严肃地:"都站墙边儿去,不许靠墙。"

林超然看小韩一眼,静之看林超然,林超然苦笑。

没人动。

小韩一个个推大家。

有一人也推小韩。

一名公安:"想干什么?老实点儿。"

柜子打开了,里边是些分面值摆放的钱,还有几摞硬币。

年长的工商:"小韩,把钱收了。"

小韩从公文包里抽出一个半大不小的信封,将钱收入进去。

静之忍不住地:"韩士强,那可是他们最近才挣到的辛苦钱。"

小韩:"也是赃款。"

张继红上前一步,抓住了小韩衣领。

一名公安用警棍朝张继红一指:"你想阻止执法?"

林超然:"继红!"

张继红松手了。

年长的工商研究那柜子:"你们真够能耐的,还组装起保险柜来了!"

一名男返城知青:"那是我们从废品收购站买的,改造一下自己用犯法吗?"

年长的工商:"但收购旧自行车,拆卸、组装、销售就是犯法。组织在一起,包那么多饺子四处卖,也是犯法。"一指保险柜,对小韩又说:"这也是物证,搬车上去。"

小韩让一名公安替他拿着公文包,双手抱保险柜,却怎么也抱不起来。

林超然:"小韩,别费劲儿了。那是日本军用的,很沉。"

小韩作罢,朝年长的工商摇头。

年长的工商:"你们认识?"

小韩难堪地:"一般性的熟人。"

年长的工商问林超然:"想必你是林超然啰?"

林超然点头。

年长的工商:"叫你的人将院里那些冻饺子弄车上去。"

林超然："这种情况下,他们不会听我的了。"

一名公安："小韩,我俩帮你。"

小韩："怎么弄车上?"

年长的工商："全倒小卡车车厢里就行。"

林超然："往车上一倒,那就全脏了。脏了就不能吃了,浪费了。现在的中国,吃饺子是一种幸福。如果那么多好端端的饺子全浪费了,你一点儿不心疼吗?"

年长的工商："别听他的。听我的。"

李玖突然："慢!"

于是小韩等四人的目光望向她。

年长的工商："你又是什么人?"

李玖："院里的饺子全是我花钱雇他们包的,归我所有!你们谁敢动一指头,那就是侵犯私有财产!"

年长的工商光火了："跟我耍泼?我不吃你这套!"

李玖也大光其火："谁耍泼了谁耍泼了?我向你作声明你为什么侮辱我?你说你说你说!"瞪着小韩又嚷嚷:"姓韩的,我知道你爸是工商局长!今天他不道歉,我闹到你爸的办公室去!还有你们两个公安的也给我听明白了!我爸和你们局长和市里的领导那都是有交情的!如果我不高兴了我爸那也就不高兴了!如果连我爸都不高兴了,那也没你们高兴的日子了!总而言之,敢动我一个饺子的,我叫他一辈子再吃饺子的时候就想到我,一想到我就闹心!"

李玖连嚷嚷带比画,小韩们连连后退。

年长的工商："把他们都请车上,走!"

他一说完就识相地转身而去。

一名公安："各位理解理解,我们是奉命行事,请吧!"

静之："韩士强,我也不例外吗?"

小韩："这话你别问我,我说了不算。"

469

另一名公安:"女的也请配合配合,啊?"

片刻,屋里只剩静之、李玖、小韩和一名公安了。

那名公安对静之客气地:"你也请吧。"

静之:"我为什么要跟你走?我是黑大的学生,来看一个人的。"

她掏出学生证递向那名公安;对方接过看一眼,还给她,接着看小韩。

小韩:"我认识她,她确实和咱们查的事无关。"

静之:"韩士强,心里幸灾乐祸是不是?"

小韩:"我不像你想的那么卑劣。"朝那名公安一摆头,两人也离去。

小韩和年长的工商坐在工商局的车里,年长的工商坐驾驶座。

年长的工商:"那比比画画乱嚷嚷的女的,她爸究竟是什么人?"

小韩:"木匠。"

年长的工商:"木匠?当时让她唬住了。"

小韩:"八级木匠。"

年长的工商:"十八级那也是木匠!"

屋里。

李玖埋怨静之:"我咋说的?后悔了吧?你要是和小韩还好好地处着,凭他爸是局长,林超然是你姐夫,怎么也不至于是刚才那么一种局面!起码他小韩会向你通风报信儿……"

静之:"李玖你在这儿守着,我没回来,千万别离开!"

她一说完冲了出去。

何父当校长那所中学。刚下课,何母走出。

"妈……"

何母一转身,见静之站在教室门旁。

何母："有事儿？"

静之恳求地："妈，放学后你留下十名学生行不？"

何母："为什么？"

静之："把他们借给我……"

何母："借给你？你头脑出问题了？学生又不是物品，老师有什么权力将学生借给别人？荒唐！"

静之："妈，我要办点儿事儿，缺人手，想求你派十名学生帮帮忙……"

何母："这倒可以考虑，那也要看公事私事。"

静之："我姐夫他们那儿包出了好多饺子，今天晚上必须卖出去……"

何母："绝对不行！我怎么可以派给你十名学生，让你带着去卖饺子？又不是义卖！说你荒唐，你就是荒唐！"

何母转身便走。

静之呆望着母亲背影。

何母回头又说："你是大学生，也不许你帮那种忙！"

中学操场上。蔡老师带领一个班的学生在跑步。

走在操场上的静之望着站住了。

"蔡叔叔……"

蔡老师一转身，见静之站在跟前。

蔡老师："有事儿？"

静之："蔡叔叔，我要做件事儿，需要人手帮忙……"

蔡老师："没问题，我这就可以派给你几名学生……"

静之："谢谢……不用了。"

她发现父亲走出了教学楼，正大步走过来。

静之转身便走。

蔡老师困惑。

何父："静之！何静之你给我站住！"

静之拔腿就跑。

黑龙江大学。静之那个宿舍里。

静之愁眉苦脸,同宿舍的女生七言八语:

"帮你姐夫他们卖饺子?能让我们抽几成?"

静之:"赚头很少,没成可抽。"

"那不成剥削了?我们黑大学生的时间就那么不值钱啊?不去!"

静之:"我这不是在哀求大家帮忙嘛!都给我个面子,行行好嘛!"

"看看,都快急哭了!好吧,你何静之的面子我不能不给,我去!"

"大学生就是要体验各种各样的生活,尤其那种不容易的生活,我也去!"

"你们先都别急着表态,有个幕后情况得搞搞清楚!"一名女生绕着静之边转边说:"你说与对象分手,嘎巴溜脆地就分手了。分手之后,情绪还没受多大影响。并且呢,动辄'我姐夫'长'我姐夫'短的。老实交代,你什么打算啊?是不是爱上你姐夫了呀?"

静之被问呆了。

"不回答都不去!"

"回答了也要看是不是真话!"

"对!要听真话!让假话见鬼去!"

静之:"真话就是……就是……我姐夫他们太不容易了,如果我不是考上了大学,也是他们中的一分子。我心疼他们!"

一女生大叫:"他们他们!这叫什么回答!刚才问的是你是不是爱上了你姐夫!"

静之:"这……我不知道,真的不知道……"

"爱情起初都这么糊里糊涂的!她这么说,也等于承认是爱上了!"

静之着急地:"歪曲!强加于人!"

同学:"安静!静之,还希望我们都去不?"

静之："都快跟我走哇！"

那同学："别急，少安毋躁。现在只回答我一个人的话——你心疼他们是吧？"

静之点头。

那同学："他们中包括你姐夫是吧？"

静之点头。

那同学："问完了！"看周围同学，又说："都明白了吧？"

被看的同学一个个点头，也不知真明白了还是假装明白了，更不知明白了什么。

静之突然地："我爱他！我爱上了我姐夫！这么回答你们满意了吧？"

那名"诱供"的同学："早承认不就拉倒了吗，多耽误工夫啊！"

静之眼里却已含着泪了。她是急的，也是气的。其实她是被逼的才那么说。

一名女生仰面朝天往床上一躺，呻吟般地："我的上帝，太激动人心了！"

两名女生几乎同时从左右两边搂住了静之，同时亲她脸颊，同时说："你太令人钦佩了！太浪漫了！太有情调了！太……"

"真爱真爱！真爱就是这么不管不顾的！"这么说的女生在发呆且自言自语。

另一名女同学："看她，快哭了！对于咱们女性，真话被从内心里逼出来的时候，眼泪往往也就被同时逼出来了！"

又一名女生举臂高呼："真话万岁！真爱万岁！"

静之一一指着同学们说："都得去！谁不去我跟她绝交！"

同学们："去！去！""当然都去！"

于是一个个穿袄，穿鞋，扎围巾。

　　静之们走出宿舍,在走廊碰到了几名同学,其中一人问:"哎,你们着急忙慌地干什么去呀?"

　　静之们已下楼了,从楼梯传来含糊的声音:"……饺子!"

　　后碰到的同学互相问:

　　"她们干什么去?"

　　"我听到的好像是吃饺子。"

　　"我也好像这么听到的。"

　　"吃饺子谁不去呀!走走走,赶上她们!"

　　于是这五六名女生也跑下了楼梯。

　　何家。只有何父何母在吃饭。

　　何母:"超然两边住,是因为心里牵挂着两边的老人。有时顾此失彼的,太难为那孩子了。不如主动跟他说,让他平时不必来了,只年节过来就行了。"

　　何父威严地:"那不行。慧之在精神病院实习,不知是真忙还是找借口,不经常回家了。回来一次话也不多,还不在家里住,待两三个小时就回医院去了。静之呢,自从当上学生会干部,回家次数也少了。超然再不常来,我心里会觉得空落落的……"

　　何母:"那,就要求他一个月来一次。"

　　何父:"咱们已经没有权利要求他什么,只能那么请求他。"

　　何母:"也不知他们那些饺子怎么能卖得出去,要不,咱们买几斤?"

　　何父:"行。我让蔡老师也买几斤。但是静之回来,你还要狠狠训她!她不但向你这当妈的,还向蔡老师开口借学生!胡来!太过分了!"

　　门一开,蔡老师进入。

　　蔡老师:"你们二位怎么可以在吃饭!"

　　何父何母不明白他的话,愣愣地看他。

　　蔡老师:"没看报啊!今天公审'四人帮'!真是的!"说着就开了那

十二英寸的黑白电视,调台。

何父拍脑门:"忘了忘了。这么大的事儿怎么给忘了!"

蔡老师:"你俩披上点儿,得开窗!"

何母:"开窗干什么?"

蔡老师:"全校老师中就你家有电视!"说罢,自作主张推开了窗子,将小电视摆在了窗台上:窗外二三十人,一个个穿得很防寒,都在等着看实况。

在城市的大小街道,在一些商店、单位、政府机关的窗内、门前,聚着一群一群的人。

城市的上空,处处回响着公审"四人帮"的现场声音。

城市的街道上,出现了静之和她的女同学们的身影。

她们大声嚷嚷着招来顾客:

"饺子饺子冻饺子!猪肉白菜饺子!猪肉酸菜饺子!精白面饺子!"

"素馅冻饺子!谁买素馅冻饺子!不多了不多了啊!萝卜木耳蘑菇馅饺子!放了油炸大虾皮儿的饺子!"

"为了庆贺公审'四人帮',黑大女生卖冻饺子了啊!这是包满了希望的饺子!这是包满了反思的饺子!这是大快人心的饺子!"

她们这么一喊,还真吸引了不少人买。

一名女生端着大盆拦住一行人:"公民公民,请留步,公审'四人帮'了,高兴吧?"

行人:"那当然!"

女生:"高兴就买袋饺子吧!国营商场的正规纸袋,每袋一斤,只多不少!回家煮上,边吃饺子边看电视……"

行人:"我家没电视。"

女生:"那听广播啊!大叔成全成全,卖完这几袋,我也要找地方看电视去！”

行人掏出了钱包。

在公安局临时拘留所探视室,林超然和小韩面对面坐着。

小韩:“你们的事儿不是我说查就查的。我只不过是一般工作人员。”

林超然:“明白。”

小韩:“从今天起,开始公审‘四人帮’。”

林超然:“知道。”

小韩从兜里掏出一个小半导体收音机放桌上:“这个借给你。”

林超然略一犹豫之后说:“谢谢。”将小半导体揣入兜里。

小韩:“这么晚了,是超过了探视时间的。再说今天也不是探视的日子,明天才是。我找了个关系才被允许见你。”

林超然:“想给我上点儿工商法规课吧?”

小韩:“不错。你们的行为肯定已构成经济犯罪。刑法上规定叫扰乱和破坏社会主义经济罪,也叫投机倒把罪。而且你们的犯罪形成了规模,两起并判,组织者肯定要被当成典型严判的。你要有坐几年牢的思想准备……”

林超然:“组织者确实是我,你能不能替我转达一种请求,把别人都释放了,一切罪名我一人承担。”

小韩:“可以替你转达。”

林超然:“你觉得我的请求能被接受吗?”

小韩:“完全有可能。毕竟不是敌我矛盾。”

林超然:“那要再次谢谢。”

小韩:“我能问你一个私人问题吗?”

林超然点头。

小韩:“你对我就一点儿歉意都没有?”

林超然不明白地:“你什么意思?”

小韩:"你太虚伪了吧?静之她和我分手,完全是由于你!"

林超然受辱地:"胡说!怎么会完全由于我?"

小韩:"她当面亲口告诉我……她和我分手,是因为她……她爱上了你这个姐夫!"

林超然猛地站了起来,恼怒地:"这不可能!你是成心来羞辱我的吧?她跟我说,你俩分手是因为性格不合!她发现你喜欢驾驭人,而她不愿被任何人所驾驭!我还正想找机会做做你们双方的工作呢!"

小韩也站了起来:"林超然,你是真蒙在鼓里还是在我面前演戏?不错,我是有点儿大男子主义,是有点儿喜欢驾驭人,但我向她保证过,我会改!"

林超然:"不可能,不可能,你胡说!即使是她亲口告诉你的,那也不能证明她爱上了我!她……她是可怜我……只不过是可怜我……"

他突然对小韩大叫:"但我根本不需要她的可怜!"

第十七章

何家。何父在看报,何母在饭桌上批改作业。两人都戴老花镜。

何母取下老花镜,揉眼眶,自言自语:"以前就从没想到过,我也会有眼花这一天……"

何父头也不抬地:"什么年纪了嘛!"

门一开,静之回来了,神情很是沉郁。

何父何母都望着她。

静之却不看父母,也不说话,径自走到火墙那儿暖手。

何父:"看公审实况了?"

静之:"能不看吗?"

何父:"哪儿看的?"

静之:"街上。"

何父:"为什么在街上?"

静之不回答。

何母:"今天怎么这么蔫?"

静之:"不是说我贫,就是说我蔫,怎么样你们才看着我正常?"

何父何母不禁对视。

静之转身,将一把椅子搬到炕前,坐下,从书包里掏出一把把钱点数。

何父何母不由望着她背影。

何母:"干什么呢?"

静之:"点钱。"

何母:"帮你姐夫他们卖饺子了?"

静之:"对。"

何父:"对什么对? 你不对!"

静之朝父亲转过了头:"我又怎么不对了?"

何父:"你向你妈和你蔡叔叔借学生,那能说对? 这种事一旦传开,就不怕别人议论?"

静之:"我下乡那十多年里,有时得连生死都置之度外,有那一碗饭垫底儿,难道还怕什么议论?"

何父:"夸大其词! 自我膨胀! 你们只不过下了十多年乡,不是长征! 那点儿经历,也配动不动就挂在嘴边儿上自吹自擂?"

静之:"要这么说,你们也一样,只不过就是受了十多年屈辱,你们不也动不动就挂在嘴边儿上?"

何父被噎得愣住。

静之又转身数钱。

何母:"你看你今天这是怎么了? 明明自己做得不对,还偏不好好说话!"

静之又向母亲转过身去,据理力争地:"一心想为自己所爱的人尽一点儿微薄之力,怎么在你们看来,就千不对万不对的了?"

何父何母又不禁对视。

何父将报纸随手往火墙炉盖上一放,猛地站起,严厉地:"前边那句话再说一遍!"

静之意识到失言了,改口道:"能为自己所敬爱的人尽一点儿微薄之

479

力,是我高兴的事。"

何父:"你刚才不是这么说的!"

静之:"我刚才不就少说了一个字嘛!"

何母暗松一口气,责备地:"静之,以后你千万要注意,有的话是不能拿过来就说的!一字之差,那意思可就太不同了!太容易引起别人的误会了!别忘了你现在已经是大学生了,用词不当会让人笑话的!"

炉盖上的报纸着了,何父赶紧下地,用脚踩踏。

敲门声。静之开了门,见门外站着两个男人,其中一个穿警服,静之一愣。

穿便服的男人:"请问,这是何校长的家吗?"

静之点头,闪于一旁,两名不速之客进了屋。

何父与何母已站在一起,表情都惴惴不安。

穿便服的男人问何父:"您就是何校长?"

何父点头。

静之也站到了父亲那一边,庄严地:"请问我父亲又犯了什么法?"

何母:"静之,礼貌点儿。"

穿便服的男人:"你们误会了,我们是来送达平反文件的。我是教育局的,这位是市公安局的。今天开始公审'四人帮'了,对于十年中受到冤屈和迫害的人,今天是个大喜的日子,所以上级指示我们,尽可能将有些平反文件在这几天里送达本人。我们已经送了几家,你们是今天的最后一家了。您是校长,送给您也就等于是送到单位了。雪厚,车不好走,路又不熟,请原谅这么晚了还登门……"

何父奇怪地小声问何母:"咱们学校也有该平反的人,我怎么一点儿不知道?"

穿便服的男人:"该平反的不是别人,就是您本人啊。"

何父:"我?"他愣了愣,自言自语:"已经当了两年多校长了,我都忘了……"

穿便服的男人对穿警服的男人说："那开始吧。"

穿警服的男人："因为您还被我们公安机关正式批捕过，判了一年多的刑，所以对您正式宣布平反，也是我们的一种责任……"

他从公文包里掏出几页纸，将公文包递给穿便服的人拿着，展开那几页纸，干咳一声，大声宣读，听来像宣读判决书："查何世荣同志，原系哈尔滨市第六中学语文教师，现任哈尔滨市前进中学代理校长。在一九五七年，因莫须有的言论，被错划为'右派'；在'文革'中，又因保留有中国十大元帅的全套小幅标准照，被公安机关逮捕，判刑，现正式向本人宣布，两项罪名，均属政治迫害……"

默默聆听的何家三口。

宣读着的公安人员；平反文件还挺长，读完一页，还有两页。

宣读终于结束，穿警服的男人向何家三口敬礼，穿便服的男人与何家三口握手。

何家三口木呆呆地望着他们转身离去。

何父并没激动得流泪，表情挺漠然，自言自语："我记得，我当年的右派帽子，三年后是摘了的呀……"

何母："当年摘了也跟别人不一样，那叫摘帽右派。"

她一转身哭了。

静之搂着母亲，小声地："妈，现在的我爸，不是政治上就完全跟别人一样了吗？"

何母："妈是高兴的。自从恢复了工作，别说你爸他自己忘记了那些事，连我也快忘了。"

何父表情还有点儿呆。他居然将两根手指塞入口中，吹起口哨来，却吹不响……

静之呆望着父亲。

何母："一九五七年以前，你爸一高兴就吹口哨。一九五七年后就没再吹过。"

何父自言自语:"我就不信再吹不响了!"又一吹,吹响了,而且吹出了极长极响的一声。

静之和母亲都笑了。

何父也笑道:"廉颇老矣! 不能让老天爷白为咱们下这么大雪,走! 外边堆雪人去! "

一家三口堆起了一个胖胖的大雪人,都看着笑。

何母:"快过元旦了,再堆一个吧。"

静之:"为什么还堆一个呀?"

何母:"代表阿财和来喜呀!"

静之:"要不是冻手了,真想堆四个,都用墨画上叉,代表王、张、江、姚!"

何父:"那么做不好。再可恨的人,也有他们的人格。"

静之:"他们当年怎么对待别人的人格来着?"

何父:"他们现在不是受到公审了嘛!"他左手搂妻子,右手搂女儿,回家了。

第二天早晨。静之在家门外刷牙、洗脸。

何母披衣走出,问:"起这么早干吗? 怎么不多睡会儿?"

静之:"都七点多了。"

何母:"今天可是星期天。"

静之:"学生会有活动。"

何母:"进屋洗吧,别冻着。"

静之:"怕搅醒我爸。妈你快进屋去,别冻着你。"

何母:"我不披着袄的嘛。静之,你没什么事儿瞒着我们吧?"

静之:"妈,你想多了。"

何母:"这几天见着过你姐夫没有?"

静之:"见着过。"

何母:"他们的事儿,还顺吧?"

静之:"还顺。妈别在外边说个没完了,你进屋吧!"

她干脆将脸浸在了盆里。

何母看着她叹口气,退回屋去。

市公安局拘留所门前。静之在徘徊,看手表。

一名公安人员来上班,静之拦住他,诉说着什么,掏出学生证给对方看。对方将她带入了拘留所。

公安局探视室。静之与林超然隔桌而坐。

静之:"今天是探视日,我是第一个。"

林超然:"你不是第一个。"

静之:"谁? 不可能有人来得比我还早。"

林超然:"小韩。他昨天晚上就来过了。"

静之一愣,随即说:"姐夫,你别想劝我跟他和好。那是不可能的。"

林超然:"你以为可能的事也是不可能的。"

静之又一愣:"不明白你的话。"话题立转:"他们几个情绪怎么样?"

林超然:"在我的请求下,他们几个昨天晚上就被释放了。我们的事儿我家没人知道吧?"

静之摇头,又问:"没人太粗暴地对待你吧?"

林超然:"张继红他们一说我当过知青营长,这里的人对我还都挺客气,甚至可以说有点儿刮目相看。"

静之:"姐夫,你没睡好……"

林超然:"是啊。怎么能像在家里睡得那么好,难免会翻来覆去想些事情的。"

静之:"那些饺子都卖出去了,我黑大的同学们帮我卖的,今天我就会把钱如数交给张继红……"

林超然严肃地:"静之,你给我听着。以后,不许你再掺和我的事!"

静之:"那些事只是你的事?"

林超然:"是我们几个的事也不许你再掺和!"

静之:"别忘了不但你们是返城知青,我也是。更别忘了,你不但是你们林家的人,还是我们何家的一分子。"

林超然:"别抬杠! 这是抬杠的地方吗?"

静之:"我说得不对了? 我大姐不在了,你就不是我姐夫了?"

林超然:"尽说些莫名其妙的话!"

静之:"你的话就不莫名其妙了?"

林超然:"你……你给我记住啊,我最反感别人怜悯我,更不许你怜悯我!"

静之默不作声,眼中快要涌出泪水。

林超然:"不许在这儿掉眼泪! 我昨天晚上写了一篇东西,你带出去,今天就要送到报社去。要想办法使它尽快发表出来……"

他将一个信封递向静之。

静之抹了一下眼角的泪,一把掠去信,起身便走。

林超然:"站住。"

静之在门口站住。

林超然:"一个字一个标点符号都不许改。"

静之推门走了出去。

静之在一家小饭馆吃油条、喝豆浆,听到背后两个男人在议论:

"看今天的晨报了?"

"看了。你是指那个投机倒把团伙吧? 真给返城知青丢脸!"

"说起来不怕你笑话,我买过一辆他们改装的自行车,骑着倒还挺快的。三个多月了,居然没出什么毛病。我老伴儿还买过他们卖的饺子,那皮儿那叫白!全哈尔滨的粮店里,从来就没卖过那么白的面!听说,是他们从兵团弄回来的。馅也挺香……"

"投机倒把就是投机倒把!你觉得没吃什么亏上什么当,那也不能改变他们那种行为的犯法性质。"

静之拿着没吃完的油条起身离开了。

静之从报亭买了一份晨报,翻着,一行醒目标题映入她眼:《我市拘捕一伙投机倒把分子》。

静之按小韩家门铃,开门的是韩母。

韩母意外又喜悦地:"静之啊,你可好久没来了!阿姨怪想你的呢,快进来!"

静之:"不了阿姨,改天吧。小韩在家吗?"

"我在。"小韩出现在他母亲背后。估计到了静之找他不会是什么好事儿,板着脸。

静之却尽量装出自自然然的样子,笑着说:"快穿上外衣,跟你说几句话儿!"

韩母:"就那么忙,不能进屋来坐几分钟?"

静之:"马上还有别的事儿,阿姨再见!"

她一说完,转身跑出去了。

小韩跟在静之身后走着。静之走得很快;小韩没戴帽子,冻耳朵了,双手捂着。

小韩:"哎哎哎,还往哪儿走啊?什么话站这儿说不行啊!"

静之站住了。偏巧,站在那个小韩吻过她的报刊亭前。

还是那个老头,啪地拉开小窗,袖着双手往窗台上扒,准备看场好戏似的看他俩。

静之将报纸往小韩怀里一甩:"自己看!"

小韩看报,表情诧异。

静之:"公安还没审呢,法院还没判呢,事情还没做出符合法律程序的结论呢! 现在可是八十年代了,不是'文革'时期了。对'四人帮'还得审后才宣布罪名呢,你们昨天刚把人拘留,怎么今天事情就会以这样的标题见报了? 我代表他们质问你,并提出严正抗议!"

小韩:"嚯,嚯,上大学了,读了几天法律系,自以为了不起了? 这件事见报了跟我毫无关系,你对我抗议得着吗? 又不是我让报社那么登的!"

静之:"那你向我解释是怎么回事!"

小韩:"这当然可以。不过我没这义务……除非你求我……"

静之一转身。

小韩蹀到了她对面:"求吧。快点儿。我冷。不求我可走了啊!"

静之又一转身。

小韩:"那么,再见。"

他真的转身便走。

静之:"你给我站住!"

小韩站住了,回头看她。

静之:"回来。"

小韩摇头,指指静之,指指自己跟前的地。

静之不情愿地走到他跟前,近于低声下气地:"那好吧,我求你……请你向我解释,那是怎么回事?"

小韩:"那还用解释? 凭你的智商还不明白是怎么回事? 是我们局搞宣传的同志一时嘴不严,犯了自由主义的错误呗!"

静之:"也是由于你们工商好大喜功吧?"

小韩:"你看你,说话又带刺儿。我要是你那么小心眼儿,不也有理由提出严正抗议了？"他摸了她的头一下，又说："我还真挺喜欢你戴那顶小孩儿帽的样子。"

静之："昨天晚上你看我姐夫去了？"

小韩点头。

静之："出于什么心理？"

小韩："没什么阴暗的心理。完全是因为考虑到你我那么一段曾经的关系，出于礼节。"仰面叹口气说："你毕竟是可爱的……"

静之："我希望我们之间即使做不成夫妻了，那还可以做好朋友。"

小韩："但愿吧。"

静之："我们的事儿，你还没告诉你父母？"

小韩苦笑："我的情况不像你的情况，你父母还根本不知道我。可我父母不但见过你了，还都那么喜欢你。几次想开口告诉他们咱俩吹了，又几次话到嘴边咽回去了，不太忍心……"

静之："对不起……也真对不起你父母……"

她也有些伤感，眼中一时现泪，转过脸去。

小韩："我向你姐夫说了……"

静之："你告诉他我不反对。"

小韩："我还告诉他……你爱上了他……"

他仍不时双手捂耳朵。

静之惊诧地看他。

小韩："给你泼点儿冷水……我觉得你姐夫那人，不是你那么容易就能爱成功的……"

静之一转身，双手捂脸，无声哭了。

小韩："哎哎哎，别哭嘛！我说不那么容易，也包含'咬定青山不放松'的意思……"

他又摸了静之的头一下。

静之含泪笑了，推着他说："快回家吧，别一会儿把耳朵冻掉了！"

小韩:"那我走了。"

在静之的注视之下,他倒退几步,一转身跑了。

守报刊亭的老头:"没多大看头!"

小窗砰地关上。

静之走在校园里。走到宿舍楼前,见楼门旁贴着通告,其上写的是:对何静之等九名同学集体逃课的行为,予以警告处分。

静之心事重重地进入宿舍,同学们都还在睡懒觉。

其中一个睁开眼看见她,叫了一声:"静之……"

静之呆坐在自己的床位上。

其他同学也都醒了,有的趴在被窝里看着她,有的拥被而坐看着她。

静之内疚地:"太对不起你们了!"

大家反而七言八语安慰她:

"别那么想。我们几个可都不在乎,更不后悔。一个人的档案里如果连一次处分都没有,那太不真实了吧?"

"是啊是啊,我内心一直有一股强烈的冲动,可盼着因为什么事儿被处分一次了,现在总算如愿以偿了!"

"我也是。也许由于咱们当年都被压抑得太久了吧?"

"话又说回来,老先生的课还是讲得不错的。同时有九名学生旷课,也难怪老先生会一气之下找到系领导那儿去……"

一名女生从枕下摸出手表,看一眼提醒道:"哎哎哎诸位,上午还有老先生的课,咱们几个刚被处分,再一块儿迟到,那就太说不过去了吧?"

于是大家纷纷穿衣。

教室里。一位六十来岁的男老师在讲课,他姓陈。

陈老师:"纵观人类的历史,不但社会公平、正义、民主、平等、尊严和自由是许多人用生命和鲜血诏告于世的普世价值,法律本身的神圣性也是如此……"

静之用课本挡着,在用红笔修改林超然交给她的那一封信。原题"给返城知青留条活路"被她划掉,改成了"何不鼓励他们自创谋生之路"……

陈老师:"在西方法史上,发生过这样一件事:一位法律条文的制定者,大意之下腰佩短剑进入了议会厅。当即有人质问他,法律规定任何人不得佩剑进入此地,你是法律的制定者,不可能不清楚;你现在应该怎样惩罚你自己呢?那法律条文的制定者回答:'我要为我的大意自我裁决',当场拔剑自杀……"

他一边说,一边走向静之。待静之发觉,陈老师已站在她身旁了。

稿子被陈老师拿过去了。

陈老师:"林超然……就是报上登的那个林超然?"

静之不知如何回答才好,站了起来。

陈老师:"你的结交面还真广。"

那名上海女同学替她说:"林超然是她姐夫。"

陈老师:"我不管他是不是你姐夫。如果你对我的课已毫无兴趣了,以后干脆不要再来上课,干脆跟他卖饺子去吧!"将稿子折了两折,揣入兜里。

静之收起课桌上的东西,跑出了教室。

陈老师已站在讲台上了,他扫视着学生们说:"还有谁不想上我的课了?一块儿出去嘛!"

校园里。静之靠着一棵大树伫立着。她忽然双手捂面,转到了大树的另一边。

哭声。

教室里。下课了。与静之同宿舍的那几名女生围着陈老师七言八语。

罗一民的铺子里,罗一民在剪开一个大喷壶,剪掉壶嘴,再将做成壶身的铁皮砸平。

敲窗声。

罗一民抬头一看,见街道主任站在门外。他起身去开了门,街道主任进屋。

街道主任将一份报放在什么地方,诲人不倦地:"晨报晨报,那就是早晨必看的报。十点钟以前不看,就那么别在门把手上,还不等于白订了?你的各种票又不去领,新粮本新购货证也不主动去换,是不是非得我亲自给送来呀?"

她说着,从手拎包中取出粮本和各种票券,摊在案上认真核对,点数。

罗一民拿起报展开看。那一条使静之震惊的大标题同样使他震惊,他急切地看。

街道主任径自说:"一民啊,婶关心关心你。你和李玖的事儿,还有破镜重圆的可能没有哇?婶给你透露个情况,人家李玖那儿,可仍有那么点儿跟你和好的意思。不多,也就只能说是一点儿。你如果也有那么一种意思,婶替你过个话儿,再找机会替你说合说合?"

罗一民一句也没听入耳去,坐在那儿发呆。

街道主任转过身,见状数落:"报上登着地震预报啦?"

罗一民这才将目光望向她,摇头。

街道主任:"还是的!我跟你说的话你听了没有哇?"

罗一民摇头。

街道主任:"你倒是拿份报在那儿发的什么呆呢?得得得,我再说一遍,只说一遍了啊!就是……你跟李玖,你俩还打算破镜重圆不?"

罗一民:"我……我压根儿就没跟她圆过……"

街道主任来气了:"还嘴硬! 敢说压根儿就没跟她圆过? 我是谁? 我是街道主任! 也是李玖她表婶儿! 有些话,她不跟她父母说,那也会忍不住跟我说! 你都跟人家大姑娘……"

罗一民:"她不是大姑娘。"

街道主任气得一翻白眼:"不是大姑娘也是良家妇女! 总而言之,你都跟人家明铺暗盖的好几遭了,现在倒当我面说你俩没圆过! 你个死瘸子! 你臊得慌不? 像你这么转身就不认账,还算个男人吗?"

罗一民:"婶儿,我错了。"

街道主任:"你当然错了! 要是前几年,就冲你这种不老实的态度,啊,我街道主任几句话就能把你送去劳改你信不信?"

罗一民:"信……"

街道主任:"那,我刚才说了,李玖那边儿既然有重新和好的意思,你这头呢? 也有我就替你过个话儿。"

罗一民犹豫地:"这……"

街道主任:"别这啊那啊的,快表态! 我还有好几家的票证得去送呢,没闲工夫在你这儿瞎耽误!"

罗一民:"那……行,行。"

街道主任:"这态度还差不多! 今年春节多发了一斤肉票一斤蛋票,每人还有二斤朝鲜的明太鱼。说是二斤,鱼哪儿能是准星准两的? 拿票买时嘴甜点儿,二斤半三斤兴许也会卖给你。不知为什么,古巴蜜枣好几年没票了。一会儿你点点,少了去找我补。现在你有那么点儿回心转意的良好态度了,咱俩的关系也就又不同了。婶发完如果剩下些票,回头都给你!"

罗一民:"行。"

街道主任:"说行不行! 好像我非得强给你似的! 刚才我还教导你,要学得嘴甜点儿!"

罗一民:"谢谢婶儿。"

街道主任:"我走了,别送。"

她走到门口,转身又说:"差点儿忘了,有件事儿我得预先提醒你……这一九八一年的春节一过,天暖和了以后,咱们这条街要进行改造了,听说是一个香港商人无偿投的资。那时候,你这铁匠铺子肯定就开不成了,你得有充分的思想准备,早作打算,另谋生路。"

罗一民又望着她呆住。

街道主任:"我的话你可要往心里去啊,到时候措手不及,可别怨婶没提前跟你打招呼!"

街道主任终于走出门去。

罗一民的目光也又垂下,看着报上的标题继续发呆……

罗一民在反复思考街道主任刚才说过的话:

"不是大姑娘也是良家妇女!"

"李玖那边既然有重新和好的意思,你这头呢? 也有我就替你过个话儿。"

"那时候,你这铁匠铺子肯定就开不成了,你得有充分的思想准备,早作打算,另谋出路。"

他也终于要往起站了,却因坐得太久,站了几站没站起来。

某宾馆的一个套间改成的办公室兼会客室。

杨雯雯的姥爷在看同一份报。

一九八〇年的夏季,林超然替罗一民来向杨雯雯的姥爷表达忏悔时,秘书正指挥人往墙上挂一幅极现代的油画。那一大幅油画看上去是各种色彩的随意组合,题为《1980 年中国印象组画之一》。油画是杨一凡画了卖的。

杨雯雯的姥爷放下报,按一下桌角的铃,起身走到画前,看着,沉思着。

门一开,秘书进来,他是老先生从香港带来的香港人。

杨雯雯的姥爷(程老先生):"先看桌上的报。"

秘书拿起桌上的报看。

程老先生则拿起一支雪茄,燃着,吸一口,继续若有所思地望着油画。

秘书:"林超然这个名字有点儿熟。"

程老先生:"了解一下,弄清楚报上登的林超然,和去年夏天曾替别人来表达忏悔的林超然是不是同一个人。"

秘书:"明白。"

秘书退出后,程老先生缓缓坐在沙发上,眼仍望着油画。眼前呈现出当时见到林超然的一幕。

"程先生,在知青年代,我当过罗一民的营长。我以我的人格向您发誓,罗一民他确实是真心忏悔了。那一种罪过感后来折磨了他多年,直到现在还折磨着他。他没能亲自来,实在是由于太缺乏面对您的勇气……"

黑大校园里。静之站在一幢教学楼的台阶旁。

陈老师从楼内走出,踏下台阶。

静之:"陈老师……"

陈老师一回头,和蔼地:"我找过你。"

静之:"老师,旷课的事我向您认错,请您原谅……也希望您,能将那篇稿子还给我……"

陈老师:"当然,当然。我到处找你,就是要还给你……"

他掏出稿子还给了静之。稿子已放在大信封里了。

静之接过信封后,陈老师又说:"与你同宿舍的几名女生,替你作了必要的解释。我在课堂上对你说了几句很挖苦的话,而老师不应该对学生那样,我也郑重向你认错。"

静之:"老师,我一直重视您讲的课。"

她又快哭了。

陈老师:"不错的一篇稿子。改过的词句都改得对。题目尤其改得好……你接着要去报社对不对?"

静之噙泪点头。

陈老师:"经那么一改,稿子虽然是一篇好稿子了,但我估计,那报社轻易也不会发的。报社的一位副主编是我老朋友,我替你给他写了一封信,也放进信封了,不知道会不会起到点儿推荐作用……"

静之:"谢谢老师!"

她深躬一躬,转身匆匆而去。

报社门前聚着几十名男女知青,从第一级台阶到最后一级台阶上,也一个挨一个坐满了知青,显然是在闹静坐示威。而他们大多数人,穿的依然是兵团时的黄棉袄、黄棉裤。头上是军棉帽,脚上是大头鞋。

一名女知青指着说:"看,何静之来了。"

一名男知青:"何静之是谁?"

另一名男知青:"何凝之的小妹,林超然的小姨子。"

另一名女知青:"我可不是冲着林超然来的。我是冲着我们副指导员来的。"

静之匆匆走了过来,惊愕地:"你们这是干什么?"

为首的一名男知青:"我是你大姐那个连的。你大姐的葬礼,我们中好多人都参加了。"

静之:"我问的是大家在这儿干什么?"

知青们七言八语起来:

"这话问的,不论冲你大姐还是冲你姐夫,我们能不来吗?"

"你姐夫他们不就是没工作,自谋生路吗?用好面好肉春节前包些饺子卖卖,何罪之有?"

"就是。报上那么大标题说他们是投机倒把分子,等于是对我们所有返城知青的诬蔑!报社必须公开道歉!"

这个说,静之看这个;那个说,静之看那个。等大家说完了,她才忧虑地说:"我想,我大姐如果活着,不太会赞成大家用这样的方式解决问题。"

为首的男知青:"静之,现在顾不上地下的人了,只能顾地上的人了。说说,你来干什么?"

静之:"我姐夫写了篇稿子,也算是代表他们几个的辩护书吧,让我送到报社来,请求予以发表。"

一名男知青学小平的四川语调:"好!好!超然同志辛苦啦,要得!要得!"

为首的男知青:"早说呀!闪开,闪开,让弗拉基米尔·静之同志过去!"

坐在台阶上的知青这才往两边闪,于是静之踏上了台阶。

副总编办公室里。中年副总编看罢陈老师用毛笔写的信,对静之客气地:"坐,坐。"

静之坐下,满怀希望地看着副总编。

副总编又拿起稿子看,头也不抬地:"喝水不?"

静之:"不。谢谢。"

副总编:"那我不客气了。"片刻就放下了稿子。

静之:"看完了?"

副总编向静之摇头。

静之情不自禁地:"您根本就没认真看!"

副总编:"有些稿子,是不必太认真看的。一目十行地看看,甚至只看看开头和结尾,就能判断可以发或不可以发。这是由我们的职业素养所决定的。别说我了,老编辑们也都有这点儿水平,而且必须有。"

静之一下子站了起来，激动地："你！"

她竭力克制住情绪，又用恳求的语气说："求求您，再认真看看。这篇稿件看问题的角度，并不是毫无道理啊！"

副总编："别激动。你别激动。激动没用的，先耐心听我把话说完啊。我和你们陈老师的确是朋友，他也不是第一次向我推荐稿件。而且呢，他是有推荐水平的。以往凡是他推荐的稿件，我十之八九是要发的。但这一次不同。为什么不同呢？因为……顺便问一两句，你和林超然什么关系？"

静之："他……是我姐夫……"

副总编："姐夫？原来这么一种关系。明白了。他在兵团时还当过营长吧？"

静之点头。

副总编："你姐夫他们，确实是干了两起投机倒把的勾当。这一点是毋庸置疑的。如果我们连此点都没了解清楚，哪能在头版显著位置发那样的消息呢？而现在问题的性质变得更严重了……不但我们报社门口有人在静坐，工商局公安局门口，连市委市政府门前，也都有返城知青在静坐。静坐就是示威嘛。示威那也要示威得有道理嘛！你是学法律的，不会认为他们示威得有道理吧？老实说，公安部门已进入待命状态，只等市委一下达指示，那就开始采取必要的措施了。你替我想想，别说我是副总编，就算是总编，我又能帮上什么忙呢？又敢帮什么忙呢？事情的性质正在起变化。不，天刚亮就开始起变化了……"

副总编摇头，摊手，一副爱莫能助的样子。

静之又颓然地坐下了。

副总编："唉，你姐夫的号召力没用在正地方……"

静之叫道："不是他号召的！"

她站起来，跨到桌前，抓起信和信封冲出了办公室。

静之脸上淌着泪出了报社的楼,知青们围住她七言八语:

"怎么样? 发不发?"

"看来是不肯发啰?"

"妈的,明摆着,根本不把咱们的静坐当回事儿嘛!"

"这不等于非要把好人变成坏人嘛!"

静之发作地:"都别说啦!"

大家一时愣愣地看着她。

静之:"他说,事情的性质已经起了变化。还说,公安部门已经在待命了……"

她哭了。

为首的男知青:"报社的人这么说,那就是真的了。既然如此,怕了的,回家吧。"

不但没人走,反而有人又坐在台阶上了。

一名知青一边坐下一边说:"说事情的性质已经起了变化,那就是说我们帮了倒忙。帮了倒忙还一走了之,那成了什么人了!"

另一名知青:"挤挤,互相挤,咱也坐一会儿。"硬挤着坐下了。

静之哭道:"你们还聚在这儿干吗呀? 嫌事儿闹得不够大呀?"

为首的男知青来气了,吼道:"你嚷嚷什么你! 哭叽叽的,真讨厌! 上了大学了,学了几天法律了,就这么经不起点事了? 那你还莫如没考上大学! 把你姐夫的稿子给我看!"

静之掏出稿子给了他。他抽出信纸一看,又来气了:"这不是!"

另一名男知青:"信封里还有,别来气别来气,她不一女流之辈嘛!"

静之挥拳欲打他,被一名女知青搂着肩推下了台阶,于是几名女知青围住她相劝:

"别担心,不保出你姐夫他们,我们不会罢休的。"

"咱们静坐也不是完全没有道理嘛! 我爸是法官,连他都说,没经审判没由法庭定罪,报社那么登出来的确是不对的!"

"就是！即使一审那么判了，你姐夫他们还有申诉的权利呢！二审还可以推翻一审所判的罪名呢！"

台阶上，几名站立着的男知青已头挨头地看完了稿子。

为首的男知青："哥几个觉得怎么样？"

一名男知青反问："你呢？"

为首的男知青翘起了大拇指："我觉得挺有水平。"

另一名男知青："咱们把它抄成大字报，来个满市开花，四处张贴好不？"

为首的男知青："好不？当然不好。'文革'结束了，咱不搞'文革'那套。"

又一名男知青："对对。免得留下话把，使家乡父老对咱们产生不良的印象。"

主张抄成大字报的知青："那依你该怎么办？"

为首的男知青："我自有好主意。你，你，跟着我。"说着蹦下了台阶。

另外两人也蹦下了台阶。

为首的男知青干咳一声，清了清嗓子，大声地："同志们，当前的形势是这样的……"

一名坐在台阶上的女知青："省省吧，有话直说，别学电影里那套！"

为首的男知青："好，直说。"举起手中信："林超然写的这一篇稿子，我们几个看了都觉得好。我们三个要陪静之将它送到市委去，争取能让市委书记看到。"

另一名女知青："那我们呢？"

为首的男知青："你们要坚守岗位，除非公安局来人把你们一个个拖走。饿了凑钱买面包，渴了买冰棍，冻脚了忍忍。"捋袖子看一眼手表接着说："再坚持一小时，等下批人来换大家，咱们这可是全天候的行动，都明白了？"

大家点头。

他走到了静之跟前,开诚布公地:"你去呢,我们哥仨算陪你去。你若不去呢,没你我们哥仨也能把信送到,你自己决定吧。"

一名女知青:"静之你别去了。你已经是大学生了,万一追查起来对你太不利。"

另一名女知青:"她说得对,别去了。你不像我们这些人,我们这些人和你姐夫一样,都是没单位没正式工作的,我们也是为我们自己争取权利。"

静之:"我去。"

静之和两名男知青走在前边,为首的知青蹲着系鞋带,于是他腕上的手表呈现在他眼前……

他起身叫了一声:"等等。"

静之等三人站住,齐转身。

为首的知青走到他们跟前说:"除了静之,咱仨都把手表撸下来,揣兜里。"见另外两人不解,又说:"如果咱们口口声声说咱们没正式工作,生活几乎陷于绝境,可要是让别人发现咱们腕子上都戴着手表,那不是等于自扇耳光吗?"

两名男知青中的一个说:"谁敢这么说我先扇他大嘴巴子!我当了十年兵团战士还不能买块手表戴戴吗?还非得到了卖表的地步才算人生绝境吗?"

另一个说:"你的话虽然不无道理,但是他的话更有道理。"

静之:"那就都放我书包里吧。"

于是三人撸下手表递给了静之。

林家。何父来到了林家,与林父坐在桌两边说话。桌上放着报纸,一版朝上,大标题醒目。林母坐在炕边在给孙子喂奶,并且落泪。

何父:"老哥,现在关键的问题是,先得把超然保出来。他是自尊心多强的人啊,恐怕在拘留所里的时间长了会精神崩溃的。"

林父:"精神……怎么的?"

何父:"崩溃!就是,好比一幢楼……"

林父:"他不能用一幢楼来比,只能比作一幢房子。砖房比不上。土坯房,最好的比喻那也只能比成是'干打垒'的房子,西北那边农村人家住的一种房子……"

林母:"哎呀你呀,不明白的话那就要先听亲家解释。你一句接一句的总打岔,那还能早点儿商量出个主意吗?"

林父:"我不是一直在听,刚说了几句嘛!好好好,我不插言了,亲家你接着说。"

何父:"就好比一幢楼房,不,一幢房子,承受不住房顶上堆了成堆的重压,呼啦一下塌架了!所以,咱们得托关系,千方百计先把他从拘留所里保出来。但我是中学的一校之长,由我出面太……太那个了……"

何父说时,林父已卷好一支烟吸着了。他紧皱着眉头看着报上的标题问:"太哪个了?"

林母:"你!你个老东西气死我了!儿子都在局子里了,你这儿还不着急不上火的,一句有见识的话都说不出来!"

她攮了一把带泪的鼻涕往鞋底儿抹。

林父火了,一拍桌子:"你给我住嘴!总打岔的是你!不是我!你怎么知道我不着急不上火?我心里边从来就没这么急过!我心里边的火都快蹿到嗓子眼儿了!我是比不上亲家有见识,所以不明白的话句句都要问个明明白白。"

何父:"老哥老哥,咱别这样,千万别这样。我也不是什么见多识广之人,也是头一次面临这种事儿。"

林父:"亲家对不起。你看让你没开完会就慌慌张张地来了。你不来我和超然他妈还不知道,还以为他昨晚睡在厂里了……"

林母:"那也算个厂?现在好了,连那地方都出了名了,成黑窝点儿了!"

林父就又狠狠地瞪林母。

何父:"我正在市党校参加学习班,今天一早觉得一些人看我的眼神儿有点儿怪,和我说话的表情也有点儿怪,正纳闷,凝之她妈求的人找到了我。我看了报顿时就愣在那儿了。凝之她妈要不是有课也来了……"

林父:"她没来我一点儿不挑理,有课嘛。你还接着刚才的话说,太那个是太哪个了?"

何父:"就是……就是……"

林母:"就是影响太不好了!"

何父:"对。是亲家母说的意思。我们在党校整天学习讨论的就是反对党员和干部托关系走后门之类的不正之风。"

林父:"明白了。所以呢,你把这张纸片给了我……"

他从兜里掏出一张折成条的纸,拿在手里看着。

何父叮嘱地:"亲家,这张纸太重要了,你可千万收好!"

林父:"重要的话你说过几遍了。能帮上忙的那样一些人的住址,你也详详细细地写在这上边了。他们都是和你关系友好的人,还都是些头头脑脑的人物,有的还是市委的副书记。你呢,怕影响太不好,自己不出面,让我去登门找他们,央求他们替超然说情,争取别把超然真给判了,是吧?"

何父:"是是。亲家,你理解得明明白白的……"

林父一板脸:"何校长,我问你,我儿子林超然,他还是不是你女婿了?"

何父一愣,眨眼道:"是啊。就算他以后再婚了,我也还是要把他当女婿看。凝之她妈也会这样。"

林父:"何校长,我看,凝之不在了,你已经不把超然当你女婿看了!如果凝之还活着,超然摊上的事,那就确确实实是咱们两家要共同担当的事。现在可好,你就来报个信儿,就来送这么张纸,好像你这么做了,不论对超然还是对我们林家,那也就做得仁至义尽了。你心里就是这么想的吧？"

何父极不悦地："我也明白了。你刚才说你不明白，那是成心装不明白。"

林父："明明是和你关系友好的一些人，你自己不出面，连几封信也不写，只给我几处地址，我去找能起作用吗？人家能把我相求的事当回事吗？……"

何父："我要是白纸黑字写了信，万一被哪一个交给上级领导，万一也被上级领导当回事，抓个反面典型，我这中学校长还有脸当吗？就算我还有脸当，人家还让我当吗？"

林父："你何校长把话说到这份儿上，真是越说越明白！"

林母低声然而气愤之极地："你个老倔头儿小声点儿，孙子睡了……"

她一边将孩子放下一边又低声地："亲家你别跟他一般见识。我理解你的难处。他不愿去求人，我按着地址挨家挨户去求。"

她一转身，愣住。纸条已烧在林父手中了。

何父孩子般委屈地对林母说："你看他……他怎么……怎么能这样……"

他说话的声音极小。

林母跌坐在炕沿边，干瞪着林父。

从这一时刻起，由于孩子睡了，不但他们三人之间，后来进屋的人们，也都尽量小声小气地说话，都像是怕被监听器听到。

林父："何校长，从今往后，咱们两家不必再以亲家相称了。免得让我儿子超然丢了你何校长的脸，影响了你何校长的政治前途……"

何父一字一张嘴，嘴张得老大声音却极小地说："你的话我听了来气！咱两家的关系扯不断。"一指炕上的孩子又说："他不但是你孙子，还是我外孙！"

林父也同样小声地："你外孙的命运你甭担心。我儿子说了，凝之一走，这世上不再有能使他爱上的女人了，你外孙断不会有个后妈的……"

何父干张着嘴,气得说不出话。

林父:"超然的事,你何校长不必再分忧了。我也不会去托什么关系求什么人的,何况我也不知该求什么人。但我的儿子,我了解,他就绝不是那种摊上点儿委屈就崩了溃了的人! 不就是被搞到拘留所里去了吗? 不就是被报上说成投机倒把团伙的头儿了吗? 不就是要被判几年的刑吗? '文革'中那么多人被关入牛棚和监狱里了,有的前后一关就是二十多年,大多数人不是既没崩也没溃吗? 我的儿子林超然,我认为他没那么娇气,他扛得住!"

何父又张了张嘴,还是说不出话。

林母:"这都是说些什么呀,说些什么呀……"

她双手捂脸,小声地哭。

有人敲窗。

三人看时,见窗外站着一个人,是张继红。

第十八章

还是林家。张继红在小声安抚三位父母辈的人。

张继红:"你们只管放心,什么事都不必担心。我向你们保证,超然他绝对不会被判刑入狱的。全哈尔滨市上万名没正式工作的返城知青呢,一个个猪往前拱,鸡向后刨,是自谋生路,都得千方百计地挣钱。如果我们成了投机倒把的团伙,那么几万名返城知青还不都成投机倒把分子了? 再说了,超然把罪名全揽在自己身上了,我们被放出来了,能没事儿似的吗? 能让他真被判了刑吗? "

林母:"继红啊,为了给大娘个放心,你能不能告诉大娘,你托的是哪个关系那么硬? "

张继红:"不瞒你们,为了使超然早点儿回到家里,我们哥儿几个进行了十万火急的大发动,从昨晚就谁都没闲着,现在一个找一个的,五六百名没正式工作的返城知青都发动起来了。工商局门前、公安局门前、市委市政府门前,已经都是我们的人了……"

何父:"他们……他们在那些地方……干什么? "

张继红:"什么也不做。不喊不叫的,就规规矩矩安安静静坐在那儿,站在那儿,饿了凑钱买吃的,渴了吃冰棍……"

何父:"你们……搞静坐?"

张继红:"不全坐着。台阶什么可坐的地方坐满人了,后来的就站着……"

何父:"有站着的也是静坐。"

张继红:"是啊是啊。要不咋办? 更好的办法我们一时也想不出来。我们是全天候式的……"

林父:"怎么就是全天候式的?"

何父:"就是二十四小时轮班倒。让那些地方的门前,分分秒秒都有他们的人!"

林父:"那还不把事情越闹越大?"

张继红:"都是自愿的。也都豁出去了。我们不怕把事情闹大!"

何父叫苦不迭地:"唉,这……这反而会害苦了超然的呀! 我没主意了,什么主意也没有了……"

林父:"我也更没主意了,听天由命吧……"

张继红:"林大爷,何校长,听你们的意思,像是在埋怨我们?"

林父站了起来,将一只手重重地拍在张继红肩上,将头朝旁边一低:"不埋怨。继红啊,你们都是些讲义气的好孩子……可,你们想怎么做,那也应该事先到家里来跟我们商议商议啊!"

何父:"就是的!"

林父:"继红他们是一片实心实意,你别说什么埋怨的话!"

何父:"我没说。你说了。"

林母走到厨房里去了。她小声又哭起来。

敲门声。

林母抹抹泪,开了门。进来的是街道主任和一位陌生男人。

林母掩饰地:"主任,有事儿?"

街道主任:"我这街道主任当了十来年了,从没遇到过这么大的事儿!……这位是区长同志……"

林母无言地推开了里屋的门,往里屋让街道主任和区长。

街道主任还在门口互相谦让。

区长:"主任,您请。"

街道主任:"您是区长,您先请。"

何父站了起来,他和区长认识。

张继红:"区长同志,您来得正好。主任是我们的熟人,您是贵客,还是您先进吧。"

于是区长进了里屋。

街道主任见屋里再多进一个人就挤得谁也转不开身了,不进了,建议地:"我不进了,就开着门说吧,里外的人都能听到。"

林父:"对对,区长您请坐。"

区长亲民地:"林师傅,您原来坐哪儿还坐哪儿,我坐炕边就行。何校长,你快坐下嘛!"

何校长就坐了下去。

林父看看何父,又看看区长,问:"你们认识?"

区长:"岂止认识,还是大学校友。何校长比我高一届。"

林父瞪着何父不满地:"你那张纸上可没写着。"

区长看着何父也问:"什么纸?你们的关系是……"

何父尴尬地:"没什么纸。他这人就那样,有时候东扯一句西扯一句的,尽说些让人莫名其妙的话……我们是亲家关系。"

区长:"那么,林超然是你女婿啰?"

何父:"对对,大女婿。我大女儿已经不在了……"

区长:"难怪你也在这儿。你大女儿的事儿和你们的亲家关系,你可从没跟我说过。"

何父:"平常咱们不是见面不多,互相聊得也少嘛!"

街道主任是直性子,还是大嗓门,忍不住在外间也就是在厨房高叫:"别东拉西扯的啦!那么大的事儿在满处闹腾着,区长是亲自来处理情况的,抓紧时间,快谈正事!"

张继红指着她喝道:"你别嚷嚷!吵醒孩子!"

喝罢,连自己也觉得,自己的嗓门比街道主任还大,不由得朝炕上的孩子望去……

但孩子已醒了,哭起来。

区长抱起孩子,拍、晃、哄。

孩子哭得更凶。

林父与何父同时站起,这个叫着"孙子孙子"刚抱过去,那个又叫着"外孙外孙"抢抱过来。

屋里一时大人站而不坐,小孩哭个不停,乱作一团。

林母进了屋,从何父怀中将孩子抱过去,走到外屋拍哄了片刻,孩子才不哭了。

张继红一步跨到里外屋门那儿,抓住街道主任手腕将她拖进了里屋。

张继红训她:"你说!我们怎么满处闹腾了?说!我们的事搞成现在这样,你街道主任就没责任吗?当初是不是你主动找林超然,让他带头办个小厂的?我们卖改装的旧自行车,你不知道吗?街道提过成没有?说!"

街道主任:"你松手行不行?把我手腕都攥疼啦!"

孩子在外间又哭起来,林母将里外间门关上了。

街道主任挣脱了手腕,辩解道:"那不叫提成!那是租金!那么大一幢房子,一处院子,总不能白让你们占着吧?"

张继红:"入冬以来,我们包饺子卖,你敢说你街道主任不知道?你还说我们包的饺子好吃,拎回家去三斤还没给钱!哎,当时你怎么就不提醒我们是不合法的?你有什么资格乱嚷嚷?"

街道主任:"我嚷嚷了吗?我天生大嗓门你小张不是也知道的吗?我的责任我没推!不信你小张当面问区长,我也有责任我检讨了没有!你小张没良心,当初我是同情你们这些下乡回来的孩子才……你一点面子都不给我留!你……"

她气哭了。

张继红发泄了一通,平静了,内疚地:"婶儿,对不起,刚才我太不冷静了……"

街道主任:"你不冷静就可以那么训我啊?你怎么不敢那么训区长?我……我打你!"

街道主任也不冷静了。

区长:"哎哎哎主任,都冷静点儿,都冷静点儿。"

他将街道主任推到了外屋。

何父:"区长,给你添麻烦了。"

区长:"咱俩之间,你别叫我区长,还像当年一样叫我名字吧。"

张继红遇到了可以平反的人物似的,忙问:"区长,您贵姓?"

区长:"免贵姓刘,刘平川。一马平川后边那两个字。"

张继红:"好名字好名字,大爷,快,笔!"

林父:"抽屉里,自己找。"说罢,仰脸长叹一声,随即双手抱头弯下腰去。

张继红找到了一支圆珠笔,一边往手心上写区长的名字,一边又说:"区长,冲您今天能亲自来,冲您的好名字,我想,我们一些人的事,一定能大事化小,小事化了。"

区长:"本来也算不上什么大事嘛。"

区长这么一句话,使林父、何父、张继红的目光都集中在他身上了。

何父:"平川,你认为,孩子们的事,算不上什么大事?"

区长:"是啊。情况我听街道主任介绍过了。小张同志,你们的所作所为,确有不当之处。即使是由于生活所迫,那也要合法化。起码,应该得到工商部门的许可。就是卖冰棍,不也应该先获得执照吗?没人提醒你们,这是有责任提醒你们的人的过错。你们下乡多年,对城市的一些法规、观念淡漠了。不知者不怪。但是呢,以后都是城市公民了,那就要尽快恢复对城市法规的认同,对不对?"

张继红连声地:"对,对,区长同志说得对。"

何父林父频频点头。

区长:"贩卖重新组装的自行车,那种事可再也不能干了。万一买的人骑着出了灾祸,还不惹上官司?"

张继红:"对,对,我们也不是完全没有那种顾虑,今后保证不干那营生了。"

何父林父又频频点头。

区长:"至于卖饺子嘛,只要食品卫生方面把关严,我看可以继续。但那也要先把一概许可手续办齐全了。"

林父:"区长,那……我儿子林超然,他不会被判刑了?"

区长:"林师傅,事情说简单,也并不那么简单。工商部门,公安部门,他们是在依法执法,还不能伤了他们的执法尊严。市里各方面的领导们,对事情的看法还有分歧,处理意见还不太统一。尤其是静坐现象发生以后,可以说分歧更大了。有的领导的强硬处理态度还挺坚决。我刚才的话,也只能代表我自己的看法……"

何父、林父、张继红面面相觑,一时又都垂头奋脑的了。

区长:"你们别听我这么一说,心理负担又大了。我既然亲自来了,了解了许多情况,那我一定紧急向市里的领导们汇报,并且陈述我刚才的个人观点。但我们接下来应该做的是,分头去劝说静坐的返城知青们离开那些地方,以免事态更加复杂化。小张同志,你能在这方面助我一臂之力吗?"

张继红：“这……”

他还是点了一下头。

区长：“林师傅，您呢？”

林父：“区长，您说的话，句句在理。您叫我配合着怎么做，我就怎么做。”

区长的脸转向了何父。

何父为难地：“我正在区党校学习。上午已经请了半天假了，下午还有我的大会发言。”

区长：“我再替你请下午的假。”

何父：“那我听你的。”

于是区长站了起来，准备走；门一开，林母抱着孙子进入，愧疚地："区长，真不知该怎么感激您……"

区长：“老人家别这么说。至今还有几万名返城知青找不到工作，我们心里也很着急。问题出现了，咱们都互相体谅着把它解决了就好。”

他还有心思逗了逗孩子……

街口。区长、何父、林父、张继红都站在一辆“伏尔加”旁，后三者各自推着旧自行车。

区长：“林师傅，还是坐车吧。冰天雪地的，您心里又着急，骑自行车我不放心。”

林父：“没事儿，我能骑。区长，我还有几句话，能不能再耽误您几分钟，单独跟您说说？”

区长：“行啊，那咱们旁边说。”

林父支稳车，与区长走开了，两人走到了一根电线杆子底下。

张继红看着手上的字说：“这位区长人不错。”

何父望着电线杆子那儿说：“当年给老市委书记当过秘书，‘文革’中也吃了不少苦头。”

张继红："您有这么硬的关系,干吗不为超然用一用啊? 关系是越用越活,不用白瞎,所以要趁还好好活着的时候用活,不用那就好比有钱不花,废纸一张。"

何父："他现在又在仕途上了,我就不愿联络他了。"

张继红："关系是分等级的。认识当官的,那是一等关系。"

何父："我的经验恰恰相反。他们很容易翻脸不认人的,而且政治要求他们还不能不那样。我是个思想经常犯自由主义的人,不愿某一天又被列入另册的时候,他被我牵连了我觉得对不起他,他跟我翻脸了我又嫌恶他。"

张继红愣愣地看着何父,品味他的话。

何父："再说,我看超然,他虽然和你们一样了,似乎还没忘记自己当过知青营长,似乎还觉得自己对你们有份责任,不愿只顾自己,不管你们了。"

张继红："是您说的那样。所以一发动,几百人为他聚起来了。要不是冲着刘区长人不错,谁想把我们弄散了,恐怕也不那么容易。"

电线杆子那儿,林父大睁双眼,仰脸望着头顶的电灯泡,嘴唇直抖,分明是满肚子的话不知从何说起。

区长掏出烟给了林父一支,自己也叼上了一支,并且首先替林父点燃了烟。

区长："林师傅哪儿人?"

林父："老家山东,闯关东来的东北。"

区长："刚才在屋里,我还以为您是南方人呢! 可具体哪个省的,口音又听着都不像。"

林父："我是咱们国家第一代建筑工人。一九五八年就开始支援大三线,从东北到西北再到西南,甘肃、贵州、新疆、四川,去过了不少地方,六十多岁了才退休回到哈尔滨,口音不知不觉就变成现在这样了……"

区长肃然起敬地:"难怪,那您也是咱们国家的功臣。"

林父:"什么功臣不功臣的,不敢那么想。但区长,作为一名建筑工人,我可是对得起咱们国家的……"

他说不下去了。

区长:"林师傅,不管什么话,只要您想跟我说,那就只管敞开了说。您跟我说的越是掏心窝子的话,那就越等于看得起我。"

林父看着区长说:"区长,有几句话,刚才不便说。尤其当着我老伴,更不能说……林超然他弟,埋在北大荒了;他妹因为对象吹了,考大学又没考上,一时想不开,只身一人跑到广州那边一个叫深圳的小地方去了,至今半年多了,还不回来;超然他媳妇……夏天里又没了……我们老两口眼前就他这么一个儿子了,他自己又当了爸……这,这他要是被判了,只剩我们老两口带个孙子,往后的日子可怎么过啊!……所以,我拜托了! 我……我这会儿给您下跪的心都有了……"

他的话说到后来,已是老泪纵横。

区长动情地:"老人家,您放心。我这个区长不糊弄百姓,我说话是算话的。凡是我在您家表的态,都会向区里的领导们秉正而言……"

李玖上班的街道小工厂。午休了,她和一些街道妇女们在端着饭盒吃饭。

李玖:"谁吃蛋糕? 谁吃蛋糕?"

她带的是满满一饭盒蛋糕。结果她一那么说,女人们转眼将她的蛋糕分光了。

李玖:"哎你们太不客气了吧? 那我吃啥?"

"我分你一半!"有个女人分给她半块窝头。

李玖看着手中窝头说:"让我干啃窝头啊?"

"我给你点儿咸菜!"

"我这还有虾酱,也给你点儿!"

于是她饭盒盖上有了咸菜和虾酱,她沾着虾酱一小块一小块地吃起窝头来。

一个女人问:"还咽得下去窝头不?"

李玖:"勉强。"

另一个女人:"人比人,气死人。你们说人家李玖啊,摊上那么一位有手艺的老爸,连些当官的人家都上门相求,虽然和咱们一样在个街道小厂上班,可人家整天那感觉多充实啊!"

李玖:"科长一级的还轮不到,处以上的那也得排号。"

又一个女人:"她家那小日子过的!全区也没几户老百姓人家比得上!有次她感冒了,我去她家看她,她还非送我出门不可。她家门口,有这么粗一个大水缸,她掀开缸盖,我一看,嚯,一水缸的烟、酒、茶、点心、罐头!她倒大方,拎出一包东西硬塞给我,我问是啥?她说她也不知道。我到家打开一看,是一包棉花似的东西。不是像新棉花那种东西,是像揪巴松散了的老棉花套的那么一种东西,黄色的,小孩尿了一百遍似的那么一种黄……"

李玖:"明明是好东西,让你这么一说,倒好像我给你的是恶心人的东西!"

那女人:"我自打出生以后,头一次见过那种东西。闻闻,香!尝点儿,更香!"

有个女人打断道:"快说!到底是什么?"

那女人:"李玖,那是什么来着?"

李玖:"那叫肉松!几斤好肉,才能做成那么一斤肉松!全中国没几家做肉松的厂,而且都在南方!"

于是女人们七言八语起来:

"抗议!我用最最强烈的抗议,来表达我最大最大的无产阶级义愤!这种现象太不合理啦!咱们大多数人家吃肉还得凭票呢,她李玖家吃的都是肉松了!她家吃一斤肉松顶咱们各家吃好几斤肉!姐妹们,这不革命行嘛!"

"可'文革'已经结束了呀!咱们要革命,也只能是'文革'那么一种革法呀!"

"不是说过七八年再来一次吗?先记下这笔账,下次刚一来,咱们都去抄李玖的家!"

"李玖家有的,还不是那些干部人家送的啊!李玖家都用一个大缸装,那些干部人家得用多少缸啊!"

"再来一次的时候,凡是家里除了水缸还有缸的,一律再送农村去改造!"

"那会伤害好干部的,兴许人家多出来的一个缸是用来做大酱的!"

"干部家不做大酱!"

"也别说得这么绝对!我们院就有户人家男的是科长,他媳妇年年春天做大酱!"

"处以上的肯定家里就不做酱了!"

李玖此时已吃完了她那半块窝头,用勺子当当敲了一阵饭盒,于是大家的目光都望向了她。而她若无其事似的,端起一只杯子喝了口水,用一只手捋嗓子,抚胸口……

李玖:"哎呀妈呀,噎死我了!"

女人们交换"仇恨"的目光。

李玖从墙上摘下了布兜,板脸问:"刚才谁说再来一次'文革'要抄我家了?"

一个女人:"她说的,代表我们大家的心思!"

李玖:"真替你们遗憾,那就都没有份儿了!"她从包里掏出块糖,逗弄地在自己眼前晃几晃,炫耀地:"酒心巧克力!"剥去糖纸塞入口中。

一个女人问旁边的女人:"啥是巧克力?"

旁边的妇女:"我也没听说。"

另一个妇女发一声喊:"抢她!"

于是大家一拥而上，夺去了布包，分抓包里的糖。

女人们口中都含着糖了。但含着糖嘴也不闲着，仍七言八语：

"哎李玖，你整天快快乐乐的，真一点儿愁事也没有哇？"

李玖："怎么没有！我爸毕竟一天比一天老了，他说过几次了，有点儿干不动了，我的好日子快到头了。"

"那也不至于你犯愁呀！从一九七八年起你爸就开始接活了，如今你家怎么还不攒下一千多元了？"

李玖："没问过。当女儿的怎么能问那个？"

"李玖，说正经的啊，赶紧让你爸托托关系走走后门，早点儿把你弄进正规的国营厂里去呀！那对你爸还是难事儿啊？"

李玖："不稀罕。哪儿的工资还不一样多？差点儿一年也差不了几十元钱。就在这小厂上班挺好，离家近，请假、迟到、早走管得也不严。再说，我喜欢你们……"

"骗人！"

李玖："我真喜欢你们。"

"喜欢我们啥？"

李玖："喜欢你们的贪劲儿，闹劲儿。和你们在一起，有点儿愁事儿也愁不了多久。"

"可惜我没有一个能娶你的大儿子，要有，我非做主把你娶到我家不可！"

"你想得倒美！人家李玖有对象！"

"就那个开铁匠铺的瘸子呀，你俩不是吹了吗？"

李玖："别瞎说啊，我们才没吹呢，我只不过延长了对他的考验期。"

"玖子，说说，他究竟哪点儿好，不管你妈多么反对，你也还是非他不嫁？"

李玖："我也不知道……反正在上中学的时候，我就开始喜欢他了，也许是命里注定吧……"

李玖说得伤感了。

女人们的目光却全都望向了门口。罗一民不知何时出现在门口那儿了,他身后门还没关严。他呢,棉袄外罩了件中式外衣,棉裤外罩的单裤有裤线,棉军帽往上系着帽耳朵,还像五四青年似的围了条长围巾。显然,他来之前将自己捯饬了一番,看上去挺精神的。

一个女人呵斥:"你谁呀? 怎么悄没声地就进来了? 门也不关严,长条玻璃管尾巴呀?"

另一个女人:"就是,我说哪儿来的一股凉风呢!"

这时李玖也转过头去,见是罗一民,就那么转着头呆住了。

罗一民:"我跟李玖说两句话就走,捎带给你们放进点儿新鲜空气。李玖,小刚病了,我想,你该请半天假……"

他果然一说完转身就走。

李玖猛地站了起来,急匆匆地穿棉袄,找头巾:"我头巾呢? 我头巾呢?"

女人们也都着急忙慌地帮她东找西找。

街上。罗一民走着,李玖追上他。

李玖:"我早上出门时小刚还精精神神的,他怎么就病了?"

罗一民边走边说:"我也不清楚,不过你放心,不是多么严重的病。但小孩子嘛,有个头疼脑热的就想让妈妈守在跟前……"

李玖:"你这是往哪儿走呀,小刚现在在哪儿?"

罗一民:"在我家……"

李玖:"怎么会在你家?"

罗一民:"他在我那儿玩,忽然就说肚子疼,我给他揉了一会儿,他说不太疼了,现在躺在我的床上。"

李玖狐疑,站住。

罗一民径自往前走。

李玖："罗一民,你给我站住!"

罗一民站住了,转身看着她。

李玖："罗一民,冤有头,债有主,你要是因为恨我就对我儿子做了什么不好的事,就是百年以后咱俩都变成鬼了,那我也饶不了你!"

罗一民："李玖,过去的半年多里,我渐渐想通了一件事,那就是……你当年做的事是可以原谅的,而我做的事是罪恶的。如果我继续恨你,只能证明我是多么不愿意承认自己的所作所为是恶事,总想找个替罪羊。一个经常这么忏悔的人,怎么会再伤害一个孩子呢?何况小刚是你的宝贝儿子……"

两人走到了罗一民的铺子门前。

罗一民开了锁,往屋里让李玖;李玖又狐疑着,猜测地看了罗一民一眼,犹犹豫豫地进了屋。

罗一民跟着进去。屋里自然没有小刚的影子。

李玖："小刚,儿子,儿子妈来了……"

她说着往里屋走。

罗一民转身插门。门锁换了,是那种也可以在里边锁死的暗锁了。他将门锁死后,将钥匙揣入了兜里。

"罗一民!"

罗一民转过了身,李玖叉腰站在里屋门口。

李玖："你为什么骗我?"

罗一民："不骗你,怕你根本不会再到我这里来了。"

李玖："我当然不想再到你这里来!"

罗一民："那,咱俩找个别的暖和地方谈谈也行。"

李玖："咱俩明明已经是冤家了,没什么可谈的!"冲到门前,自然打不开门。

李玖:"你开门!"

罗一民摇头。

李玖:"你想干什么?"

罗一民:"只想跟你好好谈谈……"

他说着向李玖走近。

李玖:"你别过来!"顺手从门旁抄起了顶门杠,并防范地往后退。

罗一民:"李玖,我是……又有事求你了……"

李玖:"你就死了心吧,我再也不会帮你了!"

罗一民:"这次的事,你非帮我不可。我营长昨天晚上被公安局抓起来了,说他们几个犯了投机倒把的罪。你不是跟我提过你父亲也认识公安局的什么人吗?"

李玖:"别人求我帮,你求我偏不帮!不帮不帮不帮!"

罗一民一边说,一边接近李玖。李玖则一边说一边往后退。二人就那么你进我退地绕着屋子转。

罗一民:"我听说不少知青因为他们的事在四处闹静坐,这时候如果还没关系替他们跟公安局方面沟通沟通,事情会越闹越大的,那反而会害了林超然!"

李玖:"别跟我说那事儿!你们是兵团的,我是插队的,那事儿跟我没关系!"

罗一民:"有关系……"

李玖大叫:"没关系!"

她被小凳绊了一下,摔倒在地上,顶门杠也脱手而出。

罗一民上前拉起她,顺势从后面拦腰抱紧了她。

李玖自然挣扎,却又哪里挣得开去呢!

李玖:"放开我!再不松手我可喊了啊!"

罗一民:"你喊吧。今天我豁出去丢人了!除非你答应帮我,否则我就这么一直搂住你!"

李玖气得直跺脚："罗一民你不是东西！你拿我儿子当钓饵，把我骗到你这儿，还把门锁死，还想再利用我！你怎么能这么样对待我啊！因为杨雯雯的事，我当着那么多人向你忏悔，可你却扇了我一大嘴巴子！那会儿你考虑到我丢不丢人了吗？"

罗一民："我错了。有些事只能在已经做了以后才意识到。"

李玖："我不听你的花言巧语！来人啊，救……"

她已经哭得满脸是泪了。

罗一民捂住她嘴。

她抓住罗一民那只手往狠处咬了一口。

罗一民疼得紧皱双眉，然而却将嘴凑着她一只耳朵，柔声细语地："李玖，玖子，你刚才说得不对。林超然怎么了，不但和我有关，也和你有关，和咱俩以后的事有关。以我和他的关系来说，现在的我只有两个选择……要么也为他的事去参与静坐，要么通过别的方式，帮助他将复杂的事化解得不那么复杂了。如果你不肯帮我，我就只剩下第一个选择了。我在兵团知青中也是有点儿影响力的，如果我按照第一种选择去做了，就又会带动一些人那么做。人更多了，事情也就更复杂了。你也知道的，我有时候会不够理智。如果我做了什么冲动的事，那我肯定也会被抓起来。"

李玖已经不咬罗一民的手了，她哭道："那你活该！"

罗一民："你说的不是心里话。那第一个为我着急上火的人准是你。另外，杨雯雯的事，像一块石头似的压在我心上，对你也是那样。我们当年做错的事，已经无法挽回了。但我们可以通过多做好事，多帮助别人，来减轻我们良心所受的折磨是不是？"

李玖用手捂脸低声哭泣，什么话也不说了。

罗一民也流泪了，更温柔地："玖子，当年咱俩也同桌过是不是？可你当年为什么总对我那么凶呢？当年你总欺负我，自从和你同桌了，我就成了个受气包。连你用粉笔在桌上画的分界线都不往中间画。我这边地方小,你那边地方大,那根本就是一条不平等的分界线。我借你橡皮用一下你都不借给我,我朝你要一滴墨水你都不肯挤给我。我一名男生,又不好跟你对着干,只得忍着、让着。我越忍越让,你反而对我越凶。"

李玖:"我那么对待你恰恰证明我爱你呀!我气的就是你总忍着我,让着我,还动不动就说好男不和女斗……你越忍越让我越来气,越来气就对你越凶。除了在你面前装出一副凶样子,你叫我还有什么办法呢?"

罗一民:"你呀你呀,你脑子里缺根弦呀你?哪儿有像你那么证明爱的呢?那不是越证明越扭巴吗?你当年要是好好地向我证明,我也不至于剃头挑子一头热,非得去迷恋人家杨雯雯。那,后来的事也就不会发生了,咱俩现在的关系,肯定也就亲亲密密的了。其实当年我就有点儿看出来了,杨雯雯根本不会喜欢我,人家对我的态度,那只不过是一种善良,一种礼貌,一种家庭教养的体现……后来的事,它要是没发生多好啊!"

罗一民已与李玖脸贴着脸了,他也哭了。

罗一民的双臂放松了,李玖转过了身,两人彼此搂抱着了。

两人彼此擦拭泪痕。

两人互相凝视。

两人的唇深情地吻在了一起。

李玖坐在罗一民那辆小三轮车上,罗一民蹬着车行驶在路上。

过了一会儿,罗一民坐在车上,蹬车的换成李玖了。

罗一民:"你肯定你的决定是对的吗?"

李玖:"咱俩的决定当然是对的。我那么容易就原谅了你,不等于我爸也会那么容易就能原谅你。因为你打过我,他对你火大了,你要想求动他亲自出马,他非把你骂出来不可。"

罗一民:"是啊,我估计也会是那样……可,你跟咱们要求的那位老干部熟吗?"

李玖:"也不能说有多熟。但他肯定认识我。我爸给他家打家具时,我常去他家,充当互相之间通告情况的角色,相当于联络员吧。他对我挺好的,还主动要往国营大厂介绍我呢,我没麻烦人家……"

罗一民:"为什么?"

李玖:"你自尊心那么强,我如果成了国营大厂的工人,怕你产生自卑心理,那咱俩的关系更不好发展了。"

罗一民:"玖子,那什么……刹一下车!"

李玖将车刹住,诧异地转身看他。

罗一民:"听着,我要严严肃肃真真诚诚地跟你说一句话……"

李玖:"我又哪儿不对了呀?"

罗一民:"你别总想着是你哪儿不对了呀,这要养成习惯可不好……"

李玖:"养成习惯了也是你使我养成的!"

罗一民:"我想说的是……我……我爱你! 今后会更加好好爱你……如果我说一套做一套,老天爷都不原谅我!"

李玖的脸上顿时乐开了花,但嘴上却说:"拉倒吧,谁信啊!"

她转过身去,仿佛充了电,屁股离开座位,欠起身猛蹬车。

罗一民:"哎哎哎,别蹬这么快,看累着!"

李玖:"才累不着我呢!"

路上撒下她快乐的笑声。

三轮车停在一幢小楼前,两人都下了车。

一年前的冬季,林超然来过这儿,而且在一位老干部家闹了场误会。

罗一民:"那位老干部,他是什么职务?"

李玖:"我也不太清楚,反正是'文革'前的市委领导,起码是位秘书长什么的吧?"

罗一民:"这时候他能在家?"

李玖:"年纪大了,过了担任实职的杠了,'文革'中被折腾来折腾去的,身体又不太好,所以只当当顾问什么的了。"看一眼手表又说:"快四点了,他不是那种天天上下班的干部,估计这时候在家……"

罗一民:"我怎么觉得这地方挺眼熟,像来过似的……"

李玖:"许多人都有你这种感觉,别啰唆了,快跟我进去。"

于是两人手拉手上了台阶。

两人站在一扇门外,李玖按按门铃。

罗一民忽然地:"不好,快走……"

他扯着李玖就往楼下"逃"。

门开了,出现在门内的是那位老干部的女儿,她奇怪地:"有人吗?刚才谁按门铃了?"

下一层的楼梯上。罗一民和李玖贴墙站立,他捂着她的嘴。

楼上传下来关门声。

罗一民领着李玖"逃"到了楼外。

李玖甩开他的手,纳闷地:"你干什么呀你,搞的咱俩特务似的!"

罗一民:"我想起来了!去年冬天林超然就是通过你爸来的这里,还搞了场相女婿的大误会。"

李玖:"你没记错?"

罗一民:"千真万确就是这幢楼,就是那扇门。我追到这里时,我营长已经进去了。他出来后,对我那个不高兴就别提了!"

李玖沮丧了:"我爸虽然认识几位干部,可我就来过这位干部家……一民,看来我帮不上你了……对不起……"

李玖都快哭了。

罗一民搂抱她,拍哄她:"宝贝儿,别哭别哭,我对我营长的情分尽到了,你对我对他的情分也尽到了。有的事,难为自己没用。"

小三轮车又往回行驶,还是罗一民蹬车,李玖坐车。

罗一民忧心忡忡,蹬得缓慢。

背后传来李玖扑哧一笑。

罗一民头也不回地:"笑什么?"

李玖:"笑你刚才叫了我一声宝贝儿。"

罗一民又往前蹬了一段,刹住车,向后扭转过身去。

罗一民:"宝贝儿,我又改变想法了。"

李玖:"还是打算碰碰运气?"

罗一民:"对。要不,我这心里边,总觉得对营长的事没尽到分儿上。而且我想,既然人家老干部对他很欣赏,我们再替他当面相求,动之以情,真说不定人家的一个态度,那就能使他的事情变得不那么严重了。"

李玖:"反正我是完全没主意了,你说了算吧。你怎么决定我都配合你。"

罗一民:"那咱们就碰碰运气!"

他将车头掉转了。

那位老干部家。罗一民和李玖在门口换拖鞋。

是老干部的女儿给他俩开的门,她问:"刚才你俩按过一次门铃吧?"

李玖不好意思地:"可不嘛,没敢等到你开门。"

客厅传出老干部的声音:"李玖吧?怎么按过门铃还跑掉了?"

李玖一边和罗一民往客厅走,一边小声对他说:"有希望。"

两人进了客厅。老干部放下文件,摘了老花镜,迎上前来。

李玖嘴甜地:"伯伯好。"

老干部:"好,好,真是很久没见到你这个小联络员了,这位是谁呀?"

李玖:"我未婚夫小罗。领来请您过过目。要是您觉得他配不上我,出了您家门我就和他吹。"

老干部："哎哎哎,不许那样。谈恋爱搞对象是严肃的事情,草草率率地好和吹,都是不对的。"

老干部女儿："爸,人家李玖说的是玩笑话,您别一开口就教导人家!"

老干部："我知道她是在开玩笑。"转身对女儿不满地:"哎你的话又是什么意思啊? 认为我连玩笑话都听不出来了? 我老到那么可悲的地步了吗?"

他女儿只是苦笑而已,没再接他的话,客气地请李玖和罗一民往沙发上坐,之后转身去沏茶。

老干部将椅子挪到沙发对面,坐在了椅子上。

罗一民："伯父,您请坐沙发上,我坐椅子。"

老干部："坐着别动,我喜欢坐椅子。李玖,你爸爸打这把椅子,我坐着高矮正合适,舒服。"

老干部的女儿端了两杯茶过来,一边往茶几上放一边说:"当年红卫兵惩罚我父亲弯腰弯成喷气式,结果使他腰落下了病根,连睡觉也只能睡硬板床了。"说罢,也陪着坐下了。

老干部："谁也不许再提那些不堪回首的事。'沉舟侧畔千帆过,病树前头万木春',要往前看。哎李玖,你还没回答我的话呢? 为什么第一次按门铃后又跑掉了?"

李玖不好意思地:"好久没来了,怕您不认识我了,那我在我未婚夫面前多尴尬啊!"

老干部："哪能不认识你了呢!"转脸端详罗一民,又说:"五官端正,不难看,你对的这个象,和你很般配嘛!"

罗一民："谢谢伯父夸奖。"

老干部女儿："爸,您怎么说的话呀,那么说多没水平。"

老干部："不是开会发言,不是作报告,平常聊天讲的什么水平呢? 你平常聊天就句句有水平了? 对吧李玖?"

李玖："如果模样太差劲儿，那我不是太对不起自己了？伯父，您刚才是没注意到，小罗他腿有残疾。"

老干部："嗯？"

李玖："也不能算是瘸，有点儿跛脚那种程度。"

罗一民："下乡时，负了一次工伤。"

李玖："不是一般的工伤。半卡车人眼瞅要栽到山沟里了，他先跳下车的，一着急，把自己那条腿用大衣一裹，伸到了卡车轮子下边，卡车在十几米深的山沟边上停住了。"

罗一民制止地："李玖！"

老干部："说下去。"

李玖："再往下没啥说的了，他豁出一条腿，救了十五六个人的命……"

老干部不由将吊在胸前的老花镜戴上了，将脸凑近罗一民的脸，又一番端详，并说："刚才没握手，来，现在握握手。"

罗一民受宠若惊地伸出了手。

老干部用双手握住他一只手，摇着、晃着、拍着，真情流露地："好青年！好样的！好对象！李玖，你对了一个好对象啊！小罗令人尊敬，你不嫌他腿有残疾，把他对成了你的象，你也是受人尊敬的！我宣布，从今天起，你俩永远是我们家欢迎的客人！"

罗一民与李玖不禁交换暗喜的眼色。

老干部站了起来，背着双手，踱来踱去，自言自语："这是什么精神？这是舍己救人的精神，这是奋不顾身的精神，这是值得大力提倡、宣传和颂扬的精神！这是一种崇高的、伟大的、感人的国际共产主义……"

罗一民难为情地低下了头。

老干部女儿："爸，和国际共产主义没关系。"

老干部："别打断我！没关系就当我没说。教育！这对我是一种教育！小罗、李玖，你俩知道吗？由于'红卫兵'在'文革'中的那些暴行，我基本上把你们这一代人看成了垮掉的一代,没希望了的一代。但你俩,今天着实教育了我。你们这一代中有你俩这样的好青年,我很欣慰啊!"

他女儿小声对罗一民和李玖说:"剥夺了他十多年说话的自由,现在逮着个话题就说起来没完没了,你俩悠着点儿。"

老干部:"嘀咕什么呢?我说话的时候你别犯自由主义。"

他女儿又苦笑。

老干部:"'文革'开始批判我思想僵化,我思想开放得很!人是什么?人在一切物质之中,人在一切物质之上,生命的宝贵性高于一切物质的宝贵性!你豁出一条腿,为的是救十几个人的命,所以我才要高度评价你的英勇行为……"

李玖:"他救的人中还有他的知青营长林超然……"

老干部一愣:"林超然?"

他女儿也一愣。

罗一民:"其实我们这一代中,大多数人的本质还是好的。自从我们下乡以后,许多人都先后开始了对'文革'的反思。我们营长林超然,就是很有思想的。没有他对我的爱护,我……"

老干部:"打住。"走到了桌子那儿,翻出了报纸;走过来,一手拿着,一手指着标题问:"你说的不会是这个林超然吧?"

罗一民:"正是他。"

李玖:"伯伯,他去年冬天来过您家。"

老干部:"你不提醒我也联想到了。"

罗一民:"我和李玖,我俩是来替林超然说情的。我俩希望,您能向市里的领导们反映反映,林超然是个好人,他们都是些至今找不到工作的人,他们总得生存啊!"

老干部:"闺女,站起来。"

他女儿乖乖地站了起来。

老干部朝客厅门一指:"开门,送客!"

第十九章

罗一民和李玖都没料到老干部忽然变得毫无情面了,也都不由得站了起来,你看我,我看你,完全乱了方寸。

老干部的女儿:"爸,你听他俩把话说完嘛!"

老干部:"我不听!小罗,李玖,知道我为什么不听吗?"

罗一民和李玖摇头。

老干部:"那你俩听我多说几句吧。那个林超然,本来我对他印象是不错的。即使看了报上登的那些内容以后,我还是一分为二地看待他。又回到城市变成城市人口了嘛,生活在城市每天都离不开钱嘛。也都是成年人了嘛,为了生存,所作所为虽然违法,但情有可原嘛!所以我起初的态度,还真是有点儿同情,还真是想为他们说几句客观的话。但紧接着出现了什么情况?我不说你俩也清楚!那是想干什么?明明是在向市委市政府施加压力嘛!此风不刹,城市必乱!这已经成了政治问题!在严峻的政治问题面前,我老共产党员的党性要求我,立场绝不含糊,绝不姑息,坚决主张从严解决!那么,凡是企图替他们说情的人,就都是我的家所不欢迎的人!"

罗一民:"可是,拘留所外边的事,实际上与林超然没有什么关系……"

老干部："敢说没关系？与他关系大得很！我怀疑是他利用他在返城知青中的那点儿影响力，在拘留所里暗中调遣的！"

罗一民："可是，您这么怀疑有什么根据呢？"

老干部："根据以后肯定会有的，现在我靠的是政治本能！政治本能你俩懂吗？"

李玖摇着头小声说："伯父，我不懂。"

罗一民："我懂。我太懂了！"拉起李玖的手便往外走。

老干部："等等。"

罗一民和李玖在门口站住。

老干部："希望你们对我讲的，那件舍己为人的往事，不是为了说情而编出来的。"

李玖回头无言地看他，眼中噙满屈辱的泪水。

罗一民："您喜欢那么怀疑，就那么怀疑吧，那是您的自由。"

他将李玖拉出了客厅。

关门声。

老干部的女儿："爸，您怎么能那样！他俩是客人……"

老干部："是说客！"

他女儿："他俩还是晚辈……"

老干部："那，就别要求我像对待长辈一样彬彬有礼！"

他女儿："但您作为主人，作为长辈，失礼总是不好的吧！"

老干部："那要分因为什么事！如果因为坚持一种政治立场，即使失礼了我也不感到羞耻！"

他走回桌子那儿，悻悻地坐了下去。

父女两人互相瞪视片刻，他女儿也离开了客厅。

楼外。天已黑了。罗一民打不开车锁，气得踢了车胎一脚。李玖从他手中要过去钥匙,一下子就打开了。

她说:"我蹬。"

罗一民说:"别争。我蹬。"

李玖顺从地坐到了车上。

两人的心情坏透了。

老干部的女儿从楼里走了出来,双手各拎一双鞋。他俩默默换鞋时,老干部的女儿歉意地说:"真对不起。因为与某些领导同志的看法有分歧,我父亲今天发过几次脾气了。你们来之前,情绪刚好点儿。"

李玖:"姐,我们小罗的事,那是真的!我俩没骗他!"忍不住哭了。

老干部的女儿搂抱着她说:"别哭别哭。你一哭,我更觉得对不起你们了。归根到底,是因为我父亲他对咱们这一代人成见太深了,不是一时可以扭转的。告诉你俩一个好情况吧,林超然写了一封信,或者是一篇文章,已经转到市委书记手中了。市委书记也决定见见他,和他谈谈了。也许,现在正谈着……"

罗一民转忧为喜:"真的?"

老干部的女儿:"和你舍己救人的英勇事迹一样真。"

罗一民不由得微笑了。

三轮车行驶在路上。

李玖:"长这么大从没被人这么卷过面子,再也不登他家门了!"

罗一民:"别这么说。以后该要去,该求他还得求他。咱们结婚了,我一定陪你给他送喜糖!"

李玖:"不给!"

罗一民:"要给!他有可爱的一面。真诚。什么态度就是什么态度,不虚伪。"

李玖:"你怎么还挺高兴似的?"

罗一民:"当然高兴啦!知道了一个好情况,那也不虚此行啊!"

他唱了起来：

　　我们的同志，在困难的时候，

　　要看到成绩，要看到光明，

　　要提高我们的勇气……

林超然跟随市委书记的秘书小杜走在市委走廊里。

林超然："能透露透露，谭书记想要与我谈些什么吗？"

小杜："他没说。"

林超然："保密？"

小杜一笑："他确实没说。你自己不马上就会知道了？估计也就是互相认识一下，随便聊聊，时间肯定不会太长。"

两人已走到门前，小杜轻轻推开门，请林超然入内。他刚一进去，门就关上了。

五十多岁的谭书记在站着接电话，一边嗯嗯啊啊，一边向林超然作请的手势。

林超然默默坐在沙发上，打量办公室，被一竖挂的字幅吸引，其上写的是端庄的隶书——"人生如梦，故所以然，当尽量活出几分清醒。"

谭书记表情严肃地："明白，明白，我一定认真考虑您的态度。那，既然您说得这么原则，我似乎也只有取消和他的见面了，多谢您一直以来对我的指导。明白，完全明白您的好意……"

林超然看着他，他放下电话发起愣来。

林超然干咳一声，谭书记这才猛醒，走到了他跟前，林超然站了起来。

谭书记主动伸出了一只手："民间认为，不握手不算正式认识。"

林超然也伸出了手。

两人握手后,谭书记亲切地:"请坐。"

两人落座后,林超然苦笑地:"如果我没猜错,您在电话里说的事和我有关。"

谭书记坦率地:"确实。一些老同志反对我和你见面。"

林超然:"那,我回拘留所去?"

谭书记笑了:"那不仅仅是你没面子,也等于我这市委书记太没面子了啊!"

小杜进入,为林超然沏了杯茶,又退出去了。

林超然:"可您在电话里说了,只有取消咱们的见面。"

谭书记:"有的时候,那也只能说一套做一套啊,要不怎么办? 他们是顾问,向我谏言是他们的责任,我得照顾他们的积极性。你在返城知青中是有影响力的人,我也不想拿你开刀,所以只能两边都不得罪。"

林超然:"使您为难了,对不起。"他一时不知再说什么好,又看条幅。

谭书记:"觉得那字怎么样?"

林超然:"我对书法是门外汉……您也认为人生如梦?"

谭书记:"谁到了五十多岁以后,都多少会有种人生苦短的感觉。"

林超然:"人生苦短和人生如梦,意思并不完全相同。"

谭书记:"我老父亲为我写的。他是位农民书法家,解放前有幸读了几年私塾,爱写毛笔字,总是为乡亲们写春联、写喜联、也写挽联,写来写去,就被誉为农民书法家了。我'文革'前当副县长时,他写了这幅字送给我。一位多少知识化了一点儿的农民老父亲,当然不会因为儿子当了副县长,于是劝儿子及时行乐。我的理解是他为了强调人应该经常活在清醒之中,所以不写人生苦短而偏写人生如梦,你认为呢?"

林超然:"我又得说对不起了,我刚才理解偏了。"

谭书记:"'文革'中,我因为这幅字吃了不少苦头,批判我的人们逼着我承认,我父亲是在用资产阶级人生观腐蚀我。那我当然绝不承认。

一个农民,干吗要腐蚀自己当了副县长的亲儿子呢?那明明是文化化了的一个农民的正面事例嘛!没文化反文化的人才会从中看出什么所谓不良的思想来。"

谭书记的话说得心平气和,像学者与学者在讨论问题。

林超然发窘地:"您的话简直也像是在当面批判我了,但我可以自重地告诉您,我头脑里没什么'左'的毒素。"

谭书记:"你'文革'中没跟着胡闹,这一点我了解过了。否则我还真不会见你。但,当年没'左'过不能保证以后也不'左'……"

林超然不禁扭头看他。

谭书记:"我的话对我自己同样适用。谁知道呢,也许多少年以后,我这个被人以极'左'思想大加批判的人,会反过来以极'左'思想看待别人的言行。不论对我还是对你,这都是很可能的。"

林超然不禁望着条幅沉思。

谭书记:"饿了吧。"

林超然:"有点儿。"

谭书记:"他们不至于不给你饭吃吧?"

林超然:"他们对我还算优待,是我自己没心思吃。"

谭书记起身去找出了半卷饼干,拿过来说:"我也有点儿饿了。我胃不好,办公室里一向预备点儿吃的,咱俩都吃点,先垫垫。"

林超然犹豫。

谭书记:"一会儿我陪你吃晚饭。但现在咱们去食堂不好,被人看到了,传到老顾问们耳朵里,我被动。人少了咱们再去。"

林超然:"您就不必陪我吃饭了吧。您打算怎么发落我们,干脆敞开窗户说亮话。不管什么罪名,由我承担就是。"

谭书记:"你们的事是怎么一回事,我就不动动脑子啊?我就连起码的清醒都没有?不是打算怎么发落的问题,而是要请你帮我一个忙……吃两片嘛!"他自己说完吃了起来,林超然也只好接过了饼干卷。

空荡荡的市委机关食堂。只有谭书记和林超然面对面坐在小桌两侧。

林超然掏兜。

谭书记:"想吸烟? 吸吧,我陪你吸一支。"

林超然掏出了"迎春烟"。

谭书记:"我参加工作以后,发誓绝不吸烟。起初几年还真扳住了。后来当了省委领导的秘书,经常开夜车给领导写报告,结果就吸上了。"

两人都吸起了烟。

林超然讨教地:"我也想戒。您怎么戒的?"

谭书记:"自己下决心戒了几次,没戒成。被关进牛棚了,造反派说你还吸烟那就是思想苦闷,改造你是挽救你,你应该感恩,有什么可苦闷的? 他们一支不许我吸,结果,一年多以后帮我戒了。现在是,不吸不想,偶尔吸一支也不再上瘾了。"

传来快速的刀切声。

谭书记:"老吴师傅,别费事,随便给我们弄点儿吃的就行。"

老吴师傅的声音:"吃饺子吧,饺子快。再给你们拌个凉菜,切盘猪头肉,一人一碗饺子汤,行不?"

谭书记:"行。就那样。"

林超然笑了。

谭书记:"你笑什么?"

林超然:"您不是故意请我吃饺子吧?"

谭书记:"怎么会! 我没那么复杂。这不到了饭点了嘛,不留你说不过去。"

老吴师傅送上了两盘饺子。

林超然研究地看着:"怎么这样式的?"

谭书记:"这是机器包的。"

林超然:"只听说过,第一次见着。"

谭书记:"一位香港投资商程老先生捐给食堂的。"

林超然:"我见过他,人不错。"

谭书记:"噢,怎么认识的?"

林超然:"一言难尽。暂时属于我们知青之间的绝对机密,不便相告。"

谭书记:"不好意思。请吧!"

两人按灭烟,林超然夹起一个饺子塞入口中。

老吴师傅一手凉拌菜,一手猪头肉,送将上来,大受其益地说:"以前大家一要求吃饺子,我们食堂的人就全体皱眉头。二百多人,每人半斤,那得连夜包出一百多斤。过后,擀皮儿的手腕子酸好儿天。自从有了那台机器,可解放生产力了。谭书记,什么时候给我们个机会,我们都想当面说几句谢谢人家程老先生的话。"

谭书记:"那没问题,会有机会的。"问林超然:"怎么样?"

林超然:"比手包的差多了!皮儿厚,边儿宽,馅儿少。咱们东北人包饺子,讲究的是窄边儿薄皮儿大馅儿!双手掐出的边,刀刃似的!看这边儿,像刀背!这种机器包的饺子有什么吃头?"

老吴师傅不爱听地:"太夸张了吧?机械取代手工,那是生产力先进的体现!迷恋手工,社会没法进步了!"

林超然反唇相讥:"社会再进步,饺子也还是手工包的好吃!不信就搞一次社会调查,百分之九十九以上的人会支持我的说法!"

老吴师傅:"那效率呢?手工的效率高还是机械的效率高?中国落后了这么多年,就是因为在吃的方面太矫情了!"

林超然:"中国人一年才能吃上几顿饺子?连吃饺子都降低要求了,那不是太可悲了?"

老吴师傅:"你们东北人不能代表中国人,我们南方人根本不稀罕吃饺子!"

林超然:"原来你不是东北人！你对饺子这么没感情,咱俩当然话不投机半句多啰!"

谭书记:"同志们同志们,不争论了好不好？孰是孰非,暂且搁置。"起身将老吴师傅轻轻推走,边说:"切二斤猪头肉,用一个公共饭盒装起来。再去小卖部替我取两盒烟,一盒牡丹,一盒凤凰,都记在我账上。"

老吴师傅不情愿地:"书记,您这又请吃又给带的,何必呢？您犯不着嘛!"

谭书记:"小声点儿,我不有事求他嘛!"

谭书记回到桌旁坐下,笑道:"当成一段小插曲,别影响共进晚餐的情绪,啊?"

林超然:"听到了,您有什么事求我,请开门见山吧。"

谭书记拿过林超然的烟,吸着一支,郑重地:"你必须替我召集几名返城知青,十人以内,五人以上,包括你,我要和你们开一次座谈会。"

林超然:"必须？可你刚才对那老师傅说是求我。"

谭书记:"是啊是啊,我这不是在求你吗？我市委书记求你的事,你当然必须办到。"

林超然苦笑地:"座谈什么?"

谭书记:"怎么才能更快、更实际可行地解决你们的就业问题,想听听你们的见解。而且,你要根据你那封信的思路,作重点发言。"

林超然:"也必须?"

谭书记:"那当然!"

林超然:"时间?"

谭书记:"明天下午两点,我的秘书小杜会在门口接你们。"

林超然:"可时间由您单方面定了不太……"

谭书记:"难道得由你们单方面定？谁忙时间由谁定。"

林超然还想说什么……

谭书记竖起一只手制止:"不争论。明天以后我几乎整天开会,难道你想说你们的会比我还多？"边说边掏出笔，想找纸写什么，却没发现纸，干脆抓过林超然一只手，往他手背上写。

林超然："这什么？"

谭书记："小杜的电话。有特殊情况，及时通知他。"

罗一民家门外。门已开锁，罗一民一手放门把手上，问李玖："想不想进来？"

李玖："想。"

罗一民将门拉开了一半，李玖却将自己的手放在他手上，将门关上了，柔情似水地："虽然想，那也不进了。为了你营长的事，你今天动了那么多心思，来来回回蹬了那么远的车，肯定身心都累了。早点儿睡，啊？"

罗一民："你今天配合得很好，给一百分！"

他情不自禁地搂抱住她，将她的身体压得靠在墙下，一阵长吻。

李玖终于轻轻推开他，张大嘴倒吸了一口气，幸福地："都快喘不上气儿了！"

她一笑，转身跑了。

林超然他们那个街道小厂。满院子人，有的在吸烟。

屋里。林父、林母、何父、何母、静之、张继红、街道主任或站或坐，气氛很是沉闷。静之抱着孩子。

张继红："静之，出来一下。"

静之将孩子交给何母，跟张继红走到了外间屋。

张继红将门关上后，小声问："如果我们的人都撤走了，结果还是不放你姐夫，几天之后真把他给判了，接着再一个个收拾我们几个，那可怎么办？"

静之忧郁地摇头："我也不知道。"

张继红:"那我就还要再发动一次!"

里屋传出林父大声而严厉的话:"不许!那也不许你们再那么搞!我向区长保证了的!"

里屋。林母瞪着林父说:"你听到他俩说什么了呀!"

林父:"小张说还要像白天那么搞!"

林母:"我怎么没听到?"问何母:"你听到了吗?"

何母摇头。

林母:"我们都没听到,怎么单单你听到了?你不是去年就开始耳背了吗?"

林父:"所以有时候我得比别人注意听!他俩一出去,我就知道准是要说不想让咱们听到的话!"

他欲起身往外走。

何父拦住了他,劝道:"别认真,我觉得他那是随便说说的气话。"

外屋。张继红说:"我看咱俩还是再到外边去吧!"
于是他俩走到了外边。

里屋。林父瞪着何父问:"这么说,你也听到了?"

何父:"我……我似乎,也听到了那么一耳朵……"

林父得理地:"你也听到了,你刚才都不说你听到了,好像我幻听似的!"

何父光火了:"你给我住口!哎我说老家伙,你这半年多是怎么了你?自从我们凝之走了,你怎么变了个人似的?动不动就犯急,就发脾气。不管我说句什么话,你一接过去就跟我抬杠!你当你是工人阶级,你就可以一直压迫我啊?!从今天起,我不吃你这一套了!"

何母:"老何!亲家公年纪比你大,不许你那么训人家!你那是说的些什么话?和你抬几句杠就是压迫你了吗?如果不是亲家关系,亲家公还不稀罕和你抬杠呢！快向亲家公赔礼道歉！"

何父一跺脚："我不！"

林父又双手抱头了。

林母对何母说："你别拦着！"又对何父说："我支持你！就不赔礼，就不道歉！接着训，狠狠训！也替我出口气。在家里，他也动不动就跟我抬杠，而且最后还得是他胜利！要不就跟我没完没了地抬下去！"

林父大声地："我恨你们！我恨你们三个！"

何父及两位母亲都愣住了，呆呆地看着他。

林父："你们都明明知道凝之那孩子身体不好，还急着当姥爷，当姥姥，当奶奶……就我和超然一条心，都劝凝之别听你们的！就我们父子反而想得开，说不当爷爷不当爸，那也没什么……可凝之那孩子孝心，为了满足你们的心愿，还是听了你们的！"

他猛地抬起头，老泪纵横大声地："要不是因为你们，超然会没了妻子吗？我会没了那么好的一个儿媳妇吗？有时候我一想起凝之那孩子，我就恨你们！超然他还上哪儿找那么好的妻子去？我还怎么能有那么好的儿媳妇！"

他又抱着头孩子似的哭起来……

外边忽然人声嘈杂，传来欢呼声，分抢东西的声音……

门一下子被推开，静之进入，眉开眼笑地："我姐夫回来了！"感觉到了屋里的气氛不对头，笑容顿时收敛，闪在了门旁。

张继红等几名返城知青簇拥着林超然进入，他们也立刻感觉到了气氛不对头。

林超然："爸，妈，岳父，岳母，我办事不周，让你们担心了……"

何母将孩子递给静之，走到林超然跟前，只说了一句"超然"就哭开了。

她是被林父的话引起了对大女儿的思念。

林超然内疚地："岳母，是不是给您和我岳父带来不好的影响了？"

张继红:"甭问。他们学校好多人都知道你是他们女婿,你名字一见报,那还不一传十,十传百地传啊!"

何母摇头:"不是,真不是。"

林母:"被你爸气的! 刚才你爸把我们三个气得都要哭了……"

林超然望向父亲,像对孩子说话似的:"爸,那您可不对吧?"

林父:"你妈颠倒是非,刚才明明是他们三个合起伙来气了我一通!"

张继红弯腰看着林父的脸说:"真的哎,超然,大爷脸上的泪还没干呢!"

林父就用手抹脸。

林母撇嘴道:"装样儿!"

张继红又弯腰看林母的脸:"咦,大娘也肯定哭过!"

林母打了他一巴掌:"这孩子,调皮!"

张继红的目光望向了何父。

何父好孩子般诚实地:"我坦白,我眼看要哭了,超然进来了,我的心情又好多了。"

张继红:"清官难断家务事。超然,这一桩谁气哭了谁的案子,连你也断不清了吧?"

林超然:"断得清。他们四位长辈都是原告,只我一个晚辈是被告。他们哭,是我太让他们不省心了。"

张继红看着静之说:"哎呀妈呀静之,你听你姐夫多会说话呀! 你将来找对象,得参考着你姐夫找啊!"

静之不好意思地一笑,将孩子递向林超然;林超然接过孩子后,静之小声说:"你以后要经常抱抱他,要不他对你这个爸爸会眼生的。"逗着孩子又说:"楠楠,认识不,这是爸爸,世界上爸爸的发音都是差不多的。来,给小姨学,爸、爸……"

孩子在林超然怀里笑,林超然也笑了。

何母："超然,我们刚才谁也没气谁,是因为忽然都想起……"

静之敏感地转身制止:"妈!"

她对母亲摇头。

然而每一个人仿佛都听到了"凝之"两个字,气氛一时又沉郁了。

林超然将孩子递向了父亲:"爸,我怕我身上还有凉气,您先替我抱一会儿。"

林父伸出了双手,却又缩回去了,一扭头:"我不太会抱,你妈最会抱。"

林母刚要抱,何母抢先将孩子抱了过去,晃着;孩子咯咯笑起来……

张继红有意调解气氛,从左耳上取下一支烟,像捧根金条似的,双手递向林父:"大爷,这可是支'凤凰',上海名烟。人家市委书记掏自己腰包给超然买了两盒……"

他又从右耳上取下一支烟,以同样夸张的样子敬给何父:"不偏不向,也有您一支。"

最后,他才从兜里掏出一支,不过已断了。

他十分心疼地:"可惜了可惜了。"享受地吸了一口之后,总结性发言似的:"很久很久以前啊,听别人说坏事也可以变成好事,我心里总这么暗想……什么辩证法,瞎白唬。坏事那就是坏事! 开头的坏事再引出了好的结果,那也不如好事得到的好结果好! 现在我开始信那句话了。就说我们的事儿吧,区长亲自到超然家了解情况,市委书记接见,还单独陪着吃晚饭,临走还让带走两盒'凤凰',多高规格的对待啊! 哎,静之呢,静之你躲到里边去干什么呢?"

这小厂的房间,除了门口,正屋是连串三大间。静之已不知何时又抱着孩子了,她说:"你们都吸烟了,我怕呛着孩子。"

张继红:"说到底,超然咱们几个,那还真得感激静之! 要不是她将你那篇文章及时送到了市委,咱们的事,我看那也未必会引出什么好的结果……"

林超然不禁向最里边那间屋望去,门口却已不见了静之的身影。

写上了电话号码的林超然的手,被张继红的一只手握住手腕,张继红的另一只手在往自己手背上抄电话号码。

张继红的手放开了林超然的手。

街道小厂里。"牡丹"烟,"凤凰"烟摆在桌上,伙伴们吸着烟,用手抓着猪头肉吃。

林超然对张继红说:"那电话号码你别到处乱传啊!"

张继红:"那哪能呢!我不会轻易启用的。"

林超然:"警告你啊,如果背着我你乱给市委书记的秘书打电话,可别怪我跟你翻脸。"

张继红:"放心。一定事先请示,事后汇报。"

一伙伴:"给我笔,我也抄下来。"

张继红:"一边儿待着去!超然刚说完,不许乱传。"

林超然:"明天下午两点,都准时到市委门口去,啊?"

另一伙伴:"没兴趣!如果去了,开完座谈会,立马让我到哪一个国营大厂去报到,那我去。否则请假。"

林超然严厉地:"不给假!除非你自动退出咱们这个集体。"

张继红也训那伙伴:"目光短浅!市委书记亲自召开的座谈会,你请假?太不识抬举了吧?都得去!"又对林超然说:"但是头儿,最好改成下午四点。"

林超然和大家都疑惑地看他。

张继红:"你们想啊,四点开始,你一句我一句,谈着谈着,不就五点多了吗?那不也到饭口上了吗?市委书记那不也会请咱们吃顿晚饭吗?"

林超然:"你怎么就那么没出息,吃那么一顿饭能多长一斤肉啊?"

张继红:"比多长一斤肉意义重大!市委书记请咱们吃过饭,这叫资本。没请,咱们如果对别人说请过,那叫骗人。请过,即使淡了巴唧地随口一说,那也令人刮目相看。比如你林超然,一说市委书记留你吃饭了,我们哥们几个谁不对你刮目相看啊? 你在我们心目中那就又高大了不少!"

伙伴们七言八语:"说得对!"

"我需要那种资本!"

"四点! 四点! 坚决改成四点!"

林超然默默站起,示意张继红外边去说话。

外边。林超然说:"你替我通知静之,说服她也去。"

张继红:"你自己为什么不?"

林超然:"她在跟我闹别扭。"

张继红:"哎你想过没有,有时候也许是你在跟她闹别扭。"

林超然:"不争论。人家市委书记对那封信特重视。你知道的,那封信是她改得好。你还要保证说服她作重点发言。"

张继红点头。

林超然:"别四点。你找个理由跟杜秘书通次电话,三点吧。"

张继红刚想说什么,林超然制止道:"也不争论。我一句顶一万句了。"一只手拍在他肩上了:"明天看你们的了。大家都要想一想,争取多谈出点儿有价值的意见。咱们是代表二十几万呢,别让市委书记失望。"

张继红:"那你呢?"

林超然叹口气:"明天我想陪我爸妈待一天。"说完进屋了。

最里边那间屋内,静之微笑地注视着孩子;孩子也注视着她,甜甜地笑。

静之将自己的脸贴向孩子的脸。

张继红在中间那一间屋"白话"着什么,还比比画画的,逗得林超然和四位父母亲一阵阵开怀大笑。

何母笑着追打张继红,张继红往林超然背后躲。

林超然、静之、张继红等一些知青聚在一起,人人充满憧憬地听林超然讲述着什么。

静之头靠林超然的肩,似乎已很香甜地睡了。

林超然想推醒她。

张继红抓住了他手,制止道:"哎,心疼点儿人啊,人家因为咱们几个的事四处奔波地操心了一整天,让她先那么睡一会儿。"

林超然:"我半天没敢动了,肩膀让她靠酸了。"

张继红:"忍着。静之是咱们的功臣,你有怨言那是不对的。"

静之嘴角浮现了一丝不易被察觉的笑容,显然她睡得不像看上去那么实。

林超然:"人的忍耐是有限度的。"

他把静之的手臂搭在自己脖子上,将她抱起,进入里屋。里屋有炕,他将静之斜放在炕上。

他走到门口,站住,回头看,见静之的一条腿垂在炕下。他又走了回去,将她那条腿轻轻放在炕上,替她脱下鞋;静之的一只袜子太旧了,破了,露出白白的大脚趾。

他看着静之那只脚有些发呆了。

张继红在中间屋里喊:"超然,磨蹭什么呢? 哥儿几个还没听你说够呢!"

林超然脱下棉衣盖在静之脚上,同时说:"把你棉袄拿来。"

张继红拎着棉袄进来了,林超然从他手中接过棉袄,卷了卷,当枕头塞在静之头下。

林超然和张继红又坐在大家中间了。

林超然："还说什么？该传达的都传达了，该畅想的也都畅想了。"

张继红："静之今天特使我感动，我倒想说说她了。"

林超然："不许。不仅不许当着我的面说，背后也不许。因为我是她姐夫！"

张继红："你是她姐夫怎么了？我那口子还和她一个连呢。而且比她大一岁，在连队她叫我那口子姐，论起来我也是她一姐夫。她已经和小韩吹了，我这姐夫有责任关心关心她的个人问题。"

林超然："有我这个正式的姐夫呢，你非正式的省省心吧！"

一名知青："踏破铁鞋难寻觅，得来全不费工夫！"

张继红："你小子啥意思？"

对方："我把她给包产到户算了呗，我正好还是光棍呢！"

张继红："你小点儿声！"

林超然瞪着对方小声说："她眼眶高，我警告你，不许动她的心思！"

张继红也小声地："问题就在这里！她眼眶高，你改变不了你是她姐夫的规定角色……"

林超然又不拿好眼色瞪张继红。

张继红："难道你没看出来，静之她对你这个姐夫……"

林超然捂住了他的嘴，扫视着大家，压低声音但却一字一句地："今后谁再对我说这种话，可别怪我对他不客气！座谈到此结束，要回家的回家，不想回家的都给我睡觉！"

月光透过没有窗帘的窗子洒进屋里，洒在炕上。这最里边一间屋的炕上睡着四个人，靠墙的是静之，挨着静之的是林超然，另外两个和衣而眠。除了静之，林超然们连鞋也没脱。

中间屋不知响着谁的鼾声。

林超然翻了下身，被鼾声搅得皱了下眉。他睁开眼睛，结果发现自己和静之脸对着脸了。

月光下,静之的脸看上去那么秀美。

林超然一下子又把身翻了过去。

他睡不着了,再次翻身,仰躺着。

他忍不住缓缓扭转头,看着静之的脸。

静之蹬腿,盖在她脚上的棉袄掉地上了。

林超然睡不着了,他轻轻起身下地,捡起棉袄,替静之盖在脚上。

他将每一间屋的炕洞都拨了一遍,塞进了新柴。也将大铁炉子里的火捅旺了,加入了新柴。之后,他坐在炉前沉思。

炉火映红着他的脸。

北大荒的冬季。在林超然和凝之的小家里,也就是凝之那个连队的一幢小泥草房里,凝之靠着墙织毛衣,林超然坐在一张旧椅子上拉二胡,拉的是抒情的《草原之夜》。

凝之:"超然……"

林超然扭头看她,却没停止。

凝之:"跟你商量个事儿。"

林超然这才停止,将二胡挂墙上,坐在凝之旁边。

凝之:"我想跟团里请求一下,调你们马场独立营去。"

林超然:"为什么?"

凝之:"要不,咱俩虽然在一个团,那不也等于两地分居吗?你每看我一次,来来回回七八十里,太辛苦你了。"

林超然笑了:"我不是骑马嘛!团里什么态度?"

凝之:"团里答复说,等他们物色好了一个接替我的知青副指导员再说,我看他们能拖就拖。"

林超然:"关键不在团里,你们连的态度也很重要。"

凝之:"根本不能指望我们连同意,他们太舍不得放我了,我也太舍不得离开我们连了……可,我又多么希望从某一天开始,咱俩能生活在一起,不必再你看我我看你的了。来,比比。"

林超然伸展开双臂,让凝之在自己胸前比试毛衣。

他深情地看着她,忽然搂抱住了她。

于是她也深情地看着他。

林超然:"这半年我来看你的次数确实太少了,下半年我一定把咱俩的损失补回来!"

凝之:"你别误会,我没有埋怨你的意思。只不过,有时候回到这个家里,推门进屋后,就再没个人跟我说话了,觉得挺孤单的。尤其是冬季……"

林超然不禁深情地吻她,她也不禁地搂抱住了他的脖子……

皎洁的月光洒在炕上。两人已脸对脸睡下了;月光下凝之的脸同样很秀丽,如同刚才林超然所见到的静之的脸。

林超然目不转睛地欣赏着凝之的脸。

他又激情地将凝之紧紧搂入怀中。

天亮了。林超然穿着凝之为他织的那一件驼色毛衣跑步回来,而静之也正拎着书包从屋里走出。

静之:"姐夫,跑出汗来穿着不舒服,会感冒的。"

林超然:"没事儿,一会儿我要用冷水擦身。"

静之:"也要把衣服烤烤。"

林超然:"会的。"

他回答静之的话时,继续在院子里活动身体,压腿,也不看静之一眼。

静之:"那,没什么事的话,我回学校去了。"

林超然:"等我送送你。"还不看静之一眼,说罢大步走进屋去了。

静之沉思着,脸上渐渐浮现出了笑容。她以为姐夫说送送她,一定是有话要单独跟她说。而要单独跟她说的话,也许正是她所希望听到的话。

市委一间小型会议室。张继红们到齐了,站的站,坐的坐,在传看一只搪瓷盆子。那盆子上一片红旗,一行醒目的大字是"文化大革命就是好"。

张继红在吸烟,用茶杯盖当烟灰缸。

伙伴们议论纷纷:"会议室摆这么一个搪瓷盆干什么?"

"说不定和座谈内容有关。"

"不会吧? 咱们又没招惹过搪瓷厂。"

静之进入,见张继红在吸烟,指着禁烟牌生气地:"没看见啊?"

张继红将禁烟牌收在桌子底下了,嬉皮笑脸地:"这不你也看不见了? 你姐夫说,谭书记也吸烟。我不带头,人家想吸也不好意思吸。"

静之:"别废话,掐了!"

杜秘书进入,礼貌地:"谭书记来了。"

谭书记进入,大家纷纷站起。

谭书记:"坐、坐。随便坐。接了一个电话,让你们等了几分钟,请大家原谅。"

大家落座后,谭书记吸吸鼻子,发现了被当成烟灰缸的茶杯盖,风趣地:"弹烟灰还是烟灰缸好。不过谁如果能把茶杯盖放平了,也算是一物二用。"

大家都笑了,张继红难免尴尬。

谭书记吩咐杜秘书:"把小通风窗打开,把那只茶杯盖洗干净,再多拿几个烟灰缸来。"

小杜照办。

张继红:"我洗我洗!"

小杜:"别客气,你是书记的客人。"

谭书记:"今天这里破例一次。想吸的,不必非克制着。我们这位女同胞没意见吧?"

静之摇头微笑。

小杜送来了烟灰缸。

谭书记:"小杜,不记录了。"

小杜退出。

谭书记吸着一支烟,望着大家说:"我当年是化工学院毕业的。那时志向远大,发誓要为咱们中国获得诺贝尔化学奖,却阴错阳差地从了政了。文学家说,人类社会的一切现象,归根到底是人性现象。政治家说是政治现象。经济学家说是经济现象。而我这个学过化学专业的人认为,其实也是化学现象。西方科学家的研究表明,爱恨情仇,是人类脑区化学反应的结果。那么,我们此刻双方坐在了一起,也是我们大脑里化学反应的结果啊。起码证明,咱们双方都有诚意。诚是文化化人的体现。文化化人,首先是使人的大脑里产生良好的化学反应嘛!说得通吧同志们?"

大家笑了。

谭书记:"言归正传。咱们全市,除了已留在兵团、农场、农村的,现有二十三万余名返城知青,以往十几年里,各行各业几乎都没发展,也就没产生什么就业岗位,城市一时消化不了你们,所以我极想听听你们有什么高招?"

张继红:"谭书记,如果事情不是变成了这样,我们的头儿真被判刑了,我们因而真闹将起来了,您会对我们怎样?"

谭书记:"如果不是林超然那一封信写得好,发表得也很及时,那现在事情是个什么局面,还真不好说了。幸而变成了现在这样。"

一名伙伴:"变成了现在这样首先对您是幸而的事。"

谭书记:"为什么首先对我是?"

另一名伙伴:"因为我们都是在返城知青中有一定能量的人。"

谭书记:"噢?"绵里藏针地:"你们几个能量再大,还大得过党吗?中国共产党成功结束了'文化大革命',一举拿下了'四人帮',坚决否定了'两个凡是',这种能量比你们的能量更大吧?我作为市委书记,也自有我的能量啊。硬碰硬,那在化学中叫'相克反应'。一旦发生了,必然两败俱伤。所以我认为,咱们都避免了'相克反应',那就分不出什么首先不首先了,幸而是同时对我们双方而言的。"气氛一时凝重。

张继红:"同志们同志们,跑偏了!哎谭书记,我们刚才都对那搪瓷盆发生了兴趣,您是特意叫人摆在这儿的吧?"

谭书记点头。按灭烟,问:"你们先回答我的问题,你们卖饺子,用什么装的?"

张继红:"报纸啊。我们糊成纸袋子。"

谭书记:"得用不少报纸,哪儿来的?"

一名伙伴:"废品收购站买几捆就能糊一二百个纸袋。"

谭书记:"这就难怪了。你们卖的饺子,有些的皮儿上,都印上了报上的字了。人家食品卫生检查部门的同志,照了相了,而且把照片寄给了我。废品收购站的报纸,那多不卫生?我又得说幸而了——幸而到目前为止,没有吃出病来的,否则你们麻烦大了,坐在这儿的肯定是另外一些人了。"

张继红:"我们当知青时,还吃过瘟猪肉包的包子、饺子呢,也吃得欢实着呢,人不能活得太细致了。"

静之严厉地:"你别狡辩了!不对就是不对,错了就要改,说那些有意思吗?"

气氛又凝重。

谭书记:"我没法儿一下子解决了二十几万人的工作。连你们几个的也解决不了。这个冬天你们还得靠卖饺子自谋生路,但我给你们解决了几处固定的柜台,以后工商等部门也不会找你们麻烦了……"

张继红:"可不用报纸袋,那用什么装呢?"

谭书记举起了盆:"这个怎么样?"

张继红:"我们哪儿来许多搪瓷盆呢?"

谭书记:"这是市里一家集体性质的厂生产的。初衷嘛,是为了在'文革'的第十个年头推向市场。'文革'一结束,积压在库里了。集体企业本就周转资金有限,禁不住这种打击。如果是塑料的,回炉就是了,损失会小点儿。但是搪瓷的,全报废那个厂非黄了不可。"

静之:"您的意思是,希望我们以后卖饺子时,捎带着替他们把盆也卖出去?"

谭书记:"本来想最后议这件事,既然说到这儿了,就提前吧。帮那个厂解决燃眉之急,也成了我一件愁事儿。昨天想到半夜,忽然茅塞顿开。究竟可行不可行,还得听听你们的。"

张继红:"都印上那样的字了,这种盆谁还买?饺子不好卖,连盆更难卖了。"

谭书记:"他们给的价极便宜,收回成本就行。"

静之:"我认为,这种盆具有收藏价值。如果这样一种购买理念被认可了,连盆卖也不是不可行。也许,会比只卖饺子还卖得好。"

张继红:"别说,这是让人开窍的思路。有你的。你如果没来,我们损失大了!"

谭书记:"你叫什么名字?"

一名伙伴:"何静之。登在报上那封信就出于她的笔下。"

谭书记:"嗯?不是你们中那个能量最大的林超然写的吗?"

静之:"是他写的。他是我姐夫。我只不过替他抄了一遍。"

张继红:"是啊是啊,她只不过抄了一遍。"

静之对张继红报以感激的一笑。

谭书记:"林超然怎么没来呀?"

张继红:"他是孝子。他老父母受了惊吓,他得在家陪陪老父母。"

谭书记:"可以理解。那,就照静之同志说的,试试看。怎么样?"

张继红:"且慢。这里还有个什么搭什么卖的问题。如果是盆搭饺子,那我们的饺子成搭配品了,对我们不利。"

一名伙伴:"那就吆喝成饺子搭盆嘛!"

张继红:"那,搭着卖的盆儿,谁还相信有什么收藏价值?"

静之:"中国词汇那么多,干吗非说什么搭什么呀?要贴出几份消息——买二斤饺子,可获得最低价的'文革'收藏文物一件。买一斤的,还得不到呢!要低姿态、高调门地来卖!"

张继红:"谭书记,我们中不乏智者吧?"

谭书记:"我看静之同志的能量不亚于你们诸位。只不过你们具有的是扇动能量,而她具有的是推动能量。"

有几个人就又传看起盆来。

谭书记:"关于饺子和盆儿这件具体的事,咱们先议到这里行不行?静之同志,我想请你从宏观上谈一谈,为了尽快解决好返城知青的就业问题,市里该主动做些什么?"

静之当仁不让地:"那好,我说说。二十几万青年的就业问题,不是什么人一下子就能全部解决的。谁也不是上帝。但市里的领导们,也大可不必将我们视为负担,认为城市的胃根本难以消化我们。对于城市的机体,我们这一代人反而是宝贵的营养。我们具有相当顽强的生存能力,可以转化为自谋生路的原动力。但这种原动力,需要对我们有利的政策来激活它。所以,与其说我是代表二十几万人来要工作的,莫如说是代表这个群体来要政策的!"

张继红使劲鼓掌,大家跟着鼓。

谭书记点头。

静之:"只要知青个体自谋生路的诉求,在食品安全、环境卫生、生产安全等方面符合有关的条例规定,那就要一路绿灯尽快发给个体营业执照,让视个体经营为洪水猛兽的思想见鬼去吧！”

张继红们鼓掌。

静之:"返城知青们如果组织在一起创业,要给以适当的贷款扶持。应该低息,无息最好！在一个时期内,对自谋生路的知青个体和集体创业的他们,要考虑减税,甚至短期免税！中国人自谋生路集体创业的精神被压制得太久了,让我们来作解放那种精神的证明！"

掌声。

静之望一眼谭书记,欲言又止。

谭书记:"说下去啊！"

静之:"再说下去是不是不识趣了？您皱了好几次眉,却并不鼓掌。"

谭书记:"我不鼓掌是因为,都不是我一个人做得了主的事。但这并不应该成为我无所作为的借口。你说的我都赞同！我要排除一切阻力,尽力而为！"

静之笑了。

张继红们又对谭书记大鼓其掌。

谭书记:"说得很好。说下去！"

静之干脆站了起来,一会儿扳手指,一会儿挥手臂,说得激情饱满。

谭书记带头鼓掌。

天黑了。市委书记站在台阶上与静之、张继红们一一握手,不安地:"晚上要宴请几位兄弟市的领导,不能留你们吃饭了,实在抱歉,多多谅解！"

张继红:"静之！"

静之转身。

张继红:"你表现太出色了,真想亲你！"

静之一笑:"心领了。"

张继红:"你觉得谭书记这人怎么样?"

静之:"你觉得呢?"

张继红:"印象良好。但也是一个绵里藏针的主儿。"

静之:"绵里藏针说明还有自己的思想和主见,比那些一贯对上唯唯诺诺、不敢负责任的人强得多!"

一伙伴突然大叫:"我饿!"

另一伙伴推了张继红一下:"都怪你!非把两点的会改成三点,要不我在家里也早吃上了!"

另一名伙伴:"我中午都没吃,等的就是晚饭由市委书记来请,结果落了个空想一场!你小子得请我们吃!"

张继红:"好好好,我请我请。大家不辱使命,该请!静之也不许走!静之呢?"

静之的身影已走远了。

"饺子饺子!手工包的冻饺子!萝卜馅、酸菜馅的冻饺子!皮儿薄馅大的饺子!"

这是第二天上午,某露天市场的一个摊位,林超然在大声吆喝,案子上还摞着一摞搪瓷盆。

张继红小声地:"别忘了盆儿!把盆儿也吆喝上。"

林超然张张嘴,没喊出声,闪开的同时小声说:"不会。你来。"

张继红:"废物典型!"拿起了一个盆儿,举着喊:"还有盆!盆、盆、这个盆,没裂纹儿!买二斤饺子搭一个盆儿!"

一妇女凑过来,拿起一个盆看。

张继红嘴甜地:"婶儿,这盆儿有收藏价值!走遍全中国,再没地方买得到了!"

妇女:"来二斤!"

林超然:"我们的饺子香啊!是今年出栏的猪肉拌的馅儿。凭票买的那肉,都是冷库里冻了十几年的肉!这盆儿也便宜,只收您成本价……"

妇女一指张继红:"他刚才不说买二斤搭一个吗?要钱算搭吗?忽悠人,不买了!"转身便走。

张继红埋怨地:"哎你急着说盆儿什么价干什么呀?让我慢慢说不行吗?"

林超然恼火地:"你再会说,不是也得说出个价儿,不能白给吗?"

谭书记办公室。他在批文件,杜秘书进入。

谭书记:"视察到了什么情况?"

杜秘书:"不容乐观。"

谭书记起身,捻动着笔,沉思地:"他们也是在帮搪瓷厂,咱们不能作壁上观。"

杜秘书:"是啊。我暗中看着也挺替他们着急的。"

谭书记:"这么办啊,你在咱们楼里找上那么五六个人,去帮林超然他们营造气氛。"

杜秘书:"当托儿?"

谭书记:"你看你这同志,我那么说了吗?"

杜秘书:"我说的我说的,您当然不是那种意思。"

谭书记:"但不要找处以上的干部。找处以下的。"

杜秘书:"包括处级?"

谭书记沉吟地:"可以。找那种平时唯我马首是瞻的,啊?"

杜秘书:"明白。"

谭书记:"别占用工作时间,等吃完午饭后。"

杜秘书点头。

谭书记:"如果大家有什么顾虑,就说我说的——引起批评之声,最后我兜着。"

杜秘书点头。

市委门外。几位处以下干部围着杜秘书问长问短。

干部甲："咱们市委机关干部可从没充当过这种角色。"

杜秘书："所以谭书记强调，要找一向拥护他的同志。"

干部乙："论起来，当然也是谭书记的工作的一个组成部分。可万一许多人不理解，引起批评怎么办？"

干部丙："小杜刚才不是传达了，谭书记说他顶着嘛！"

杜秘书纠正地："谭书记的原话是——他兜着。兜着和顶着意思有区别，而且他说的是最后由他兜着。"

干部甲："那，就是起先由我们顶着的意思啰？"

杜秘书："这可是自愿的。想去的，跟着我。不愿去的，不勉强。"

他说完拔腿便走。

干部乙："就算因此为谭书记受到些什么批评，那我也心甘情愿！"他跟上了杜秘书。

另外几人互相看看，也都跟去。

原地只剩干部甲了，望着杜秘书们的背影，自言自语："这种事儿也不能落后啊！"他也跑几步跟上了。

黑大校园。静之那幢宿舍前，她站在台阶上，十几名男女生站在她对面。

静之："没什么嘱咐的了，主要记住一点，要掌握分寸，别过。一过让别人看穿了，就丢咱们黑大学生的脸了。"

一名女生："放心，女大学生，谁还没有点儿表演天分啊！"

一名男生忽然大声地："哎那位那位！后边排着去，不许夹楔！都像你这么夹楔，我们后边的白排了！"他说罢，变脸那么快地恢复了常态，徒弟向师傅汇报似的："这样没过吧？"

静之:"行。挺到位!"

那男生一挥手:"出发!"

一名女生:"静之,你自己不去啊?"

静之:"我怕碰上熟人,穿帮了。你们办事,我放心。"

同学们都走了,静之缓缓踏下台阶,走进小花园,坐在长椅上沉思。

她想到了可笑之事,笑出了声。

露天市场。与先前的冷清大为不同了,林超然和张继红的柜台前排着长队了,前边是杜秘书等市委的干部,后边是静之的同学们。张继红在掌秤,林超然在用盆接饺子,并收钱。

林超然:"二斤饺子一元五!盆一元五,总共三元钱,请大家预先准备好钱,这样快一些!"

一位男士凑上前看,黑大那名善于表演的男生立刻出了队列,劈头盖脸地一顿数落:"公民,后边排着去,不许夹楔!都像你这么夹楔,我们后边的白排了!"

那男士被数落得直翻白眼,羞恼地:"嚷嚷什么啊?我夹了吗?不就一破盆嘛!"

张继红:"哎这位同志,你说是破盆儿可不对啊!我们这搭配着卖的不是一般的盆儿。请看清楚上边的字,这是'文革'文物,全中国哪儿也买不到了,有保留价值的!"

这一招果然吸引了不少人排队。

谭书记出现了,内围围巾,外穿呢大衣,戴皮帽子——一看就非一般人,特贵族。

林超然、张继红看着他,一时都呆了,如同被定身法定住。

干部甲:"谭书记,您何必亲自来呢,我们办事儿,您还不放心啊?"

谭书记庄重地:"我也是来视察视察市场情况。"

张继红猛醒地:"排队的同志们,市委书记时间宝贵,让他先买行不行啊？"

不料引起一片抗议之声："不行！"

"我们时间也宝贵！"

"市委书记更不能搞特殊化，后边排着去！"

"对！不排队就是不正之风！"

黑大那名男生对同学们小声地："镇定。按既定方针办。咱们一点儿没过，是他们过了。"

谭书记："我的时间也没那么宝贵，午休时间我不需要照顾。"他从容不迫地排到后边去了。

老顾问和他女儿在不远不近的地方看着。他生气地："成何体统！"一转身怫然而去。

天黑了，街道小厂里，林超然在拨算盘、点钱；张继红在修一台旧收音机；其他人在包饺子。

林超然往钱柜里放钱。

一伙伴："头儿，今天入账多少？"

林超然："比以往三天还多。"走到张继红身边说："别再从废品收购站往这儿划拉东西了啊，咱这儿不能渐渐成了另一处废品收购站。"

张继红："刚多卖了点儿钱，就要告别自力更生的传统了？废品站弄来的保险柜修一修不挺唬人地用上了吗？这收音机也立刻就出声儿！"

他插上插头，一扭开关，果然出声，但是音很小。

张继红："是音量控制旋钮还有点儿问题。"边修边说："谭书记太够意思了，没想到他也会去。"

一伙伴边包饺子边说："一位可爱的市委书记。"

林超然洗罢手，擦干，也加入包饺子，并说："说实话，他出现在那里，我认为可不是多么清醒的表现。"

伙伴们不解他的话,都看他。

收音机的声音终于大了,报道新闻:"据市委外事部门证实,明日中午,市委书记将亲往机场,迎接一批来自欧洲国家的旅游者。该旅游团二十余人,成员包括英国、法国、德国、意大利、比利时等国人士。是'文革'后来到我市的第一个外国旅游团,将对我市旅游业的发展产生重要影响……"

第二天早晨。小厂的院子里,林超然在清扫积雪。从积雪的厚度来看,昨夜的雪下得很大。

张继红从屋里出来,吃惊地:"下得这么厚啊!"

林超然:"估计市区以外将近一尺厚。"

张继红:"那老外们可赶上了!"

林超然:"我也这么想。我还在想,咱们应该去机场那儿。"

张继红:"谭书记迎接外宾,咱们去凑什么热闹?"

林超然:"不是凑热闹,去清雪。"

张继红:"你真想一出是一出,清雪也不必咱们去吧? 那是交通局的事儿!"

林超然:"我希望能给谭书记一个意外,正如他昨天给了咱俩一个大大的意外。"

张继红想了想,理解地:"明白你什么想法了,那我得去联系一辆卡车!"

机场到市里的一段公路两旁。林超然、张继红等几十名返城知青,在用各种工具清除公路上的厚雪。

谭书记接外宾的车队通过,每辆车上都插着小国旗。

一辆车靠路边停住,谭书记和杜秘书下了车。

谭书记问一返城知青:"你们哪儿的?"

返城知青："返城知青,暂时哪儿的也不是。"

谭书记："嗯? 谁派你们来的?"

返城知青："林超然、张继红。"

杜秘书指着说："您看那儿。"

林超然、张继红挂着锨在望这边。

谭书记明白了,招手。

林超然、张继红也招手。

谭书记与几名返城知青握手,回到车上。

几辆车的车窗摇下,老外们探出头伸出手,频频招手。

穿上了棉袄戴上了棉帽子的林超然和静之走在路上。

静之试探地："姐夫是不是有什么话要跟我说?"

林超然："对。"停下脚步,掏出一张纸币给了静之:"拿着这五元钱。"

静之："姐夫,我不缺钱。"

林超然："撒谎。你又享受不到助学金,又不好意思向父母要,怎么会不缺钱呢?"

静之只得把钱接了,小声地："谢谢姐夫。"

林超然俨然长辈似的:"给自己买两双棉袜子。大冬天的,还穿双的确良丝袜怎么行? 脚冷就全身冷,这是生活常识。"

静之点头。

林超然："还有,你现在和我们不一样。我们是返城的待业青年,你是黑大的学生,而且是学生会的干部,你以后要少到我们这儿来。"

静之："为什么?"

林超然："为什么还用我告诉你吗? 我们返城知青身上有毛病。我们这种毛病,越聚在一起,越明显。我们下了几年乡,就自以为是一种资本,好像被亏待了似的,动不动拿我们的经历说事儿。我们习惯于称兄道弟,有时候江湖义气第一。一旦一些人冲动,往往一批人跟着冲动。

这一点,在我们兵团知青身上体现得尤其明显,我把它归纳为'兵团知青习气'。"

静之不以为然地:"没想到你会有这种看法。那你自己身上呢?"

林超然:"我的话当然也包括说我自己。你对我的话不以为然是吧?"

静之坦率地:"对。虽然你说也包括你自己,但我还是能听出一种居高临下的意味。所以我要斗胆在你这位姐夫面前承认,我不认为你那么评价知青友谊是客观正确的。而且我建议你以后不要在返城知青之间说类似的话。那话听着太刺耳,太伤人。"

林超然:"我现在就可以告诉你,我不会接受你的建议的。恰恰相反,我认为我有责任以后在返城知青中经常说,多说。我那么归纳,并不是要全面否定返城知青之间的友谊。在下乡的岁月里,在特别艰苦的环境中,我们那一种友谊是弥足珍贵的。即使未免带有为朋友两肋插刀的江湖义气色彩,那也是曾使我们感到过温暖的……"

静之:"但现在返城了,不再有班、排、连、营这种集体关系了,就应该相忘于江湖?"

林超然:"人和城市的关系比人和农村的关系复杂多了,人和社会的关系也比人和集体的关系复杂多了。既然现在都回到了城市,以后又都是城市公民了,那就要尽早克服掉一些是知青时的部落人习气……"

静之:"这么一会儿,你已经创造了两个概念了。"

林超然:"你冷不冷?"

静之:"冷。"

林超然严厉地:"冷就别站这儿跟我顶嘴!以后不允许你再掺和我们的事!也不允许你常到我们这儿来!我们的事今天刚对了,明天可能又错了!我已经没法儿不在对错之间走钢丝了!还要我说得更明白吗?"

静之:"不劳教诲,怎么就对怎么就错,我自己也有头脑!"

她说罢转身便走。

林超然:"你给我站住!"

静之站住了。

林超然:"你再经常来,别怪我当众撵你走!"

静之就扭头看着他。

轮到他一转身就走了。

静之望着他的背影,眼中充满泪……

江北。精神病院。慧之在拖一条长长的走廊;一位年长的女性走来,是护士长。

护士长:"小何,水凉,拖一遍就行。"

慧之:"护士长好。拖一遍拖不干净。我在兵团时经常用冷水洗脸,不怕水凉。"

护士长:"看把手冻得通红,先放下别拖了,快去接电话。"

慧之:"电话? 谁打来的?"

护士长:"说是你的一个兵团战友。"

慧之疑惑地放下拖布,匆匆离开。

慧之在医院某处接电话。

慧之:"一凡? 你怎么回哈尔滨了?"

慧之的身影伫立在江北岸边。

她所站的地方正对着青年宫。有一个身影从那儿朝江这边走来。她判断出了那必是杨一凡,跳到江面上,迎着他走去。

杨一凡也认出了她,跑起来……

慧之也跑起来……

两人跑到了相距几步远处,都站住了,含情脉脉地望着。

杨一凡:"好像,别人在这种情况之下,一般都是要拥抱的。"

于是慧之扑到了他怀里,他拥抱住了她。

两人脸对脸,唇对唇,近距离地凝视对方。

慧之闭上了眼睛。

然而杨一凡只是一味欣赏地看着她的脸。

慧之奇怪地睁开了眼睛。

杨一凡:"这么近距离地看着你的脸,感觉真好。"

慧之多少有点儿索然,想推开他。

杨一凡:"别动。"他竖起一根手指作中线,在慧之脸上横比画竖比画的,边说:"某些人脸庞的缺陷,只有近距离,以中线法比量着才看得出来。你的脸对称方面刚刚及格,但你两条眉毛长短不太齐,这边的眉梢短了点儿,眼睛似乎也一大一小,另一边嘴角还有点儿歪……"

慧之一下子推开了他,很不高兴地:"天使的脸才是完美的! 我又不是天使! "

杨一凡:"你是天使,白衣天使。"

慧之:"那你就不应该从我脸上看出你所谓的那些缺陷了!"

杨一凡:"错。西方大多数油画家所画的天使的脸,不论男的还是女的,如果用中线法一比量的话,十之七八都是稍稍有点儿不对称的。一种西方美术学派认为,稍稍有点儿不对称,比严格的对称更符合人眼的审美习惯。幸好你的脸庞只不过稍稍有点儿不对称……"

慧之:"我笨,听不出你这是在夸我呢,还是在贬我呢! 我问你还没放假,你回哈尔滨来干什么?"

杨一凡:"我们营长出事了,我能不回来一次吗?"

慧之:"你在沈阳怎么知道的?"

杨一凡:"好事无人知,坏事传千里呗! 我们那个研究生班,一小半是返城知青,一小半的一大半是兵团的。哈尔滨有人打电话告诉他们的,他们在一起一议论,我也知道了。我一知道,挤上一趟火车就回来了。

刚才我在青年宫给你打的电话,放下电话就过江了。"

慧之:"离开学校前请假了?"

杨一凡:"请不请假很重要吗?"

慧之想训他又不忍心训地:"你可真是!难道校纪校规对你来说没有意义吗?"

杨一凡认真地:"有意义啊。平时我处处遵守校纪校规,老师和同学都认为我起到了模范生一样的良好影响……"

慧之:"那事已经过去了!我姐夫已经不会被判刑了,昨天晚上就自由了!"

杨一凡:"这么说,我白浪费车票钱了?"

慧之:"那当然!你要是回来之前打电话问问,或者写信问问,不就不至于犯这种多此一举的错误吗?"

杨一凡:"也不能说是什么错误吧?我着急啊!"

慧之:"就算我姐夫现在还没放出来,你赶回来又有屁用?"

杨一凡一愣,皱眉道:"你说脏话了,这可不好。"

慧之:"好!"

杨一凡:"明明不好,你还非说好,这就更不好了……明白了,你不高兴了。你为什么不高兴了呢?"

慧之:"自己想!"

杨一凡:"女人如果不高兴了,男人与其猜她为什么不高兴,还不如对她说一件高兴的事。现在我郑重向你宣布,我们学校有一名女生追求我了!"

慧之愣住。

杨一凡:"怎么,你不替我高兴?真的,我不骗你。我把她写给我的信带回来了,就是为了让你相信,让你替我高兴。"

他掏出信递向慧之。

慧之一把将信夺去,急迫地看;忽然撕了,扔在地上,跺脚大叫:"杨一凡,我不高兴! 很不高兴! ”

杨一凡困惑地:"为什么? 为什么这么应该使你高兴的事你都不高兴? ”

慧之:"因为你已经有对象了! ”

杨一凡更困惑了:"我有对象了? 我自己怎么不知道? 谁? ”

慧之:"我! ”

杨一凡:"你? 你从来也没给我写过那样的信啊! 你是我的红颜知己。我想,红颜知己和对象应该是有区别的吧? ”

慧之:"我两样都是! 既是你的红颜知己又是你的对象! 而且,咱俩都接过吻了! ”

杨一凡:"是吗? 我怎么不记得? 什么时候? 什么地点? ”

慧之更加生气地:"去年冬天! 咱俩从兆麟公园走出来以后! ” 举臂一指:"就在江边台阶那儿! 你怎么连这种事都能忘了? 那你还能记住什么? ”

她快气哭了。

杨一凡回望,继而看着慧之,还是想不起来,内疚地:"我虽然想不起来了,但是我相信你的记忆。那么是我不对。”

他看到地上的信纸片,欲捡。

慧之大叫:"不许捡! ”

杨一凡走到了慧之跟前,安慰地:"你别急。也别生气。我的过错是容易纠正的。据我所知,对象之间不只接吻一次。如果咱俩在一起都喜欢接吻,那就进一步证明咱俩是真的对象了! ”

慧之:"当然喜欢! ”

她上前一步,扬起脸,闭上了眼睛。

杨一凡:"我想,我也是喜欢的。”

他捧住慧之的脸,将她的头摆正,并说:"其实,接吻闭上眼睛,是一种教条主义的接吻方式! 是因为接受了文学艺术的暗示……”

慧之猛地睁开眼,使劲一推,杨一凡坐在地上了。

慧之转身跑了,杨一凡站起,愣愣地看她。

慧之转身喊:"不许傻站着,追我!"

于是杨一凡向慧之跑去。

雪白的江面上,慧之灵活得像一只小鹿,而杨一凡则显得笨拙。他几次就要抱住慧之了,却都被慧之机敏地逃开了。

杨一凡摔倒了一次,又摔倒了一次……

慧之清亮的咯咯的笑声……

慧之也摔倒了……

杨一凡扑住了她。

杨一凡伏在她身上,气喘吁吁地,以胜利者的口吻说:"终于逮着你了!"

慧之大睁双眼,含情脉脉地看着他。

慧之:"我才不是教条主义者,我只不过比较传统。"

她缓缓闭上了眼睛。

杨一凡深吸一口气,俯首吻她……

天空盘旋的鸽子……

他俩仰躺在雪地上。

慧之:"和一个精神不……"

她意识到自己说了不该说的话,止住了。

杨一凡:"说下去。你对我说什么话我都不生气。"

慧之坐了起来,看着他说:"说就说……和一个精神不正常的人谈恋爱,连爱情本身也变得不正常了。"

杨一凡也坐了起来,看着她说:"只纠正你一个字……不正常'过'。但正常的爱情又是什么样的爱情呢?"

慧之:"我也不知道。"

杨一凡："怎么会,你一定谈过好多次正常的恋爱。"

慧之："才没有!这是我的第一次。不但得自学,还得当辅导员。"

听来是怨言,但是她的表情很幸福。

杨一凡忧伤地："看来,我和正常的爱情无缘了。"

慧之抱住了他的手臂,将头靠在他肩上:"没什么可遗憾的。不正常的爱情感觉也挺好的。告诉我,你的老师和同学们,他们知道你那一段经历吗?"

杨一凡:"起初都不知道。我想我应该主动告诉他们……"

慧之:"为什么?"

杨一凡:"主动告诉了他们,如果我表现出了什么不正常的言行,他们就会对我多加原谅了。被原谅对我是重要的。"

慧之:"主动告诉了以后呢?"

杨一凡:"没一个相信的。都以为我在开玩笑,而且是不可笑的玩笑。再后来,不知为什么都相信了。也都对我更友好了。并且,不止一个人和我说过,自己和许多正常的别人与我比起来,反而有不少方面显得更不正常。他们还都愿意跟我说心里话,说私密的事。只要他们嘱咐我保密。我就坚决保密,再把我送进精神病院去我也不会讲的……"

慧之:"比如……"

杨一凡:"比如什么?"

慧之:"告诉了你哪些私密的事呀?"

杨一凡:"这……一件也不能告诉你。我要对得起别人的信任。"

慧之搂住了他的脖子:"一凡,我爱你。"

杨一凡:"你以后要经常给我写亲密的信,否则我又该忘了咱俩是对象了。"

慧之点头:"你也要经常给我写那样的信。"

杨一凡:"我还要得到一样东西,使我能带在身上,随时会看到,随时会想到你。"

慧之："现在我没有那样的东西,以后给你。"

杨一凡："不想等到以后,你现在就有。"从慧之头发上取下了一枚发卡。

慧之："这可不行! 一会儿回去,同志们见我头发不整,会胡乱猜想笑话我的。"

杨一凡："那不重要。"将发卡揣兜里,又说:"跟我去看你姐夫吧。"

慧之："不行。我在班上,只请了半个小时的假。"

杨一凡："那我只好自己去了。"

慧之："既然回来了,索性就住几天吧。但今天一定要给学校打次电话,补上假。"

杨一凡听话地:"这我能做到。"

他站了起来,又说:"那我走了。"一说完转身就跑。

慧之也站了起来,张张嘴欲喊住他,没喊出声,呆望着他的背影而已。

市内某小挂件摊前,杨一凡在挑选挂链。

林超然他们那个小厂的屋子里。林超然、张继红等人看着一位穿工商制服的三十七八岁的女同志,他们叫她张姐。

张姐从这间屋走到那间屋,东看西看。

张姐："还算干净。"

张继红："您来之前,我们突击打扫过……"

张姐不由瞪他。

林超然："张姐,我们这里,一向都这么干净。我们很注意环境卫生。"

张姐："还有人在炕上睡吧?"

林超然："是啊是啊,偶尔有人不想回家了……"

张姐："人睡过的炕,又在上边放案板,揉面,包饺子,岂有此理!"

张继红："家家户户不都这样嘛！"

张姐严肃地："但这里不是家。"

林超然将张继红扯到一边，耳语："别解释。绝对服从。"

张姐："最里边……一间屋的炕可以保留。这间屋那间屋的炕、火墙，必须拆掉。"

张继红："这，这……太过分了吧？"

张姐："嗯？"

林超然又将张继红扯到一旁，耳语。

张继红走到张姐跟前，满面堆笑地："张姐，亲爱的张姐……"

张姐："别油腔滑调的！"

张继红："那，敬爱的，敬爱的张姐，咱们北方的冬季不是长、冷嘛，如果都拆了，那馅子在这两间屋都会冻。要是蒸馒头什么的，面都发不起来。您看这样行不行，我们将火口都改到外边去，那样屋里就不起灰了……"

张姐想了想道："那行。火墙要重刷一遍，炕席要撤了，裱几层报纸，刷上油漆……"

张继红："照办，照办。那，把您包里那张纸，现在就给了我们吧？"

张姐："营业执照现在还不能发给你们。等你们重新把这里改造过了，我来检查了，认为合格了才能发给你们。"

张继红："这，这……"

一名返城知青："那我们在春节前的大好时机不就挣不到钱了吗？"

张姐："市里的领导替你们考虑到了，春节前的一段日子，把你们介绍到各大单位的食堂去帮忙，由他们发给你们临时工资。"

另一名返城知青："那干脆就让我们成了那些食堂的正式职工得了呗！"

张姐："那不可能。哪个单位的正式职工都是有编制的。之所以对你们网开一面，就是希望你们成为返城知青自谋生路的典型。"问张继红:"你是负责的?"

张继红指指林超然:"他是正头儿,我是副头儿。"

张姐:"你俩之间,要有一个担任法人代表。以后不能对外人自称头儿头儿的,黑社会似的! 你们自己能改造好不? 不能我给你们介绍个施工队?"

张继红:"别别,千万别,我们花不起那份儿钱。再说我们个个都是能工巧匠。别说这么三间屋了,中国就是再盖几座大会堂,那我们也能按要求装修好!"

张姐:"别吹。我走了,遇到困难找我……"

大家送张姐走出屋子,走到院子里,走到街上。

大家回到院子里时,见杨一凡站在院子里。

张继红亲热地:"嘿,你小子怎么来了?"

杨一凡看着林超然说:"听说你们惹麻烦了,我不放心……"

张继红:"耳朵够长的,那你回来也帮不上忙啊!"

"你以为你是救世主呀?"

"不过回来了,就证明够哥们儿!"

"别看一凡平时蔫个叽的,一向够哥们儿!"

于是大家这个给他一拳,那个搂他一下,一阵嘻嘻哈哈的。

林超然:"怎么胸前还带条链子? 怀表?"

杨一凡下意识地将一只手捂在胸前:"比怀表宝贵。"

张继红:"还赶紧捂着,怕我们抢呀?"

杨一凡:"怕。你们恢复正常了就好。我没请假,看看你们就走。营长,我也有事儿拜托你。"

林超然:"说。"

杨一凡:"替我关心着慧之,好好照顾着她。"

林超然:"没问题。"

杨一凡:"那我走了。"转身便走。

林超然寻思过味儿来:"哎等等。"

杨一凡转身,大家都愣愣地看他。

林超然:"一凡,为什么?"

杨一凡:"什么为什么?"

林超然:"你……你为什么,那么托付我?"

杨一凡:"因为你是她姐夫呀。"

林超然:"是啊是啊,我是慧之的姐夫。可,她的几个亲人就没那么托付过我……"

杨一凡:"是由我和慧之的特殊关系决定的。"

林超然搂着杨一凡的肩,将他带到一旁,小声地:"一凡啊,你和慧之,你俩什么关系了?能小声告诉我吗?"

杨一凡:"不能。小声也不能。因为慧之让我暂时保守秘密,而我答应了。"他挣开身子,对大家笑道:"春节见!"一转身走了。

张继红:"快,那什么,跟个人送送,再套套话儿!"

于是一人跑了出去。

林超然呆在原地,张继红们默默地看他。

一人说:"超然,对一凡的话你也不能太认真。"

其他人都说:"是啊是啊……"

林超然:"别安慰我了,怎么什么事儿都让我摊上了?我岳父母会唯我是问的啊!"

送杨一凡的人回来了。

张继红:"套出什么话没有?"

那人摇头:"怎么套也套不出来,守口如瓶。"

张继红:"刚才的事儿,谁都不许在超然父母、岳父母面前提半个字!要像一凡一样善于保守秘密!"

大家纷纷点头。

林超然："继红,有的人,是不是一生下来就注定了是操心的命?"

张继红特同情地："是啊是啊,一旦摊上了这种命,就只有毫无怨言地操心下去!"

林超然苦笑。

鞭炮齐鸣。

硝烟过后,现出一块简陋的牌匾,上写的是——同意面食街道加工厂。

张姐仰脸看着问："怎么觉得有点儿别扭?"

张继红："起初想把街道两个字放面食前边的,但大家伙一琢磨,面食是主语,还是该放前边。"

张姐："我是指为什么起名同意?"

张继红："张姐,这名字挺好的。顺口,容易叫来。我们办这么个小厂是市委同意的,那就代表党也同意了,你们各级政府部门都同意了,而人民大众呢,必然也会同意的!"

张姐打量院子。院子里铺上了马路砖。

张姐："砖哪儿来的?"

一人说："不是偷的!"

张姐朝那人望去。

张继红："张姐,是我们一知青支援的,他爸是水泥材料厂的厂长。听说市委领导支持我们,他爸就派车给送来了……"

街道主任站在旁边,一直想插话,一直没机会插话。

张姐不动声色地进了屋,众人跟入。

张姐一间屋一间屋地看,终于将皮包往胸前一抱,满意地："行。挺好。合格。"

大家都笑了,林超然也笑了。

街道主任:"为了从您嘴里听到一个好字,孩子们可上心了。"

张姐问张继红:"你俩定了谁是法人代表没有?"

张继红:"他。还得是他。"

张姐对林超然说:"那你往后躲什么?前边来。"

林超然走到了她跟前。

张姐拉开皮包,取出执照交给林超然:"过后把你名字填上,厂名也填上,要镶在框子里。我要提醒你,一成了法人代表,出了什么和这小厂有关的不良事件,你都得负法律责任。"

林超然:"明白。"

张继红:"姐……"

张姐:"别套得太近。叫张姐可以,叫姐不行。"

张继红:"咱俩不都姓张嘛,一笔写不出两个张来……"

张姐:"不行就是不行,一笔笔就写出两个张了。"

张继红:"我们想,春节前在这儿聚聚。人多,谁家都小……都心里高兴,所以想聚聚……"

张姐:"这么点儿事儿你拐弯抹角的干吗?同意!"

大家又都笑了,张姐也笑了。

圆桌上一碗碗一盘盘热气腾腾的饺子。大家围桌而坐。

林超然:"一块儿包,一块儿吃,好像又回到了知青时代。"

张继红:"超然,再碰一次呗!"

于是一起举杯。

有人问:"超然,你不说带二胡来吗?"

林超然:"带来了呀,你们都没人理我那茬嘛!"

于是大家鼓掌,又有人说:"来段《万马奔腾》!"

张继红:"别老杆!那是马头琴曲!"

林超然:"那我用二胡就拉不好了?听着!"

他从里屋取出二胡拉起来,正拉得起劲儿,一抬头发现静之站在门口,止住。

大家也都发现了静之。

张继红:"静之,来得正好。先喝一杯,然后再吃饺子。这饺子香得没治了!"

他为静之倒满了一杯啤酒。

静之:"尽管有人不欢迎我来,但一想到快春节了,还是忍不住要来看看。"她不坐。

林超然放下二胡,走过来拿起杯,也说:"静之,谢谢你为我改了那篇文章。不但我自己认为改得好,社会各方面反应也好。"

静之看也不看他,只说:"预祝大家春节愉快,并预祝一九八一年全年方方面面都顺利!"

她一饮而尽,放下杯,抹抹嘴说:"我这个北大荒兵团部落人,提前给大家拜年啦!"江湖女侠似的一抱拳,转身走了。

张继红看着林超然奇怪地:"她这是怎么了?"

一人也问:"她怎么说是兵团部落人呢?那咱们不也是了吗?"

林超然:"别理她。她能这样就对了。"也一饮而尽。

他放下杯,同样抹抹嘴,重新拉起了《万马奔腾》,而且拉得还特投入。

大家都怔怔地望着他。

由于静之的来去,刚才的好气氛显然改变了。

第二十章

哈尔滨街树最为美观成行的一条街道。夏季。

林超然蹬着带箱柜的三轮车驶过的身影；箱柜上写有"同意"二字，是手写体。

绿色的树叶变成金黄的树叶；张继红蹬着同样的三轮车驶在另一条街道上。他将车停在一个不大不小的饭店前，店中出现一个扎围裙的男人，热情地和他打招呼。他打开箱柜，搬出一板饺子交给那人。

黄叶纷纷而落，变成鹅毛大雪……
又是林超然蹬着三轮车。他蹬到了一处陡坡前，下了车推车而上。

他将车刹住在一家大饭店前。饭店里出来两名服务员，与他各搬了一板饺子进入饭店。

他在柜台那儿结账，接过钱很有成就感地点数。
与他结账的是一个姑娘，说："我们经理希望从明天起多送十斤饺子来,你们的饺子在我们这儿大受欢迎。"

林超然:"恐怕不行,包不过来。"

对方:"都是老关系了,照顾照顾,加加班嘛。我们经理说,补给你们加班费也行。"

林超然:"那可以考虑,我跟我们的人商量商量。"

天快黑了。林超然低着头蹬车,前边突然有人喊:"借光!"

他一抬头,见迎面是蹬着车的张继红,在看着他笑。

他也笑了。

张继红:"只低头蹬车,不抬头看路,要犯方向错误的。"

林超然:"可别这么说,别哪一天不幸被你言中。"

张继红:"蹬边上去,说会儿话。"

在不妨碍交通的地方,两人说话。

张继红:"真想有几家咱们自己的饺子馆,连锁的,那什么劲头!"

林超然:"是啊。每次跟饭店结账,都会有你那种想法。咱们再苦干三年,攒点儿,借点儿,争取兑个小门面。"

张继红:"听说南方都有机器生产的饺子了,做梦都梦见咱们也有了那么一台机器!"

林超然:"我也听说了。不过那种远景咱就先别想了吧。既然咱们手工包的饺子很受欢迎,那就要再坚持几年手工包的方向。即使南方机器生产的饺子销售过来了,我相信咱们手工包的饺子也还是会有一席之地。"

张继红:"反正我觉得咱们这么下去总不是个长事,咱们总不能一辈子就这么包饺子、卖饺子。"

林超然:"行行出状元。问题不在于干什么,而在于能干到什么份儿上。最近我也像你那么问过自己,抽时间哥几个坐一块儿好好聊聊,争取聊透一点儿,聊出个长远规划来。要不,大家会厌倦的。一厌倦,心就散了。"

张继红:"老实说,包括我自己在内,已经开始厌倦了。不聊这些泄气话了。正巧碰到你,否则忘了。告诉你件高兴的事,你妹今天到哈尔滨。"

林超然惊喜地:"噢?"

张继红:"她去的那是什么地方来着?"

林超然:"广东的一个什么小地方,叫深圳。"

张继红:"你妹太有蔫主意了!你说她大老远地跑那么一个犄角旮旯儿的地方去干什么!你家收到了电报,你妈拿着到咱们那去找你。你不在,我看过了电报,记下了车次,晚上陪你去接她。你可要替你爸妈看严她,别让她又跑回去了!跟咱们一块儿包饺子卖,也比到那么远……我又忘了,叫什么地方来着?"

林超然:"深圳。"

张继红:"深圳,深圳,名字都这么古怪,还能是个好地方?"

林超然:"让我妈每次接到信就哭,我想一见面就揍她一顿!"

哈尔滨站。大悬表的表针已指向十一点多,站台上几乎没人,张继红冻得直跺脚。

林超然匆匆走来,恼火地:"又问过了,说具体到站时间还是难以确定。走,不等了!"

他说罢转身就走,张继红拽住了他。

张继红:"哎哎哎,你这要没接着就回去,你妈不又得哭一鼻子啊?我陪你你有什么过意不去的嘛!"

咳嗽声。

两人一回头,见是静之。

静之:"大娘和大爷等急了,所以我也来了。你俩回去吧,我接就行。"

林超然:"继红那你回去吧。"

张继红:"我回去不白等了？不过我得找个地方暖和暖和倒是真的！"

他转身跑了。

林超然干咳，静之走开。

林超然:"干吗躲着我？"

静之:"不想跟你说话。"

林超然走到了她跟前，注视着她说:"慧之爱上了杨一凡，他也爱上了慧之。"

静之愕然。

林超然:"我一向认为你很可爱，你难道心里不清楚吗？可如果咱俩也……我不知你爸妈会怎么想？"

静之又走开了。

林超然又跟了过去，见她脸上有泪，替她擦去。

静之:"慧之爱上杨一凡是不理智的。我对你的爱却是……"

林超然将手放在了她唇上。

林超然:"如果慧之知道你这么说，她又会怎么想？"

远处传来汽笛声。

张继红跑来，并喊:"来啦来啦，就是这次车！"

迎站的列车员们出现了。

天亮了。何父当校长那所中学里，校园新雪如毡；何家的烟囱冒着烟。

屋里。除了杨一凡画的那些属相画不见了，一切如初。还是那张"床"上，中间隔着帘，睡着两男两女四个人。确切地说，是四个小青年。他们的年龄都在十八九，二十一二岁之间。当年的知青们也是他们那种年龄。

两个男青年一个叫赵凯，一个叫周确；两个女青年一个叫尹红，另一个自然是林超然的妹妹林岚。

尹红是四川姑娘。她醒了,好奇地打量了一番屋子,推醒林岚,小声说:"林岚,我要上厕所,小便。"

林岚不愿醒地:"昨晚不告诉你们了嘛,可以尿盆里。"

尹红:"那怎么行! 天都亮了。"

林岚:"有什么不行的! 尿盆在火墙那边,有火墙挡着,放心大胆去尿吧。"

尹红:"不。你告诉我厕所在哪儿?"

林岚:"出了屋门你就看见了,操场右边,那你顺手把尿盆倒了。"

尹红端着尿盆出了门,看到满目白雪,大叫:"都起来! 地上下满真的雪了!"

她一激动,尿盆掉了。

她傻眼了。

尹红又推林岚。

林岚:"哎你让我多睡会儿行不行啊!"

尹红哭丧地:"林岚,我把尿盆掉门口了。"

林岚坐起,揉揉眼,责备她:"你可真没用! 谁叫你大惊小怪的?"

帘那边赵凯学尹红:"地上下满真的雪了!"

周确:"他们四川人不是很少见到雪嘛!"

尹红:"林岚,我憋不住了,快尿裤子了!"

林岚:"那快往厕所跑呀!"

尹红:"可门口那儿……"

林岚:"你别管了!"

尹红跑出。

林岚开始穿衣服。

帘那边。赵凯和周确也在穿衣服。

赵凯:"林岚,这是哪儿呀?"

林岚:"起先是教室,我嫂子的父亲是这所中学的校长,后来这里成了他们的家。成了他们的家才变成这样的。现在他们分了房子,学校也不缺教室了,而且放假了,所以昨天夜里就把咱们带这儿住来了。要不咋办,我家地方小,住不下咱们。估计我嫂子家分的房子也大不了……"

周确:"我喜欢这儿,有点儿住在教堂里的感觉。"

赵凯:"我还以为是幼儿园呢!当然住这儿好,咱们自由,想干什么就干什么!"

林岚一板脸:"你想干什么?"

赵凯被问得愣住了。

林岚:"警告你俩,在这儿,只许白天说话,晚上睡觉,不许产生坏念头!"

周确:"我俩又不是坏人,怎么会产生坏念头呢!"

林岚:"你们男的,即使是好人,一旦有机会占女人便宜,那也往往会动坏念头。所以我要丑话说在前边,谁意志薄弱先自己打打预防针!"说着已下了地,在火墙炉子那儿往外扒灰,扒了一撮子灰端出去了。

赵凯老实地:"你带那种针了吗?带了给我打一针!"

周确:"她那是讽刺咱们,小瞧人!"

外边。林岚在门口那儿往尿迹上撒灰。

"岚子……"

是林母的声音,林岚一抬头,见爸妈已站在跟前,爸爸抱床被子。

林岚:"爸、妈!"放下撮子,扑到妈怀里。

林母搂着她呜咽地:"岚子,你可回来了,再不回来把妈想死了!"

林岚:"我不是经常给你写信了嘛!"

林父对林母说:"你抱会儿,你抱会儿。"

林母:"这都到门口了,你直接抱屋去就是了嘛!"

林父:"你让我腾出手来,我这就揍她一顿!"

林岚调皮地:"爸,忍忍,进屋再揍行不?"

林母:"门口咋湿了一大片?"

"林岚把尿盆扣地上了!"尹红从厕所回来了。

林岚:"你话接得可真及时!"向父母介绍:"爸、妈,这是我在深圳交的好朋友,四川人。"

林母:"我的天老爷,怎么没回家,大老远地跟我们岚子跑东北来了?"

尹红:"林岚动员我来看真的雪,我还没看到过真的雪。"

何父何母、林超然和静之这时也来了。林超然拎一个布袋。

一干人等都进了屋,林岚看看这个,看看那个,问大家:"都介绍过了吧?"

静之:"岚子,都介绍过了。"

林岚主人似的:"那都找地方坐呀!"

大家就都坐下了,林父要往地上的一个纸板箱上坐。

林岚:"爸,别坐那儿,那个箱子可坐不得。"

林父只得坐炕边上了。

何母将林岚拉到跟前,端详着说:"让婶好好看看。别说你妈想你了,连我都经常想你!一年多没见,长成大姑娘样儿了……咦,脸上怎么有雀斑了?以前一张小脸儿可是白白净净的呀!"

林岚:"不小心,让焊花溅了几次。"

尹红:"她是我们电焊班的班长。"指着赵凯和周确说:"他俩也是电焊工。"

林岚自豪地:"我在深圳领导着九个人呢!我现在已经拿到了二级电焊工的证书!"

亲人们一时你看我,我看你。

林父:"胡说! 学徒那还得三年呢,你去那儿才一年多!"

林岚:"我们深圳那儿跟全中国许多方面都不一样,最讲的是实际能力! 我多聪明! 学得快,又摊上了一个好师傅,三个月就把我带出徒了!"

尹红等三人证实地一齐点头。

林父将信将疑:"那再说说,你挣多少钱了?"

林岚:"基本工资跟全国一样,但只要加班加点就发奖金。我们那儿讲实惠,提倡多劳多得! 我月月都开五六十。"

林父自言自语:"这不公平,不公平,我干了一辈子,退休前才开到六十八元!"

林岚:"可我觉得那样才公平! 赵凯,把我那兜子递过来,我要发见面礼!"

赵凯从墙上摘下一个沉甸甸的兜子递给她;她把手伸进去,抓出一把电子表来!

亲人们顿时都瞪直了眼睛。

林岚一一给大家分表,最后把兜子往桌上一放,又说:"不喜欢自己那款式的,随便挑!"

她说完,去开纸板箱。

林超然走到桌子那儿,往兜子里看了看,底朝上一倒,倒出一桌面电子表!

亲人们又是一阵你看我,我看你。

林超然严厉地:"小妹! 哪儿来的?"

周确:"走私来的。"

林父:"林岚……"

赵凯:"林大爷您别急,他没说明白。是我们那边渔民走私来的。也不能叫走私,渔民在海上碰到台湾那边的船,用捕到的鱼换的。在我们那儿可便宜了,才十元钱一只。林岚走前买了二十只,她和渔民关系处得好,人家还白送了她二十只。”

林超然:“没经过海关那就叫走私!”

周确:“那边渔民太穷了,可以理解的。我们买,那也是出于同情他们。”

尹红:“再说台湾也不是外国,而是中国的一部分呀!”

林岚:“先别和他们解释,谁来帮帮我!”

于是尹红等三人都去帮林岚忙了。箱子拆开,是一台电视。

张继红也来了,一见桌上一堆表,大呼小叫:“哎呀妈呀!林岚你带回来的? 你们四个不是抢了表店了吧?”

林岚:“和他们三个没关系! 都是我的,继红哥也有你一块,自己挑吧!”

她一边说,一边指挥赵凯和周确摆放电视。没地方放得下,最后只得放床上了。

亲人们包括张继红,全都目瞪口呆。

林岚:“爸、妈,我孝敬你们的。十八英寸,彩色的,台湾那边与日本合资生产的,我花八百元就买下了。”

林父:“你你你……那,都……都是……”

静之:“我提议,都什么也别问了,先让小妹他们吃早饭。岚子,你招待你朋友们洗漱,我去给你们煮饺子。姐夫,你帮我弄火。”

林超然不情愿地跟着静之到了外屋。

静之一边往锅里舀水,刷锅,一边小声说:“我也觉得该问个清楚明白,但最好别当着大家的面问。”

屋里。张继红在挑表,边说:“小妹,深圳那边天堂呀? 怎么你才走了一年多就发成这样?”

林岚则在调台,边说:"可苦呢,跟你们下乡差不多!但我们是第一批开拓者……"

张继红一转身,看着电视大声地:"别换台别换台,就看这个,《加里森敢死队》!早就听说了,没地方看去!"

他将椅子摆床前,端端正正地坐下看起来。

林岚和她的朋友们,已经在狼吞虎咽地吃饺子了,皆言"香""好吃"。

电视屏幕上有"戏子"和"酋长"两个人物出现的精彩片断。

除了张继红,亲人们聚在一起,或站或立,都看着林岚们,目光和表情都有猜疑和忧虑。

《加里森敢死队》的片断。

张继红:"我更喜欢的还是'酋长'这个人物,义气、外冷内热。超然,你呢?"

没人回答他的话。

张继红:"静之,你呢?听说你们大学生更喜欢'戏子',发表发表高论嘛!"

还是没人回答他的话。

张继红一回头,林岚们已经不在了,桌上只剩了盘子和盘中数个饺子。

何母:"继红,你把电视关了。"

张继红:"还有一集,你们怎么都不看?"

林超然拿起遥控器将电视关了。

何母:"一台走私的电视,而且是台湾和日本合资的,我们在看的还是美国的电视剧,这可不好。即使没人揭发批评,我们自己也应该觉得不好。"

张继红:"这,没那么严重吧?"

何母:"有时候人犯错误,往往就是在自己认为不那么严重的情况下犯的。"

583

何父:"是啊是啊,犯错误容易,一旦被要求检讨,过关可就不那么容易了。"

张继红:"据我所知,不少干部家里摆的电视,也是托人从南边买回来的'水货'!"

何母:"他们是他们,我们是我们。有的事在他们是小节,在我们就是大节。尤其你和超然,你俩那档子事刚平息,更要处处谨慎,不能再被抓住把柄。"

何父:"有朋友告诉我,某些干部对你们的事还耿耿于怀呢,还听说你俩在有关方面是挂了号的人物。"

张继红:"不是……"

林超然:"继红,少说两句!"

林母:"这个岚子,一回来就带回了这么多不安!超然,你一定要替爸妈看住你妹,千万别让她再走了!"

林父:"把那东西给我装起来!"

张继红帮着林超然默默将电视装入了纸板箱。

何母:"两位亲家,别怪我小题大做啊,这表,咱们谁都不能戴。咱们两家的人,忽然都戴上了电子表,如果被议论起来,那也是个事儿!何况超然还被当成投机倒把集团的首犯……"

何父:"何况我是中学校长,你是中学老师,静之是大学生……"

他第一个将手中的表放在了桌上。

何母也将表放在了桌上。

林母:"这个岚子,真让我操不完的心!我一辈子也没戴过手表,都老太太了,戴不戴表怎么了?她要真懂事,给我买双鞋不比给我买块表更是孝心吗?超然,替我接过去。"

林超然刚接过去,她又说:"等等,妈还没仔细看一下。"

林超然就将表还给她了。

林母放在手心上看着说:"你妹给我这一块,款式还真挺好看的。"

张继红:"那叫坤式的,典型款的女表。"

林母:"管它坤不坤的,不稀罕资本主义的东西!"分明不舍地将表朝儿子一递。

林父:"不戴表也能活一辈子!"

他生气地从腕上撸下表,摔在地上。

张继红上前捡起,看看表,看着大家说:"挺经摔,证明这表质量不错!哎你们都不稀罕,我稀罕行不?"

林母:"继红,别忘了你是我们林家干儿子。"

林父吼:"你也给我放下!"

张继红:"好好好,您别发脾气,我永远做您听话的干儿子!"也乖乖把表放下了。

何父:"静之,还有你那块。"

静之:"我没往腕子上戴,去煮饺子的时候就放桌上了。"

何母:"静之,你更没有什么理由例外!"

静之:"我确实没往腕子上戴嘛,还要搜身啊?"

林超然:"我作证,是静之说的那样。"

林母:"超然,你把表都收你妹那兜子里,再把那兜子藏好,嘱咐她千万别当着外人显摆。"

林超然:"一兜子表她都背走了……"

何母:"我这倒没注意。"

何父:"她……不会是去倒卖吧?"

林超然:"她不是说他们去看冰灯嘛。说之后要挨家去看她的同学和老师,把表分给同学和老师……"

林父:"这……这不等于是四处张扬嘛!"

大家一阵面面相觑。

何父:"两位亲家,事已至此,我看大家也不必在这儿犯嘀咕了。静之,给你个任务,尽快和林岚聊聊,替你大爷和大娘询问清楚,那些表和电视……"

静之："我看也不用再问了,肯定就是她说的那么回事,我们大学里也有不少老师和同学戴电子表,都是南方过来的。"

林母："静之,那你也再替大爷大娘审审。你问比我们问好。也比你姐夫问好。"

静之点头。

何母："还有个情况,我们也应该重视。就是……林岚他们四个,都青春年少的,一块儿住这儿,床中间只隔着布帘,会不会出什么更让咱们亲人被动的事啊?"

林超然、张继红与静之互相看。

林超然："这种担心倒不必,我相信我妹妹不至于的。"

静之："我也相信。这次见到小妹,我觉得她成熟多了。"

张继红："咱们下乡时,不经常这样嘛,有时连帘都不隔!"

何父："要真出了那种不好的事,脸上最不光彩的那就是我了。这儿是学校的地方,连我们学校也不光彩了……"

林父："让她今晚就回家睡!"

林超然："那不合适吧? 小妹是他们班长,他们三个是跟小妹来玩儿的。"

林母："那就让那个四川女孩儿和你妹都住咱家。你和继红,你俩陪那俩男孩儿住这儿。"

静之："大娘,我觉得那也不好。我看他们都挺机灵的,我们非要把他们男女分开,他们能不明白我们是怎么看他们的,什么用心? 能不觉得自尊心受伤害? 我要是他们中的一个,我就会认为被侮辱了,会很不高兴。"

林父："咱们怎么省心怎么决定,不管他们高兴不高兴!"

林超然："我看这个问题不是个问题,可以不必讨论。"

张继红："听起来像是在开会了!"拍拍手道:"那就当成个会来开,

干脆举手表决吧……同意把他们男女分开的举手！"

　　林父、林母、何母举起了手。

　　何母看着何父问："你没听明白小张的话？"

　　何父："我……再考虑考虑……出了使咱们不光彩的事当然不好，可一下子伤了四个小青年的自尊心，那也不太好……"

　　张继红："同意不把他们硬性分开的举手。"

　　他自己首先高高举起了手，林超然和静之也都举起了手。

　　张继红："三比三，还不好办了呢。"

　　静之："有的人啊，看多少书都白看了，包括《教育的诗篇》那样的书。"

　　何父："那……我也主张，对青年们，该信任就信任一次……"

　　他也举起了手。

　　林父："我回家了！"猛地站起，往外便走；在门口转过身，指着何父又说："你们知识分子，怎么就这么立场不坚定！"

　　何父苦笑。

　　兆麟公园里。林岚等四人碰上了她当年的对象，两人一时都意外，不自然；因为她对象与女朋友互挽着，很亲爱的样子。

　　林岚的表情迅速恢复了自然，大大方方地："你好！"

　　对方也寻找着感觉："你好。"

　　林岚："真的好久不见了。"

　　对方："是啊，一年多了。你胖了点儿。"

　　林岚："想不到在这儿碰上了。"

　　对方："我也想不到。"

　　林岚也挽住了周确的手："这是我男朋友。"

　　对方："她是我女朋友。"

　　林岚："正好，我到深圳去了，带回了几块电子表，也给你俩一人一块吧。"

她从背在身上的兜里掏出了两块表,递给对方。

那一对儿都一愣,但欣然接过去了。

林岚:"喜欢吗?"

那一对儿同时点头:

"喜欢!"

"谢谢。"

林岚:"那么,再见吧。"

那一对儿:

"再见。"

"有空儿找我俩玩儿。"

林岚挽着周确朝前走了,尹红和赵凯自然地跟着。

林岚站住,问:"他们走远了吧?"

尹红:"都在回头看咱们。"

林岚:"那咱们继续往前走,谁也别回头。"

赵凯:"是你那个吹了的对象?"

林岚:"对。想不到我可以那么平静地面对他。"

赵凯:"不但平静,还特贵族份儿!"

周确洋洋自得地:"那不是由于挽着我嘛!"

林岚将手抽了出来,庄重地:"别当真啊。刚才算你当了我一台阶,人情后补。"

尹红看着林岚摇头:"那么胖,人才太不怎么样了吧?你一提起他就掉眼泪,我以为准是个白马王子呢!"

周确:"起码也得是我和赵凯这样的吧?太没水准了。"

林岚一笑:"是啊,太没水准了。从现在起,彻底过去了,再也不伤心难过了。"

林超然和张继红走在路上。

林超然:"什么时候我操心的事会少点儿呢?"

张继红:"也许有些时候情况是这样的……操心的人操心惯了,以他的眼来看,别人认为不必大操其心的事,他也认为是他非操心不可的事。结果会使被操心的人不胜其烦。"

林超然站住了:"你是说我对我妹妹的事?"

张继红:"老实说,我觉得你爸你妈,包括岳父岳母,他们刚才的表现都未免小题大做。你爸你妈没文化,知道的事少,情有可原。你岳母刚才的表现可不咋的,那是说的些什么呢! 你岳父的表现就很好。要是你妹知道你们两家的大人背后那么议论他们,非气哭了不可。"

林超然:"我岳母是出于对我妹的爱护,对我们林家负责。"

张继红:"我看也是那十几年被整怕了,留下病根儿了。那么如履薄冰的,不连下半辈子也搭进去了? 自从昨天晚上我见到你妹,一路跟她聊,我觉得她长大了,长见识了,成熟多了,深圳那地方使她改变了,有点儿胸怀了。人家还写入党申请书了呢,所以,你不必为她忧心忡忡的。"

林超然:"嗯,她没对我说。"

张继红:"你一见到她就摆起当过营长的臭架子,她当然不会主动告诉你。我觉得让静之审你妹子不好,很可能会把她俩的关系搞糟了。你看这样行不? 咱们哥几个,与你妹他们四个,在一起聊聊。让他们听听咱们的经历,咱们也听听他们的经历。聊得投机了,不什么都了解了?"

林超然将一只手拍在张继红肩上:"同意。"

晚上。两拨人坐在床上。林超然他们几个,将林岚等四人围在中间,摆起了龙门阵。

林超然问尹红:"小尹,你怎么会从四川到深圳去呢?"

尹红:"我大姐在深圳卖麻辣烫。她写信告诉我那儿容易找到活,我毫不犹豫就去了。"

林超然:"麻辣烫是什么?"

尹红:"四川的小吃。容易熟的东西都烫在热锅里,吃的时候拌上又麻又辣的调料。"

周确:"不只他们四川人喜欢那么吃,我们湖北人也喜欢啊。"

赵凯:"我们湖南人更喜欢!"

张继红:"说说,你俩怎么去的?"

赵凯:"我哥是复员的工程兵,他们整团人都去了,我是投奔的我哥。"

周确:"我父亲是建筑工程师,他写信让我去的。他说深圳将来肯定会让全中国乃至全世界刮目相看的。谁去得早,谁就会成为深圳市的第一代创业者……"

一名返城知青:"哎哎哎,湖北的小老弟,说话悠着点儿哟,哈尔滨由一个小渔村变成一座省城,那可是经历了二百来年!"

林岚:"深圳不会,二十年就可以!"

林超然:"小妹,你继红哥刚才可还在夸你成熟来着。"

林岚:"我不在乎你们说我成熟还是幼稚!深圳的速度是神奇的!每天都有成千上万的人从全国各地涌向那里!有普通劳动者也有各方面的知识分子、科技人员!我们深圳现在那是几天起一座高楼大厦。你们兵团当年是五湖四海的知青走到了一起,我们现在的深圳人更是五湖四海!到我回来的时候为止,全国一半省份的人我们深圳都有了!"

她将腿一盘,神采飞扬,侃侃而谈,充满自豪感:"我坚信再过二十年,深圳会成为一座又美丽又年轻的城市。它充满一股年轻人的朝气!而我那时才四十多岁,我也有资格对后去的人说,想当年我们……"

林超然:"小妹,爸妈可都嘱咐过我,让我看严你,不许你再回去。"

林岚:"那你就要和我站在同一战线,帮我说服爸妈嘛!"

尹红:"不许我们班长回去那可不行!看得再严我们也得把她揪回去!"

张继红："哎小妹,你们那儿缺我这样的人不缺?"

林岚："太缺了呀! 我们深圳现在的主力军,一是复转军人,二是你们这批下过乡的! 继红哥你会开车,会修车,水电工技术也拿得起,还有一定的组织能力,你要是去了太有前途了呀!"

林超然、张继红等人走出校门。

张继红："没和他们聊够。而且,也想再看几集《加里森敢死队》。十八英寸大彩电摆在那儿不看,太对不起那么高级的东西了!"

林超然："我可听说要等十二点以后才播。"

张继红："那我熬到十二点以后!"

他转身跑了。

另一名知青:"超然,我担心这家伙也被你妹妹拐到深圳去!"

林超然苦笑。

屋里。林岚等四人安安静静地睡在布帘两边。

在火墙的另一边,张继红反坐椅上,双手放于椅背,瞪大双眼在看《加里森敢死队》。电视摆在另一把椅子上,插头插在长长的接线板上。

一挂长鞭被点燃。炸响声中,静之捂着双耳,一转身斜偎在林超然怀里。

这一情形被尹红看到,她用胳膊肘拐了林岚一下;林岚看时,林超然已用大衣的一边衣襟遮住了静之。

炸响声过,远远近近接着传来鞭炮声;林岚还在愣愣地看着哥哥和静之,而张继红和尹红们已在抬头望着校门上方的两只崭新的大红灯笼了。

静之发现自己是偎在林超然怀里,不好意思地:"我以为你是继红哥……"

林超然笑笑。用手指刮了她鼻子一下。

屋里。用课桌拼对成了两张大桌子,另外还有一只大圆桌;林父林母、何父何母、林超然和静之坐在大圆桌周围,这一张桌子在中间。加工厂的返城知青们和林岚们分别坐在另外两张拼对成的桌子旁。

张继红在鼓鼓捣捣地试话筒;话筒终于接通了。

张继红一手拿话筒,一手举杯道:"诸位,我的长辈们,我的兵团战友们,我的小弟小妹们,承蒙你们共同的推举,由我来主持这一九八二年的春节家庭晚餐。我们三方面的人聚在一起过三十儿,是林岚小妹的提议,她说怕她来自深圳的三位远方客人想家,所以希望越热闹越好。现在我提议,为了我们的国家,为了我们各自的人生在一九八二年都有进步……干杯!"

于是一片碰杯声。

张继红:"要热闹,就得有人出节目。都听我的,先从长辈开始,只要求他们每人出一个节目,之后就谁也不要勉强他们了,先从我干爸开始,大家呱唧呱唧!"

在掌声中他将话筒递向林父。

林超然:"继红,我父亲连首歌也不会唱……"

林父:"你怎么知道我不会!给我添酒,我润润嗓子!"

静之笑着又给他的杯里倒满了酒,他一饮而尽,引吭高歌:

人人那个都说,

沂蒙山好,

沂蒙那个山上,

好风光……

大家叫好,鼓掌。

何父:"老哥,你是出色的男高音哎!"

林父:"啥男高音,是电视搭配的这话筒响。再说,不能扫孩子们的兴不是!老伴,该你了!"

林母:"我就别唱了呗。"

林父:"你问问孩子们,那能答应吗?"

一片喊声:"不能!"

林母:"那你抱孙子!"将小孙子递在林父怀中。

林母:"我也就会唱一首老歌,前几句还忘了……"

她离开座位,唱起了《回娘家》,还带着表演唱。

都看得开心大笑。

张继红:"林岚,你爸妈都唱了,轮到你了!"

尹红:"林岚,露一手,《美酒加咖啡》!"

林岚接过话筒,大大方方地唱:

> 美酒加咖啡,
>
> 我只要喝一杯,
>
> 想起了过去,
>
> 又喝了第二杯……

林父听了不悦,小声对林超然说:"你妹这是唱的啥嘛,不学好!别让她唱了!"

林超然小声地:"爸,那多不好。"

静之:"伯父,我姐夫说得对。"

何父:"亲家,吸烟,吸烟……"

林父:"没听说有那么个唱法的,烧包!"

林岚一往情深地:

明知道爱情像流水，

管他去爱谁，

我要美酒加咖啡，

一杯再一杯，

我并没有醉……

林岚唱完后,除她的三位朋友鼓掌,另外两桌反应淡淡的。

林岚不乐意了:"咋的? 我唱得不好呀?"

张继红:"好,好,都快把我唱醉了!"

林岚:"好,那两桌怎么不鼓掌?"

林超然和静之响亮地鼓掌。

林父:"热! 屋里闷热! 继红,开小通风窗,通通风!"

气氛一时尴尬。张继红赶紧开了通风窗。

静之大声地:"我妈年轻时唱歌唱得可好听了,大家想不想听?"

两桌晚辈同声地:"想!"

何母对静之嗔道:"你怎么为难你妈!"

静之:"高兴嘛!"

何母接过话筒,唱《好一朵茉莉花》。

林父也不爱听地:"啧啧啧,多大年纪了唱这个,还返老还童了呢!"

静之就隔着林超然,夹了一大块木耳硬往林父口中塞。

校园里。热气从小通风窗涌出,也传出歌声。

先是返城知青们吼了一首《兵团战士胸有朝阳》。

接着周确和赵凯齐唱《霍元甲》主题歌《风雨百年》,用粤语唱的。

屋里。尹红在唱《月亮代表我的心》。

她还没唱完,外边传入手提话筒的声音:"屋里的人听着,都不许动,我们是派出所的!"

声音很严厉。

一个更严厉的男人的声音:"你们几个把住窗口和门口,逃出来一个抓一个,一个也别放跑!"

三桌人都呆住了。

门一开,进来一位中年警官。

何父强作镇定地:"张所长,你们这是……"

张所长:"何校长也在啊,这……误会了误会了,肯定误会了!"

何父:"怎么回事?"

张所长:"他们都是……"

何父:"这位,这位,是我亲家。这是我妻子,这是我大女婿,她是我小女儿;那桌是我女婿的兵团战友们,那桌是……"

林岚:"张叔叔,不记得我了? 林岚! 几年前我生急病时,是您用摩托车把我送到医院的!"

张所长:"小林岚啊,张叔叔不管你们那片啰,调这边来啰。你偷偷跑深圳去了,你爸妈起初还以为你失踪了呢! 他们三个是……"

林岚:"我深圳的工友,都是南方人。没见过冰雪,跟我来看冰雪的。"

张所长:"好大的兴致,刚才你们唱歌了?"

林岚:"对呀。"

张所长:"你们那么一唱,就有多事儿的了。一有多事儿的,张叔叔可不就得来呗!"转身看着何校长又说:"何校长,对不起打扰你们了啊!所里接到了举报电话,说这屋有人在大唱黄色歌曲。我一想这屋自从你们全家搬走后,一直空着,而且学校又放假了,就怀疑是不是些小流氓们聚在这儿鬼混。这真是天大的误会,不好意思不好意思……"

何母:"这屋有我们四位长辈在,怎么会有人唱黄色歌曲!"

张所长:"那是那是,所以我说误会了嘛。"

林母:"小张,一口一句何校长,眼里没我们两口子?"

张所长:"不敢不敢。我不是一进了屋,心里有点儿发憷了吗?"

林父:"那,过来喝杯酒再走。"

张所长:"那可不行。我在值班。这么着吧,我敬个礼,算给大家都拜个年了!"

他举手敬礼,旋转着身子。

张所长:"你们接着热闹,我走了……"

林岚:"张叔叔,我有礼物送给您。"

她起身从墙上摘下了兜子。

林母紧张地:"岚子,别什么不金不贵的东西都送人,你张叔不稀罕。"

张所长:"大娘,真是金贵的东西我也不敢要啊!"居然耐心地等那儿。

林岚从兜里掏出了一块表,递给他。

他接过,看着说:"电子的,在你们那边挺便宜。你实心实意的,那张叔收了。"

张所长摆着手退了出去。

大家皆长出一口气。

林母:"岚子,你还……你张叔一进门,我这心都快跳出来了!"

林岚:"这屋又没谁做犯法的事,你们害怕个什么劲儿呀!"

林父:"难道你买那些表就完全合法?"

张继红喝高了,他劝止地:"干爸,大三十儿的,不能像平时一样训晚辈儿。刚才那是段插曲,咱们应该当成有意思的事儿来对待。现在我要说的是,我们'同意面食加工厂'的法人代表,我亲爱的兵团战友超然……"

林超然:"别说我,还是接着唱歌……"

张继红:"让我把话说完,就几句。超然他为了你们林家、何家两家的事,太操心了。自从凝之死后……"

林超然一拍桌子:"继红!"

一时肃静无声。

林岚:"你胡说!"

张继红:"失言了,失言了,唱歌,唱歌……"

林岚:"我哥说,我嫂子被她连队的人接回兵团去了,我慧之姐到沈阳看杨一凡去了……"

张继红:"我喝多了,喝多了,我是胡说,你哥说得对……我……我先走了……"

他跌跌撞撞地走出去。

何母:"超然,你不是说,慧之是回她连队过春节去了吗?怎么又成去沈阳看杨一凡了?她去沈阳看杨一凡干什么呀?他俩究竟是什么关系了呀?"她要哭了,何父赶紧抚慰她。

林超然只有低头不语。

林岚走到了哥哥跟前:"哥,告诉我实话,我嫂子怎么了?"

林超然端起杯,猛将一杯酒喝下去。

林岚也快哭了:"爸、妈,你们告诉我……"

林父林母也将头低下了。

林岚:"你们倒是说句话呀!"

何父:"林岚,你继红哥说的不是醉话……你嫂子生你侄子的时候难产,失血太多……"

林岚:"我不信,我不信!"

静之起身抱住了她:"小妹,信吧……"

林岚痛哭道:"你们为什么不写信告诉我?为什么啊……我再上哪儿去见我嫂子啊!"

哈尔滨站。林超然和静之在送妹妹等四人走,林岚臂戴黑纱;张继红也要跟着到深圳去了,他爱人抱着孩子也来送他。

张妻:"跟爸说,到了那边努力工作。"

张女:"爸爸努力工作。"

张妻:"别想家。家里一切有妈妈。"

张女:"别想家。家里一切有妈妈。"

林超然走了过来,对孩子说:"让你妈轻松轻松,大爷抱你一会儿。"

他抱过孩子对张继红说:"继红,现在改变主意还来得及。"

张继红:"开弓没有回头箭,不改了。"

尹红:"超然哥你别劝他改主意,把他带到深圳是我们一大成就!"

张妻:"超然,我支持他去。挺大个男人,不能卖一辈子饺子!党中央下了大决心的事,他去参加了建设,将来肯定有前途!"

上车哨吹响了。

该走的人全都上了车。

林岚在窗口说:"静之姐,再见。哥,替我转告爸妈,等我们深圳建设好,一定接他们去享福……"

张妻:"明年探家要给我和儿子带回台大彩电!多带些电子表,好送亲戚!"

张继红站在车门那儿招手:"放心,包我身上了!"

列车开走。

寂静的街道上,走着林超然和静之。

林超然与静之默默分手。

林超然独自在小厂屋里摇元宵。

案上的元宵已经摆了好几盆。

清晨,林超然穿着凝之为他织的紫色毛衣在跑步。

大年初一，远处不时传来鞭炮声。

林超然进了屋，见张继红在搓元宵。

林超然大诧："咦，你怎么回事？"

张继红："舍不得离开老婆孩子，第一个小站下车了……"

林超然："没出息！"

张继红："还舍不得咱们这个小小加工厂。"

林超然笑着给了他一拳："那我收回后一句话。"

张继红也笑了。

奔驰在南方大地上的列车。南方油菜花黄了，桃花红了，梨花白了，到处一派大好春光。

列车汽笛长鸣，穿山越岭。

画面由南方的大好春光化为北国大地；哈尔滨迎来了它的初夏，一九八二年的初夏。

第二十一章

　　一长条浪花透板固定在雪白墙壁的下方,持刷子的手在刷来刷去。

　　刷墙的是杨一凡,而慧之在擦窗。

　　这是何家分到的房子,二楼,三居室,除了一把满是灰点子的椅子,还没搬入任何一件家具。

　　静之进入,她还背着兵团时期几乎人人都有的黄书包,但颜色早已洗浅了。她见慧之蹲在窗台上,担心地:"小心点儿,别掉下去。"

　　慧之:"扶我一下。"

　　静之走过去,将慧之扶下了窗台。

　　杨一凡仍聚精会神地刷着,对静之的到来毫无反应。

　　静之:"杨一凡,没听到我说话呀?"

　　杨一凡头也不回地:"听到了。"

　　静之:"听到了为什么都不看我一眼?"

　　杨一凡:"为什么要看你一眼?"

　　静之:"如果你明知是我爸或我妈来了,也毫无反应呀?"

　　杨一凡直起了腰,目光却仍看着自己刷过的地方,随口答应地:"那会有反应的。"

静之:"什么反应？"

杨一凡:"看一眼，叫一声。"

慧之扯静之一下，制止她。

静之一甩胳膊，偏说:"那你为什么就不能也看我一眼，叫我一声。"

杨一凡:"我得从你爸你妈脸上看出来，他们是不是不高兴我在这儿。如果是那样，我立刻走。我不认为你会不高兴在这儿看到我，所以用不着也看你一眼，叫你一声。"

杨一凡说完，又蘸了蓝色灰浆开始刷。

静之将慧之拽到了另一房间，小声问:"他说的是明白话，还是糊涂话？"

慧之摇头:"我也不知道。"

静之:"你应该知道！"

慧之:"我也不知道又怎么样呢？"

静之:"你……他怎么来了？"

慧之:"他从沈阳回来实习，去医院看我，听我说要来擦窗子，就跑来了。"

静之:"为什么到医院去看你？"

杨一凡的声音:"因为我爱她。"

姐妹俩一转身，见杨一凡已站在她俩面前。

慧之:"静之，咱们最好换个话题。"

杨一凡却孩子似的对慧之说:"我想画画。"

静之哄小孩似的:"好哇。那你到另一个房间画画去，我们姐俩在这个房间说会儿话。咱们谁也不影响谁，行不？"

杨一凡:"行。可我想往墙上画。"

慧之:"那不许！"

杨一凡:"为什么不许？很白很白的墙壁，可画很美很美的图画。"

慧之:"没有什么为什么,我说不许就不许。"

杨一凡失望地:"我认为你会高兴的。那好吧,我听你的。可,再允许我问一个为什么……为什么你们家学校里那处房子,就可以让我爱怎么画就怎么画?而且你们都喜欢?"

慧之一时语塞,向静之求助地:"你回答他。"

静之:"听我说啊小孩儿,是这样的……"

杨一凡挑理地:"何静之,你没礼貌。我不是小孩儿,我比你二姐还大三个月,不少喜欢绘画的人都叫我老师。"

静之:"还这么强的自尊心!"

慧之也批评地:"明明是你不对。叫你好好回答他的问题,你干吗戏弄他?"

静之:"开句玩笑嘛,你俩都为什么认真啊?我承认错误,向你俩承认错误。亲爱的杨一凡战友,现在请听我解释……我们学校那处家,不是正式的,是临时的,反正也不会长住,当然可以随便你画。而且你画过之后,不美观的地方确实美观了,所以我们全家看了都高兴。但这里不同。这里是教育局刚分给我父亲的房子,几乎可以说是我们永久的家。一处永久的家,那就得像个家样儿。我父母不喜欢与众不同。他们更喜欢拥有一处标准的家,就像现在这样,雪白的墙,明亮的窗,光滑的水泥地,明白了?"

杨一凡:"那,他们会认为我刷上的浪花也完全多余吗?"

静之:"那倒不会。他们本也是喜欢欣赏绘画的人。许多人家的墙上都刷出墙腰来,不过分的美观追求,他们还是接受的。"

杨一凡笑了:"那我没白干。"问慧之:"哪一个房间是你的呢?那我就在你那间屋的墙上画行不行?"

静之:"这……二姐,这就得你回答了吧?"

杨一凡:"我猜到了,你想说可以。"

慧之:"我没那么想!"

静之看一眼手表:"二姐,你俩之间的事,你俩一会儿慢慢儿商议。我得到咱们学校那处家去看看,你送送我。"

慧之:"你第一次来,不参观参观了?"

杨一凡:"错。对自己的新家不叫参观,正确的用词应该是观看。"

慧之瞪着他,一时气不得笑不出。

静之:"这他说的肯定是明白话。空空荡荡的也没什么可观看的,厕所在哪儿?"

慧之:"这边儿。"引导静之观看厕所。

静之:"一九八二年的此月今天,对于咱们家是历史性的一天。我做梦都想住上室内有厕所的房子,并且最好在自己的家里能有一间属于自己的房间,没想到愿望实现得这么快,两个愿望还一下子都实现了。对于我,共产主义提前实现了。"

慧之:"我也有这种感觉。教育局这一次分的房量非常有限,十多年没分房子了,想分到的人争得恨不得打破头。"

姐妹俩在路上,慧之:"爸那人你是知道的,在个人名利面前从来是往后闪的,起初完全不采取行动。自从大姐走了以后,除了工作,爸似乎对任何别的事都漠然了。是妈着急了,催促了他几次,还跟他吵了一架,他这才去找关系。也许因为他和妈都被委屈了十多年,重新当了校长以后工作也挺有成绩,将一所普通中学提升为区重点中学了……还也许,因为咱们家失去了大姐,分房委员会的人很同情,结果居然分给咱家了。"

静之:"自从咱们失去了大姐以后,我都有点儿怕回学校那处家了。每次一进门,心里就难过。你最近去过姐夫家了吗?"

慧之:"没有。去了不知道说什么好。你呢?"

静之:"我告诉过你的,我打了姐夫一耳光。一个多月前在他们那个小厂里见过他一面,给他送一本婴儿抚养方面的书。他没怎么理我,连书也没留下……"

姐妹俩走到一处街心公园。

慧之:"都陪你走了这么远了,有什么重要的话,说吧?"

静之:"二姐,我向你坦白……姐夫曾经要求我,及时向他汇报你和杨一凡的事。爸爸妈妈坚决反对你俩的事,肯定也是爸爸妈妈求他排忧解难。"

慧之:"姐夫也当面告诉了我一次,在大姐没走之前。"

静之:"你非杨一凡不可了吗?"

慧之叹了口气:"已经爱上了,那怎么办?"

静之:"他刚才已经说了,我问的是你对他。"

慧之:"我说的正是我对他。"

静之愣住。

慧之:"起初是他喜欢我。后来,我喜欢他渐渐超过了他喜欢我。再后来,他由喜欢我而爱上了我,现在,我也由喜欢他而爱上了他……"

静之:"那,爸爸妈妈太为难了,我也太为难了。"

慧之:"爸爸妈妈的态度我当然了解。但我还是那句话……已经爱上了,那怎么办?可,我俩的事使你为的什么难?"

静之:"因为……"

她欲言又止。

慧之严肃地说:"以前有大姐在,我从不愿意在你面前摆姐的资格。但现在情况不同了,我是你唯一的姐了。你的这件事,我该过问那也得过问了……"

静之:"因为……"

慧之:"别因为因为的!快简明扼要地说。"

静之鼓足勇气地:"因为我爱上了姐夫。"

慧之呆住。

静之:"如果仅仅是你爱上了杨一凡,我没爱上姐夫,爸爸妈妈只不过因为一件事为难。现在,他们得因为两件事为难了。他们是多么传统的父母,二姐你也知道。我们两个女儿的个人问题,和他们的想法太不一样了。站在他们的角度想想,我都特别同情他们了。"

慧之忍不住大叫:"那你就别爱上姐夫啊。"

静之:"用你的话说……已经爱上了,那有什么办法?起初我在考虑个人问题的时候,不由得总会这么想,能找到一个像姐夫那样的丈夫该有多好。因为这种想法很强烈,我和小韩的关系维持不下去了。我拿他和姐夫一比,他就被比下去了。尽管他人也不错,家庭条件也好。大姐走了以后,我特别同情姐夫……"

慧之又大叫:"同情不等于爱情!"

静之:"是啊。这个道理我当然懂。但是如果敬爱加上同情,那么变成的爱情,就会比一见钟情更有力量。它的力量太强大了,我抵抗不过它。二姐,你叫我现在如何是好?"

静之眼泪汪汪的了。

慧之不由得轻轻搂抱住了她,虽然无话可说,却毕竟有些同病相怜起来。

静之自怜地:"二姐,要不你成全成全我,和杨一凡结束了吧!咱俩都不放弃的话,只怕爸爸妈妈会气病的……"

慧之:"别说小孩子话,那我已经做不到了。姐夫是个好男人,自从大姐走了以后,我常想,以后姐夫还会不会是咱们何家一个亲爱的人。如果你能使一个男人和咱们何家的亲爱关系继续下去,大姐在九泉之下肯定也会欣慰的。"

静之推开了慧之一下,看着她破涕为笑:"那你刚才对我大喊大叫……"

慧之:"我不是一时让你搞得头脑发懵嘛,姐夫他们现在在干什么?"

静之:"天暖了以后,他们靠卖面食不行了,早就又集体站马路牙子去了,一个个情绪又都挺低落的。"

慧之:"那你就替咱们何家多关心关心他,尽量给他一些安慰。至于爸爸妈妈方面,你说得也对,咱们也得替他们的感受考虑考虑,暂时都别向他们承认什么为好。"

静之点头,释然地:"二姐,我心情舒畅些了,那我走了。"

慧之替她抹去脸上的泪:"去吧,我看着你走。记住,不论我的事还是你的事,对爸妈都要嘴严点儿。"

静之走了。

慧之呆望着她的背影。

慧之心里这时多想对大姐说:"大姐,你快托个梦给我,如果我和静之爱得都很荒唐,那你就指点指点我们的迷津吧。"

慧之回到了何家分的那套新房子,却未见杨一凡。有扇门关着,她推那扇门,推不开。

慧之:"一凡,是你在里边吧?"

杨一凡的声音:"等一会儿就出来。"

慧之:"干什么呢? 在往墙上乱画呢是不是?"

杨一凡的声音:"不是在乱画,是在认认真真地画。"

慧之:"你成心惹我生气是不是? 限你十个数内出来。否则,以后再也不理你了!"

她交抱双臂,数起数来。刚数到五,门开了,杨一凡一手拿画笔,在门内做了一个夸张的"请"的姿势。

慧之进入房间,一时目瞪口呆。但见正墙上,画了一对"飞天"。没画完,一个还是线条草图,另一个草图的头部刚着完色。除了"飞天",墙上还有云朵和花朵、喜鹊……

杨一凡看着她,背台词似的:"不论你喜欢,还是愤怒,对于我,都同样是一种奖赏。"

慧之：“你的动作还真快。”

杨一凡：“因为我才华横溢,而且胸有成竹。”

慧之：“但是你不听话！”

她一转身离开了那房间,将椅子搬到窗前找到抹布,站到椅上,又擦起窗来。

杨一凡不知如何是好地看着她。

慧之下了椅子,走到水池那儿洗抹布,杨一凡跟着,站在门口看着。

杨一凡孩子似的：“可是,你并没有明确地说不许。”

慧之不理他,洗完抹布,继续擦窗。

杨一凡：“其实你心里很欣赏,只不过是在假装生气,对吧？”

慧之只管擦窗,根本不看他一眼。

杨一凡更加不知如何是好了,表情郁闷地进入画有“飞天”那个房间,慧之偷偷下了椅子,蹑足走到门口偷看……杨一凡在收拾画夹。

杨一凡背起画夹,看自己画在墙上的作品,慧之离开门口,又站到椅子上。

杨一凡走出房间,也不看慧之一眼,拿起刷浪花的板刷,也去到水池那儿洗。

杨一凡背上画夹往房间外走。

慧之：“站住。”

杨一凡站住。

慧之下了椅子,将抹布搭椅背上,走到杨一凡背后。

慧之的声音变温柔了：“转过身。”

杨一凡转身看着她,他的表情特委屈。

慧之：“生气了？”

杨一凡：“生气的是你。”

慧之：“我生气是有理由的,你生气没有什么理由。”

杨一凡：“所以我没生气。”

慧之:"我确实并没明确地说不许,但我也没有明确地表示可以。在这一种情况下,你是不可以在属于别人的地方想画就画的,即使你是为了使别人看着喜欢,明白?"

杨一凡点头,之后问:"那你还是喜欢的,是吧?"

慧之点头。

杨一凡微笑了。

慧之:"喜欢你刚才画的画,喜欢你的才华,还喜欢你这个大孩子……"慧之情不自禁地热吻他……

学校里。何家的房前,停着一辆卡车,车上已装了些东西,张继红站在车上。

屋里出来三个人,都是街道小厂的兵团返城知青。前边的人抱着东西,后边的两个人抬着东西。

张继红将他们的东西接上车去。

静之也抱着些东西出来了,张继红接她的东西时问:"还有吗?"

静之:"没有了。我姐夫怎么没来?"

张继红:"他替我们联系活儿去了。我觉得他以后少来不了,但肯定是一个人来。"

静之:"哪儿的车?"

张继红:"今天不星期日嘛,我们连有一个人返城后当上了司机,他把单位的车偷偷开出来了。"

静之走到驾驶室那儿,对司机说:"谢谢你啊,人情后补。"

司机:"补什么啊,我跟继红是哥们儿,再说是咱们返城知青之间的事儿,帮点儿忙还不应该的。"

张继红:"静之,上不上?"

静之:"不了。你们先走吧,我一会儿还回学校去。"

那三名小厂里的工友上了车,车开走了。

静之又回到了屋里,站在门口,望着几乎搬空的屋里……何家的大"床"呈现了庐山真面目,乒乓球案子光溜溜的什么也没有了。

静之此刻在心里多想对凝之说:"大姐,爸妈今晚又要暂时睡到校长办公室去了,你也别太留恋这里了,如果想我们了,就回咱们的新家去感受亲情吧。我今天已经去看过了,是新楼房,可亮堂了,三间屋,室内还有厕所……"

屋里还有一个大箱子没搬走,静之走过去打开了箱盖。里边是满满一箱子破旧的滑冰鞋和两个瘪了的球。

她盖上箱盖,一转身,见"床"边那儿地上有一本笔记本,走过去捡起,掏出手绢擦。

她坐在箱盖上翻看笔记本。

凝之:"我喜欢舒婷那一首诗——《祖国啊,我亲爱的祖国》,每当读着她那一行行滚烫的诗句,我总有一种想哭的感觉。舒婷是我们这一代的思想发布人,我们都应该感谢她。但我也同样喜欢她的另一首诗——《一代人的呼声》:为了百年后天真的孩子!不用对我们留下的历史猜谜!为了祖国的这份空白!为了民族的这段崎岖!为了天空的纯洁,和道路的正直!我要求真理!"

静之又翻一页,继续看下去:"爸爸,因为何家的事,我心中对您的不满其实并没有消除。我请您重读一遍《教育的诗篇》,静之到处借,终于为您借到了那一本书,可是我至今不知您再读过一遍没有?您居然不和我提那件事了,似乎也永远不打算与我交流什么读后感了……"

静之合上笔记本,陷入沉思。

教学楼里。何父、何母、蔡老师陪着区长一行人走在走廊里。

何父:"您区长大人怎么偏偏星期日到学校里来视察呢?"

区长:"不是视察。是来看看你和嫂子。非星期日来,不是影响学生

609

们上课嘛！你们教育界同行,对你口碑极佳。我是你的老同学,再不来看看你们夫妇,即使你们不挑理,别人也会替你们挑理的啊！"

何母："区长,谢谢您亲自过问我们分房子的事啊！"

区长站住了,庄重地："我再不过问一下,这次就没你们的份了。而如果连你们都分不到,分房委员会的公正原则是会遭到质疑的。怎么样,你们觉得满意吗?"

何父："满意。简直太满意了。"

区长："老同学,你刚才介绍的情况,我认为值得引起全区中小学校的重视。我甚至认为大学也应该格外重视……'三种人'也罢,因为受极'左'思潮的影响,在'文革'中犯了一般性错误的人也罢,都应该把他们本人当年的言行,与他们的家属亲人区别开来。对他们的子女有歧视是不对的。同学之中若有歧视现象,老师发现苗头,做思想工作,使同学们认识到为什么不对,这是正确的做法。我要建议将你们学校这一好的做法,当成经验在全区推广。"

何父："谢谢区长的鼓励。我们做得还不够细致,今后一定加倍努力。"

何母："区长,这个班有几名学生,诗写得很好,经常贴在墙报上供大家欣赏和点评,想不想进去看一下。"

区长："好哇,我年轻的时候也很喜欢诗歌,咱们一起欣赏欣赏吧！"

一行人分主宾先后进入教室,走到教室后墙的墙报那儿。墙报上只用彩色笔抄了一首长诗,"热烈推荐"四个字下,"麦克唐纳向你致敬"一行标题格外醒目。诗文如下:

麦克唐纳,
你这高尚的美国人。
请接受我

一个中国少年的致敬。

我曾有一个叔叔

他的名字

叫雷锋。

现在,我愿意视你为

我精神上的

异邦父亲!

区长问何父:"麦克唐纳是谁?"

何父:"这……我也不清楚……这肯定是星期六晚上换的一期墙报。蔡老师,你知道不?"

蔡老师:"我不知道。这首诗的思想可不好,一名中国的中学生,怎么可以将一个美国人视为父亲呢?而且还强调是精神上的。"

区长:"是啊,莫名其妙,我同意蔡老师的看法。"

区长秘书:"麦克唐纳是一部今年进口的美国电影《冰山抢险队》中的男主人公,前几天才在咱们市上映,我也只是看到了广告。"

何父伸手欲将墙报撕下来,被区长制止了:"了解一下这名学生的家庭背景,不是为别的,是为了更有利于帮助学生。中学生嘛,在目前这种改革开放的时期,激情表达自己的思想认识,是错误的也不必大惊小怪,更不必视为洪水猛兽。而批评帮助呢,则要以理服人,和风细雨式的。对孩子们,千万不能搞'四人帮'那种扣大帽子,抢大棒子,胡乱上纲上线的一套。"

何父、何母及蔡老师诺诺连声……

三人将区长送上小车。

小车开走后,何父埋怨何母:"人家本来都要走了,你偏多了那么几句话!"

何母："我看也不会成为什么大不了的事吧？人家区长的话我很爱听啊！"

何父："他的话政治水平当然很高,但一个前提是,他认为写诗的同学思想已经错了！"

何母："蔡老师不也认为不好吗？"

蔡老师："错是肯定的嘛！那样的诗,我感觉上反正接受不了。"

何父："蔡老师,早点儿买到几张票,我们都要看一看。不看就都没有发言权嘛。在看过之前,我认为咱们先都不要急于发表评论,权当什么事儿也没发生,不能给学生造成发生了什么事件的印象。"

何母与蔡老师点头。

晚上。何家的窗亮着灯。

屋里。何父与林父各坐一处地方,林父在缝补破旧的滑冰鞋,何父在磨鞋上的冰刀。

抽线的响声与磨冰刀的响声交织在一起。

何父停止了磨冰刀,林父于是也停止了针线。两位父亲互相看着。

何父："亲家,不让你白帮忙,学校会给你钱的。"

林父："不要。我就是冲你是亲家,才不请就到的。学校的钱主要还不是学费？我不挣学生们的钱。"

何父："我和凝之她妈都在上班,慧之和静之又不常回家,孩子完全撒给你们当爷爷奶奶的带了,我们全家都很过意不去。"

林父："亲家之间,咱不说这些。"又缝补起来。

何父："去年凝之刚走不久,有些话我和她妈想说不便说。现在,半年多过去了,我和她妈觉得,可以说了。而且,也应该说了……"

何父又磨起冰刀来。

林父："说吧。说话你就别磨了嘛。我耳背了,你弄出那种声音来我还能听清你的话？"

外边。一个身影走到了门口，是林超然。

林超然的心声："凝之，我回这边来了。自从你走以后，我第一次回来。咱们那个小偏厦子盖起来了，如果你有灵，今晚就和我回家吧。这里虽好，但以后就没人住了，你别太留恋这儿了，啊。"

他轻轻推门进了屋。听到内屋何父的话声，在门口站住。

何父的话声："我和凝之她妈，我俩共同的意思是……超然他应该考虑再找一位妻子了。他首先是你们的儿子，那就得你们老父母俩先劝告他。如果你们劝不通，我们作为岳父母的，再接着劝。"

林父的声音："要是我猜到你请我来，为的是跟我说这些话，那我就不来了。"

何父的声音："亲家，你别误会，我们完全是为了超然好，也是为了减轻一下亲家负担。你又不会带孩子，靠亲家母一个人带，那不是太辛劳了。"

林父的声音："我是没带过孩子，但是我这几天正在学着带，我都给孙子喂过奶换过尿布打过包了。"

何父的声音："你这么说，我们夫妇俩太惭愧了。毕竟也是我们的外孙，我们尽不上什么义务，心里不是滋味儿啊！如果超然能早点儿再结婚，不是你们老两口也多了一个抚养孩子的帮手吗？"

林父的声音听来生气了："你不要再说了！你以为超然心里这么快就接受得了另一个女人吗？如果我们按你们的想法劝他，他心里的滋味儿就会好受吗？如果我们每天面对的儿媳妇不是凝之，我们的滋味儿就会好受吗？再如果，一个不慎，娶回家一个不把我们孙子当亲骨肉看待的后妈，上哪儿找那后悔药去？"

何父的声音听来也急了:"照你这么说,难道就随超然再单身下去了?"

林父的声音:"反正现在我们劝也没用! 如果你们觉得能劝通他,你们亲自劝好了!"

片刻的肃静之后,屋里又传出了砂石磨滑冰刀的响声。

林超然悄悄退了出去。

黑龙江大学某教室内。一些学生们在进行辩论。黑板上写着"时事辩论会"五个字。

一名男生:"干部家的保姆坐着干部的专车接送上幼儿园的孩子,这当然是利用特权的现象! 因为车、司机是国家配给干部本人的……"

有人喊:"还有汽油怎么算?"

静之在聚精会神地听,和她同宿舍那几名女生在她周围。

另一名男生将没说完话的那名男生推开了,挖苦地说:"法律系的同学,请歇会儿,歇会儿。谢谢您为我们普及了一点儿公仆常识。但历史系有一小撮同学认为,八十年代之今天,看事情不但要有新思维,而且需有大眼光! 只要一位干部心系群众,努力工作,区区小事,何足挂齿? 眼睛盯着鸡毛蒜皮,是否也意味着头脑之中极'左'思潮在作祟呢?"

他高举手臂,猛地往下一劈:"打倒极'左'思潮!"

掌声。

喊声。

"拥护!"

"反对!"

静之起身走上前去,彬彬有礼地:"历史系的这位学长,允许我说几句吗?"

对方摆架子地:"报上家门。"

静之:"法律系的。新生。"

对方:"想好了说什么？可别浪费大家时间。"

静之:"学长已经在浪费大家的时间了。"

笑声。

对方在笑声中愣了愣,尴尬退开。

静之:"刚才历史系这位学长的手势,具有很强的表演性。但是我认为,只靠手势和口号那是什么也打不倒的。历史常识告诉我们,在法律形成以前,人类的历史只不过是蒙昧的历史。如果没有公民法权的保障,公仆变成上帝,上帝沦为公仆是司空见惯的历史现象。公民法权的要求,当然首先是依法对公仆们的行为行使监督权。先哲早已说过,法乎其上,守乎其中。法乎其中,守乎其下。法乎其下,底线危机。请问这位历史系的学长,依您刚才的观点,是法乎其上,还是法乎其中,法乎其下呢？"

对方:"以为会问得我张口结舌？"

静之:"请回答就是。"

对方:"我看先要反问你,怎样证明 1+1 有时候并不等于 2？"

静之也被问得一愣:"我不是数学系的,我承认我证明不了。"

又一名男生上台了:"本人数学系的,我来替他证明。草原上有一群羊在吃草,又来了一群。两群羊混在了一起,于是变成了一大群羊……"

台下有人喊:"别转移主题!"

历史系那名男生:"数学系的,多谢了!安静!本人并非诚心转移辩论主题!恰恰相反,一直紧扣着主题呢!数学分低等、初等、高等,谁也没办法儿和刚开始学低等数学的人讨论清楚高等数学的高级问题。同样,人与法律的关系也是如此!本人认为,我们同胞的法制观念还远远没有确立,在此种情况之下,奢谈法乎其上,实属天真!法乎其下,由下而中而高,才……"

静之大声地:"反对!法乎其上,才仅守其中。其下是底线,仅守底线的结果只能是底线越来越低,渐渐失守……"

615

台下很安静,一张张脸听得很认真。

一位校领导模样的人走上了台,向历史系的同学伸出了手。

历史系的同学:"徐副校长……"

徐副校长看看静之问:"你是何静之?"

静之点头。

徐副校长:"又是你发起的?"

静之点头。

徐副校长:"就你一贯出风头,过会儿不知辩论到哪儿去了!"对着话筒大声地:"现在我宣布,辩论到此结束!以后半年内,礼堂要维修,不再对学生组织开放!"

他将话筒往历史系那男生手中一塞,转身便走。静之和历史系的男生呆在台上。

历史系的男生:"我认为,事实证明,我辩赢了。"

静之:"事实终将证明,你只不过暂时辩赢了。"

"维修是借口!"

"强烈要求继续下去!"

"何静之,我们听你的!"

台下最后形成了"何静之""何静之"的呼喊声,夹杂着响亮的口哨声。

何静之从历史系男生手中要过话筒,举起了一只手臂。

台下安静了。

她大声地:"我宣布,辩论继续!"

一片掌声。

人流从敞开的门涌出。但不是在黑大,而是在电影院。

电影刚刚散场……何父何母随人们走出。

何母:"这部电影真好,很久没看到这种题材的电影了,弘扬了舍己救人的精神,有一种崇高气质,我都被感动哭了……"

何父:"你小声点儿!到家再评论行不行?"

他分明怕何母的话被人听到,左看右看,结果看到了小韩和他的父母,而他们也正看着他和何母。

何父:"看,小韩和他爸妈,得过去打声招呼。"

于是两人走了过去。

小韩主动地:"伯父伯母,你们好。"

小韩的父母却冷冷地看着何父何母。

何父:"亲家,想不到会在电影院碰到你们,近来一切都好吧?"

韩父:"在和我们说话?我们不是你的亲家。"

何父被噎得张张嘴没再说出话,难堪。

小韩:"爸,你有点儿绅士风度行不行?"

何母:"对不起,是我们这口子说得不对。小韩和我们静之还没结婚呢,怎么可以在大庭广众之下开口叫亲家?"

韩母:"如果他俩还好着,大庭广众之下叫亲家那也没什么。可他俩明明吹了,这么说岂不是等于戏弄人吗?"

何母也张张嘴说不出话,呆看小韩。

小韩难为情了:"伯父,伯母,我们的恋爱关系是结束了。怎么,她没跟你们说起过?"

何父何母对视,只有双双摇头的份儿。

小韩:"不是我要跟她吹的,是她先提出来跟我分手的。而且,特坚决,义无反顾。我尽量争取使她回心转意过,没成功。"

何父:"怎么……会这样……"

何母:"小韩,静之她……是不是跟你闹着玩儿啊?"

韩母:"我儿子才没有拿婚姻大事闹着玩儿的毛病。都老大不小的了,我们可陪着玩儿不起。"

小韩:"妈,你别总把话说得这么难听嘛!"又对何父何母安慰地:"伯父、伯母,但我们目前还是朋友,还要争取成为好朋友……"

韩父严厉地:"不许!作为一个有尊严的男人,像你这样就算是有绅士风度了?我看不是!你朋友还少吗?有必要非和她成为好朋友吗?你那叫自轻自贱!"

小韩:"爸,请别在这种地方大声训我!"

韩父:"何校长,你们夫妇可都是教育工作者。衡量教育工作者教育水平如何,我觉得,首先要看他将儿女教育得怎么样。我们夫妇都没当过老师,更没当过校长,可我们把儿子教育得挺有涵养,我相信这一点你们不得不承认。回家问问你们那女儿,我们小韩对她好不好?我们夫妇对她好不好?分手是可以的,总得说出点儿理由吧?"

小韩:"爸,静之有她的理由,只不过我不想跟你们说!"

何父:"她什么理由?"

何母:"小韩,请现在跟我们说,我们立刻想知道!"

小韩:"这……我……我认为我也不应该跟你们说……"

韩父:"你们别难为我们儿子了,我们儿子没有告诉你们的责任。再说我们儿子现在又有对象了,什么理由都和我们无关了,你们还是问你们女儿吧。失陪!"

他挽着妻子的手臂走了。

何父何母与小韩愣愣地对视。

韩母回头喊:"儿子!"

小韩也只得走。

影院大厅前,除了何父何母已无观众。两人谁也不看谁,仍呆呆地站在原地。

学校。静之等在校长办公室门口,听到脚步声,在楼梯那儿。

何父何母走上了楼。

静之:"爸、妈,电影感人吧?我们学校也放过了,大多数同学都觉得是部好电影。可也有那么一些人,认为是外国文化开始占领中国文化阵地的序幕,值得警惕。"

也许是由于走廊里光线不明亮,也许是由于静之的话没停止……何父何母一直走到校长办公室门口也没答理她的话。

静之却并没有感觉到受了羞辱的父母心里是多么的生她的气……父亲掏出钥匙开门时,她又说:"我得配一把这里的钥匙,要不最近我想回来看看你们,或者找你们有事,你们一不在,我都没个地方去……"

何父开了门,三人进了屋,静之摸索着开了灯。旧地板上铺着凉席,凉席上铺着两条褥子,摆两只枕头。

静之:"如果我星期日回来,晚上不想回学校去住了,那就也跟你们挤挤睡地上。"一转身,见父母在冷冷地瞪她。

静之:"你们怎么了?脸上都像阴天了似的?是看电影跟什么人惹了顿气?"

父母仍不说话。

静之预感到父母生气的原因与自己有关了,从书包里取出凝之的笔记本递给父亲:"我大姐的日记,搬家那天,我在地上发现的,写到了和您有关的事儿,特意送回来让您看看……"

何父未接,何母默默接了过去。

何母:"静之,你和小韩为什么分手?"

静之被问得一愣。

何母:"我们在电影院碰到他了,还有他爸妈。"

静之:"性格原因……"

何父:"借口。"

静之:"小韩都跟你们说什么了?"

何母:"他说什么不重要,重要的是我们想要从你口中听到某种真实的理由!"

静之镇定地:"我爱上另一个男人了!"

何母:"静之,你怎么可以拿爱情当儿戏?说分手就分手,说又爱上了别人就又爱上了别人?"

静之:"我并没拿爱情当儿戏。事情往往是会发生变化的,爱情也一样。"

何母:"但对于爱情的变化,处理不好,就涉及道德问题。"

静之:"坦诚对待爱情问题就是道德的。虚伪地欺骗自己,欺骗对方才是不道德的。"

何父扇了她一耳光。

静之呆住片刻,冲出去……

第二十二章

黑大。静之的宿舍里,桌子摆到了屋子中央,一名女生在往生日蛋糕上插蜡烛,另一名女生在固定蜡烛,还有两名女生站在旁边看着。

两名站着的女生中的一名:"静之这家伙,连自己的生日都不放在心上!"

往蛋糕上插蜡烛的女生:"所以要给她一个惊喜。"

门忽然开了,一名女生闯入:"看见她回来了,快关灯,点蜡烛!"

于是有人关了灯,有人点燃了蜡烛。

门又开了,静之进入。

同学们拍手,唱:

祝你生日快乐,

祝你生日快乐……

静之一声不响坐在那儿,脱鞋,脱上衣,上了床,将被子往身上蒙头大盖。

同学们一愣,你看我,我看她。

被子底下传出了静之的哭声。

一名同学坐在床边,问:"静之,怎么了? 在哪儿受委屈了?"

另一名女生:"甭问,准是她姐夫给她气受了。"

另一名女生:"静之,别往心里去,哪天我们代表中国女同胞,好好调教你那位不识抬举的姐夫!"

被子底下,静之带着哭声:"我爸扇了我一耳光! 从小长这么大,他从没打过我……"

一名女生:"如此说来,那就开始哭吧!"

另一名女生:"如此说来,咱们就开始享用吧。"

于是开始分切蛋糕,一个个大快朵颐。

静之忽然一掀被子坐了起来,大叫:"我的生日,给我留份!"

桌上的蛋糕已经分光,但立刻有几只拿着蛋糕的手同时伸向她。

静之接过一块蛋糕,狼吞虎咽,脸颊上还挂着泪呢。

一名女生:"该哭就哭,该吃就吃,这才叫现代女性。"

另一名女生:"静之,你爸为什么扇你一耳光啊?"

静之:"再来一块!"

于是有人从她手中接去纸托盘,有人又递给了她一块。

大家目不转睛地看着她吃。

一名女生:"哭、笑,和亲吻一样,都消耗卡路里,所以得及时补充给养,否则会虚脱的。"

另一名女生:"我怎么一点也看不出来她会虚脱的样子。"

另一名女生:"我看出的是一副不吃白不吃的贪相。"

静之转眼间将第二块蛋糕也吃得精光,一伸手立刻又有人接去了纸托盘。

静之又一伸手:"毛巾。"

毛巾也立刻递在她手里了。

静之擦擦嘴,盘腿大坐地:"我爸妈今晚也去看了《冰山抢险队》,在电影院碰到了小韩,还有他爸他妈。所以,就知道我和他吹了……"

一名女生:"也知道你爱上你姐夫了吗?"

静之:"这我不清楚。"

另一名女生:"估计也知道了,否则不至于生那么大气。"

另一名女生:"那就可以证明,小韩出卖了你。"

静之:"我想,他不会的。"

同学们七言八语:

"你把他想得太好了吧?"

"在爱情方面,男人基本上都是两面派。说最爱的是你,一转身就想再去讨好别的女人。说因为爱你而绝不报复你的离去,碰上个机会就以报复为快事、能事。"

"先别管那个小韩怎么样,先听听咱们静之挨了一耳光之后又是怎么想的?"

静之:"我需要你们的继续支持。"

一名女生:"如果我们继续支持你呢?"

静之:"那我就将对我姐夫的追求进行到底,咬定青山不放松!"

另一名女生:"静之,如果你姐夫就是油盐不进呢?"

静之:"我身上毕竟有我大姐的影子。没有别的女人能取代我大姐在他心里的位置,我也不能。但如果说,或许有一个女人,能使自己和我大姐在他心里的位置相重叠,那么那个女人除了是我,还会是谁呢?"

同学们纷纷点头。

一名女生:"说来说去,多大点儿事儿呀!不就是姐不幸去世了,自己爱上了姐夫吗?如果咱们当代女大学生这么点儿事儿都摆不平,那还凭什么资格促进改革开放呀?"

另一名女生:"静之,伸出手来!"

静之伸出了手。

大家一一将手叠在她手上。

有人用英语说:"真爱万岁!"

另外的人齐声重复了一遍。

静之开始穿鞋,穿上衣。

一名同学:"想出去?"

静之:"跳舞去! 我知道校外不远有一处歌厅,在那儿跳迪斯科没人限制。"

另一同学:"慢,慢,多少钱一张票?"

静之:"不贵,才五毛,我请得起。"

歌厅里。在迪斯科曲中,静之和同学们随心所欲地舞之、蹈之……

学校。校长办公室。何父何母双双仰躺地上,何父手持纸扇不停扇着,看得出他心情烦乱,而何母在看凝之的日记。

何母合上日记,责备地:"反正我认为你打静之肯定是不对的。"

何父:"先别跟我说她的事,我这会儿在想学生那首诗的事。"

何母合上日记,"那首诗怎么了? 我们看了,麦克唐纳这个人物确实塑造得很感人嘛。也不能因为是一部美国片,我们就非说它有毒吧?"

何父:"我那么说了吗?"

何母:"好电影就是好电影,也不能非说它不好吧?"

何父:"我非说它不好了吗?"

何母:"那你还有什么可想的?"

何父:"因为我是校长!"啪地合了扇子,坐起,看着何母说:"我该怎么办? 把墙报撕下来? 那不就引起有些学生的强烈不满了? 我不愿被学生看成是一个思想很左的校长,再说我的思想明明也不左。就那么继续贴着? 后天有外校的老师来听课,如果被发现了我怎么答对?"

何母也坐了起来,想了想,建议地:"你看这么办行不行? 就说为了使兄弟学校的老师更全面地了解我们学校的教学水平,要求各班主任选一些近期的考试卷子贴在墙报上,以供外校老师参观、评点……"

何父沉吟片刻,又躺下了。

何母:"行不行啊?"

何父:"可行。也只有这么办。"

何母:"那就再别想那事儿。看看凝之的日记吧!因为何春晖的事,凝之对你一直有意见。《教育的诗篇》静之给你借来了,你也读过了,却再也没有主动和凝之谈谈,结果使凝之带着对你的满腹意见走了……"

何母说得难过,又躺下了。

何父:"你就别怪我了。有的事是谁也料不到的。何春晖那件事本来我想通了,他毕竟不属于三种人,我是不该把他拒在校门外。那些年,变成狼孩的学生千千万万,如果像鲁迅那样一个也不宽恕,中国岂不是自己把自己将军将死了?"

何母:"那我替凝之问你,你打算怎么办?"

何父:"还能怎么办,我见过何春晖一次,他在青年宫那儿看自行车。过几天我就亲自去找他,告诉他这所中学的大门向他敞开了……"

何母:"凝之日记里还写到了静之,她作为姐姐,比我们当父母的更了解静之。"

何父:"念给我听。"

何母翻日记,将日记往何父胸口一放,同时夺过了扇子,幽怨地:"自己看!"

于是何母扇起扇子来,何父看起日记来。

凝之的日记这样写道:"在我看来,慧之身上有白娘子的某些性格特质,而小妹静之则有点儿像小青。因为她是最小的,因为两个姐姐都处处让着她,有时和爸爸妈妈一样,免不了都拿她当小孩儿,所以她是在一种较自由自在的家庭环境里长大的。下乡以后,仍没改浑身是刺儿的性格。但她身上的刺儿,不像一群某些自以为是的人,大多数人反倒因而喜欢她。我喜欢慧之那种待人贴心的性格,也喜欢身上有刺的小妹。

但我预料,她在处理个人问题的时候会遇到困扰,因为她太敬爱她的姐夫了……"

何父又一下子坐了起来,发呆。

何母:"你又怎么了?"

何父:"糟糕,凝之日记里写着,静之会爱上超然……"

何母也又坐了起来,白了他一眼:"你看明白了再说好不好?"夺过日记,念:"在我这个小妹看来,她的姐夫是天下第一完美男人,而这基本上是一种青春成长期的异性崇拜现象。她并不了解,超然只不过是一个很普通很普通的男人,而且有不少不被外人知道的缺点,比如不太爱干净,在有条件的情况之下,也往往不刷牙不洗脸不洗脚,一犯懒上床就睡了。比如太在乎别人怎么评论自己,好像小白鸽梳理自己的道德羽毛,觉得哪一根不够好,恨不得自己一嘴鸽下来。而人不必对自己要求得太苛刻,永远做一个好人就行。只怕我这小妹在找对象时,总拿别的男人和她想象中的完美姐夫加以比较,那她的烦恼就会多起来。"

何父将扇子往手上一拍:"这一段也应该读给静之听!"

何母:"她把日记送来的,自己能没看?"

何父:"唉,凝之默默地替咱们想了多少事啊!"

何母:"你说,要是咱们亲家双方,都促成静之和超然……那好不好?"

何父:"不好!你怎么会有这么古怪的想法?"

何母:"你瞪什么眼睛呀,怎么古怪了?"

何父:"那不自然!"

何母:"不自然?不明白你的话。"

何父:"在我们老家,只有双方都是嫁娶困难户,才出此下策。论静之的条件,嫁出去根本不是难事儿,干吗非得嫁给丧偶的姐夫?论超然的人品,只要他想谈,选择的空间也很大,又干吗非娶咱们静之?咱们就剩两个女儿了,如果一个嫁给了精神不正常的人,另一个取代姐姐嫁给了姐夫,让别人看咱们家是怎么回事?那正常吗?小韩和他的爸妈又会怎么想?"

何母:"倒也是……"

何父:"趁早彻底打消你那想法!睡觉!睡觉!"

她起身去关了灯,走回来躺下后,不时地将扇子扇出很大的响声。

白天,上午。街道小厂的院里,林超然们都穿上了破旧的衣服,张继红一手端盆,一手往大家衣服上撩泼石灰水。院子一角,立着长长短短的刷子和两只桶。

林超然:"可以了。"

张继红:"是不是要再搞点儿带色儿的呀?"

林超然:"算了,就这样吧。"

一名工友:"干吗非把自己搞得如此狼狈呀?"

另一名工友:"超然不是说了嘛,要争取给人家留下深刻的第一印象,使我们看起来都像是站马路牙子的老资格。"

另一名工友:"这也不过就是把衣服弄湿了而已。"

林超然:"风一吹,过会儿白点子就显出来了。"从继红手中要过盆,又说:"你衣服上还缺点儿,别浪费了。"说罢,将盆里剩下的石灰水全泼张继红身上了。

张继红:"哎你,激着我了,对我有刻骨仇恨是吧?"

别人都笑了,只林超然不笑,严肃地:"继红,你讲几句。"

张继红:"都听着,这一单活,够咱们干半个月。是给一个单位粉刷宿舍楼,也是超然求爷爷告奶奶才跑成的……"

林超然:"就差给人家下跪了。"

张继红:"所以,大家要特别珍惜这次宝贵机会。活儿别干得马虎,每一刷子都要认真仔细地刷,就当成是刷自己家屋子那样。这年头活不好找,钱不好挣,咱们没有关系和后门,干活口碑是咱们的名片,也是咱们的希望！就这些话。"

林超然:"出发！"

大家就都去拿刷子,有人自嘲地:"还出发呢,自己忽悠自己玩儿。"

另一个嘟哝:"也没自行车可骑了,早知有今天的困境,当时不把我那辆旧车贡献出去了。"

这时街道赵主任进了院子。

张继红:"婶儿,有什么指示？"

赵主任:"你们这是……要去站马路牙子？"

张继红:"都站了好多天了。现在有些路段的马路牙子,也成为抢活儿干的前线了！多亏超然为大家揽了一单活儿,我们正要去开工。"

赵主任:"超然,你还不能走,得留这儿。"

林超然:"为什么？"

赵主任将他扯到一旁,小声地:"是这么回事……上级派人来通知咱们,说有一位老干部,上午要来见你,这儿不是没电话嘛,我怕给耽误了,所以赶紧亲自来告诉你。"

林超然:"这……哪方面的老干部？"

赵主任:"我也不知道,究竟区里的市里的还是省里的,来的人也没说。如果一会儿人家来了,你走了,那多失礼。不但会怪罪你,也会怪罪我啊！"

林超然转身向张继红们:"听到了？"

张继红们点头。

林超然:"都好好想想,你们最近在别处惹什么麻烦没有？"

张继红们摇头。

林超然:"别一问立刻就摇头,认真想想。"

张继红他们互相看看,又都摇头。

林超然:"那,也帮我想想。"

张继红:"超然,你这不是难为哥儿几个嘛！在我们眼面前,你当然总是正人君子形象啦！可你也不总在我们眼面前呀！"

林超然想了想，自信地："不在你们眼面前的时候，我也没做什么不光彩的事。"

张继红："别跟我们说，跟她说。"

林超然："婶儿，我们都没什么把柄被人家捏着，所以也就不怕谁怪罪。我联系的活儿，今天开工第一天，对方只认得我，不认得他们几个，我不去会出岔子的。"

赵主任一听急了，扯住了他衣服："超然你可不能走！你一走，婶失职了！"

林超然："婶儿，我衣服上可刚掸了烧手的石灰水儿，您看是湿的。"

赵主任赶紧松开了手。

林超然："这么着继红，只好你留下替我先接待着，我去了如果一切顺利，争取早点儿回来一下……"

他说完朝另外几个人一摆头，率先走出了院子。

赵主任："哎……这孩子……"

张继红："我这身衣服白给弄湿了。"

林超然等匆匆走在路上。

他们来到一处单位的宿舍楼前，见楼前有人在大铁桶里搅拌石灰水。

有两个人从楼里出来，往楼里拎石灰水。

一名工友："怎么这儿有人干上了？"

另一名工友："是不是找错地方了？"

另一名工友指着楼牌说："看没错，就这幢楼！"

林超然上前问："兄弟，你们在粉刷这幢楼？"

对方："你以为我在搅灰玩儿啊？"

林超然:"可……刷这幢楼的活儿,是我们几个接的呀!"

对方上下打量他们,讥笑地:"你们几个接的? 凭什么证明? "

一名工友对林超然说:"给他们看合同。"

林超然:"没合同。但口头上讲妥的,让我们今天来开工。"

对方:"没合同? 那你们就哪儿凉快哪儿待着去吧! "拎起小半袋石灰倒入桶内,接着故意连连朝林超然们抖袋子。

灰粉使林超然们后退,一名工友眯眼了。另一名工友夺下对方手中的袋子,也连连朝对方抖,并说:"你他妈成心是吧? 叫你成心,叫你成心。"

对方绕着桶躲,从地上抄起大勺,舀起两勺石灰要泼向林超然们……

林超然怒道:"你吃错药啦? "他上前夺下大勺扔在地上,接着将对方一掌推倒于地。

对方大叫:"楼里的快出来,有人抢咱们的活了! "

楼里奔出了三个人,包括刚才那两个往楼里拎灰浆的人。

倒在地上的人指着林超然们嚷:"他们捣乱! 不让我搅灰浆,还打我! 唉哟,摔残我了,起不来了……"

后出来的三人不由分说,扑向林超然们,挥拳便打。

林超然们也不示弱,被迫抵抗,双方在打斗中,不时有一方的人舀起灰浆泼向对方的人。

楼里又奔出一个,是王志,他扶起那个被推倒的人,问:"怎么打起来了?! "

那人指着林超然说:"他是他们的头,他们是成心来找茬儿的,想让咱们干不成,好抢了咱们的活儿! "

林超然正和对方中的一个人在支巴,没注意到王志。他一个斜背将对方摔倒,而王志同时从后抱住他腰,也将他抱起摔倒于地……

林超然迅速跃起,正欲进攻,认出了王志。

林超然:"王志。"

因为林超然满头满脸都是灰浆,王志竟一时没认出他来,喝问:"你谁?"

林超然用袖子擦了擦脸……

王志:"超然?别打了,都别打了,都是哥们儿!"

林超然:"住手!住手!"

双方终于停止打斗,互相瞪着。

王志将林超然扯到了一旁:"你们怎么也来了?"

林超然:"你先说自己。"

王志:"我由于经常站马路牙子,单位当然就知道了,先是批评教育,后来升级为批判……"

林超然:"批判?"

王志点头:"批判我金钱至上。但是我不多挣一份儿钱,就不能担起一个丈夫和父亲的责任。有人要求我将多挣的钱上交,我不交。又主张给我处分,我呢,就干脆辞职了……"

林超然:"这儿的活是我几天前谈妥的,只不过当时没签合同。和我谈的人保证说,一开工就签合同……"

王志:"但我可有合同!"掏出一页纸给林超然看。

林超然看过,还给王志时说:"那我没话可说。"

王志:"我送了礼,托人牵了个关系,没想到撬了你们的行……"

林超然苦笑:"那我也还是没话可说。"转身对自己人一招手:"咱们走吧。"

工友们无奈地跟着走。

王志:"超然……"

林超然站住,转身。

王志:"一块儿干吧!不然对你们太不公平。"转身对他的人说:"都是哥们儿,一块儿干。咱们负责这两个门洞,他们负责那两个门洞……"

他手下的一个人："什么哥们儿？我怎么一个都不认识？"

王志："那我就这么说，都是我哥们儿。愿意继续是我哥们儿的，留下，不愿意的，请走。"

林超然走到那个被他推倒的人跟前，拍拍对方肩，争取和解地："向你道歉。"

街道小厂院门口停着一辆上海牌小汽车，里边坐着一名司机，几个孩子好奇地围着看。

一个男孩："我爸也给干部开小车。听我说，高级干部才有资格坐小汽车。"

一个女孩："高级是多高？"

那男孩："高级就是……就是……我也不知道有多高……"

司机被男孩逗笑了，伸出手摸了他的头一下。

屋里。张继红和老干部坐在旧桌子对面，桌上摆着瓷缸子、旧暖瓶。罗一民曾替林超然求见过这位老干部。

张继红拿起暖瓶往缸子里加水，却没倒出水来。

张继红："嘿，水没了，是向住家为您借的，平时我们都喝自来水。"看得出，他陪得很不情愿，早已无话可说。

老干部："不喝了。都喝光满满一大缸子了。院儿里有厕所吗？"

张继红："院里还真没厕所。街口才有公共厕所，我带您去。"

老干部："那谢谢了。"站了起来。

张继红搀扶着老干部从街口往回走。

老干部："上趟厕所，相当于散步了。怎么不在院子里盖个厕所？"

张继红："不敢有那念头。"

老干部："为什么？"

张继红："再盖个小房,手续还简单点儿,兴许说通居委会主任就行。要想盖个厕所,那手续可麻烦了。大粪是值钱的东西,每个厕所都定向承包给了近郊农村,得经城乡事务协调办公室批准。我们因为下乡多年,刚返城时对城市的各种规章不太摸门,有过教训。现在增强城市法规意识了。"

老干部："这就对了。"

张继红："返城知青,要重新学着做城市人嘛。"

两人进了屋。老干部洗手时,张继红站在旁边自言自语:"苏联的共产主义目标,是土豆加牛肉式的。对于我,共产主义就是大米干饭炒豆芽,每顿管够造,还有离家近点儿的公共厕所……"

老干部："天天吃炒豆芽太素了吧? 动物蛋白质健康的人体还是需要的。猪肉炖粉条都不敢大胆地想?"

张继红："不敢。八九亿人口,天天保证猪肉炖粉条,那不成神了?"

两人重新在桌旁坐下后,老干部教诲地:"要敢想。你们这一代年轻人,胆子要大点儿。什么都不敢想,那就什么也实现不了。"

张继红："您先告诉我,依您看来,我向往那种初级的,就是大米干饭炒豆芽那种共产主义,估计什么时候实现?"

老干部："不好估计。怎么也得全国人民苦干二三十年吧,中国人要给中国时间,要有起码的耐心。"

张继红："您坐吧,我洗洗我这件上衣。"脱下上衣在水池子那儿洗了起来。

老干部望着他赤裸的后背,他后背上有块明显的伤疤。

老干部："你'文革'中是武斗分子?"

张继红回过头:"你怎么知道?"

老干部："一说一个准吧? 你后背上的伤疤告诉我的。"

张继红："错错错,那不是武斗留下的,是我在兵团劳动造成的工伤。"

老干部:"别遮掩。事实就是事实,遮是遮不过去的。当年的武斗分子,十个有九个打过人,你也不例外吧?"

张继红不洗衣服了,急欲辩白:"老同志,天大的误会,不不不,简直天大的冤屈。您不能这么主观嘛,主观主义会害死人的。"

老干部:"你也怕被人主观主义地对待了?可你们当年又何曾客观地对待过别人呢?现在嘛,我越是细看你的脸,越觉得是一张典型的、当年抡起皮带就抽人的所谓小将的脸……"

张继红:"您……您怎么忽然看我不顺眼了啊?"

老干部:"因为你忽然暴露了你的历史记号。不过你也别这么急赤白脸的,过去的事那就算过去了,你要勇于承认,我这种当年挨过打的老家伙,也会正确对待……"

这时,门一开,林超然一步跨进了屋,他快变成了"白人",也可以说不成个人样了。

林超然一眼认出了老干部:"是您……对不起,让您久等了。"

老干部:"我都等你快两个小时了,林营长怎么把自己造成了这么个奶奶样?"

张继红没好气地:"你可他妈的回来了!"将林超然扯到了门外,小声但恼火地:"我可知道什么叫精神折磨了,一个半小时以前,大眼瞪小眼,跟我没话说,我挖空心思找话说,他都不愿意跟我多说什么。半小时前陪他上了一次厕所,他这才打开了话匣子。可一看到我后背上的疤,又一口咬定我是'文革'中的打手!你要负责替我刷洗清白……"

林超然苦笑地听着而已。

老干部的声音:"林超然,还要叫我等你多久?"

林超然推开张继红,进了屋。

林超然坐在张继红坐过的高脚凳上。张继红跟进屋,将没洗完的衣服拿走了。

老干部:"林超然,先放心啊,这次我主动来找你和相女婿可一点儿关系没有。上次那纯粹是误会。现在我女儿有对象,是位现役团长。工作也落实了,在市委秘书处。她正一边工作,一边抓紧复习功课,来年也准备考大学。"

林超然真诚地:"替您女儿高兴,也替您高兴。"

老干部:"你们去年出了那档子非法经营的事以后,李玖和罗一民找过我,想求我替你说情,结果被我训了一顿,他俩跟你说了吧?"

林超然摇头道:"我好久没见到他俩了。"

老干部:"你要不要先洗一下?"

林超然笑笑:"不用。"

老干部:"后来呢,我就看到了你发在报上那篇文章。我女儿也看到了。我是不以为然的,认为你是在转移方向,狡辩。我女儿却认为你的文章很好,是在急城市所急,给市委市政府出主意,想办法。我们父女还在家里展开过大论战。再后来,你肯定都想不到,我们几位顾问聚在一起,共同讨论了你那篇文章,我也开始扭转对你的不良看法了。再再后来,我开始关注你们又在干什么,所有有关方面介绍,你们再也没做过什么不对的事。并且,磕磕绊绊的都干得挺不容易,也有股子劲儿……"

林超然双手忽然一捂脸,仰起了头。

老干部:"怎么了?"

林超然:"头发上掉下石灰粉,眯眼了。"

老干部:"还是先去洗洗。"

林超然揉揉眼,放下手说:"好了。"他刚才当然是听了老干部的话,差点哭了。

老干部:"最近,市委市政府希望顾问们推荐干部人选,我们几个老家伙一致想到了你。"

院子里。张继红从盆里拎起衣服,拧,晾,之后溜进屋,在门后偷听。

屋里。老干部从公文包里取出一个大信封,放在桌上,接着说:"市知青办公室的主任快退休了。我们一致推荐你当知青办副主任。他一退休,你接他的班。那可是正处级的位置,并不委屈你这个当过知青营长的人。最主要的是,我们认为由你当知青办主任,能将返城知青的安置工作做得更好,因为你对他们有很深的感情。而关于人的工作,带着对人的感情去做,有多少困难都会肯去克服,去付出。对不对? 这信封里是表格,你要认真填。组织部门要约你谈话的时间、地点我也亲笔写得清清楚楚,进市委的入门证都替你办好了。"

老干部的手将大信封推向林超然。

林超然看着未动。

老干部:"你在想,知青办不会是一个长久单位,总有一天要撤销的,一旦撤销了,你那时何去何从对不对? 放心,我保证,组织上那时肯定会对你另有任用的。"

林超然摇头道:"我怕我反而做不好,会令你们信任我的人失望……"

老干部:"大胆去开展工作,有我们一些老家伙支持你呢! "

院外。林超然送老干部上了车,目送小车开走。

林超然进了屋,见张继红在对着墙上的破镜子左照右照,端详自己的脸。

张继红:"看着我。"

林超然看着他。

张继红:"我的脸像'文革'中打手的脸吗? "

林超然:"以前没看出像,经你一说,看着有点儿像了。"坐下,拿走了信封。

张继红一下将信封从他手中夺去:"再胡说,我把它撕了你信不信?"

林超然正色道:"别犯浑,坐下。"

张继红也坐下了。

林超然:"以前我也注意到你背上那疤,也起过一样的疑心,只不过一直不好意思问你。现在没外人,交代交代吧。"

张继红:"我'文革'中真没伤害过任何人。咱是善良的老百姓人家长大的,才不干那些伤天害理的事。"

他从裤兜里抽出烟,吸起烟来。

林超然:"我听着呢。"

张继红:"但我是铁杆的中学炮轰派。成了'炮轰派'不是因为别的,仅仅因为'炮轰派'是少数派,受压的一派,坚持得挺悲壮的。觉得自己加入了,于是也成了悲壮之士了。'炮轰派'的据点哈一机被'捍联总'攻下那天,我成了俘虏。不甘心受辱,结果背上被划了两刀。现在想想,当年太可笑了。"

林超然:"那你为什么不解释?"

张继红:"那倔老头儿不信啊!再说接着你就回来了。"

林超然:"把信封给我。"

张继红:"龟儿子才有你这么好的运气!"将信封往桌上一摔:"别装出若无其事的样子!实际上心花怒放呢是不是?行啊,你可算时来运转,苦日子熬出头了,走马上任,当你的官儿去吧。从今往后,咱们大路朝天,各走一边了呗!"

他说着说着站了起来,心里大不平衡地踱来踱去。

敲门声响了几下。

张继红没好气地:"滚进来!"

门一开,进来的是程老先生的秘书,林超然也是认得他的,站了起来。

关秘书看着林、张二人,一个钻过面粉堆似的,一个赤裸着上身,愣在门口那儿。张继红不认识他,也愣住。

林超然:"您……找我吧?"

关秘书:"我找林超然。"

张继红朝林超然一指:"他。"

关秘书:"对不起,一时没认出您来。我是程老先生的秘书,姓关,咱们见过。我们董事长吩咐我来的。"双手恭恭敬敬地递上名片。

林超然也双手接过:"又幸会了,快请坐。"

关秘书坐下。

张继红左顾右盼地:"林超然,哪边儿是东来着?"

关秘书:"应该是那边。"

张继红没客气地:"没问你,问的是他!太阳还是从东边出来吧?"

林超然正色地:"继红,你什么意思?"

张继红:"今天来见你的人,前者是官,后者是商,看来你今天吉星高照,好运成双啊!没晕头转向,分不清东南西北吧?"

林超然:"先院子里去待会儿行不行?"

张继红:"你以为我还愿意陪坐一旁啊……"悻悻而去。

林超然:"关先生,请讲。"

关秘书:"我来的目的很单纯,我们董事长有要事急于与您相谈,派我来接您。因为你们这儿没电话,也不知怎么才能与您联系上,所以冒昧前来,成为不速之客,请您包涵。"

林超然:"是不是,与罗一民有关的事?"

关秘书:"就是您那位腿有点儿毛病的朋友?"

林超然点头。

关秘书:"这我不是很清楚,您也能够理解的,我们当秘书的往往不便问那么多。您那位朋友去找过我们董事长一次,偏偏董事长回香港了,结果他们没见上面……"

林超然:"那,您认为我什么时候去见程老先生合适呢?"

关秘书："按我们董事长的迫切心情,当然是越快越好。您如果有地方洗洗换换,那我耐心等着,车就在街口。"

林超然："今天肯定不行。"

关秘书："如果晚上呢?"

林超然："这……"

关秘书："林先生,就晚上吧,我们董事长想要见到您的心情确实很迫切。"

林超然："好,就晚上吧。"

关秘书："一言为定。"站了起来。

院子里。张继红在举一副自制的杠铃,而且是挺举,且口中数着:"二十一、二十二……"

他的力气已用到了极限。

林超然送关秘书从屋里出来,张继红的杠铃大声落地。

张继红："走啊? 有空儿常来玩儿啊! "

关秘书："免送,免送,您请继续玩儿……"

林超然送关秘书出了院子。

张继红嘟哝:"谁真想送你了啊! "

林超然回到院子里,看杠铃砸过的地方,有两块砖裂了。

他瞪着张继红说:"找两块砖补上啊! "说罢,径自进了屋。

张继红愣了愣,也往屋里走。

张继红进了屋,见林超然正从日历牌上往下撕一页。

林超然坐下,垫着大信封,从耳上取下一截铅笔头儿,往日历纸上写字。

张继红："哎凭什么啊? 凭什么好运忽然一下都向你一个人招手? "

林超然不作声。

张继红："我这人从来不嫉妒别人,可今天,你使我体会到了嫉妒的滋味儿! 真想当着那老干部的面揭穿真相……你去年那篇文章原本没那么好,是人家静之替你修改得好! 哎你怎么连人家静之的功劳都不提一句?"

林超然："没心思跟你斗嘴。"将日历纸朝张继红一递:"晚上我要见一位是港商的老先生,得麻烦你去我家一次,帮我取一套衣服,还有鞋袜,放哪儿我都写清楚了,让我妈找。"

张继红不接,冷冷地:"我什么时候也成你秘书了。"

林超然站起,脱了上衣,披在张继红身上,将一只手也按在他肩上,忧郁地:"知道我为什么宁肯经常睡在这儿也不愿回家吗? 因为不想看到我儿子。一看到儿子,我会更想凝之……"

张继红默默地从桌上拿起了日历纸,看。

林超然:"罗一民跟那位程老先生之间,有些不寻常的往事。人家又找来了,我能不帮着调解吗?"

张继红："一民……骗过人家钱?"

林超然:"一民是那种人吗? 尽瞎猜!"

林家。张继红抱着孩子,晃着,逗得孩子咯咯笑。

林母在找衣服。

张继红:"大爷呢?"

林母:"这几天奶粉不好买,你大爷着急上火,牙疼,到医院看牙去了。喏,超然要的衣服都在这儿了,他自己怎么不回来?"

张继红:"我们那儿有些事拖住了他。"

林母:"继红啊,他还好吧? 没闹病吧?"

张继红:"大娘放心,他好着呢。"将孩子还给林母抱着,又说:"向您预先报个喜,超然要当官了,不久就会是市委的一位处级干部了。"

林母:"你这是逗大娘开心呗。"

张继红郑重地:"绝对不骗您,最多三五天,我报的喜讯就会变成事实!"

林母信了,笑了,忽然一转身,快哭了……

张继红:"大娘,高兴的事儿,难过什么啊?"

林母:"要是凝之活着,那她会有多高兴啊!"

晚,宾馆。林超然按门铃。

关秘书开了门,看手表:"林先生真准时,我们董事长已在等您了。"

林超然随关秘书进入房间,程老先生迎上前来,与之握手。

两人落座后,程老先生开诚布公地:"我就不跟你客气了,叫你小林可以吗?"

林超然笑笑,点头。

关秘书送上了茶,程老先生对关秘书说:"这会儿没事了,有事我叫你。"

关秘书识相地退出,临出门将"请勿打扰"的牌子从门把手上取下,带了出去。

程老先生:"我请你来,与罗一民的事有关。罗一民已经来过一次了,虽然没有见到我,但那也可以证明他的忏悔了。烟不能越吸越长,冤家宜解不宜结。何况我也了解到,在动迁的问题上,他很配合我们,那是对我们很大的支持。请你转告他,从前的事,在我这儿,和我外孙女那儿,过去了,他也不必再在心理上纠缠于那件事了。"

林超然大为释然地:"那么,我替他感激您了,并且一定及时转告他。"

程老先生:"接下来我要谈的事,仅仅与你我有关。我先要问你几句话,肯定还会涉及你某种隐私的话,希望你别见怪。想回答,就回答,不想回答,也没什么,我完全理解。"

林超然沉吟一下,点头。

程老先生:"市委的一个老顾问同志,今天去找你了?"

林超然微微一愣,点头。

程老先生:"他举荐你去当市知青办副主任?"

林超然又点头。

程老先生轻拍他手背:"多谢你如此坦诚。老哈尔滨在香港经商的人士是不多的,经营成功的人士就更屈指可数了,我有幸是他们中的一个。我的企业虽然不算鼎鼎大名,但还是可以说实力雄厚的。我对哈尔滨有感情,最近频繁地回到母亲城,其实并不是为了要抢占滩头,抓住时机挣多少钱,而是想要为母亲城作些贡献,完成长久以来的一种夙愿。"

林超然认真地听。

程老先生:"所以市委市政府的领导同志都很支持我,以友相待,包括刚才提到的那位老顾问同志。我得承认,第一次见到你以后,你给我留下了很深的印象。又从报上读到了你那篇文章,觉得你是一位很有见地的青年。不瞒你,你们的经历,我了解得挺清楚了,所以,一听到你要去当干部了,我这儿就急了。因为,我也需要你这种青年的协助。"

林超然:"您请讲。只要是我能做得到的,我一定尽力而为。"

程老先生:"我在这座城市太需要一位得力助理了,你是我满意的人选。"

林超然愣住。

程老先生单刀直入地:"每个月暂时给你开五千元的工资,你愿意考虑吗?"

林超然一时缓不过神来。

程老先生:"董事长助理,在香港可是许多青年人求之不得的职务。那意味着,以后有可能是副总经理,总经理。至于月薪,实在不算高,也可以说很低。但我说过了,是暂时的。因为你们的市长市委书记,也只不过才每月一百七八十元钱。一开始就给你太高的工资,只怕你会引起许多人的红眼病。"

林超然:"这……太突然了,我需要考虑考虑。"

程老先生又轻拍他的手:"那当然。我起码给了你的人生另一种选择,这对你是有益无害的,对吧?"

林超然点头,看得出,他内心里反而产生了大矛盾。

林超然在街头小店买了一包烟。

林超然坐在松花江畔吸烟,地面一张废纸上,已经有了几个烟头。

林超然进入了黑大校门。

林超然站在静之的宿舍门前,敲门。

一名女生开了门,问:"找谁?"

林超然:"我找何静之。"

那女生:"您是……"

林超然:"我是她姐夫。"

那名女生:"她不在宿舍里,也许在图书馆,也许在哪一间教室里。"

林超然失望地:"对不起,打扰了。"

那名女生:"别走!"迈出宿舍,关上门,又说:"我替你找她去!"

她转身跑了,在楼梯那儿又大声说:"千万别走,我一定替你找到她。"

林超然在楼口徘徊。

"姐夫……"

他一转身,静之已经站在他面前,手拿一本书。

第二十三章

林超然和静之坐在某处的长椅上,从那儿可以望到对面的宿舍楼,静之的宿舍正在那一幢楼里。

林超然:"所以首先来听听你的建议。"

静之:"为什么?"

林超然:"什么为什么?"

静之:"为什么首先听我的?"

林超然:"这还用问? 你的建议对我很重要,明白?"

静之:"不明白,大爷大娘的看法对你就不重要了? 我父母的看法对你就不重要了? 两位还可以说他们是你的岳父母吧? 那就还是你的亲人。他们还是你的亲人,那我二姐也还是你的亲人。人在举棋不定的时候,每一位亲人的意见都是值得重视的。"

林超然扭头瞪了静之片刻,明显是训斥口气地:"你怎么那么多废话? 他们是我的亲人,单单你就不是了?"

静之的宿舍里。她的同学们从窗口搬开了桌子,都趴在窗口,居高临下,看西洋景似的看他俩,还互相用以下的话打趣:

"别使劲挤我！把我挤掉下去你偿命啊？"

"你的命金贵,得静之那种聪明的命偿你!"

"让她姐夫也搭上命一块儿偿你。"

长椅那儿,林超然站了起来,在静之面前挥舞手臂大声嚷嚷:"首先来找你是因为你和他们不同! 你现在是大学生了,你看问题肯定有新角度了! 而我问他们,他们最后估计会这么说……决定性的主意还是要你自己拿,那不是等于白问吗？"

静之:"你坐下,别那么大声嚷嚷,让人听了还以为咱俩在吵架呢!"

林超然张张嘴,又坐下了。

静之:"我没你夸的那么优秀。"

林超然:"别说你胖你就喘。我那是夸吗? 我那只不过是,客观地……稍微肯定你一下……"

静之:"天都黑了,路又不近,你来找我,只不过是为了稍微肯定一下,然后再听我的建议? 那我没什么建议可向你奉献,也不需要你的稍微肯定。"她把"稍微"二字说出强调的意味,站起来又说:"那我还是回宿舍吧。"

林超然:"你敢!"

静之:"我有什么不敢的?"

林超然的口气缓和了,拍拍椅面,哄小孩似的:"别跟我使小姐性子,坐下。"

静之就又坐下了。

静之宿舍里。一名同学索然地:"一会儿这个站起来一下,一会儿那个站起来一下,光说不练,没嘛儿意思。"

另一名同学:"静之怎么了,爱就主动点儿啊,也让咱们看得激动点儿嘛!"

另一名同学转过了身,自我批评地:"咱们这是干什么呀? 这种兴趣是不是与中国当代女大学生的身份不相符呀?"

另一名女生:"躲开躲开,感情你这'红五类'当年谈过好几次恋爱了,我这'黑五类'还一次都没实习过呢,我可需要参考和借鉴。"

她将那名女生拉开,自己占据了位置,舒舒服服地往窗台上一趴。

她旁边的女生说:"咱俩一样,同病相怜的话,那就坚持看到底。"

长椅上。林超然扭头看着静之,有气却又气不得地:"你不是小姑娘了,能不能不成心抬杠,跟我郑重点儿说话?"

静之:"是你总把我当成小姑娘,我有什么办法。"

林超然:"两种好运同时向我招手,都跟我去年那篇文章有关。而那篇文章如果不经你修改润色,效果也许是相反的……"

静之:"其实面对两种选择你自己是有倾向性的,那还问我干什么。"

林超然:"你怎么知道? 那就说说我倾向于哪一种?"

静之:"鱼与熊掌,两者不可兼得。大多数人明知这个道理,却又巴不得一举两得,你林超然也不例外。五千元的月薪,这简直是天文数字,是普通人月薪的一百来倍。这个数字的吸引力是无比强大的,强大的程度简直不由得让人想用最强力的胶水和它牢牢粘在一起。换成别人,根本不必考虑,当场就一口答应了。可你太不同于别人了。我想象得出,当时你心里立刻想到了张继红他们,想到了你一旦作出决定,那就等于在最艰难的时期毫不犹豫地抛弃了他们,那他们又会怎么想,从此以后怎么看待你,是不是会将你视为一个见利忘义的人? 你太在乎别人怎么看待你了,所以你对五千元的月薪是比较否定的。来找我之前,基本上已经决定了要去当知青办副主任,因为你认为,那一份工作,也许有利于你为更多的返城知青做些有益的事——以前心有余而力不足的事。"

林超然:"你和你大姐一样了解我,我首先来找你是完全正确的。"

静之:"你虽然理性上倾向于后一种选择,可感性上还是被五千元的月薪所诱惑。好比一棵植物,根深深扎在不利于它生长的土壤里了,干和叶子,以及枝上的花骨朵,却本能地朝向阳光美好的方向伸延。五千元好比你的人生道路上空升起的一个小太阳,向你投射着金灿灿的光芒。我不得不承认,我也会被那种光芒照耀得睁不开眼,一心只想拥抱住那么一个小太阳。"

林超然:"比喻得好,说下去。"

静之:"还莫如说分析得对。但我也再没什么可说的了。非说不可,也只能是那样的话……鱼与熊掌不可兼得,想要什么还是得由你自己来决定。"

林超然:"你必须得说下去,你得和我辩论,直到辩得我不再觉得那五千元月薪光芒万丈为止!"

静之:"这太难为我了!"

林超然鼓励地:"拿出你一向善于辩论的能力来!"

静之:"抵抗那五千元月薪的巨大诱惑使你很痛苦吧?"

林超然:"太痛苦了! 只靠我自己的理性战胜不了,所以我需要借力。"

静之:"当知青办副主任每月会开多少钱?"

林超然:"大概每月一百一十几元。"

静之:"比我爸当中学校长的工资还高三十几元呢。如果没有每月五千元比着,你会不会觉得每月一百一十几元已经太知足了?"

林超然:"那当然会。"

静之:"你不妨这么想一想,我他妈要那么多钱干什么? 如果有钱可以买房子,那也值得多多拥有。如果有钱可以买汽车,那也不嫌钱烧手。可目前的中国,没房子可买,也没汽车可买。何年何月有得买,谁也说不准。钱再多,你也只不过能买一辆好自行车骑,买一台好收音机听。买一身上好的呢子衣服或哔叽衣服,也不过八九十元。以你每月一百一十几元的工资,月月攒点儿,不是都买得起吗?"

林超然:"照你这么说,五千元的月薪,是多得没意义了?将来中国要是也有大彩电可买了呢?那还不得几千元一台?靠每月一百一十几元的工资,那不得攒几年?"

静之:"那就忍一忍迫切想要拥有的欲望,等中国人普遍的工资都提高了,彩电的价格便宜了再买。"

林超然:"那得多少年以后?"

静之:"我也不知道。你还要这么来想……你自己并不喜欢商业的事情,一旦做了什么董事长助理,不喜欢也得整天面对,整天和商人打交道,整天听的是钱这个字,说的也是钱这个字,想的还是钱这个字,连笔下写得最多的往往都是钱这个字。挣了大笔的钱是替别人挣的,赔了你会觉得对不起别人的重用。不久你就会烦恼了……"

林超然:"有五千元月薪的光芒照耀着,厌烦了我也会隐藏在内心里,整天装得喜滋滋的。"

静之:"你是那种善于伪装的人吗?"

林超然自我否定地笑了。

静之:"而当知青办副主任则不同了,替返城知青服务是能使你愉快的事。你为他们服务得越好,你的成就感越大。"

林超然:"没白来找你!你一通说服,我受诱惑的痛苦减轻多了。"

不料静之却这么说:"其实依我看来,鱼与熊掌都应该是你目前的权宜考虑。从长远考虑,你应该在攒了些钱之后,考到大学里来。"

林超然:"我不圆早年的大学梦啰!"

静之:"不是圆不圆梦的问题,不从长远来规划自己的人生,你会落伍的。而那时,你后悔也晚了,你内心的痛苦将比现在还大。"

林超然:"我会落伍?不至于的吧,我可是当年的老高三,有那一碗饭垫底儿,够我终生受用了。"

静之:"太想当然了吧?只黑大,几年以后,每年就会有一千多名大学毕业生。全省呢?全国呢?十年以后呢,十五年以后呢?那时全国会有千千万万的大学毕业生,还会有硕士、博士,他们的文化知识结构,肯定比你'文革'前老高三那碗饭丰富多了,那时你才四十多岁,正是男人的黄金年龄。而你在他们面前,肯定会觉得羞愧的,因为你一向是一个对自己要求很高的男人……"

林超然:"十几年以后的事我现在就顾不上考虑啰,走一步算一步吧……" 说着站了起来。

静之迅速抓住他的手:"别走,耽误够了别人的时间,起身就走啊?"

林超然愣了一下,不太情愿地坐下,歉意地:"我不是没想到嘛。"

静之庄重地:"没想到什么?"

林超然:"没想到你也有事要跟我说。"

静之看着他,更庄重地:"我没什么事要跟你说。"

林超然:"那就让我走啊,时间不早了。"

静之:"不让。说走就走,对我太不公平了,得陪我坐会儿。"

林超然:"那,好吧。遵命就是。"

两人的手……林超然欲抽出自己的手,静之反而将他的手握得更紧。

林超然:"又使小孩子的任性。"

静之:"我不是小孩子,你耽误了我的时间,还要求我和你辩论,那我就有理由任性一下。"

两人对视片刻,林超然缓缓伸出另一只手,抚摸静之的头发,接着,抚摸她脸颊……

宿舍里。只有一名同学仍趴在窗口了,她回头小声而激动地:"有情况!"

另外几名同学从床上一跃而起,又挤向窗口,她们正看到林超然的手摸在静之脸上,而静之的脸微微仰起,向林超然前倾着,分明地,她是在期待他的吻。

一名女同学:"这还有点儿看头。"

另一名女同学:"主动啊!这种关键时刻,别装淑女了呀!"

长椅上。林超然放下了手,家长跟孩子说话似的:"你瘦了。"

静之:"爱你爱的。"

林超然:"别胡说!你不必非争当什么尖子生。对于你,能真正学习到知识就够了,考试成绩是次要的。"

静之:"只要你还没跟别人结婚,我就会一直向你表白我的爱。"

林超然使劲儿从静之手中抽出了手,第二次站起,眈眈地瞪着静之,显然有点儿不知拿她怎么办才好。

静之也不眨眼地瞪着他,一副成心使他无可奈何的样子。

林超然:"记住我关心你的话,别当耳旁风,有空儿时,替我和你大姐,去看看我们的孩子。"

他一转身走了。

静之:"林超然!"

林超然站住,却不回头,也不转身。

静之:"向你作个声明,从今往后,我不叫你姐夫了。我要像我大姐一样,叫你超然。"说完起身走了。

林超然愣了半刻,缓缓转身。长椅上自然已没了静之的影子,他无奈地挥了一下手臂。

宿舍里。有的同学躺在床上看书,有的在拍蚊子。

两个拍蚊子的同学中的一个:"放进满屋的蚊子,结果还什么精彩的情形也没看到,亏大了。"

一名躺在床上的同学:"有的爱情像诗或散文,有的爱情像短篇小说或长篇小说。看来静之的爱情故事属于后一种,她有从容不迫的自信,我们也得有静观其成的耐心。"

门一开,静之进入,她径直走到桌前,拿起一缸子水,一饮而尽。

一名同学抗议了:"那是我晾的。"

静之:"就当奉献给爱情了吧。"说完,走到自己的床位那儿,脱了鞋,往床上盘腿一坐,又说:"知道你们在偷看!"

于是大家都坐了起来,目光一起望向她。

静之:"爱得可真累。"

一名同学:"看她那样儿!嘴上说累,却满脸甜蜜!哎,你掩饰一下行不行啊?"

静之:"不行!干吗掩饰?"

另一名同学:"没听说吗?爱情会使人变得弱智。"

静之将枕头抛向了对方。

却有两名同学蹿到了她床上,其中一个兴趣大发地:"哎,你跟他说什么了这么半天。"

另一名同学:"讲讲,讲讲。"

街道小厂。林超然走入院子,见屋里亮着灯。

他看一眼手表,走进屋里,见张继红等围桌而坐,桌上有碗豆浆,一张纸上还有两根油条。

林超然:"十点多了,一个个都不要家了?"

张继红:"都在等你。"

林超然挤了个地方坐在条凳上,问:"谁的?"

张继红:"估计你没吃晚饭,给你留的。"

林超然端起碗,一口喝下去半碗豆浆,抹抹嘴,问:"你们几个今天干得还顺心?"

被问的四人点头。

林超然:"既然人家分了一半活给咱们,那也算很够意思了,要跟他们好好相处。"

四人又点头。

林超然抓起油条狼吞虎咽。

四人中一个刚想开口说什么,被张继红制止。

林超然吃完了油条,喝光了豆浆,用桌上那张纸擦手,问:"都在等我?"

张继红:"弟兄们都不但有家,而且都是顾家的男人。正因为都顾家,所以要求你给个说法。"

林超然:"你把那两件事告诉他们了?"

张继红点头。

林超然:"你嘴倒快。"

张继红:"我是对他们负责。不能你一个人眼看飞黄腾达了,而弟兄们却蒙在鼓里,还以为你仍和大家同呼吸共命运呢!"

林超然:"好吧,那我今天晚上就向大家发布关于我的两条新闻。第一条,市里希望我能去当知青办副主任,准备接正主任的班。第二条,有位是董事长的港商,希望我去当他的助理,月薪五百元。"

一名工友:"骗人!"

另一名工友:"港商再小气,也不至于拿自己的身份不当回事儿。月薪五百元的董事长助理,太掉董事长本人的价了吧?"

林超然支吾了一下,发窘地:"我承认撒谎了。怕你们心理不平衡,是一千元。"

张继红:"你在继续骗人。"

一名工友:"我们的心理用不着你照顾,我们只要听实话。"

林超然:"两千元两千元,真的两千元,绝对是两千元,骗你们是小狗。"

张继红:"看他这狗样儿!我刚才怎么说他的?见钱眼开,对咱们没实话了吧?"

一名工友:"说实话。再不说实话,哥儿个都瞧不起你了。"

林超然:"我发誓……"

另一名工友:"你发个球誓呀你! 继红都问清楚了,是六千元!"

另一名工友腾地站了起来,来回走,气愤地:"他妈的! 这世上还有公平吗? 他一个人挣的,比我们大家一块儿挣的还多! 他凭什么啊? 他不就是当过几年知青营长嘛! 难道他还比咱们多长了一个老二呀?"

林超然一拍桌子:"你小子给我住口! 再说脏话我扇你!"

对方飞起一脚,朝一只空盆踢去,竟将盆踢飞在墙上。一时鸦雀无声。

张继红捡起盆,看看,又看看那工友说:"掉漆了,以后会漏的,有气也别踢盆啊!"指着林超然说:"要踢踢他,我们不拉着。"

林超然又拍了下桌子:"敢! 我是法人代表! 还反了你们了,你给我坐下!"

张继红:"你自己也说脏话。再说我们可一起扇你。"

其他工友纷纷点头,踢盆那个捋胳膊挽袖子,还往手心唾唾沫。

林超然瞪着张继红说:"明明是五千,怎么在你那儿成了六千? 说,怎么回事?"

张继红吸着一支烟,轻描淡写地:"我以你代言人的名义给关秘书打了次电话,他告诉我是五千。我代表你说五千太少,那香港的老先生接过了电话,说六千也可以……"

林超然:"你! 你不是败坏我形象嘛!"

张继红:"为你多争取了一千,不谢我还责怪我? 那就败坏你形象了? 你一个前几天还跟我一起站马路牙子的人,有什么鸟形象值得顾忌的呀?"

一名工友:"究竟多少钱和咱们也没什么关系,烧他手他也不会分给咱们的。还是先问问他这个法人代表,对咱们他是怎么考虑的?"

林超然:"如果我说为了和你们同呼吸共命运,两个机会我都不予理睬,那也太二百五了吧? 我只能这么保证,不论当什么,心里都会一如既往地装着你们。而且,就现在,我何去何从由你们决定。"

大家一时你看我,我看他。

张继红站了起来,走到日历牌那儿,接连刷刷撕下几页日历纸,之后回到桌旁,问:"刚才桌子上的笔呢?"

有人从自己耳朵上取下笔头递给他。

张继红问林超然:"由我们决定,这话可是你说的。"

林超然点头。

张继红:"现在后悔还来得及。"

林超然摇头。

张继红将日历牌纸一一拍在每人面前,将笔头给了近旁的人:"把你们每个人的主张写纸上。"

笔头从一人手中传到另一人手中,每个写过的人都将日历纸翻过去,或用手捂着。最后笔头又回到了张继红手中,他写完,用手捂着。

林超然:"哪里像什么好命运,简直像是面对陪审团。"

张继红:"亮!"

大家将日历纸翻成了写字的一面,或将捂着的手移开。

除了张继红写的是"助理",其他人写的都是"知青办"。

其他人瞪张继红,像瞪一个叛徒。

林超然:"现在该轮到你说说为什么了?"

张继红嬉笑地:"因为你……你要是去当了董事长助理,冲咱俩兄弟一场,我怎么也会沾点儿光,某天有机会去当一名合资企业的工头吧?你月薪六千,我月薪二千也行啊!"

林超然:"我要真去当了助理,恐怕连我也得看人家脸色行事,六亲不认了。"

一名工友:"这家伙只想着自己,揍他!"

于是另一名工友将张继红扑倒,其他三人围上去一阵拳打脚踢。

林超然将日历纸收拢过去,像拿扑克牌一样拿在手中,默默看着。

林超然:"别闹了!"

大家这才重新坐下。

林超然:"既然如此,我说话算话,那就服从你们的决定,准备去当知青办副主任。"

工友们笑了,其中一个说:"那我们以后有靠山有背景了。"

林超然:"知道我这会儿在想什么吗?"

大家都看着他。

林超然:"大锅饭真可怕。如果我去当了助理,猜你们会在某一个晚上拦我的路,一个个头上套着剪出窟窿的臭袜子,砖头棍棒齐下,把我打个半死……"

张继红坏笑:"那是肯定的。而且挑头的也肯定是我。"

林超然:"哎,想不到五千元钱把你们变成了这个样子!"

一名工友:"说得轻松! 一百倍的差距,那不是要逼我们再闹一次革命吗?"

林超然:"估计中国以后的事,难办了。"

张继红:"还嫌让自己操心的事不够多是不是? 这小子,还真当自己是个人物了,居然操心起整个中国的事儿来了!"

于是大家都看着他,口中发出讥笑之声。

又是一个白天。中学教学楼里,何校长陪着几位兄弟中学的听课老师走出一间教室。何母最后走了出来。

何母惴惴不安地:"几位老师先别走,请当面提出宝贵意见。"

一位女老师:"课文分段启发同学们充分发表看法,允许互相争论,坚持与教材不同的看法也不彻底否定,我觉得这么上课挺好。"

其他老师点头。

何校长:"别迫不及待。意见一会儿我替你收集,几位老师请这边走……"

忽然,前边一间教室的门被撞开了,一名学生跌倒了,一屁股坐在地上。

听课老师们惊呆了。

何校长赶紧上前扶起了那名学生。

何校长与听课老师们进入了那间教室。

但见有一名男生手持笤帚站在最后一排的椅子上,左右还有"哼哈二将",摆着拳击的架势。他们是在护着墙上那首诗,而六七名男女学生在对着他们拍桌子,叫嚷:

"校长命令要换上考试卷的,你不让换就不对!"

持笤帚的男生:"以前都是每个星期换一次!刚贴了几天,还有同学要看,要抄!"

坚持要换的同学七言八语。

"中国的英雄那么多还不够你学的呀?你崇拜外国的英雄就是不爱国!"

"除了雷锋,还有刘英俊、欧阳海、王杰!哪一位都够我们学一辈子。"

"还父亲父亲的,可耻!"

持笤帚的男生:"崇高无国界!"

何校长:"安静!"

持笤帚的男生这才下了椅子,他叫高原。

听课老师们在肃静中走到了墙报前,看那一首诗……

高原慢慢地放下笤帚,想离开教室。

何校长:"你一会儿到我办公室去。"

校长办公室。何校长坐在桌后,面前站着高原。

何校长:"我不罚你站,把那张椅子搬过来。"

高原将椅子搬了过来。

何校长:"坐下吧。"

高原坐下了。

何校长:"我要给你处分。"

高原抬起了头,不服气。

何校长:"当然,其他同学也要受到批评。明知今天有外校的老师来听课,还不顾影响,在教室里打架,一点儿集体荣誉感都没有吗?"

高原:"谁叫他们想撕我的诗!我个人的荣誉感就一钱不值了吗?"他流泪了。

何校长被反问得一愣,又问:"告诉我,你父母是做什么工作的?"

高原:"一人做事一人担,和我父母有什么关系?"

何校长:"我只不过随便问问嘛。你不说,我想知道那也很容易,档案里不都写着吗?"

高原:"我爸是电影院收票的,我妈卖冰棍。"

何校长:"可你却喜欢写诗,这难能可贵。我在中学时代,也喜欢写诗,但没你写得好。"

他的话使高原的心理平衡了些,出乎意外地看着他。

何校长:"私下里说说,那部电影我也看过了,麦克唐纳这个人物确实塑造得质朴感人……但这可只是咱俩私下里说说的话,不许对别人讲,明白?"

高原点头。

何校长站了起来,一边踱着一边说:"至于你那首诗嘛,我个人不妄加评论。但我希望咱们之间能达成一种默契……如果日后有什么人问起我对你那一首诗的态度,你要这么说……校长认为那首诗写得不怎么样,用词随意,也不讲究韵脚。总之是,我已经因为那一首诗找你谈过话了,记住了吗?"

高原:"其实您心里不是这么认为的,是吧?"

何校长:"错!不妄加评论不等于连起码的缺点都不指出来。我说我中学时期的诗写得不如你好,你要当成谦虚之词!"

高原:"那,我请求对我的处分不入档案……"

何校长:"档案?为什么要入档案?我根本就没往那方面想!记过也可以是口头的……"

高原:"我不信。记过都是要入档案的。我爸当年就是因为卖电影票时少了十几元钱,说不清楚,结果档案里有一条记过处分,后来一直觉得处处低人一等。"

何校长:"放心,我向你保证,绝不入档案。我要开一次记过处分也不入档案的先例。"

高原站了起来,鞠躬,感激地:"谢谢校长。"

何校长:"高原,你现在还只不过是中学生,你的档案还像一张白纸。以后,你的档案内容会渐渐多起来。我希望你记住我今天的话,只要别人没法在你的档案里加入不善良,不正直,不讲信义,缺乏羞耻感和忏悔心之类的人格评价,那么别人终究是会尊重你的。"

高原:"我要争取使我的档案里多一些与'不'相反的评价。"

何校长笑了:"能那样最好。去吧。"

高原又鞠躬,离去。

何校长重新坐下,沉思。

他拿起电话,拨通后,语调恭敬地:"麻烦您请区长同志接一下电话,有工作情况向他汇报……"片刻后又说:"平川区长,我是何文彬。来过了,我刚送走他们。也开了座谈会,请每一位兄弟中学的老师都留下了宝贵意见。打扰您主要是为了向您汇报两件事……写那首诗的同学我已经严肃地跟他谈过话了,是一名本质良好的同学,父亲是电影院收票的,母亲是卖冰棍的……完全同意您的看法,引导学生正确对待国家的坎坷确实是我们的责任……还有一件事,我想把那个何春晖找到,给予他成为中学老师的机会……您也支持,那太好了,多谢老同学的理解和鼓励。"

何校长骑自行车行驶在路上。

何校长在青年宫前下了自行车。看自行车的是一个老头。

何校长:"大爷,向您打听一下,原先在这儿看自行车的,是不是一个青年啊?"

老头:"对,我就是接的他。"

何校长:"他哪儿去了呢?"

老头:"那小伙子可交好运了,人家是大学毕业生,英语很好,不久前有几位外宾到哈尔滨来,他不知怎么听说了,自荐去当了几天翻译。老外们对他印象良好,其中一个,帮他出国留学了。"

何校长:"哪个国家?"

老头:"这我也不太清楚。以前只知道外国话就是日本话、苏联话。会的人不但不吃香,还往往会惹麻烦。哪儿想到猛然的一下又兴起英语来,而且能交好运。"

何校长站在那儿,怅然若失。

黑大某教室。那位老教师在讲课,他从容不迫,娓娓道来地:"不但一部《红楼梦》仁者见仁,智者见智,多情种子们为其叹息流泪,道学家读出了淫,而史学家认为是清王朝兴衰的缩影,我们刚才谈到的《水浒传》又何尝不是如此? 有人认为它传播了这样的正义思想……哪里有压迫,哪里就有反抗,逼上梁山者造反有理。有人却认为那是一部宣扬投降主义的书,暗示只有接受招安才是宋江们的光明出路。而我要指出的是……尽管历朝历代的皇帝们也是讲法制的,但那法制如果是只许州官放火,不许百姓点灯的法制,那么法制的观念就难以深入民间,暴力复仇,私刑现象,就会在民间层出不穷。比如武松杀嫂,石秀助杨雄杀妻,解珍解宝两兄弟血洗员外庄……我们学法律的同学必须这样看待我们的专业……本专业不仅培养法官、律师,还培养社会公正与良心……"

下课铃响了。

老教师在掌声中鞠躬离去。

老教师走在校园里。

"老师……"他一转身,见是静之。

老教师:"何静之,谢谢你在我的课上一向踊跃发言啊,有你的带动,我对课堂讨论情况越来越满意了。"

静之将手中笔记本递向他:"谢谢您的表扬。老师,我在笔记本中写了几篇关于法制的思考文章,想请您抽时间看一看。如果您认为哪一篇有点儿发表价值,我打算向报纸或杂志投稿……"

老教师接过笔记本,鼓励地:"支持。我一定早点儿看。"

两人边走边说话。

静之:"还有一件事也请支持……我们学生会想要组织一次法律系和中文系同学的座谈会,讨论从福娄洛教士到米里哀主教,看雨果民主思想与宗教情怀的演变过程……"

老教师:"那参加的同学可都得认真读一读《巴黎圣母院》和《悲惨世界》……"

静之:"我们早就为座谈会做准备了,每星期六晚上都举办读书活动。轮流读,大家听。我们想请您在座谈会后作总结发言……"

老教师:"行。我准时参加。"

忽然间,一个穿旱冰鞋的身影迅速滑了过来。

静之:"老师小心!"她刚欲挽着老教师躲开,却为时已晚,老教师被猛撞了一下。

静之冲滑过去的身影生气地嚷:"你没长眼睛啊!"

老教师:"原谅他吧。他一定是有急事,否则不会滑那么快。"

静之:"他起码应该停下来向您道一声歉。我记住他的脸了,再看到他非质问他不可……"

她挽着老教师又向前走……

老教师站住了,手捂腹部,面呈痛苦。他的手上有血。

静之吃惊……

老教师身子摇晃,在静之的搀扶下,倒在地上。

静之:"来人呀,有人受伤了。"

一些学生驻足,跑了过来。

静之:"老师被刺了,快送老师去校医院! 老师,你要按住伤口。"

一男生脱下上衣,用袖子将上衣扎在老教师腹部。

另一名男生背起老教师就跑。

静之低头看自己双手,她手上已染了血。

两名女生持网球拍走来。

静之在身上抹抹双手,上前道:"借拍子用一下!"夺下一把拍子就朝伤人者滑走的方向追去。

几个男生在打篮球。

静之:"停一下,看见有穿旱冰鞋的人滑过去了吗?"

男生们摇头。

校门传达室里。静之朝门卫大声地:"叫你通知你就赶快通知,放跑了歹徒拿你是问!"

门卫:"你总得告诉我歹徒穿什么样衣服啊!"

静之:"长袖海魂衫,光头!"

门卫抓起了电话:"后门,后门,注意一个穿长袖海魂衫光头的人。"

静之离开传达室,握着网球拍,在校门口来回走动。

一个背挎包,戴军帽,穿短袖背心的人走来。一看便知,他并不是大学生,因为他脸上毫无书卷气,无知无畏的痕迹显明。并且,一副慌张的样子。

他望着静之犹豫不前。

静之发现他挎包里露出海魂衫袖子。

静之:"抓住他!"

对方转身便跑。

静之追赶。

静之将网球拍投出,正中对方后脑,对方趔趄一下,静之冲上去,从后面拦腰抱住对方。对方一只手伸入挎包,掏出刀子,朝肩后斜刺,静之一躲头,肩部中了一刀。

几个人冲过来,将对方制服。

对方:"姐⋯⋯"

静之捂着流血的肩部,一时呆看对方,原来竟是那个曾找到她家里,要与她谈恋爱的无业小青年。

在何家修火墙那天,小青年痴情脉脉地纠缠她的情形。

她和小韩走在路上,被小青年拉住进一步纠缠的情形。

她在公园里与小青年交谈的情形一一浮现在眼前。

小青年:"姐,对不起,我没认出是你来。"

静之:"你!为什么啊!"

小青年:"他剥夺了我的机会。"

校医院。医生在为静之包扎伤口,与她同宿舍的女生们等在门口。

静之在女同学的陪伴下走在校园里。

一名女生:"保卫处审问的结果是这样的。他想考咱们黑大艺术系的美术专业,可是文化课两次都没考过关。今年是第三次考了,考的分数最低,而其中两道分数最多的大题,恰恰是陈老师出的。"

静之在同学们的陪伴之下走到宿舍楼口,一名男生在楼口徘徊,见了她,亲密地:"静之同学。"

静之站住,看着他,不认识。

男生:"我是中文系的,你肯定不认识我。但是我听说你要买奶粉买不到,我家有亲戚在奶粉厂工作,所以……所以就冒昧地替你买了三袋。"

他从书包里往外掏奶粉。

静之:"太谢谢了,谁替我接一下?"

一名同学上前,一袋一袋接过去奶粉。

静之:"请留下你的姓名和专业,我会尽快把钱给你。"

男生看着同学们说:"我想和她单独说几句话。"

同学们互相交换着眼色进入楼里去了。

男生:"静之同学,你那次朗诵舒婷的诗,给许多同学都留下了深刻的印象,以后你就成了我最倾慕的女生。为了能够和你认识,我多次听过你们法律系的课,可惜你从来也没注意过我。"

静之已明白了他的心思,微微一笑:"那只能请多原谅了。"

男生:"但现在我们不是终于认识了吗?今天对于我来说,可是一个重要的日子。你的事迹我也听说了,更增加了我对你的倾慕……"

一名等在楼门内的女生大声打断地:"哎,此时此刻是你喋喋不休表达倾慕的时候吗?"

静之:"我这会儿伤口很疼。"

男生:"对不起对不起。请你一定收下我这封信,我更多的表达都写在信里了。"

静之犹豫一下,接过了信。

男生:"祝你伤口早愈!"转身跑了。

静之:"快替我问问奶粉多少钱一袋!"

楼内另一女生大声地:"奶粉多少钱一袋?!"

那男生已跑远了。

宿舍里。静之坐在床上问:"陈老师怎么样了?"

一名女生:"送到市立医院去了,幸亏刀子不长,没伤到内脏。你呢?"

静之:"我没事儿,只不过缝了五六针的一个小伤口。"低头看信。

一名女生将信一把夺去,躲到一边去念:"亲爱的何静之同学,当我写下'亲爱'两个字的时候,我忽然对繁体字产生了好感。因为繁体之'亲'字,多一个'见'字,繁体之'爱'字,中间是有'心'字的。一见钟情所以亲,发自内心是谓爱。"

另一名女生:"打住打住!酸死我了!"

另一名女生:"中文系的嘛!"

静之:"再念我生气了啊!还我!"

夺信的女生见她特严肃,乖乖将信还给了静之。

静之:"替我把奶粉放书包里。"

于是一名女生替她往书包里放奶粉。

静之:"我有五天的伤假,今晚就把奶粉给我姐夫家送去。"

一名女生:"你可发过誓的,再也不叫林超然姐夫了。"

静之:"背后叫另当别论。"

同学们都看着她。

一名女生:"静之,说句实话啊,刚才中文系那男生,依我看来也不错。虽然书生气了点儿,但书生气的男人,往往都是情种,比如贾宝玉,比如张生。"

另一名女生:"别提张生,始乱之终弃之的负心人,算什么情种。"

静之却起身拿起了书包,同时说:"你们继续讨论,我现在就走,谁也别送。"出门去了。

同学们面面相觑。

林家。林父在举孙子,逗得孙子咯咯笑。

林母在炕上缝小被子,提醒:"你可千万别摔了他!"

门响。

林母:"谁呀? 是超然吧?"

静之的声音:"大娘,是我。"

门一开,静之已随声而入。

林母:"静之! 快炕上坐。"

静之在炕边坐下。

林父:"楠楠,认不认识? 这是你小姨。"

孩子看着静之说:"小姨,抱抱。"

静之:"楠楠,小姨真不能抱你,小姨今天肩膀挨了一刀。"

林父林母都吃惊地看她。

林父:"嗯,碰上坏人了?"

静之:"是个坏青年,二十刚出头,不是冲我,是冲我们的一位老师。"

林母:"你见义勇为了?"

静之:"也算不上见义勇为。我在校门口把他堵住了,在别人的帮助下把他给逮住了。"

林父:"去过医院了吗? 伤得重不重?"

静之:"不重,我们校医就能处理那种情况,缝了五六针。"

林母:"疼不?"

林父:"废话,那能不疼吗?"

静之:"现在麻药的劲儿过去了,还真有点儿疼。"

林母:"哪个肩膀? 这个?"

静之点头。

林母："静之啊,别以为大娘思想落后啊,那种事儿,可不是一个女孩子家非挺身上前不可的事,应该喊男人们去做,记住大娘的话,啊?"

静之点头。

林父："你身上……那是血吗?"

林母："哎呀妈呀,可不是血咋的!怎么就穿着带血的衣服来了?"

静之："有人替我买到了奶粉,我急着送来。"

从书包里往外取奶粉。

林母："快脱下来大娘给你洗洗,这边还有你大姐一件上衣,你快换上。要不一会儿干了,血迹洗不掉了。"

她打开箱盖找衣服,又说:"你大姐那件上衣,大娘是要当成纪念物的。"

林家接出的那间小偏厦子里,林母帮静之穿凝之的一件上衣。一件黄色洗得变白了的女式兵团服,两肩补了对称的补丁。而小偏厦子,四墙雪白,窗子明亮,也砌了火炉,褥单整齐干净,并且有几样简陋的旧家具了。总之这里完全可以当成一个小家的了。林超然和凝之合照的一张照片放大了,镶在桦树皮框子里,摆在箱盖上。而照片的背景,是林超然和凝之在兵团的家门前……林超然和凝之不知因为什么大笑着,凝之笑得弯下了腰。

静之："我姐夫要是回来就住这边?"

林母点头。

静之："大娘,医生给我打的针,有催眠的作用,我犯困了,想在这儿睡一会儿。"

林母："那你睡吧孩子。大娘不跟你聊了。我去把你衣服洗出来。"

林母走了。

静之拿起相框,深情地看。

静之的心声:"大姐,好想你。"

静之躺在炕上了,仍看照片。

静之的心声:"大姐,你的日记我看过了。不幸被你言中,我在爱情方面真的面临复杂的情况了。"

天黑了。小街上走来林超然的身影,脚步不太稳定,但绝没到东倒西歪、摇摇晃晃的地步。

他边走边唱:"李家溜溜的大姐,人才溜溜地好哟,张家溜溜的大哥,看上溜溜的她哟,月亮弯弯……"

林超然进了家门,大声地:"爸妈,我回来了!"

林母在补静之那件上衣,林父抱着孩子在晃悠。

林父:"你小声点儿,孩子要睡。"

林母:"喝酒了是吧? 几天没回来,一回来还半醉不醉的。"

林父将孙子放炕上,忧郁地问:"你们还站马路牙子呢?"

林超然俯身看儿子。

林父:"刚睡着,你别弄醒他。"

林超然:"爸妈,从明天起,我当官了。市知青办的副主任,不久就可以当正主任。"

林父:"还真让继红说中了。"

林母:"那算个什么官儿? 也值得你高兴得喝酒?"

林父欣慰地:"那也总比站马路牙子强。你小子一走运,继红他们没想法?"

林超然:"他们支持我去当,也是他们非要为我祝贺祝贺……凝之呢? 我要立刻告诉她。"

林父林母对视。

林母:"静之来了。"

林超然:"我问凝之。"

小偏厦子里。只有桌上的台灯亮着,静之叠好被子,正要往外走。

门一开,林超然进入。

林超然:"凝之!"

静之呆呆望他。

林超然拥抱住了她:"凝之,我有正式工作了。"

静之拧着眉小声说:"你弄疼我肩膀了!"

林超然:"从明天起,我要去当市知青办副主任了! 高兴不?"

静之:"高兴。"

林超然:"那为什么还皱着眉头? 为什么不笑一笑呢? "

静之忧伤地一笑。

林超然热吻她。

静之想要推开他,无奈一只手用不上劲儿,推不开他。

静之忍着疼拧着眉接受他的吻。

林超然捧着她脸说:"你瘦了。"

静之:"你喝多了,我是静之。"

第二十四章

林家正房。林母在看那三袋奶粉,拿起一袋放下一袋,像看宝物,并且自言自语:"这下可够我孙子吃小半年的了!"

林父在点钱,头也不抬地接了一句:"别三袋都摆明面上,九号老王家,街尾老于家,去年也都添了孙女孙子,也发愁买不到奶粉呢。哪天人家来串门看到了,开口说借一袋,你好意思不借给人家?"

林母打开箱盖,放入箱子两袋,转身看着林父问:"你找出那么多钱干什么?"

林父:"我想给超然买辆新自行车。不管怎么说,他现在是国家干部了,还骑那辆破自行车,别人也许会以为他装样子。再说,我没辆车骑,也觉得不方便。"

林母:"他不会让你出钱买的。"说罢,脱鞋上炕,又开始缝那小被子。

林父:"我也不跟他说啊,买回家了,他还能不骑?哎,我这儿还差三十元,你能不能也贡献点儿?"

林母:"骗我,我不信你连买辆自行车的钱都不够了。"

林父:"我哪能骗你呢!为了盖那小偏厦子,差不多把我攒的钱花光了……"

林母:"我没钱,我又没退休金,哪儿来的钱?"

林父:"你敢说你没点儿私房钱?"

林母:"没有。"

林父:"超然给黑大刷房子挣的钱没给过你?哎呀,这当妈的怎么只进不出呢?你这表现不怎么样啊。"

林母:"我的私房钱也就几十元!"

林父:"我也没管你多要啊!不就要三十元嘛!"

林母瞪他:"那我还能剩下多少啊?"

林父:"批评你自私,你还真自私,你看我,有多少往外拿多少!你怎么就不能向我学习学习?"

林母:"你少批评我,站着说话不嫌腰疼!你每月有五十几元退休金,我有吗?"

林父:"好好好,算你借我的,以后月月还你,行吧?"

林母:"我这儿正缝被子呢,晚上再说。"

她又低下头做起活儿来。

林父张张嘴还想说什么,忍住没说,默默将钱放入小匣子里,按上小锁,也开了箱盖,放入箱里。

林父在炕边坐下时,林母说:"给我纫上线。"

林父接过针线,走到窗前,冲着阳光穿针引线,之后将针线还给林母,又坐在炕边。

林母:"你说,要是超然和静之,他们……那个的话,好不好?"

林父:"哪个的话?"

林母:"你明知故问啊?"

林父:"你是说……如果他俩……成了夫妻?"

林母点头。

林父愣愣地看了她片刻,压低声音,极其严肃地:"你怎么敢有这种想法?"

林母："这种想法怎么了？犯法呀？是杀头之罪呀？"

林父："你小声点！"

接下来，对话都尽量低了声音。

林母："在自己家里，就咱俩之间说说，我不怕静之听到，更不怕超然听到。当着静之的面我也敢这么问她。"

林父："不许！人家静之现在是大学生！而且人家是学法律的，凭她那么聪明好学，不久肯定是个各方面冒尖的学生。毕业了分配，估计哪一级法院都会争着要她！"

林母："咱们超然就次到哪儿去了？他刚才不是说了，一去上任就是处一级干部了。"

林父："可他毕竟是结过婚的，而且有了儿子，人家静之可是黄花闺女！"

林母："可凝之是静之的亲姐，静之是林楠的亲小姨。而且我觉得，静之对超然是有那么一种意思的。"

她说着，穿鞋下炕。

林父："如果你感觉错了呢？万一你哪天一点破，满拧，人家静之一不高兴，以后还愿意登咱家门吗？"

林母："我的感觉错不了。即使真错了，静之也不至于多么不高兴。她不是那种小心眼儿的姑娘。"

她一边说，一边往带盖带把的缸子里舀奶粉、加水、加糖。

林父："就算静之愿意，超然愿意吗？"

林母一边轻轻搅拌一边说："超然他有什么理由不愿意？还有比静之更适合做他媳妇的女子吗？他如果不愿意证明他脑子出了毛病了，那我就跟他急，跟他闹！"

林父："就算像你说的那样，静之愿意，超然也符合了心思，那亲家两口子会怎么想？人家那么好的大闺女嫁给咱们林家了，结果……虽说不完全是咱们林家的错，却总之说明咱们林家对凝之关心爱护得不够周到。反正在两位亲家面前,我心里边内疚大了去了。现在,人家凭什么愿意再把小闺女嫁给咱们超然?如果让静之和超然在咱们眼皮子底下渐渐往那么一种关系发展,两位亲家质问起来,咱们能说清楚吗?如果他们一翻脸,亲家关系不也交代不了吗?"

林母:"你先别那么多顾虑,先说他俩真那样了好不好?"

林父:"好当然好。除了静之,任何一个别姓的女子再做了超然的媳妇,再进了咱们家的门,我心里还真的是难以接受……可,我担心好事并不朝好的方面发展,结果,到头来反而变成了坏事。"

林母:"是啊,其实,我也不是完全没有这种顾虑。"

她一边说,一边端着缸子往外走。

林父:"你这是要干什么去。"

林母:"给静之送缸子奶去,她肯定流了不少血,还不得加强点儿营养?"

林父抢前一步,挡在门口,板着脸说:"不许你去,我送过去。"

林母:"我冲好的,非显着你去做好人?"

林父:"我是担心你那张嘴,怕你当着超然的面,顺嘴一出溜,对人家静之说了什么不该说的话,搞得静之别别扭扭,搞得咱们超然也不大得劲。"

林母:"我傻呀?当面问我也会挑个时候。放心,刚才咱俩嘀咕的话,我半句也不说。"

林父:"你把超然撵这边儿来,喝得半醉不醉的,免得他失了姐夫的样,惹得人家静之烦他……"

林母:"静之才不会烦他。"

林父:"叫你怎么做你就怎么做,要不你别去,还是我去!"

林母:"好好好,你别争,听你的。"

林父这才把门口让开,林母端着缸子出去了。

偏厦子里。林超然站在屋的中央,东看西看,分明在用目光寻找什么,炕上有一只箱子,箱子的横面与炕沿齐,静之站在那儿,靠着箱子,望着林超然。

静之:"找什么。"

林超然:"二胡。我要为你大姐,也要为你,为你俩拉一段二胡。"

静之:"如果我没记错,你把二胡拿到你们那个小厂去了。我在那儿见过。"

林超然想了想,说:"对……你……没记错。那,我为你,和你大姐,不,你大姐……和你,为你俩……唱歌……"

他引吭高歌《十五的月亮》,却因为喝醉了,根本唱不上去那么高的音。

静之:"你会把大爷大娘唱过来的。"

林超然定定地看着她,愣了一下,索然地:"你又说对了,是会那样。今天你怎么接连都说正确的话?"

静之:"因为我没喝醉。"

林超然:"我也没……没醉……没……彻底的醉……我……高兴高兴……也要让你,和你大姐……不,不对……让你大姐,和你,高兴……我今天,总说错话!我……我要为你俩跳舞……蒙古族……雄鹰舞……马头琴……口琴……"

他口中发出马头琴声,亢奋地跳了起来。

静之面无表情地,默默地看着他。

林超然一屁股坐在地上。

他向静之伸出了一只手:"扶……扶我……一下。"

静之:"不。"

林超然:"生我……气了?……我刚才……已经认过错了。"

静之:"我不是因为那个。我怕你再弄疼我肩膀。我一只手扶不起一个醉汉来。"

林超然："那……那我……就不站起来……"

静之："那,我会替你感到羞耻的。"

林超然却大声朗诵起来:

三伏天下雨哟,雷对雷,

朱仙镇交战哟,锤对锤!

今儿晚上哟,

咱们杯对杯!……

酗酒作乐的是浪荡鬼;

醉酒哭天的是窝囊废;

饮酒赞前程的

是咱社会主义……新一辈……

"鼓掌!给予雷鸣般的掌声!……"

静之："我看你这会儿就像浪荡鬼!"

林超然："团泊洼的秋天啊!……下一句是什么来着……诗人,你为什么偏偏要在黎明之前离开我们呢?郭小川,回来,闻捷,回来!傅雷,乌·白辛……你们一起回来啊!卑鄙是卑鄙者的通行证,高尚是高尚者的座右铭!我是新刷出的雪白的起跑线,是绯红的黎明……正在喷薄……祖国啊……"

静之用一只手将一把椅子拖到了他跟前,之后退回原地,仍以原来的姿势站立。

她说："我只能帮你这么一点儿忙。如果你还不站起来,那么替你感到羞耻的不只是我,还有你刚才提到的那几位死者了。"

林超然扶着椅子站起,反坐椅上,双手撑着椅背,瞪着静之说："我要大声对你说……不,我不能说……你知道吗?你爸爸代表你妈妈,找过我了……他们要求我,关心一下……你的个人问题……及时向他们反映……你的……感情问题。"

他大喊:"谁告诉我,为什么感情是一个问题? 为什么是一个问题? 你相信了你编写的童话,自己就成了童话中幽蓝的花……凝之……不不,不对,静之,告诉我,你为什么特别喜欢舒婷的诗?"

静之:"因为她的诗歌是温暖的,哪怕她写的是悲伤。"

门外。端着缸子的林母愣愣地站在那儿,已听了多时。

林超然的声音:"静之,你为什么要流泪呢? 别哭……我绝不会辜负我的岳父母,也是你爸妈的信任的……有时候,信任也是悲伤,温暖的……悲伤。"

林母转身悄悄走了。

林家正屋里。林父坐在桌子那儿,在粘一些破损的角钱、分钱。

林母又端着缸子推门进入,将缸子放在桌上,默默坐下,叹了口气。

林父:"怎么去了这么半天,还一回来就叹气?"

林母:"我压根儿就没进屋去,这么半天一直站在外边来着。"

林父愕然地:"插着门?"

林母:"你想哪儿去了,咱们超然是那种当姐夫的男人吗? 再说你那么想也把人家静之看扁了。"

林父:"是你说的不明不白的!"

林母:"你性急不等我说完就乱猜嘛! 你就没听到超然嚷嚷?"

林父:"我不是耳背嘛,关着窗,听是听到了几句,我以为是后街有人在吵架,他嚷嚷什么?"

林母叹道:"我也没太听明白,高一嗓子低一嗓子,东一句西一句的。我耐着性子站在门外听,还真听到了几句一心想听到的话……"

林父:"往下说啊!"

林母:"听超然对静之说,咱们亲家公,代表亲家母,跟他谈了一次话,让他多关心静之的个人问题,还要经常向他们作汇报……你想啊,要是关心来关心去,把静之给关心成……那成了摆不到桌面上的事儿啦!"

林父:"我怎么说来着? 被我说中了吧? 有的事,想想是挺好的事,但也就只能那么想想。从今天起,你要把你的好想法沤死在心里,绝不许再冒出一点点小芽来!"

林母:"可我还是不死心。"

林父:"你快给我死了心,咱们林家从没做过被谁指责的事,和亲家之间更不许出那种事!"

林父、林母、静之三人在吃晚饭。无非苞谷面菜团子、大馇子粥、蒸土豆,一小盘咸菜,一小盘白糖。

林母:"静之,菜团子好吃不?"

静之:"好吃。馅挺香。"

林母:"为你,大娘舍得放香油了。"

静之:"还放了虾皮吧?"

林母:"过春节凭票买那半斤虾皮儿,剩了一两来着,大娘炸炸全拌馅里了。"

她俩对话时,林父一直在默默剥一个土豆,这时就将剥得光光溜溜的土豆放在静之面前的小盘里了。

静之:"大爷别替我剥,我自己来。"

林母:"早就听你妈说过,你打小可爱吃蒸土豆蘸白糖了。土豆家里倒没缺过,一想你要在这儿吃饭,大娘必然让你吃上这口儿。"

静之:"谢谢大娘。"蘸着白糖大快朵颐。

林父:"静之啊,你姐夫一般是不往醉了喝酒的。今天不知怎么了,不管他多在你面前现丑,你可别笑话他,啊!"

静之:"大爷,我不会笑话他的。"

林父林母互相看,表情都欣然了。

林母:"他刚进这屋的时候,还没怎么显出醉样儿,不成想一到了那边小屋里,就在你面前耍开了酒疯。"

静之:"他也没耍酒疯,他为我朗诵诗歌来着,想让我高兴高兴。"

林父林母又互相看,都微笑了。

林父:"那就好,那就好。"

门开开,慧之进入。

林母:"哎呀,慧之也来了,吃了没有?"

慧之:"在医院食堂吃过了。"

林父:"那也坐下,再吃个土豆,这新下来的土豆好吃,面。"

慧之倒也不客气,坐下拿起一个土豆就剥起来。

静之:"你先声明一下行不行? 有何贵干?"

慧之:"怎么,是你姐夫家就不是我姐夫家啦? 你来得我就来不得啦?"

林父:"都来得都来得,谁长久不来我和你们大娘想谁。"

林母:"她闹着玩呢,你别当真。慧之,因为林楠拴着,明知你们在搬家,我和你大爷也没顾上去帮帮忙,你爸妈是不是派你搬兵来了?"

慧之:"我家昨天都安顿好了,是我妈那班的一些学生帮的忙。今天不星期六嘛,我爸妈让我无论如何找到静之,跟她一块儿回去过星期天。我到她学校去了,她同学说她到你们这儿了。"

静之:"听说我的英雄事迹了?"

慧之:"没进黑大校门就听说了,估计明天会成报上的头条新闻。"

静之:"那你到现在也不问句关心的话!"

慧之:"对于我们学医的人,缝五六针是小伤口。"

静之:"大爷大娘,你看她成心气我! 还是我一个姐呢!"

林母:"大娘替你出气,打她。"假装打了慧之一下。

慧之:"行了啊,到此为止,不许再装小孩了! 我姐夫呢?"

林母:"他那几个一块儿干活的哥们儿请他喝酒,他喝高了,在小偏厦子那边睡着呢。"

林父:"一会我送你俩回家。"

慧之:"不用送,我俩又不是小孩儿。"

林父:"天黑了,不送哪儿成!"

林母:"听你大爷的,要不我俩都不放心。"

静之、慧之和林父走在僻静的街道上。姐妹俩拉着手走,林父走在她俩旁边,手中拿着二节棍。

慧之:"大爷真像咱俩的保镖了,连多年没摸一下的二节棍都带上了。"

林父:"老了,光靠拳脚心里没底了。静之今天的事提了我个醒,送你俩回家,一点儿闪失也不能出。"

静之:"大爷,你年轻时真跟日本流氓打过架呀?"

林父:"那是。当年我这二节棍不含糊,一个人对付三五个人玩儿似的。现在胳膊腿硬了,不服老不行啊。特别最近几个月,总觉得浑身没劲儿,拿不成个儿似的。"

静之站住了,关心地:"大爷,去医院看过没有啊?"

慧之也站住了,恳切地:"大爷,过几天我联系个后门,带您去医院检查检查身体,行不?"

林父:"不麻烦别人吧。我的身子骨我心里有数,不会有大事儿,许是盖那个小偏厦子的时候累着了点儿。"

静之:"大爷,还是得听我二姐的,要不我们不放心。"

林父:"听、听。为了给你俩个放心,慧之你怎么安排我怎么服从,行吧?"

静之和慧之就都微笑了。

三人走到了何家入住的那幢楼前。

林父："我的任务完成了,我就不进楼了。"

静之："大爷,还是进屋坐会儿吧,您还没来过我们的新家。"

林父："太晚了,跟你爸说,预备了酒,我改天再来参观你们的新家呢。"

慧之："静之,那就别勉强大爷了吧。"

两人目送林父走远。

姐妹两人上几层楼梯,站在三楼自己家门前。

静之欲举手敲门。

慧之阻止道："看,还有门铃。"言罢,欲按门铃。

静之也阻止道："让我按。你都按过了,我还没按过呢!"

慧之："贤妹请。"

静之很有修养地伸出一根手指,像第一次按表决器似的按了一下门铃,接着,又按一下。

门开了。何母在屋里说："你俩可回来了,静之,有客人在等你。"

姐妹两人进了屋,见何父陪着两男一女三人坐在小客厅。两个男人中的一个,还是位穿警服的老警官。

何父："她就是我三女儿何静之。静之,这位是晚报的记者,这位是电台的。"

老警官："我是区公安分局的,例行公事,向你了解一下当时的情况。我看这样吧,干脆我先问,我要了解的,肯定也是两位记者同志想了解的,这样节省时间。"

静之点头,不情愿地坐下。

天亮了。何父何母一个端着一盆油条,一个端着带盖铝锅往家走。

何父:"你觉得,我要向静之认错吗?"

何母:"认错是必要的,但也别太正儿八经的,那样父女之间反而更隔阂了,有意无意似的最好。"

何家。静之在一间一间地看自己的家,她对厨房里的煤气感到新鲜,开关了两次,随后推开了慧之那个房间的门。

慧之也醒了,趴在被窝里写什么,听到响动,赶紧把笔记本儿往枕头下塞。

静之望着墙上的"飞天"说:"你的杨一凡,终于达到了目的。"

慧之拍拍床,静之走过去,也上了床。

慧之:"便宜的拖鞋可都是我买的。"

静之:"那就对了,你工作了,应该为家里作点儿贡献了。"

姐妹两人各坐床的一端,都抱着膝,互相望着。

静之:"写什么呢?"

慧之:"日记。"

静之:"记录爱情?"

慧之:"不告诉你。"

静之:"爸妈看到了墙上的飞天,什么态度?"

慧之:"未置一评。"

静之:"你总能看出他们是高兴还是不高兴吧?"

慧之:"毫无表情。"

静之:"那就是不高兴呗,二姐,你们进行得怎么样了?"

慧之:"到目前为止,符合预期。"

静之叹道:"真希望你俩闹别扭。因为闹别扭而冷战,因为冷战而互相指责,因为互相指责而裂痕深化,终于,分道扬镳。"

慧之:"那你的希望肯定会成为泡影的。"

静之:"所以我替爸妈忧愁啊。咱们都这么大了,还让他们操心,有时候真是觉得挺对不起他们的。"

慧之:"少来这一套,你还莫如说是替你自己忧愁。你那点儿鬼心思我还看不透?总盼着我放弃了,你的坚持就少了内疚,对不对?"

静之点头。

慧之:"我是姐,按理说我更应该发扬风格。但别的事可以,爱情这件事不行,门儿都没有。"

静之:"那咱们就只有和父母之间一块儿闹别扭了。希望哪天爸也打你一耳光,那我心里也平衡点儿。"

慧之:"你这种希望倒有不落空的可能。"

姐妹两人都苦笑了。

慧之:"你和林超然同志的关系如何了?"

静之:"我不急于求成,我们的爱情注定是文火慢炖式的。"

慧之:"我倒觉得你应该知难而退,最终选择明智放弃。"

静之:"何出此言?"

慧之:"你想啊,你俩的关系比我和杨一凡的关系更复杂……林超然同志原本是咱俩的姐夫,而我又是你二姐,你和他一旦真成了,我是应该继续叫他姐夫呢,还是应该改口叫他妹夫呢?他比杨一凡年龄大,还曾经是杨一凡的营长,以后他能习惯于叫杨一凡二姐夫吗?林超然同志原本是爸妈的大女婿,你俩一成可好,他成三女婿了。如果爸妈当着外人介绍:'这是我三女婿',不知他心里会怎么想?如果当我碰上外人介绍'这是我妹夫',我心里是有障碍的。乱,你就不觉得乱吗?"

静之:"乱是相对于秩序而言的,为了爱情,让旧的秩序见鬼去吧,我们应该开创新的秩序。"

慧之:"别贫,在跟你进行认真的讨论。"

静之:"我是很认真啊,依我想,将来在我们的亲人关系中,应彼此直呼其名,超然、一凡,为了他俩之间称呼起来不别扭,咱俩之间以后要率先直呼其名。直呼其名了,什么大姐夫、二姐夫、小妹夫之类的叫法,不也就可以一概废除了吗?"

慧之沉吟着说:"听你的意思,是永不打算再叫我二姐啰?"

静之:"你别说得那么忧伤嘛!亲情是亲在心里的情感,真亲,怎么叫都亲。心里边隔生了,嘴上叫得再亲,实际上也还是亲不起来。比如咱俩叫林超然同志的父母,口口声声叫的是大爷、大娘。那算什么特别亲的叫法?向完全陌生的老人打听街道,也得叫人家大爷或大娘吧?而咱俩在内心里,其实也是将大姐的公婆当成另外两位父母来敬爱的,对不对?"

慧之点头。

静之:"同样,姐夫不过是姐姐的丈夫的缩义。咱俩觉得林超然同志是咱俩很亲的一个亲人,不仅因为他是大姐的丈夫吧?更因为咱俩实际上是把他当成一个哥哥来看待的吧?爸妈叫他超然,实际上是把他当成一个儿子来叫的。他爸他妈叫咱们何家三姐妹的名字时,实际上是觉得在叫他们的三个女儿,难道慧之就没体会到?"

慧之:"从现在就不叫我二姐了?"

静之:"多少事,从来急,一万年太久,只争朝夕。"

慧之:"那林楠长大了如果不叫你妈妈,叫你小姨,你听之任之?"

静之:"那可不行!以后我学习再忙,也要经常抽空去林家关心他。我必须使他从小就认定我是他妈妈,我不能使他成长的过程感到缺少母爱。我要替大姐给予他足够的母爱。我认为只有我能那么替代大姐。这是与我们大人之间的关系不同的另一种关系。"

慧之凝视了静之片刻,亦嗔亦爱地:"你这张能说会道的小嘴呀,上了大学更不得了啦,咸鱼也能叫你说得活蹦乱跳!"

静之笑了:"谢谢夸奖!"

何家四口在吃早餐。看来那是一顿气氛沉闷的早餐,因为四人皆垂着目光旁若无人的样子,而且早餐已接近尾声。

静之:"慧之,刷碗本来一向是我的活,可我成了伤号,动作不便,你就代劳了吧。"

慧之:"可以。"收拾了碗筷,擦过了桌子,转身离开。

何母小声地:"静之,你刚才怎么叫你二姐的?"

静之佯装不解地:"叫她慧之呀。"

何母:"从什么时候起,你不叫她二姐,直接叫她的名字了?"

静之:"从刚才起呗。"

何母:"你觉得直接叫你二姐的名字对吗?"

静之假装想了想,反问:"有什么不对的吗?"

何母与静之对话时,何父在翻看报纸。他显然心不在焉,眉头越皱越紧。

何母循循善诱地:"静之,你大姐不在了,你二姐是你唯一的姐了,所以你更应该尊敬她。你现在已经是大学生了,我想,这么一点儿起码的道理,无需别人提醒,你也是应该懂得的。"

静之:"我懂啊,妈为什么看出我不尊敬她了。"

何母也皱起了眉:"明明是你二姐,你却偏不叫她二姐,而叫名字,这就是不尊敬!你必须叫她二姐,不许再叫她名字。咱们是知识分子家庭,讲家教的家庭,你不叫她二姐叫她名字,我听不惯!"

何父头也不抬地插了一句:"我也听不惯。"

静之:"妈,多大点儿事儿呀?值得刚吃完饭您就这么义正词严地问我的罪吗?我认为叫她二姐或叫她名字,并不意味着尊敬与不尊敬的问题,更与咱们家是不是知识分子家庭,是不是讲家教的家庭没什么直接联系。"

何母被噎得愣住。

静之:"再说,我不叫她二姐了,以后要叫她名字了,是我俩人之间达成的共识。是这样吧,慧之?"

厨房传出慧之拖长音调的回答:"是。"

何母:"你们姐妹之间要达成什么共识,那预先也应该征求征求我们父母的意见吧?"

静之:"我们都觉得并无那种必要。否则就预先征求了。妈,您刚才说我们是知识分子家庭,我认为,知识分子家庭的首要家庭原则,理应如下:第一,家庭成年成员之间应是相互平等的;第二,相互之间的尊重应主要体现在思想的相互尊重和重大人生抉择的相互尊重方面;第三,要给予成员与成员之间一定的隐私权力。比如我和慧之,我们之间的共识,那就是我们的隐私,目前还不到公开的时候,所以我们暂且不予公开……慧之,听到我的话了吗?"

慧之的声音:"听到了。"

静之:"同意吗?"

慧之:"太同意了。"

静之:"听,她回答得多愉快!这足以证明,我不叫她二姐而叫她慧之,她内心里同样是高兴的,并没觉得我不尊重她了。而我们的相互尊重,正是建立在思想和重大人生抉择的相互尊重方面。"

何母低声但几乎是咬牙切齿地,而且是用上海话说:"何静之,侬给阿拉听好了,侬要是敢把侬二姐带坏了,阿拉绝不答应!"

何父将报纸往桌上一拍:"现在已经不是谁把谁带坏的问题了,我看她俩成了一丘之貉,是在沆瀣一气地与咱俩作对!"

静之摇着头,啧啧连声地:"这么说就更加小题大做了,简直还是欲加之罪,何患无辞。"

何父:"开会开会,我强烈要求开会!"

何母:"我支持。"

何父:"慧之,先别刷了,出来一下。"

慧之从厨房出来了,在围裙上擦手,装出满脸困惑的样子问静之:

"你怎么惹爸妈了？"

静之无辜似的："因为我不叫你二姐,而叫你的名字,还有一套不叫你二姐的道理。"

慧之："爸、妈,我们姐妹之间,互相爱怎么叫就由我们怎么叫呗,你们生的什么气呢？"

何母："你给我坐下！"

慧之乖乖坐下了。

何父："我反对攻守同盟,反对阴谋！"

慧之问静之："爸的话什么意思？ 你明白不？"

静之耸肩,摇头。

何母："侬两个小妮子勿要在阿拉面前表演双簧,勿要以为阿拉十三点,哪样子事体都不知道分晓,阿拉火眼金睛,明察秋毫。"

静之慧之装小女孩样,互相看。

何父对何母说："你先忍忍火儿,我作个开场白。"

慧之对静之说："快,烟,烟灰缸。"

静之："妈,烟和烟灰缸在哪儿？"

何母："勿需要侬献殷勤！"

她自己起身去找来了烟和烟灰缸。

何父叼上了烟。

静之划着了火柴。

何父一口将火柴吹灭,自己重划一支,点燃了烟。

慧之："爸,别激动,别生气,我们做女儿的,哪一点理应受到指责,您给我们指出来,我们一定虚心改正。"

何父："一个成员关系良好的家庭,首先是一个关系透明度高的家庭,你俩说对不对？"

静之、慧之点头。

何父："我认为,以尊重隐私为借口,做女儿的在重大人生抉择上有意蒙蔽父母,甚至采取暗中串联,形成统一战线的方式阻挠父母的知情权,那就是在破坏良好的、透明的家庭关系……你俩说对不对?"

慧之问静之:"你认为爸说得对不对?"

静之:"我认为具体情况要具体分析。"

慧之:"爸,我也这么认为。"

何母:"静之、慧之,你俩满意不满意咱们这个新家?"

慧之:"做梦都没敢想有这么好的家。"

静之:"吃油饼,喝豆浆,上厕所不用出门,我小时候想象的共产主义就是这样。"

何母苦口婆心地:"是啊,你小时候胆小,上厕所总怕一脚踩偏了踏板掉茅坑里,爸妈也怕发生那种事,所以你上厕所,家里必有人跟着,不是你二姐就是你大姐,有时妈还亲自跟着……"

静之不禁摸了摸母亲的手,而母亲抓住她的手没放开。

何母:"现在,你们一个成了大学生,一个参加了工作,爸妈也归回到教师队伍了,再不被当成'臭老九'对待了,咱们全家还住上了这么好的房子,幸福的生活终于开始了,咱们要珍惜是不是……"

静之、慧之点头。

何母:"如果好日子不当好日子过,随心所欲,不听劝,坚持错误,那是不是不知好歹,太烧包了呢?"

静之、慧之对视,都故意作出听不明白的表情。

何母:"我认为你爸说的透明度才是更重要的家庭共识。今天爸妈就来做促进透明的表率,实话告诉你俩,爸妈一直在有计划地攒钱,已经攒到九百多元了……"

何父:"这个月就攒到一千元。"

何母:"我们为什么精打细算地攒钱?还不是为了你俩!你俩谁先结婚,谁就先获得五百元的家庭福利金。谁结婚没房子,小两口都可以一起住家里。愿意暂住就暂住,愿意长住就长住。"

何父:"如果同时结婚,都没房子,那这套房子可以让给你们,我和你妈再住回学校去,我们也情愿。反正学校那处房子闲着也是闲着,我们再住回去也不会有谁提意见。"

慧之:"我结婚的时候不要爸妈的钱。"

静之:"我也不要。"

慧之:"爸妈精打细算攒的钱,应该留着保障晚年生活。"

静之从母亲的把握之中抽出手,轻轻握住了慧之放在桌面的手,庄重地:"同意。"

慧之:"我结婚以后,不会占家里的房子的。"

静之:"我也不会。"

慧之:"但爸妈晚年需要照顾了,那时我们会主动住回来。"

静之:"我们轮流住回来。"

慧之:"平时我们也会经常回家来看望爸爸妈妈。"

静之:"那当然。要回来就约好一块儿回来,尤其过年过节的时候,热闹。"

姐妹两人你一句我一句地说话时,何父何母不时皱眉对视。

何父终于忍不住地:"等等,听你们的意思,好像你们的对象都板上钉钉了,只要想结婚,随时都可以结婚了?"

姐妹两人又对视。

慧之:"我的情况是这样。"

静之:"我嘛,往早了说,明年。往晚了说,后年也会板上钉钉的。"

慧之:"爸、妈,这就是我们的透明度。"

静之:"榜样的力量是无穷的。爸妈都做表率了,我们不透明多不好意思。"

何父张张嘴没说出话来。

何母:"好,很好,值得表扬,可我听着,还是觉得半透明不透明的。能不能再透明一点儿呢? 慧之,你是姐,你先说,你那个板上钉钉的对象,他姓甚名谁,爸妈见过没有哇?"

慧之:"你们当然不止一次见过啰,如果你们连见都没见过,那我这个做女儿的不是太不应该了吗?"站起,打开她那房间的门,指着墙上的"飞天"说:"就是这墙画的作者啊。"

何母:"侬侬侬,侬不是跟阿拉讲……"

何父:"你不是说,你们只不过先当成一般异性朋友相处吗?"

慧之:"那是起初。任何事情都是在变化发展的,异性朋友相处久了,后来成为对象关系是符合普遍规律的。"

何父也站了起来,嘴唇抖手臂也抖,指问:"你说板上钉钉是什么意思?"

慧之:"我……我怀孕了……"

何母也一下子站了起来。

何父:"可耻!"高举起手挥向慧之。

静之也站了起来,挡在慧之身前,大叫:"慧之快跑!"

何父抓住静之胳膊,一下子将她拖开了。

慧之躲入自己的房间,关上了门。

何父冲到了门口。

静之弯下腰去:"哎呀,哎呀,疼死我了!"

何父转过了身。

何母走到了静之身边:"静之,怎么了怎么了?"

静之:"你没看见呀,妈?我爸刚才使劲儿一拽我,肯定把我的伤口给拽开线了!哎呀,哎呀,疼死了,我觉得在流血……"

何父何母一时都慌了神。

何母冲何父嚷:"你躲开那儿!"

何母将静之推到了门前,大声地:"慧之开门,我保证你爸不打你,静之的伤口流血了,你带回了医药箱,快给她处理处理!"

门开了一半,静之进入,门又关上了。

何父何母在门外对视,无言而无奈。

慧之的房间里。静之对慧之耳语:"为了掩护你,急中生智,装的。"

慧之默默退到床前,坐下了。

静之跟到了床前,问:"你们的进展也太突飞猛进了吧?"

慧之:"我说谎。"

静之也坐在她身边了。

静之:"为什么要说那种谎呢?你不是火上浇油吗?"

慧之:"话逼到那儿了嘛。我一想,总是支支吾吾遮遮掩掩的也不是长事儿,还不如干脆一锤子砸下去,让他们都不得不接受现实。"

静之:"你可真够勇敢的,比我还勇敢。看来,关键时候见英雄本色,姐就是姐,妹就是妹。"

慧之:"你还有心思开玩笑。"

慧之转身哭了,边说:"静之,咱俩都不是好女儿,咱们这么惹爸妈生气,确实太对不起他们,太让他们伤心了。"

静之双手放她肩上,安慰地:"也不能这么说,爱情问题上,即使和上帝发生了冲突那也不能让步……还是《这里的黎明静悄悄》那句话……已经爱上了,那有什么办法?"

客厅。何母在流泪,看着何父,用上海话自言自语:"这事可哪能办是好!阿拉无能力处理了,水平不来赛了……"

何父握着她手安慰:"别哭,别急,你一哭我心里更乱了……车到山前必有路。"

外边突然传入齐声喊叫:"何静之……何静之……"

与静之同宿舍的那几名女生,外加是中年男人的系主任站在何家门前。

门开了。静之、何父站门左,慧之、何母站门右,皆笑容可掬,半点儿也看不出刚刚闹过一场风波。

静之脸上笑开了一朵花似的:"哎呀,张主任也来了,快请进!"

张主任对女生们说:"都换鞋,别把人家这么干净的地给踩脏了。"

何父:"不必不必,我们家没那么多讲究。"

他拉着张主任的手,将张主任拉入屋里。

何母:"同学们也快进来,我代表我们全家欢迎你们。"

门关上后,静之为双方一一作介绍:"这是我爸,这是我妈,这是我二姐慧之,爸、妈、二姐,这位是我们系张主任,她们是我同宿舍的同学,都是我好朋友。"

慧之温文尔雅地:"大家快请坐,椅子不够了,小凳不少,同学们坐小凳吧。"

于是大家纷纷坐下。

慧之:"静之,你的客人,你和爸妈陪客人们先说着,我去为客人们沏茶。"

静之:"那就有劳你了。"

慧之微笑着向大家一一点头,进入厨房。

张主任:"两位家长同志,是这样的,学校和系里都对何静之同学英勇负伤的情况很关怀,很重视,派我代表校领导和全系师生前来探望、慰问。她们几名同学也特关心静之同学的伤情,所以都跟来了。"

静之:"感谢校领导和全系师生的关心,我的感谢也代表我全家。我觉得,其实我的行为也谈不上英勇,她们几名同学面临了,也都会那么做的。"

何父:"是啊是啊,她都没怎么把她的伤当一回事儿。"

何母:"我这小女儿从小就皮实,下乡锻炼了多年,一点儿小伤小疼,忍受得了。"

张主任问静之:"伤口的情况还正常吧?"

静之:"主任放心,我二姐是护士,她说换药拆线什么的,她负全责了,就是……"

张主任:"怎么?"

静之:"刚才让我老爸碰了一下,疼了老半天,疼劲儿刚过去。"

慧之端一托盘茶杯出现了,接言道:"我爸不小心撞着她的……大家请用茶……"

她一一将茶杯送向同学们。

何父:"是啊是啊,我一不小心……"

何母:"再也不会发生那样的情况了。"

张主任:"静之同学,还有这么一件事,学校和系里希望你能承担下来,就是……那个刺伤你和陈老师的小青年,是一个在'文革'中劳改过的问题青年,他行凶,有一定的社会原因。法院现在开始逐步实行律师辩护程序,陈老师强力推荐你为他无偿辩护。"

静之:"这……"

张主任:"逐渐完善司法制度,是改革开放的一项重大任务,如果咱们黑大法律系的同学能为此作一点儿贡献,实在是一种光荣。"

静之值得信赖地点头。

张主任大功告成地笑了。

何母:"张主任,我们静之在学校的表现怎么样啊?"

张主任问同学们:"你们说呢?"

同学异口同声地:"好!"

何父何母都不由得笑了。

何父:"你们说好,我这做父亲的当然高兴,但恐怕,感情成分居多吧?"

何母:"张主任,我们作为父母,还真想听听您作为系主任对她的看法。"

张主任:"我对于一名学生的看法,往往也要综合同学们的看法。她们与静之朝夕相处,比我更有发言权。同学们,人家静之的父母提出要求了,你们能不能再说得具体点啊?"

静之:"爸、妈,我回避一下?"

何父:"你给我老老实实坐着听。"

同学们七言八语:

"她学习刻苦,不但上课认真记笔记,而且是晚自习时间最长的学生。"

"对学生会的工作有极高热情。不像有的人,又要争着当干部,又不肯为大家花一点时间和精力去组织活动!"

"她乐于帮助别人,是个古道热肠的女生,特有正义感。"

"我和她成为朋友,是因为她待人坦诚,还因为她对爱情的专一。本系的外系的男生追求她的可多了,方式方法也多种多样,五花八门,但她一概不为所动,一心爱着她所爱的人,爱得再苦也不抱怨!"

静之坐不住了站起来说:"爸、妈,我看我还是带同学们参观参观咱们的新家吧?"

于是同学们纷纷起身,跟着她离开了客厅。

张主任:"除了爱情方面我不了解,同学们说的其他方面,我都是完全同意的。"

何父何母对视,不自然地笑。

静之引领同学们走到了慧之的房门前,她轻轻推开门,

包括她在内大家看到这样的情形:上午明媚的阳光照耀在北墙上,一对散花"飞天"仿佛在光影中活动了,色彩是那么的鲜艳。而穿着一身洗褪色的蓝衣裤的慧之端坐在床边,戴着平时不常戴的眼镜,双手捧书,正安安静静地看书。她那双黑布鞋和白袜子,显示出那个时代的朴素美。

一名女生情不自禁地:"美呆了!'飞天'画得美,这个房间的女主人

也美,一种安静之美。"

另一名女同学背起了舒婷的诗:"我是'飞天'袖间,千百年来未落到地面的花朵……"

慧之站了起来,不好意思地说:"我是工农兵学员,学到的护士知识不系统。要想成为称职的护士,不再自己为自己增加知识不行啊!"

静之将门关上。

客厅那儿,张主任说:"家里安静,她住在家里养伤也好。为了能使她出色地完成辩护任务,请你们替我们多照顾她,尽量不要让她分心……"

慧之的房间里,忽然传出一名同学大声的话语:"是不是那个杨一凡,静之都向我们坦白过了,你也坦白坦白嘛!"

片刻的肃静之后,房间里传出一阵欢呼和一句口号:"爱情万岁。"

张主任摇着头但表情很欣赏地笑。

何父何母苦笑。

何家四口将客人们送出家门,一直送到楼外……

客人们走远了,何父转身看两个女儿一眼,慢慢地独自进了楼。

何家。三个房间的门有两扇关着,客厅里站着何父、何母。

何父:"你站这儿一下。"

何母站到了何父所指的地方。

何父猛拽她的一只手臂。

何母:"你这是什么毛病啊!"

何父:"我上你小女儿的当了,她要我,我拽的根本不是她肩膀受了伤的那只手臂!静之、慧之,你俩给我出来,别没事儿似的,继续开会!"

何母:"算啦,今天就到这儿吧!静之、慧之,别出来了,出来了还不又惹一肚子气！"

夜。慧之的房间里，慧之压着枕头，伏身睡着了。月光下，地上的一本书字迹分明，那是一本《护士知识常用手册》。

静之的房间里，台灯亮着，静之仰躺着，手拿相框，内中镶的是三姐妹下乡前的黑白照，人人手捧红宝书。

静之的心声："大姐，谁还能比我更适合做林楠的妈妈呢？如果你九泉下有灵，祝福我吧！"

何父、何母的房间里。台灯也亮着，夫妇两人都在想心事。

何母长叹一声。

何父："想不到盼来盼去，终于将她们盼返城了倒更操心了。比起来，还是凝之懂事多了。"

何母："凝之毕竟大她俩几岁嘛……听静之的同学说她爱得好苦，我心里老不是滋味儿。要不，静之和超然之间的事，咱俩干脆就松了口，促成他们吧？"

何父："我也不是没这么想过，那样，我们和林家的亲家关系就又接续上了。中断了那么一家的亲家关系，其实我是一百个不愿意。可如果对静之的事松了口，那又凭什么非对慧之的事横加阻拦？"

何母："情况不同嘛。"

何父："能把那不同的情况告诉慧之吗？她生母都认为还是不告诉的好，我们为什么偏多此一举呢？"

何母："杨一凡和林超然也不能相提并论吧？"

何父："理是这么个理，但慧之不是另有她自己的一套爱情道理嘛。所以，还是一碗水端平，都不松口的好。你不要动摇，过几天我还要再找超然谈一次。"

何母："我的感觉是,超然的本心,肯定也是愿意的。"

何父也叹了口气："嗨,难哪!"

他关了台灯。

天亮了。市知青办公室,五个人在等待林超然出现,宣布他的任职。知青办公室在市委大楼里,两间相互贯通的办公室。五人中,一是曲主任,一是组织部的苗同志,另外三人是成员,两女一男——老刘(男)、老孙和小姚。

苗同志："小姚,怎么回事?"

小姚："我也不知道啊,我昨天骑自行车又去通知了他一次,一再叮嘱他别迟到。"

她走到窗前,推窗张望。

老刘："这人! 宣布自己任命的事,也这么不放在心上。"

老孙："肯定是遇到什么突然的情况了。"

曲主任："那也应该打个电话来通告一下,不能让人家组织部的苗同志这么干等! "

林超然奔跑在街道上。

他奔跑到了市委门前,被一位六十来岁的老年妇女叫住了,她手牵一个五六岁的女孩。她是一名返城知青的母亲,也是一位退休了的高中教员,那女孩是她孙女,我们从这里开始就叫她高老师吧。

高老师："同志,您在市委工作?"

林超然："算是吧,大娘,我能帮上您什么忙?"

林超然的上衣已经前后都湿透了。

高老师："请您千万替我捎个话儿,告诉知青办的林超然副主任,就说大门外有一位知青的母亲在等她,已经接连等三次了……"

林超然："这……大娘,我就是。"

高老师疑惑地上下打量他。

三楼窗口出现了小姚,喊:"林主任!"

林超然没意识到是在喊自己,继续跟高老师说话:"大娘,我真是林超然。"

小姚:"林超然!"

林超然这才循声望去。

小姚:"你迟到了,组织部的同志等你半天了。"

高老师扯住了林超然的袖子:"林主任,我家的事,你可得替我们解决啊。"

小姚:"曲主任让你一分钟也别耽误,立刻进楼。"

林超然:"大娘,实在对不起,我过会儿再出来!"挣脱衣袖,慌里慌张地给门卫看临时准入证明。

林超然进入了知青办,看到的每一张脸上自然都有不满的表情。

林超然:"对不起对不起,我骑的是我老父亲的一辆旧自行车,也没太注意那车没车牌,结果半路被交警拦住,给扣下了……"

老孙:"听说全市有五分之一左右的车主不主动缴纳车牌税,最近开始查得可严了。"

曲主任:"都别说其他的了,人家苗同志还有事,现在就开会吧。超然同志,你请坐下。"

林超然坐下了。

曲主任:"我先来介绍一下。这位是组织部的苗同志,专门来宣布对你的任命的。这位是咱们知青办的老刘,负责档案工作,也负责与各区县的知青办进行联络。这位是孙大姐,负责……"

苗同志:"曲主任,不得不打断你一下,我马上还要参加一次会,是不是让我先宣布任命。"

曲主任:"您请,您请。"

苗同志从文件夹中取出一纸任命书，开始宣读。

苗同志宣读完毕，立刻站了起来，与林超然握手后匆匆离去。

曲主任接着介绍老孙、小姚。

曲主任指着一张桌子，交给林超然一把钥匙。

小姚将一张印有电话号码的纸替林超然压在玻璃板下。

老孙翻着一个厚厚的文件夹向林超然介绍什么情况。

曲主任、老刘和林超然走在走廊上，左拐右拐，忽上忽下的。

他们站在一扇铁门前，老刘打开门，三人进入。那里是档案室。

曲主任抽下一个档案夹，翻开让林超然看，那一页上有一名女知青的一寸黑白照。

曲主任向林超然说着什么，老刘也插话向他说着什么。

林超然将档案夹放回原处，向老刘问什么，老刘摇头。

林超然走在一排排档案架之间，也抽下一个档案夹，翻着。

三人又走在走廊里。迎面走来了那位市委顾问的女儿，林超然站住，曲主任和老刘先走了。

林超然与她握手，两人都很高兴，她不知说了句什么，林超然大笑。

林超然回到了办公室。他坐在椅上，一时无所事事，看到水盆架上有抹布，洗湿抹布东擦西擦。

曲主任："同志，我每天都擦一遍的。今天是你上班第一天，我擦得尤其认真。"他在看报。

老刘："曲主任家住得近，每天都第一个到办公室，打水、拖地、擦桌子、浇花，把我们应该干的都干了，十几年如一日。"他也在看报。

曲主任："不值得称赞,在家里干惯了而已。"

林超然不好意思起来,笑笑,将抹布搭回去了。

他重新坐下,曲主任抬起了头,看着他问:"一时还找不到当副主任的感觉,是吧?"

林超然："有点儿。"

老孙从里间屋出来了,给了他几本杂志:"这是最近几期《知青情况通讯》,您先看看,可以了解些情况。"

他刚拿起杂志,小姚也从里间屋出来了,将一杯茶放在他桌上:"林副主任请喝茶。"

老刘："副主任,记着明天带张一寸照片来,我替你办工作证。"

林超然："我想着这事儿呢,带来了一张。在哪儿办,我现在就去。"

曲主任："小姚,你替副主任去办了吧。"

小姚向林超然伸出了手:"林副主任,那把照片给我吧。"

林超然掏出了一个小纸包,犹豫地:"还是告诉我在哪儿办,我自己去吧?"

曲主任："超然同志,你给小姚一次效劳的机会嘛。"

老刘："小姚,既然主任都这么说了,那我可不争了啊!"

林超然将照片给了小姚。

市委大门外,高老师和孙女小梅还等在那儿。

高老师："小梅,你这么喊几声……林伯伯!"

小梅看一眼持枪的卫兵,怯怯地:"奶奶,我不敢。"

高老师："你不喊,他不出来,你和你妈的事就别指望办成。那你和你妈就得再回北大荒去,你和奶奶再见面就不容易了。"

小梅："奶奶你喊。"

高老师："奶奶老了,喊不大声了。"

卫兵："大娘,去传达室,可以让传达室的人打电话通知他一声。"

高老师为难地:"去年都来过十几次了,传达室的人认识我了,不给打电话找了。"

知青办。林超然也在喝茶,看杂志。

处面传入小梅的喊声:"林伯伯……"

林超然愣一下,没意识到是在喊自己,接着看杂志。

小梅的声音:"林超然副主任!"

不但林超然放下了杂志,曲主任和老刘也放下了报。

林超然猛地起身走到了窗前,朝外看。见高老师和小梅在望着这个窗口。

林超然:"糟糕,把她们给忘了,我出去一下。"

林超然走出了市委大楼,走到高老师和小梅跟前,见小梅已是泪流满面。

高老师:"林副主任请多多原谅,可我……不叫孙女喊你就不知道怎么办好了。"

她也流泪了。

林超然抱起了小梅,对高老师说:"我现在还没办法把你们带进去,咱们找个地方说。"

兆麟公园的一个小亭子里,三人坐在圆石桌周围,小梅在吃冰棍。

高老师:"伯伯给你买的冰棍,还没谢过呢。"

小梅:"谢谢伯伯。"

林超然摸了她的头一下。

高老师:"冰棍签子别往地上扔。"

小梅:"奶奶我知道,要扔在垃圾桶里。"

林超然:"真是好孩子。"

高老师："林副主任,我儿子也是下乡知青,当年走的时候,才十六岁多一点儿,刚上初中没多久,说是知识青年,其实还是个半懂事没懂事的孩子。我和他爸当时都被从学校里扫地出门了,他是硬赖着上了列车,混在同学中混去的。你也知道,当年兵团政审挺严的……"

她说不下去,哭了。

林超然:"小梅,伯伯要和你奶奶聊会儿,你先到附近去玩,啊?"

小梅懂事地离开了亭子。

林超然掏出手绢递给高老师:"高老师,您慢慢说,详细地讲,我有足够的时间听。"

高老师:"我儿子他在兵团结婚了,儿媳妇是当地老职工的女儿。前年,他们三口一块儿返城了,按政策,儿媳妇和孙女也是可以落上本市户口的。可他们返城没几天,我儿子病了。一看病,诊断是晚期胃癌,这不是乐极生悲吗? 那对我们全家是晴天霹雳啊! 当时只顾想方设法给儿子治病,就谁也顾不上落户的事了。"

林超然抱着小梅,挽着高老师缓缓走出公园,来到一处公共汽车始发站候车,公共汽车开来,林超然也上了车,安顿好高老师和小梅才下了车。

小梅在车上向林超然招手,公共汽车开走。

林超然沉思地走在回知青办的路上。几个骑自行车的身影从他眼前驶过。

张继红等人也骑着自行车过来了,一个个大斑点虫似的,林超然看出了是他们,怕被他们发现,转过了身。

林超然到了知青办公室,在和曲主任们谈高老师家的事。

孙大姐:"林副主任,你今天刚来上班,高老师怎么消息那么灵通。"

小姚:"林副主任当过知青营长,他爱人当过知青副指导员,全市认识他知道他名字的返城知青肯定不少。他当了知青办副主任的事,只要先有一名返城知青知道了,那还不传得飞快呀?"

林超然苦笑地:"可不止一名返城知青知道。老刘,那位高老师说她去年找过咱们十几次,是这样吗?"

老刘默默地看曲主任。

曲主任:"她倒是没说谎。她是一个使咱们知青办脑袋疼的人。"

林超然:"为什么?"

老刘:"因为她家的事,咱们知青办根本解决不了哇。"

林超然:"也帮不上任何一点儿忙吗?"

老刘:"我们也都很同情她,能帮早帮了。"

曲主任站了起来,用茶根浇花,之后转身,拍拍林超然的肩说:"超然,咱们知青办,在当初成立的时候,其实只有一个职责,那就是动员城市里的知识青年们上山下乡,除了你和小姚,我们三个都是知青办的老人儿了。我们当年的工作很单纯,也很明确,第一是大张旗鼓地搞宣传活动,第二是走街串巷挨家挨户地进行动员。学校动员不起作用的,街道说服也不起作用的,那我们就得亲自出马了。现在回想起来,那也称得上是百折不挠、十分艰难的一项工作呢!也是挺招人记恨的一项工作。当年不知怎么一来,冒出了一个'一片红'的极'左'口号,这口号是在你们头批知青离开城市以后冒出来的。'一片红'嘛,就是一个不许剩的意思呗。"

曲主任又开始浇另几盆花,并掏出小剪刀修剪花,接着说:"老实讲,我如今是心存内疚的。因为当年有的人家儿女下乡后生活明明会陷入困境,可我们为了完成压下来的指标,那也只有狠着心肠硬把人家逼走了。这第一阶段是组织有身份的家长作为代表人物,到各地去进行视察,反映对知青有益的事,也算是将功补过吧。比如插队知青的工分待遇问题,比如你们兵团女知青的例假问题,劳动强度应男女有别的问题,还有文化娱乐方面的要求,等等……现在呢,返城了,知青办其实没有什么非存在不可的必要了。因为只要拿着农村或兵团开的准返证,手续齐全,到自己家当地的派出所就可以落上户。你自己也落过,那手续简单,办理起来一般都比较顺利,是吧?"

林超然点头。

曲主任终于坐下,继续说:"具体到高老师家的事,问题复杂了。如果她儿子一家三口一回到城里,及时就办,也就没有现在的事……"

林超然:"几天后她儿子就检查出了癌症,全家顾不上落户的事了……"

曲主任:"是啊,那是十分特殊的原因,但毕竟是延误了。这一延误,他儿子不幸去世了。人一去世,户口就注销了。户口一注销,一名返城知青不存在了,没有具体的政策依据了。"

林超然:"但事实是……"

曲主任:"别急,我还没说完。好比一对爱人,没来得及办结婚证呢,一方不幸身亡,你说那另一方,从法律上说,是妻子或丈夫呢,还是不是呢?该不该享受妻子或丈夫的继承权什么的呢?允许返城知青是农业户口的配偶及其子女,与返城知青同时转变为城市户口,这一条带有体恤性的政策,其前提是那一名返城知青得是一个活人。而如果他死了,不存在了,他自己的户口自然消亡了,那一政策还适用于他的妻子儿女吗?目前还没有哪一部门进行解释……"

林超然:"那,咱们知青办就进行解释啊!"

老刘等三人的目光一起集中在他身上,如同听一位领导副手极其认真地说了一句极孩子气的话。想要指出他那话十足的孩子气,却又因为他毕竟也是领导而有所顾忌。

曲主任笑了笑,不无挖苦意味地:"副主任同志,你以为咱们知青办是什么实权部门啊!"

老刘:"咱们曲主任也不是没为高老师家的事费过心,光我就陪着找了三次公安局,可人家说不符合政策规定,一句话就给顶回来了。"

林超然:"他们未免太教条主义了吧?教条主义加官僚主义。"

孙大姐:"也不能那么说,照章办理是他们的原则嘛。"

林超然:"如果高老师是高局长什么的人物,而且是在职的,比如正是公安系统的一位局长,事情又会怎样。"

一阵沉默。

曲主任:"同志,还是别那么看问题吧。那么看问题,容易钻牛角尖儿。不好。"

林超然:"可我已经答应高老师了,说咱们知青办一定管好她家的事。"

曲主任:"我就猜到了你会那样,你也太性急了。"

孙大姐:"不瞒你说,我们都盼着知青办早点儿撤销,我们早点儿另行安排工作。"

林超然大为诧异地:"为什么?"

老刘:"因为我们是个没有任何自主权力的部门嘛。现在,我们是一听到电话响就不安,一知道有知青要找来就心惊肉跳。凡来找我们的,几乎都是高老师那种难题。幸亏她儿子是当年自己下乡的,不是我们死乞白赖地动员去的。"

孙大姐:"是啊,最怕接待的是那么一类,人家瞪着我们说……仔细认认,当年我可是被你们给逼下去的。接着一说人家面临的问题,我们却根本解决不了,那份儿不良的感觉真叫是无地自容。"

老刘:"那样的情况,除了小姚,我们三个都不止一次碰到过。"

林超然问小姚:"你也想知青办早点儿撤销?"

小姚点头道:"我希望到秘书处去。"

曲主任:"我替你跟秘书处沟通过了,放心,知青办一撤销,你能够转过去。"

小姚:"谢谢主任。"

林超然:"原来是这样……那……我……"

曲主任:"你大可不必为你自己忧虑什么。你将来一帆风顺的话,那会前程似锦的。你是有重量级人物举荐,临时储备在这儿的干部。"

老刘等三人点头。

林超然:"我是想说……那高老师的事儿,我该怎么再跟人家说?"

大家低头不语了。

林超然:"起码,咱们知青办可以正式打份报告,替她向市里的领导反映一下情况吧?"

老刘等三人的目光望向了曲主任。

曲主任:"同志,你必须明白,咱们的工作责任,首先是替市里的领导独当一面,排忧解难。否则还要咱们干什么呢? 你知道什么叫多米诺骨牌效应吧?"

林超然点头。

曲主任:"如果高老师家的事开了口子,解决了,那么和她儿子一样,当年与农家儿女结婚了,后来自己却不幸死在了农村,这样一些知青的妻子、丈夫及儿女,他们是否也有权要求转户于城市呢? 区别无非是,一个是返城之后还没来得及落上城市户口就身亡了,另一类人是没等到返城这一天到来就埋在农村了,仅仅因为这么小的区别,就偏偏不一碗水端平? 但如果一律开绿灯,那人数可就不在少数了吧? 报告一打上去,不是等于咱们转嫁压力,把一个难踢的球踢给领导们了吗?"

林超然:"所以,不能打那样的报告?"

曲主任反问地:"你说呢?"

老刘打圆场地:"副主任,差点儿忘了……我给交管局打过电话了,您那辆自行车下班后就可以去取,人家说车牌都会替您安上,您缴一下车牌税就行。"

傍晚。骑着上了崭新车牌的自行车的林超然,出现在一个陌生街区。

那是城乡结合部的一个街区,有着一排排老旧的砖房。

狭窄的小路上有两个女孩在跳格子,林超然下了车,向她们问路,两个女孩摇头。

林超然推着自行车向一个在家门口扫地的女人问路,那女人比比画画地告诉了他半天。

林超然推着自行车,在另一条街上左看一眼,右看一眼大步走着。

在他前边,一家小院的门开了,一个挎着包袱的女人出了院门,但另一只手伸在院里拽着什么。

林超然推车走了过去:"请问……"

那女人在流着泪。

林超然这才发现,原来她在拽着一个女孩的手,而那女孩是小梅,小梅的另一只手被高老师拽着。

高老师和小梅也流着泪。

小梅:"我不走……我不离开奶奶……"

她也看到了林超然,更加可怜地:"林伯伯,我不走,我不离开奶奶……"

女人放开小梅的手,掩面哭出了声。

高老师:"林主任,您来得正好,快帮我劝劝我儿媳妇,告诉她事包在您身上了。"

小梅拉住林超然一只手,摇晃着:"伯伯,您说呀!"

林超然抱起了小梅,对小梅母亲说:"你们的情况,高老师对我说清楚了,放心,我一定尽力而为。"

高老师将包袱从儿媳臂上夺了过去。

小梅母亲:"以前你们知青办也有人说尽力而为……我不信了……"

高老师:"儿媳妇呀,这一次你就信吧,啊?人家林同志也是兵团返城的,而且人家是知青办的副主任……"

林超然:"请给我一段时间。"

这时,高家门前聚拢了几位邻居,有大爷、大娘、大叔、大婶,还有看上去是小媳妇的女人,邻居们七言八语:

"同志,能帮上忙的话,千万帮帮他们吧!"

"高老师老夫妇俩都是好人啊。"

"人家老伴俩可都是新中国的第一代高中老师,为国家教出了多少学生啊,落到这一步太让高老师寒心了呀!"

高老师这时已将儿媳推入院里,在家门口劝说着,一时顾不上林超然了。

林超然:"他们……怎么会住到这里来了……"

一女邻居:"还不是'文革'的时候,造反派抢占了人家的房子,把人家强迁到这儿来了!"

林超然:"为什么不要求搬回去呢?"

女邻居:"胆小,不敢呗。"

林超然:"怕什么?"

一位大爷小声地:"她老伴沈老师被打成了'右派'……"

林超然:"那也有权要求落实政策、平反啊。"

一位大叔年龄的邻居:"同志,请到我家去说吧。"

林超然:"我还没进高家的门……"

女邻居:"去他家吧,去他家吧,他家清静。"

两位邻居,一位在前边连声说着"请、请",一位在后边轻轻推着,使抱着小梅的林超然身不由己地随行。

那位大叔年龄的邻居家两间屋,倒也较为宽敞,并且干净整洁。林超然已经坐在椅上了,怀里搂着小梅,而几位邻居,则堵在门口站着。

主人一边沏茶一边说:"她家就一间住屋,还是一间小住屋。她老伴沈老师偏瘫多年了,以前全靠高老师服侍。她那家你进去也坐不住多一会儿,那味儿……"

林超然:"那,现在两口变四口了,怎么住呢?"

女邻居:"这么矮的屋子也只得搭二层铺! 幸而她儿媳妇和她儿子感情好,情愿替她儿子尽几年孝心,可又偏偏发生了那样的事,落不上户了……"

主人:"林同志,您请喝茶。"

女邻居:"人家是主任。"

主人:"对不起叫错了,失敬失敬,知道我们为什么都替那老夫妇俩说好话吗?"

林超然摇头。

一位大娘:"沈老师没病倒那几年,不论谁家的孩子学习跟不上了,父母一求他们,两口子都愿意白天晚上的给补课!"

小媳妇:"我小姑子要不是经他们两口子辅导,未见得能考上大学。"

主人一指女邻居:"她刚才说的也不完全对,胆小是有那么一点儿,怕一找反而又找出麻烦来。但是不找也还有另外一层原因,住在我们这儿,我们都尊敬他们,感激他们,这一点他们看得也挺重要……"

邻居们都点头。

林超然大动其容了,对小梅耳语:"小梅,一定替我劝你妈妈,叫她千万别走。就说叔叔向你保证了,一定尽快使你们把户口落上。"

邻居们互相看看,都流露出欣慰表情。

天黑了。林超然推着车,车梁上坐着小梅,高老师和小梅母亲一左一右送他往街口走。

在有路灯的街口,林超然放下了小梅。

高老师:"林主任,我们家的事,拜托给你了。"

林超然刚想说什么,小梅的母亲双膝跪下了,泣不成声地:"林主任,我……我也不忍心离开我公婆。"

林超然慌忙将她扶起:"我知道,邻居们说了。"

林超然骑着自行车,心事重重,表情凝重地行驶在街上。

林超然骑着自行车驶入中学校门。

林超然在何家住过的房子前刹住车,望着门上的锁发呆。
他的心声:"我这是怎么了,怎么骑到这儿来了?"

林家。林母和孙子对面坐炕上,她手拿一团面,边说边捏小动物给孙子看,孙子背后放只枕头撑着腰。
林母:"看,奶奶这是捏的什么? 小老虎,说,小、老、虎……"
而林父坐在小凳上,在修一个将按在自行车大梁上的托架。
林母:"超然都当主任了,咱家那么一个东西也买不起呀,还非得到废品站去淘换!"
林父:"居家过日子,该仔细的地方就得仔细。"
林母:"好日子是省出来的?"
林父:"不省着过,咱家能过到现在?"
门开了,林超然回来了,双手撑在炕上,对儿子说:"亲爸爸一下。"
儿子没理他,爬向奶奶。
林父:"你得像我,常抱抱他,要不他跟你不亲。儿子和爸不亲,那还行?"
林超然苦笑问:"爸,要往自行车上装?"
林父:"是啊,等林楠再长一岁,我骑自行车带他逛动物园。"
林超然:"那不行,您年纪大了,我不放心。"
林父:"保证摔不着你儿子就是了。"
林母:"怎么回来这么晚?"

林超然：“开会了。”脱下上衣，卷卷往角落一扔。

林母：“一早刚换的衣服就脏了？你不是坐办公室吗？”边说边下地。

林超然：“那辆旧车没上牌，被交警扣下了，我跑着去上班的。出汗沤了，一会儿我自己洗洗。”

林父：“怨我。总想着去上牌的，一转身就忘。扣哪儿了，明天我去要。”

林超然：“同事给打了个电话，我骑回来了，牌子也上了。”

林母：“看，当国家干部的人，有什么事儿，对待就是不一样。你抱你儿子一会儿，我给你热饭。”

林母到厨房去了，林超然抱起了儿子。

林父：“你不能那么呆抱他，得逗他高兴。举举他，他喜欢让人举。”

林超然举了儿子几次，儿子果然笑了。

林超然：“爸，家里还有酒没有？”

林父：“还有大半瓶，想喝点儿？”

林超然：“您陪我？”

林父：“行，就是怕你又醉了。”

林超然：“上次醉是个例外。”

林母将一个蒸箅子摆桌上了，其上有三个热气腾腾的大馒头、一盘炒双丝、一小盘咸菜。林父紧接着将一海碗大馇子粥放桌上。

桌上的馒头只剩了一小块儿，炒双丝吃光了，粥碗也空了，父子两人碰了一下小酒盅，都一饮而尽。

林超然：“爸，划几拳？”

林父笑了：“你还来情绪了，那就划呗！”

林超然：“两只螃蟹。”替父亲和自己满上了酒。

父子两人划起拳来，林超然输了，父亲快乐地看着他喝酒。

林母抱着孙子，幸福地看着父子俩。

瓶子里倒不出酒了,父子两人都有几分醉了。

林父站了起来,往起拽林超然:"超……然啊,跟爸……到……那边屋去,让你……看一样……东西。"

林超然:"爸,我……还没喝够……"

父子两人勾肩搭背地走了。

林母:"你们爷俩别一块儿摔倒了!"

她幸福地笑,唱:"小老鼠,上灯台,叫声奶奶抱下来。"

小偏厦子里。一辆崭新的自行车摆在地中央。

林父:"爸,给你买的……红旗……牌,一百二十八……不敢,放外边……怕丢。明天起,你骑……新的,爸骑……旧的。"

林超然:"爸,你……真好! 让我……搂你一下!"

他拥抱住了父亲。

林父幸福地,不好意思地笑。

林超然凝视着父亲:"爸,你……瘦了。"

林父:"是吗? 瘦点儿好。有钱难买老来瘦嘛。"

林超然:"不好。您瘦了……静之……也瘦了……我妈,被孙子……累瘦了……亲人们都……都瘦了……瘦了。"

林父将儿子扶到了炕边,扶他躺倒。

林父:"你躺会儿,睡前要洗洗脚,啊?"

林超然:"洗……我洗……"

林父掩门出去了。

正屋里。林母也将睡着的孙子放倒了。

林父蹲在地上洗衣服。

林母:"你放那儿,一会儿我洗吧。"

林父:"我洗。以后超然的衣服换下来,他如果顾不上洗,你别洗,都我洗！"

林母："行行行,都你洗,你最好连孙子的也一块儿包了,当我还稀罕和你争啊?"

偏厦子里。林超然喃喃地："放心,我尽力办……我一定……尽力办……"

他一翻身,伏在床上,发出鼾声。

一黑一白一前一后两匹马上,骑着凝之和林超然。

白马上的凝之扭身说："你不见得骑得比我高明,比比看?"

林超然："那得让出你二里地去！"

凝之："吹牛！驾！"

白马疾驰而去。

林超然拍拍马脖子,对着马耳朵说："别急。咱说让了,那就得让！"

原野间,黑马追着白马。

两匹马穿过金色叶子的白桦林。

两匹马在麦田边的土路上奔驰而过。

两匹马站在河边饮水。

河边草地上,仰躺着林超然和凝之,凝之在吹草茎,林超然在编花环。

林超然坐起,也将凝之拉起。

凝之："哎呀,你抻疼我肩膀了……"

林超然正要往她头上戴花环,定睛一看,却不是凝之,而是静之。

林超然："你大姐呢?"站起张望。

"我在这儿呢！"一棵树后闪出了凝之的脸。

林超然奔将过去,树后无人。

"傻瓜,这儿呢?"

林超然转身一看,凝之的脸又探出于另一棵树后……

如是数次,林超然终于抓住了凝之,拥抱她,欲吻之……凝之又变成了静之。

林超然轻轻推开静之,喊:"凝之! 凝之……"

吹草茎发出的响声。

林超然转身一看,又是凝之。

林母将儿子推醒。

林超然:"妈,我梦见凝之了……"

林母岔开了话:"我冲了一杯奶粉,静之托她同学买到的。"将桌上的瓷缸子端给了儿子。

林超然:"静之……她的伤,怎么样了?"

林母:"我也不知道。哪天你要买点儿东西,去看看她。不管怎样,目前还是亲戚。"

林超然低头不语。

外边响起了雷声。

林母:"要下雨了。你那件衣服你爸替你洗出来了,肯定干不了,明天上班穿这件的卡的。当干部了,穿得要像个样儿。"

林超然看了一眼身旁的衣服,摇头:"不想穿这件。"

林母:"为什么? 你的衣服中数这件新。"

林超然:"这是静之返城前给我买的,没太舍得穿,有纪念性。"

林母:"瞧你说的,好像两家人以后再不见面了似的! 穿吧! 静之要看见你穿在身上了,她会高兴。"

林母走了。

林超然缓缓地喝着奶。

知青办。林超然面前坐着老刘等三人,小姚手中拿着笔和小本。

孙大姐："要不要等主任回来？"

林超然："主任去开会前交代了，让我有什么工作要求，只管跟你们讨论。我现在提第一个要求，大家一块儿议议，看有没有必要……那就是，首先把档案再整理一下，分分类。返城了的，单放一处。留在农村或兵团的，另放一处。两类档案，还要细分……比如男的、女的、高中的、初中的、有正式工作的、临时工作的，目前工作还没着落的。尤其是，像高老师家那种面临难题的。"

老刘："我看没必要。分细了又怎么样？不那么分又怎么样？"

林超然："分细了，心中就有数了。"

老刘："有数了又怎么样？"

林超然："有数了，咱们就知道应该主动去做哪些工作了。"

老刘按捺不住地站起，嚷嚷："主动去做？被动的咱们也无能为力，高老师那种事，我们都解决不了，你林副主任一来，那就能给解决了？异想天开吧您哪！没有正式工作的你能给解决了正式工作？房子小，一回来就多了三口人的，你能给解决了住房问题？你是房产部门？你是民政局局长？你是公安局管户籍的头儿？咱们是维持会！哪天一撤，档案都是废纸！谁也别拿自己太当回事儿！不求有功，但求无过。这样最好！"

林超然怒道："你给我坐下！"

老刘愣了愣，往外便走。

林超然："站住。"

老刘站住。

林超然："我这儿布置工作呢，你哪儿去？"

老刘："上厕所。"

林超然："先把档案库钥匙给我！"

老刘慢慢地取下钥匙，扔给他。

林超然接住，严厉地："不愿干的，今天都可以打辞职报告。"

老刘摔门而去。

第二十五章

长长的走廊里。林超然在前边大步腾腾地走,后边紧跟着孙大姐和小姚,神色都有点儿不安。

档案库。林超然在指挥:"先把这几排的架子腾空,摆在空地上,今天上午就一点点都细分出来,做上标记。"

小姚首先上架子上取下一摞,也不弯腰就往地上一丢,不但发出挺大的响声,还扬起了一阵尘土。

林超然瞪她一眼,小姚知错地吐了下舌头。

孙大姐:"小姚,放的时候弯下腰嘛。奇怪,也不常有人出入,哪儿来的这么多灰呢?"

小姚:"大姐你看,一扇窗开了这么大一道缝!"

"不通点儿风吹吹,那不犯潮吗? 这是半地下室!"不知何时,老刘也来了。

林超然:"通风不等于一直开着也不关! 你过来!"

他将老刘扯到了一排架子那儿,指着说:"昨天晚上下那么大雨,这儿的档案都湿着了!"

老刘:"也没人通知我昨天晚上会下雨啊。"

林超然:"你他妈的少废话!"

老刘愕住。

孙大姐和小姚也暗吃一惊,呆看着他和老刘。

老刘又一转身欲走。

林超然挡住他:"对不起。"

老刘偏要从他身旁挤过去。

林超然伸开双臂撑住了两边的架子:"你也得干活! 而且,得写检讨。否则,我向上级汇报你失职!"

老刘:"那骂我又怎么算?"

林超然:"我也写检讨!"

中午了,老刘、孙大姐、小姚三人,有的伏在桌上;有的坐在椅上,架平双腿打盹;有的在看报。

曲主任在浇花。

林超然也伏在桌上打盹。

曲主任浇罢花,轻拍他肩,林超然抬起头。

曲主任小声地:"陪我出去走走。"

林超然摇头。

曲主任向他耳语:"跟你说事。"

林超然站了起来。

兆麟公园里,曲主任和林超然默默走着。

两人面对面坐在了小亭子里。

曲主任:"昨天夜里下过那一场雨,今天空气真好。"

林超然:"昨天就是在这儿,高老师流着泪向我说她家的事。下班后我去了她家,直到现在心情都不好。"

曲主任:"所以你骂了老刘?"

林超然:"想骂的人更多。"

曲主任:"包括我?"

林超然一扭头,望别处。

曲主任掏出了烟:"吸不吸?"

林超然:"我戒了。"

曲主任自己吸着了烟。

林超然:"一会儿你往哪扔烟头?"

曲主任一愣。

林超然:"昨天高老师的孙女在这儿吃了一支冰棍。人家一个北大荒长大的孩子,到了城里,也知道不能随地扔冰棍签子。"

曲主任:"是啊,我往哪儿扔烟头呢?"像掏怀表似的,从上衣兜掏出一个带链子的小袋,再从袋里取出一个小小的美观的烟缸,放在桌上,笑道:"别以为你挑理挑了个正着。想不到吧? 咱是绅士型的烟民。"

林超然又将脸转向别处。

曲主任:"你心里对我也有气,对吧?"

林超然看着他说:"对。"

曲主任:"你有气就直接冲我来嘛,干吗骂人家老刘啊?"

林超然:"他也该骂。"

曲主任:"我看别让他写什么检讨了,他是老同志了,一时疏忽大意嘛。"

林超然:"必须写。"

曲主任:"那你也必须写啰?"

林超然:"当然。"

曲主任:"咱们知青办那毕竟也是市委的一个机关部门,副主任上班第二天,就因为骂了属下脏话而写检讨,传出去多不好。"

林超然:"已经骂了,那有什么办法?"

曲主任:"幸亏我再过半年就退了。否则,冲你这性格,咱们正副主任之间如何长期相处?"

林超然:"第一次有人当面跟我说,似乎我是一个不好相处的人。"

曲主任:"同志,在兵团当营长和在国家干部序列里当官是不一样的。"

林超然:"你我是官?"

曲主任:"我不是指我,是指你。我都快退了,还说自己干什么?一个处长,算什么官啊!但你不同,第一天我不是就说了嘛,你是有重量级人物举荐的,你是暂时储备在咱们知青办的。如果不跌跟头,你前程似锦,真的。所以你表一种态度,做一次决定,安排一项工作,总之一言一行,都要思量再三。哪件事该努力去做,哪件事没必要难为自己,心里得有那么一套尺寸方圆……"

林超然:"你把我叫出来,就是要跟我说这些?"

曲主任:"我是为你好。"

林超然:"谢谢了。那我走了。"起身便走。

曲主任:"不想听我说高老师的事儿了?"

林超然站住,回头。

曲主任:"想听就给我乖乖坐下。"

林超然又乖乖坐下了。

曲主任:"哎你这人怎么这么不识抬举啊?你在我面前充什么清高呢?我那是教你学坏吗?"

林超然:"快说高老师的事。"

曲主任:"承认你不识抬举,我支你几招,兴许你还真能把高老师的事给办成。不承认的话想走你走。"

林超然艰难地:"我……不识抬举。"

曲主任乐了:"我的副主任,这就对了嘛。要有点儿起码的虚心嘛。你先回答我几个问题啊,昨天咱们在走廊碰见的那个女秘书,她姓袁,对不对？"

林超然："对。"

曲主任："叫袁玥对不对？"

林超然："这我不太清楚。"

曲主任："不对吧？我看她对你挺亲热的,那证明你们关系良好。"

林超然："是那样。"

曲主任："那你会不知道她名字？"

林超然："我们……我们是在特殊情况之下认识的,当时没有问她名字的机会。"

曲主任："你这么一说,我把握又不大了,也不知道该不该支你几招了……"

林超然："该,该,请求你了!"

曲主任："知道她父亲是什么人不？"

林超然："是市委的顾问。"

曲主任："还有呢？"

林超然："那就不知道了。"

曲主任："听我说啊。袁玥她父亲,是位在市里和省里都有老资格可摆的人。东北一解放,人家就是正县级干部了。后来,是市里硬把他挖过来当了秘书长。那是要当两年就任命为副市长的,是市长市委书记的后备人选。可后来'文革'了,他的命运自然也就变了。现在呢,超过年龄线了,只能当顾问了。但老省市的领导,跟他关系都很铁。新省市的领导,对他的一句话,也都格外重视。所以,高老师的事,你帮得成帮不成……"

林超然："不是我。是咱们知青办。"

曲主任："那也得有人出头。非你莫属。明白？"

林超然："不太明白。"

曲主任："还不明白？只要他一句话,高老师的事,那还不是他说怎么办就怎么办啊？"

林超然："可，我跟他之间，我哪儿有那么大的面子啊？你这不是瞎支招吗？"

曲主任："我当然知道你们之间没那么大面子。这是明摆着的。但你先求袁玥啊！只要你说动袁玥肯帮你了，有她替你敲边鼓，事情还不十拿九稳啊？"

林超然沉吟。

曲主任："你去告诉高老师，让她给咱们知青办写封信，写实了她家的困境，但信封上不要写你的名字，更不要写我的名字，谁的名字都不要写，只写知青办。咱们收到了以后呢，你要求袁玥说服她老爸接见你一次，哪怕是给予你一次礼节性的拜访机会也行。见了面，你再相机行事，将高老师的信呈上，请教老先生该如何处理那样一封群众来信。记住，你不要引着他往知青的事情上想，你要使他觉得，是与一对老夫妇，两位退休老教师有关的事……"

林超然："为什么？"

曲主任："知青人数众多嘛，某些事一和知青两个字联系起来，牵扯面那就广了，政策分寸难以把握，往往会将领导本人也拖到攀比困境里去。所以一位领导若不是特别有魄力，敢作敢为，是不太愿意亲自做主的。估计袁玥的父亲，那也可能明智地退避三舍。但退休老教师的人数就比知青少多了，像高老师家那种情况，少之又少，不会引起难以收拾的攀比局面。"

林超然："那，你考虑得这么周到，解决方案也有了，为什么自己不尽量把事情办成？"

曲主任："老实说，昨天你的认真态度，使我彻夜难眠，翻来覆去地想，才终于想出这么个比较成熟的解决方案。我也去过高老师家，我也很同情，但当时没想出解决办法来。再说，袁玥当时也没在市委当秘书，我也不会由她而联想到她父亲。而且，当时我还有另一种顾虑……"

林超然:"什么顾虑?"

曲主任:"我是要退休了的人啊!谁不愿意在自己退休之前,把凡是自己经手的工作都画上圆满的句号呢?但高老师的事,是我想画上句号就能画上的吗?如果我退休后,将一件拖泥带水的事留给了下一任,那我多让人腻歪啊!也于心不安啊!现在好了,接班的人是你,你又那么的,那么……见义勇为……"

林超然苦笑。

曲主任:"所以,我什么顾虑也没有了。今天,我就等于正式把高老师的事移交给你了。也可以摆点儿资格地说,是将一件有难度的工作布置给你副主任去完成。你要尽力去办,我给你支招,为你出主意想办法,咱们知青办全都配合你,啊?办成了,咱们好好庆贺一番,也算是欢送我退休。"

林超然决心很大地点头。

两人离开小亭子,走向公园门口,还在说着,走走停停的。

林超然:"主任,《大浪淘沙》这部电影,'文革'前您看过没有?"

曲主任:"当然看过啦!一号人物叫金恭授,大明星于洋演的。我喜欢于洋,他演的电影我都爱看。"

林超然:"金恭授要以自己的微薄之力帮一名老码头工人,他的革命引路人指着码头对他说,看,那么多穷苦的人,你一个一个地帮,帮得过来吗?"

曲主任:"有这个情节,我印象深刻!"

林超然:"如今,新中国成立了,穷苦的人还是很多,在没有具体的政策关怀到一大片的情况之下,谁能帮就尽量帮一个,也不算是可笑的想法吧?"

曲主任:"当然不可笑!要是连这种想法都被认为可笑了,那社会不是太冷漠了吗?"

两人又在公园门口站住,比比画画地讨论起来。

市委。下班时,林超然站在楼门口等人。

袁玥从楼里走出。

林超然:"袁玥同志!"

袁玥看见他,笑了:"等人?"

一辆小车开到楼前,袁玥又说:"我先走了啊!"踏下台阶,快步走到车前,打开了车门。

林超然:"袁玥!"

袁玥回头看他。

林超然:"我在等你。"

袁玥:"有事?"

林超然点头。

袁玥:"明天说行不?"

林超然:"最好今天。"

袁玥对坐在车里的人说了句什么,关上车门,小车开走了。

林超然走到了她跟前,歉意地:"真对不起,使你坐不成车了。"

袁玥:"没有什么!"

林超然:"每天有车接你上下班?"

袁玥笑了:"我哪儿有那种资格呀!车里坐的是我老爸,他来市里开个会。我当然要沾他一次光!不沾白不沾啊!"

林超然也笑了。

林超然推着自行车,与袁玥走在街上。

袁玥:"林副主任不再骑辆小破三轮了?"

林超然:"那是人家罗一民的。这是我老爸因为我有正式工作了,一高兴,一咬牙,亲自给我买的。"

袁玥想到了什么事,扑哧笑了。

林超然:"你笑什么?"

袁玥:"你那个战友罗一民,为你们去年惹的麻烦,壮着胆子到我家去,想游说我爸出面替你说情,结果被我爸给训出了家门……"

林超然苦笑地:"我已经有日子没见到他了。替我扶下车,我请你吃冰棍儿!"

袁玥:"哎……"

林超然已跑开了。

林超然拿着两支冰棍回到了袁玥跟前。

袁玥:"我胃怕凉,不想吃。"

林超然:"给点儿面子嘛。奶油的,对胃有好处。"

袁玥:"瞎说!"却接过了冰棍。

两人一边吮着冰棍一边走。

袁玥:"咱俩这样子,像俩小孩儿。"

林超然:"都不是小孩儿了,还能像小孩儿,这种感觉挺好啊!"

袁玥:"吃人家的嘴短。什么事儿,请讲吧!"

林超然:"我想……过几天到你家去一次。"

袁玥:"欢迎啊!再也不会闹出上次那种笑话了。我爸举荐你之前,还征求我的意见了呢,我当然举双手赞同了!"

林超然苦笑地:"我遇到难题了,想请你父亲帮忙。如果他不愿意,还得请你帮我说服他。"

袁玥站住了:"公事私事?"

林超然:"公事。私事不敢打扰你父亲。"

袁玥:"刚上班第二天就遇到大难题了?"

林超然点头。

林超然在存自行车,袁玥在等他。

两人走在松花江畔。

袁玥:"你说的那个高老师家的事,我听了也很同情。你们为什么不以知青办的名义向别的领导打份报告?"

林超然:"我也这么想过。原先的市委书记还请我吃过一顿便饭呢,可他调走了。我们知青办的人都谨慎,不敢贸然给市一级领导打报告,怕办夹生了,反而事与愿违。"

袁玥:"我和我母亲,其实都不太鼓励我父亲多管闲事。顾问顾问,人家在职在位的领导干部问到的时候,替人家当当参谋,那才好。否则,反而有添乱之嫌……"

林超然:"是啊是啊,我完全理解。但高老师这一件事,无论如何你要帮我这个忙,求你了……"

袁玥犹豫。

"冰棍!奶油鸡蛋冰棍!"

一卖冰棍的小女孩推着冰棍车走来。

林超然:"等一下!"

他跑了过去。

袁玥:"哎!你……这家伙!"

她有些生气地转过了身去。

林超然又买了两支冰棍跑回来。

袁玥嗔道:"你真是的!何必呢?我说过了我胃怕凉!"

林超然:"还是奶油鸡蛋的……"

袁玥:"奶油鸡蛋的也不吃!"

她往前走去。

林超然愣了愣,紧跟上,相劝地:"再吃一支吧,买都买了,你总不能眼看着化在我手里吧?"

袁玥:"你自作自受!"

林超然:"有人在看咱俩了。准以为咱俩在搞对象呢!快接着,要不看的人更多了。"

袁玥终于接过了一支,警告地:"绝对不许再买了啊!"

林超然:"不买了不买了。冰棍越吃越渴。再买也要换个样,请你喝汽水儿。"

袁玥:"你敢!"

两人忍不住都笑了。

袁玥:"你要是想讨好谁,只知道请人家吃冰棍、喝汽水吗?"

林超然:"那倒也不是。小时候家里生活很困难,看见别人吃冰棍、喝汽水,可馋了。我是享受助学金的学生,不敢买冰棍买汽水儿,怕被同学和老师看见。有一年'国庆',我带弟弟妹妹逛公园,兜里有几角钱,就买了三支冰棍。怕被熟人看见,结果还是被几个同学撞上了,后来还写了检讨书……我对冰棍和汽水太有感情了……"

袁玥:"如果我拒绝帮你,那你还打算怎么讨好我?"

林超然:"那……那我也不知道了。"

袁玥:"你们知青办还打算怎么帮助高老师解决困难?"

林超然:"那可就谁也没有什么办法了。"

袁玥:"那你以后会不理我了吗?"

林超然:"那绝不会。每个人有每个人不同的原则,你也有你的难处。你替你父亲考虑,这我完全能够理解,只不过……"

袁玥:"只不过怎样?"

林超然:"心里不是滋味,一想就难受。明明是工作职责应该进行帮助的人,却又偏偏无能为力,这种心情,和一个明明想主持法律正义的人,面对明明被判错的人一样吧,又沮丧,又悲伤,还有一种大的失败感……"

他挥了一下手臂:"这你肯定不会理解的!"

结果,没吃一两口的冰棍从手中飞出,掉在了地上。

他呆呆地看着那支冰棍,表情极为惋惜。

他走过去捡起冰棍,扔进了附近的垃圾筒里。

袁玥将自己手中的冰棍递向他:"把我的吃了吧,我没什么传染病。"

林超然左顾右盼。

袁玥:"我胃还真有点儿不舒服了,你不吃我也不想吃完了,别浪费了。"

林超然:"等那几个看我的人转过头去……行了,他们不看我了!"

他迅速从袁玥手中接过了冰棍。

袁玥:"你怎么知道我不会理解? 而且还说得那么肯定!"

林超然:"能理解?"

袁玥:"百分百理解。我可好久没被感动过了,你刚才的话感动了我。高老师的事,我帮了,而且要帮到底,直到帮出个好结果。"

林超然脸上顿时笑开了花。

袁玥:"冰棍在化!"

林超然一口将剩下的冰棍吃得只剩签子了。

袁玥却皱起了眉。

林超然:"怎么了?"

袁玥捂着胃说:"都怪你,胃真有点儿疼了。"

林超然骑着自行车,后座上坐着袁玥。

林超然:"胃好点了吗?"

袁玥:"不太疼了。林超然,我爸荐举你当知青办副主任,还真算有眼光!"

林超然:"你把这种话在你父亲面前多说几次就起作用了!"

袁玥家那幢楼前。林超然和袁玥在说话。

林超然:"不知怎么感谢你才好。"

袁玥:"别再请我吃冰棍,我就谢天谢地了。"

两人又都笑了。

"小玥,怎么不坐你爸的车回来?"是袁母的声音。

两人这才发现袁母不知何时站在他俩身后,手拎菜篮子,里边是买回来的菜。

袁玥:"碰到超然了,我俩谈了一会儿工作。"

林超然:"伯母好!"

袁母:"啊……是你呀!"

袁玥:"进家里坐会儿不?"

林超然:"不了,改天吧! 伯母再见!"

袁母点了下头。

林超然骑上车走了。

袁母:"你俩又不在一个部门,有什么工作可谈的?"

袁玥:"他和我谈他的工作。"

袁母:"他的工作不和他们知青办的同志谈,和你谈干什么?"

袁玥:"妈,你这是审问啊?"从母亲手中拎过了菜篮子。

袁家厨房里,母女两人一个在洗菜,一个在淘米。

袁母:"小玥。"

袁玥:"嘛事儿?"

袁母:"你对他,别超然超然的,叫起来挺亲似的。就是叫超然,那后边也应该带上同志二字。还有,尽量不要单独接触。你现在是有了未婚夫的女性,他妻子又去世没多久,免得惹出些飞短流长、瓜田李下的议论。"

袁玥:"我才不在乎那些。"

袁母:"不在乎也得在乎! 你俩都是出入市委大楼的人,要时时刻刻注意影响。有些议论,那是没摊在你头上,摊上你就知道利害了,长十八张嘴都分辩不回来名誉,跳进黄河也洗不清。再说他今天又骑辆新自行车,还是紫色的! 你一路坐他自行车后边,多招摇? 如果被认识你俩的人看到了,说不定日后就有闲话!"

袁玥:"菜洗好了,切不切?"

袁母:"我的话你往心里记了没有?"

袁玥:"不但记在心里了,而且溶化在血液中了!"

袁母:"你认真点儿! 妈跟你说的是人生经验。就在上个月,宣传部有位副处长,挺好的一名年轻干部,就因为一封揭发他作风问题的匿名信,硬是没提成正处! 还仅仅因为是莫须有的事!"

袁玥:"那就是造谣! 造谣可耻。"

她飞快地切起菜来。

袁母无奈地瞪她。

袁家一家三口在吃晚饭。

袁玥:"爸,你举荐的那个林超然,他工作中遇到难题了。"

袁父:"嗯? 我能帮他化解得了吗?"

袁玥:"不知道。估计能吧。"

袁父:"那让他来找我啊!"

袁母不满地瞪女儿:"你看,这不是给你爸找事嘛! 嫌你爸刚清闲了两天?"

袁父:"你这么说女儿也不对。我举荐的人工作开展不得力,我没面子。工作出色,我脸上光彩。女儿关心我举荐的人,那就等于是关心我嘛。"又对女儿说:"你通知林超然,让他最近来见我。他工作上遇到了难题不主动求见我,向我讨教,那是不对的! 他心中没有我这个举荐人了吗?"

袁玥:"我想,他也许是不太敢打扰你。"

袁父:"不太敢? 难道我那么可怕,一见面我会把他吃了?"

袁玥:"老爸放心,明天一上班我就告诉他。"窃喜,低头一笑。

袁母不悦地:"你们父女俩一唱一和地,一天这么说,另一天又那么说,还总是你们有理似的,反正这个家就我找不到什么好感觉!"

袁玥:"老爸,快对我妈表扬表扬!"

袁父:"好,表扬表扬。你多劳苦功高啊,我们父女俩没你照顾还成?来来来,这鱼的中段,肉肥鲜美,由我亲自献给您!"

夹了一大块鱼肉递在袁母碗里。

袁玥:"老爸真善于巴结。"

袁母:"我那话也是说你呢!"

袁玥:"那我也表现表现。老爸给您夹鱼肉了,我只得给您再添点儿鱼汤啰!鱼汤也有一定的营养嘛!"

袁母一时哭笑不得。

林超然骑自行车拐入自己家住的那条小街,迎面被三个同样骑车的人拦住去路,他们是张继红、王志和罗一民。罗一民骑他那辆小三轮车,一手握把,一手拿一块西瓜。

林超然:"嘿,巧劲儿的。"

张继红:"什么巧劲儿不巧劲儿的,下来下来下来! 见了我们还不下来?"

罗一民:"我们仨刚从你家出来,大爷大娘请我们吃西瓜了。"说完,将西瓜皮往车斗里一扔。

王志:"我们有事儿跟你商量。"

林超然:"什么事儿?"

王志:"三两句可说不清楚。"

林超然:"改天行不行?"

王志征求地看张继红和罗一民。

林超然:"我刚下班,还没进家门啊,再说也饿了。"

罗一民:"那,改天就改天吧。"

张继红:"改天？不行！你怎么这么好说话？都碰到他还放过他去？"支好自己的车，绕着林超然转，嘲讽地："你们看他这样儿，骑上崭新的自行车了，还买了颜色这么招摇的一辆！林超然，你想干什么呀？骑这种颜色的一辆自行车，进出于市委那种地方，企图钓几个女孩子上钩呀？"

王志和罗一民笑了。

林超然:"不许胡说八道！是我老爸买的。因为颜色卖不出去，便宜他二十元钱，换你不捡这份便宜？"

张继红:"是你老爸买的那我不说车了。你俩再看，穿上一身板板正正的衣服了！也不戴那顶军帽了，小分头梳得还挺顺，小脸儿也刮得干干净净的，刚当上副主任第二天，有人往家里送大西瓜了！见了咱们面，还不想下车，还说'我刚下班，还没进家门啊'！谁管你进家门没进家门，走走！……"说着，替林超然调转了车头。

林超然:"干什么去呀？"

张继红:"我们也饿着呢，找地方请我们吃饭去！我们请过你了，现在该你请我们了！"

林超然:"我身上没钱，要不都到我家吃去？"

王志:"那我绝对不同意！别给大爷大娘添麻烦。"

罗一民:"我也反对。"

张继红:"那是，刚才都搅扰一次了，不能二次再给我干爸干妈添乱！一民，翻他兜，我不信他兜里没钱。"

罗一民还真就下了车，逐一翻林超然的兜。

罗一民:"才十几元。"

张继红问王志:"你兜里真一分钱没带？"

王志:"我只有三元多。"

罗一民:"我兜里也有几元。要不，今天放过他，还是改天得了。"

张继红:"不行！有些事拖不得。一拖就没指望了。都听我的，找地吃饭说事儿去,二十来元足够了!"

林超然不情愿地跟他们走了。

小饭馆门外,四人坐在临时桌旁,四只杯里倒满了啤酒。所上的菜无非是炸花生米、炒土豆丝、拌西红柿、拍黄瓜、咸鸭蛋而已。

张继红:"不碰杯了。都省着点儿喝,就要了两瓶酒。"

林超然饮一口酒后,问罗一民:"你怎么也跟他们两个站马路牙子的往一块儿搅?"

罗一民:"我们那一条街开始动迁了,我的铁匠铺子开不成了,不跟他们往一块儿搅怎么办?"

林超然一愣,又问:"缺钱不?"

罗一民:"暂时还行。"

林超然:"缺钱时吱声啊。"

罗一民:"那当然。你都副处级干部了,每月一百多元的工资开着,跟你我还客气什么呀!"

林超然:"谁往我家送西瓜?"

罗一民:"这我就不知道了。"朝张继红翘下巴:"问他。"

张继红:"你不知道我就知道了?别扯西瓜了,说正事。王志,你说。"

王志:"超然,我们一些哥们儿总站马路牙子肯定不是长事儿,我决心正式起个执照,也组织一号人马干工程队!"

林超然:"这……好倒是好……"

张继红:"好倒是好算什么鸟话?听着这个别扭!"

林超然:"少跟我瞪眼睛啊!再跟我瞪眼睛,别说我起身就走。"又对王志说:"我也早有过你的想法,但不是起码需要几万元注册资金吗?如果你是打算向我借钱,老实说,现在我可真没有。我父亲有点儿钱也为我买车了。我岳父母那儿肯定是存了点儿钱,可我怎么好意思向他们借?"

张继红："都听到了吧？数他工资高了,还好意思向咱们站马路牙子的哭穷！"

他一只手放在桌上,林超然砸了他的手一拳,砸得他龇牙咧嘴。

王志："钱不是问题了。我小舅子当倒爷赚了几大笔钱,肯借给我。他们哥几个各自东借西借的凑了一万,估计差不多了。现在起执照也不太难了,不必你费心。就是一旦组织起来,每年得有工程可干。"

林超然点头。

罗一民："王志联系到了一单大活,可我们执照还没下来,人家不正式跟我们谈。可要等执照下来再谈,那活早跑了。所以……所以嘛……"

他喝起酒来。

张继红夺下了他的杯："你小子话没说完喝的什么酒啊！"

罗一民："你说,该你说了！"

张继红："干吗最不好说的话非留给我说？你说！非由你口里说出来不可！"拧罗一民耳朵。

罗一民："哎呀哎呀,我说我说,超然你得为我们担保！"

张继红松手了,与王志、罗一民一齐看着林超然。

林超然："担保？你们有多少人？怎么为你们担保？"

王志："三十几个,都是返城知青。也不只咱们兵团的,还有插队的。"

张继红："对方听说有知青办副主任将为我们担保干活的质量,表示执照还没批下来那也可以考虑。"

林超然："我刚听说你们的事！"

张继红："是啊是啊,你是刚听说,但我们先跟人家那么说啊！只要你在担保书上签上你知青办主任的大名,我们的事就八九不离十了！"

林超然："什么活？"

罗一民："盖楼。"

林超然："你们什么时候会盖楼了？"

张继红："你嘲笑个什么劲儿啊？盖楼有什么难的？"

王志:"弟兄们中,瓦工水泥工都有。都是返城这几年干出来的熟练工。有我带着干,不会给人家干出质量问题的。"

林超然:"万一……万一你们盖的楼歪了,塌了呢?"

王志:"你要非这么想,那我就没话可说了。"

张继红:"这你大可放心。一幢楼也不只我们弟兄们盖,还有另外几支施工队,我们只不过是参与着干嘛!再说,人家还有质量监察员……"

林超然:"亏你们想得出来!我现在是出入市委的国家干部,能替你们随便担保吗?万一引起什么纠纷,我那副主任还当得成吗?"

张继红等三人呆呆看他。

林超然一起身,开了自行车锁,骑上就走。

罗一民:"我说他不会同意嘛。"

王志:"是啊,太难为他了。"

张继红:"你俩还替他说话?他混蛋!"

王志:"你骂他就不对了。"

张继红:"混蛋!混蛋!混蛋!不是他走的快,我当他面骂他!刚当上个破主任,还是副的,在咱们面前摆的什么臭架子啊!忘了和咱们一块儿站马路牙子的时候了?"

林家。林父在喂孙子吃西瓜,林母坐在小凳上挑菜,林超然进了家门。

林母:"正说你不知道什么时候回来呢!"

林超然:"妈,什么人送来的西瓜?"

林母:"一位退休的高中老师。"问林父:"姓什么来着?"

林父:"姓高。这瓜甜!继红他们三个来过,吃了小半个。给邻居家孩子送去几块,超然,你先吃几块,饭一会儿就好。"

林超然掀开桌上的罩子看一眼西瓜,罩上后不高兴地:"爸,妈,你们不该收下!"

林母:"人家高老师跟我年纪差不多大了,挺老远挺沉地拎来一个瓜,我非让人家再拎走不可?"

林父:"收下对。再说你妈听她讲,她老伴儿长年生病,送了她一袋奶粉……"

林母:"奶粉人家没拿。走后我发现,人家顺手又放外屋了……"

林超然坐在桌旁发呆。

林母不知自己怎么就错了,闷声不响地端着菜到外屋去了。

林楠:"爸,爸,抱……"

林父乐了:"嘿,我孙子今天出息了,开始叫爸了。超然,快抱他一会儿!"

林超然从父亲怀中抱过了儿子,亲了儿子一下。

林父:"你们帮那高老师解决什么困难了?"

林超然:"以后再讲给您听吧,目前正帮她解决。"

林父:"我看她愁眉不展的,八成是难倒一家人的事。你一定要替人家解决了。"

林超然:"解决起来不那么容易。"

林父:"很容易人家也犯不着找到你!那么大个西瓜都收下了,切了,吃了,总不能再吐出来吧?不冲西瓜,冲人家那岁数,那你也得想方设法地帮!你现在也是个多少有点儿权力的人了,该用的时候就用嘛!"

林超然:"爸,知青办没什么权力。"

林父:"别蒙我。没什么权力的机关还需要有人去当主任,当处长?凡是有这个长那个长的地方,那就肯定有它的权力。我当年当班组长还有一份权力呢!必须上心给人家办,听到没有?"

林超然:"听到了,办,办,办!"

他举着儿子仰躺下去。

林父也离开了里屋。

林超然一下一下举儿子,逗得儿子咯咯笑。

厨房里。林母双手黏着玉米面,向林父作表情,示意林父也往屋里看。

两位老人闪在门旁看着,都幸福地微笑了。

屋里。林超然仰视着举起的儿子,一脸沉重的负担。

林超然的心声:"儿子,真想和你调调个,干脆我当儿子你当爸算了……"

早晨。张继红、王志、罗一民在站马路牙子。

张继红发现林超然骑自行车驶来,对王志和罗一民小声说:"转过身去,转过身去。"

王志和罗一民虽困惑,但是却转过了身。

王志:"转过身干吗?"

张继红:"别出声。你装会儿哑巴行不行?"

站马路牙子的人还不少,林超然推着自行车,进行检阅似的从他们面前走过。

有人认出了他,打招呼:"哎,你不是那个那个……你忘了?咱们合伙干过啊,怎么,现在发达了?"

又有两人认出了他,凑上前敬烟:"我俩你也应该认识的呀,吸烟吸烟!"

"站马路牙子还站出息了,行啊!恭喜恭喜!找人干活吧?那得先雇我们仨呀!"

林超然:"不是找人干活……是……顺路来看看熟人。"

"还挺重感情的,那更得吸一支了。"

"吸我的吸我的,以后有什么活儿可要想着我们点儿!"

林超然推拒不开,只得接过一支烟吸着了。

指间夹着烟的林超然站在张继红等三人背后讥笑地:"都背对着我,就以为我找不到你们了?"

张继红等三人这才转过了身,张继红也话中带刺地:"怎么,知青办要雇人粉刷副主任办公室?"

林超然:"不想理你。王志,跟我到一边说几句话。"

林超然和王志站在一棵行道树下。

林超然:"昨天我一走,你们就开始骂我了是不是?"

王志:"没有,绝对没有。怎么会呢? 我们哥仨也都理解你的难处。"

林超然:"担保不担保的事再说,我帮你们,争取早点儿把执照批下来行不?"

王志:"那也好啊! 我们……不是以为这事儿比担保更难嘛。我们前边排着三四十号人呢,听说怕个体发展得太猛,控制着批,每月才批几份执照。"

林超然:"实际情况我也不清楚。那就这么说定了,我试试看吧。"他骑上自行车走了。

张继红和罗一民过来了,张继红问:"跟你说什么?"

王志:"他说帮我们早点儿把执照办下来。"

张继红:"那证明他昨天晚上自我反省了。如果他连这么一点儿主动性都没有,我以后也不理他了。"

罗一民:"别动不动就说理不理的话,说多了会伤感情的。"

张继红:"是我先说的吗? 他先说的! 你怎么处处维护着他?"

他佯装要打,罗一民笑着躲开。

传来喊声:"王志! 你们三个快过来,有活! 还缺人!"

三人拔腿跑去。

一辆大卡车上已站着些个体粉刷工了,王志在车上大声嚷嚷:"还有一个人,叫司机先别开车!"

张继红朝车下伸出着一只手。

罗一民一瘸一跛地跑向卡车。

然而卡车开走了。

罗一民无奈地站住,沮丧之极。

李玖上班那个街道小工厂,罗一民对一名在擦窗子的中年女工说:"请替我叫一下李玖。"

女工:"是你呀,听说你们那儿要拆迁?"

罗一民:"已经开始拆了,我都没地方住了。"

女工:"趁这机会,做上门女婿,住李玖家去呀!"

罗一民:"你不替我叫我自己叫了啊!"

女工:"李玖!李玖!你心爱的人找你来了!"又问罗一民:"补偿了一大笔钱吧?这下你发了,小李子可真有眼光!"

罗一民苦笑。

李玖出现在窗口里边,穿一件大红上衣,满头发卷,浓妆艳抹;罗一民看呆了。

李玖:"你不是站马路牙子去了吗?怎么又到这儿来了?"

罗一民:"都没等着活儿。你干吗把自己搞成这样儿?"

李玖:"这样怎么了?不好看呀?结婚那天的我,肯定要比现在还漂亮!"

女工:"人家李玖一会儿要登台表演歌舞,代表厂里参加街道的群众文艺活动比赛!"

罗一民:"我来告诉你,我搬张继红他们那儿住去了,以后有事到那儿找我。"说罢,转身欲走。

李玖:"别急着走,带走一大宝贝!儿子!儿子过来!"

小刚才出现在窗内,李玖将儿子举起,又说:"别愣着,接一把。"

罗一民将小刚接到窗外去了。

李玖转身要离开。

罗一民:"哎,你说那什么大宝贝呢?"

小刚:"我妈说的就是我。她嫌我在这儿烦她。"

李玖:"还不如儿子聪明!"

罗一民低头看着小刚苦笑。

罗一民拉着小刚的手走开的背影。

第二十六章

知青办。五人分别在两间屋里吃午饭：老刘等三人在外间，林超然和曲主任在里间。

曲主任拿着一小瓶辣酱走到林超然桌旁，小声地："能吃辣的不？"

林超然："来点儿。"

曲主任往他饭盒盖上拨了些辣酱，将小瓶放在桌上，又小声说："就说你带的，问老刘他们要不？"说完，走回自己桌子那儿坐下，接着吃饭。

林超然想了想，拿起小瓶走到了外间，问："孙大姐，小姚，能吃辣酱不？"

小姚："不了，谢谢副主任。"

孙大姐："你说晚了，我快吃完了。"

林超然走到了老刘跟前："你肯定不怕辣，拨点儿。"

老刘："你怎么知道？"

林超然："敢顶头儿的人，一般都能吃辣的。"

老刘："还真让你说对了。我也不只顶过你，还顶过主任呢！"不客气地接过小瓶，往自己饭盒里拨辣酱。

电话响了。

小姚抓起了电话:"对。是知青办。在,您稍等。"

她捂住电话,对林超然小声说:"是袁秘书,找您。"

林超然接过了电话。

曲主任出现在里外屋门口,示意大家安静。

林超然:"行,行,谢谢你把时间都替我定下来了。还要再说那句话,真不知道怎么感谢你才好!"

曲主任:"加一句,知青办全体同志都感谢她。"

林超然:"我们主任让我替他说,知青办全体同志都感谢你!"

他缓缓放下了电话。曲主任等四人全都高兴地望着他,他说:"她父亲约我星期日到她家去。"

老刘:"现在,八字有一撇了。"

孙大姐:"估计,那一撇也有门儿,只不过时间早晚的问题。"

小姚:"全看林副主任的游说能力了。"

林超然:"昨天,高老师往我家送了一个大西瓜。"

曲主任:"诸位,现在本主任宣布,从今天起,如果没有别的更重要的工作,以高老师的事为工作中心,大家要通力配合副主任,包括我在内。"

张继红他们那个街道小工厂。罗一民、小刚和李玖也在吃饭。李玖没换衣服,也没卸妆,下身穿的是一条绿裤子。三人吃着大包子。桌上放着暖瓶,每人面前一碗白开水。

李玖:"儿子,包子好吃不好吃?"

小刚:"好吃。"

李玖:"应该感谢谁?"

小刚:"感谢罗叔叔。"

李玖:"关他屁事儿!是妈一演完节目就买了拎来的!"

罗一民:"要是有汤就更好了。"

李玖:"美的你!倒是也卖汤,我怎么往这儿送?儿子,重说一遍,应该感谢谁?"

小刚:"还是应该感谢罗叔叔。"

李玖:"气我是不是? 我打你!"举起了巴掌。

小刚:"罗叔叔不惹妈妈生气了,妈妈整天就高高兴兴的了,就更爱我了。"

李玖:"哎呀妈呀,哎呀妈呀,我儿子咋这聪明咋这会说话呢! 一民,你说你命多好呀,这么聪明的儿子,这么漂亮的老婆,呼啦一下你全有了! 妈得亲你几下!"

她捧住儿子的脸,鸡啄米似的连亲几下,儿子脸上留下了重叠的口红印。

罗一民:"你把脸先洗洗行不? 穿这么一身,脸弄成那样,光天化日地就敢往这儿走,没吓着人?"

李玖:"我这正吃着呢你让我先洗脸? 不是怕你俩饿吗?"放下了刚拿起的包子,连说:"不行,不行。"

罗一民喝一口水,奇怪地:"没汤你也觉得不行吧?"

李玖:"我是说,不但替你感到幸福,这会儿连我自己也幸福得不行! 满心房的幸福往外溢! 真不行,我也得亲你几下!"

她说罢,也捧住罗一民的脸,鸡啄米似的连亲几下,罗一民脸上也留下了重叠的口红印。

罗一民:"唉,我这命!"

李玖抚胸口:"现在好多了。刚才那种忽然的幸福感,就像一百年没打上来的一个大嗝儿!"

小刚:"妈,是不是非得你们结婚了我才能叫罗叔叔爸呢?"

罗一民:"那当然!"

李玖:"那不一定!"

小刚左看看妈,右看看罗一民,又问:"那,我到底该什么时候叫,谁管这事?"

两个大人一时都被问住了。

李玖："别刨根问底儿了,吃饱了就出去玩儿。妈下午还上班,趁午休这会儿要跟你罗叔叔商量点儿事!"

小刚："那我出去玩儿了。吃不了啦,爸替我吃了这半个吧!"把半个包子往罗一民碗里一放,跑出去了。

李玖："亲爱的,啥感觉?"

罗一民："他把包子泡水里了,还叫我替他吃完,你说啥感觉?"

李玖："别一点儿小事就抱怨!再抱怨你就是身在福中不知福。张继红他们有理由抱怨,你没啥理由抱怨。"

罗一民："我现在不但失业了,而且还无家可归了,我怎么就没理由抱怨?"

李玖："问题正在你无家可归了。表面看,你比他们更惨了点儿。但他们的儿子肯定都没咱们儿子这么聪明……"

罗一民："现在还只是你的儿子。"

李玖："现在你还不承认他也是你儿子的话,那你简直就是混蛋一个!而且他们的老婆肯定也没我漂亮!而且咱们虽然失去了一处破门面房,以后的住房条件却会得到改善。"

罗一民："你还是先把脸洗洗行不行?我看着眼乱,像面对一个大花脸!"

李玖举起了手:"打你!你说你,也根本没追求,娇妻爱子的,一并都有了!还整天不知足!你是不是幸福的胡说八道呀?"

罗一民："幸福就我这种命吗?"

李玖："以前不算,现在你敢说你不幸福?摊上一个好老婆那就是全地球男人的第一大幸福!"门忽然开了,小刚回来了,大声地:"妈,来客人了,找我爸的。"又对着门外礼貌地:"三位叔叔请进!"

进入三条汉子,为首的是程老先生的秘书,后两人中,一人拎一只大帆布兜,看上去挺沉的。三人都西装革履,系领带。但比之于文质彬彬的秘书,另两个男人看上去都很有块儿,像保镖。拎帆布兜的进门后也不将兜子放下,反而往腋下一夹。另一个,威严地往他旁边一站,交抱双臂。

罗一民和李玖大为吃惊。罗一民迅速从桌上抓起了三双筷子,当成刀似的握着。

秘书:"罗先生,还记得我吧?"

罗一民点头。

秘书:"让我们好一顿找,幸亏碰到了您儿子,才把我们带到这儿。我可以坐下说话吗?"

罗一民点头。

秘书:"这位……是夫人?"

小刚:"她是我妈。"

秘书:"敢问罗夫人,是演员?"

李玖:"啊,是的是的。刚演出完,还没来得及卸妆呢。"

小刚:"我妈今天得鼓励奖了!"

罗一民:"大人说话,小孩子不许插嘴。"又对李玖说:"还不带他进里边屋回避一下!"

李玖起身,拉着小刚躲入里屋去了。

秘书:"在吃饭是吧?打扰的不是时候,请多见谅。"

罗一民:"没什么,刚吃完,我正要收拾碗筷。"

他想把筷子放下,无奈刚才太紧张了,手指竟松不开了。只得用另一只手,一根手指一根手指地掰。

他尴尬地:"别见笑,手抽筋了。"

秘书:"没见笑。您慢慢解决,常有的事儿。今天可真热!"掏出手绢擦脸,他脸上也确实淌着汗。

筷子终于从罗一民手中落下,他舒了一口长气。

秘书也舒了一口长气,慢条斯理地:"罗先生,我们冒昧打扰,是因为这样的事由。你们那条街道的拆迁户,大部分都与我们办理完毕手续了,只有少数人还拖着,这使我们的工作很被动。"

罗一民:"您搞错了吧?那少数人里可不应该有我。我是第一个配合你们签约的人,这一点您也是知道的呀。"

秘书:"知道知道,当然知道。不但我知道,连程老先生也知道,所以他挺感激你的带动作用的。但是,您还没接受拆迁补偿金,所以呢,也就不能算手续完毕了。"

罗一民:"我当时一再表示过,补偿金我就不接受了。因为,我和程老先生之间,我们的关系,有一些特殊性。接受补偿金,反而会使我心里多一份不安。"

秘书:"但是,如果您不接受,我们董事长心里会同样感到不安。他指示我们,一定要尽早将补偿金送给您。否则,他就要亲自送了。那么一来,我们当下属的,不是太惭愧了吗?"

他从文件包中取出两页纸,又说:"您把名签这上边了,将钱款收下了,我们的任务才算彻底结束了,不是也避免以后引起不必要的纠纷吗?"

罗一民:"说来说去,是不太相信我的口头表示啰?"

秘书:"别误会别误会,您千万别误会。商业之道,讲究钉是钉,铆是铆,一切都落实在纸上。"

罗一民:"那好,我就签,我就收。在这儿签是吧,可没笔呀。"

秘书:"笔。"

两臂交抱胸前的汉子,跨上前来,向罗一民双手奉上了一支签字笔;罗一民接过,签上了自己的名。

秘书收起协议,朝夹着大帆布包的汉子一摆下巴,那汉子也跨上前来。

里屋。李玖在用纸擦脸上的脂粉,听到罗一民叫她:"李玖,出来收拾一下桌子。"

李玖:"等会儿。"

罗一民:"不行。"

李玖不情愿地走到了外屋,她的脸成了个半花脸。除了罗一民,另外三个男人都忍不住笑看她,这使他们的样子也挺可笑。

罗一民小声地:"今天你可给我长了脸了。"

李玖偏大声地:"那是。演员的脸嘛。这么近地看一位演员的脸,全中国能有几个幸运的人?"

秘书:"是的,是的,荣幸之至。"

李玖也不将碗筷拿走,只摞在一起,往旁边一放,用手绢擦了擦桌子,之后闪到罗一民身后。

夹提包的男人:"不行,桌面得腾空。"

罗一民:"听人家的,腾空。"

李玖这才将碗筷拿走,之后坐在炕沿那儿看着。

夹提包的男人将提包放椅子上,嗞的一声拉开拉链。

罗一民眼睛瞪大了,满满一提包成捆的钱!

秘书:"罗先生,共三万元。全都是拾元的面值,每捆一千,共三十捆。刚从银行取出来的,咱们也别拆捆细点了,行不?"罗一民呆得说不出话。

李玖:"行!行!我说行也等于行!"

秘书开始从提包里往外取钱,一捆捆放桌上,口中同时说:"一、二、三……"

罗一民瞪着桌面。

李玖瞪着桌面。

十捆钱已在桌面上摆满一层,秘书开始摆第二层:"十一、十二、十三……"

小刚从里屋探出头,也盯着桌面看,并且也小声数:"十四、十五、十六……"

桌面上的钱又摞到了第三层。

小刚:"二十二、二十三、二十四……"

秘书放下了最后一捆钱,满满一桌面的钱,整整齐齐三层,壮观。

秘书活动着手腕说:"罗先生。"

罗一民仿佛聋了。

两个汉子中的一个忍不住大声地:"罗先生!"

罗一民这才回过了神:"啊?"

秘书:"钱都在这儿了,三十捆儿,您要不要自己再点一下?"

罗一民木讷地:"不,不了。"

李玖:"我跟着数过了,没错儿。"

小刚:"我也数来着,是三十捆儿。"

秘书:"那,我们可以走了。"

罗一民:"我……送送你们。"

他要往起站,却站不起来。双手撑住椅子边使劲儿,还是站不起来。

罗一民:"我……腿也抽筋了。"

秘书:"不必送。"向另外两个男人示意,三人朝门口走去。

李玖:"等等!"

秘书回头。

李玖:"那什么……你看这……把你们那提包借我们吧,一准还。"

秘书:"对对,提包留下,给你们了,不必还。"

拿提包的男人又走回桌前,将提包放钱上。

小刚:"叔叔,我送你们!"

屋里只剩下罗一民和李玖了,两人谁也不看谁,都只看着桌上的钱。

罗一民伸手摸钱,拿起一捆,正看反看。他将钱放下时,李玖坐在了他对面。

李玖:"是我在你的梦里,还是你在我的梦里?"

罗一民:"不知道。"

李玖将手放在了提包上:"掐我几下。"

罗一民握住了她的手:"本来,这钱我是不打算收的。"

李玖:"干吗不收? 一码是一码。"

罗一民:"全中国还没多少万元户,咱们冷不丁地成了万元户了。"

李玖:"咱们一下子顶了三个万元户!"亲罗一民的手,用脸偎,喃喃地:"还真让厂里那些老大姐说对了,现在看来,确实是我找你找对了,可沾了大光了。"

罗一民:"又把我手弄红了,快去洗洗脸。"

李玖乖乖走到洗脸架那儿,接了半盆水洗脸;她忽然用毛巾捂脸哭了。

罗一民已在往提包里装钱,见李玖哭了,走到她身边,哄她:"哭什么呀? 怕我甩了你?"

李玖:"才不是呢,你更甩不掉我了!"将毛巾往盆里一摔,反身搂抱住罗一民,哭道:"我高兴的! 这么多钱,怎么花呀!"

罗一民:"别哭别哭,咱俩商量着花。有钱不花,死了白搭,咱争取十年内把它花光!"

这时,门突然开了,两人吃一惊,看时,是小刚回来了。

小刚:"爸,妈,叔叔们上车走了,我把大门也插上了。"

李玖:"叔叔不让叫爸,那你就先别叫爸了,等以后该叫的时候再叫啊。"

罗一民摸了小刚的头一下,极温和地:"就咱们三个在一块的时候,你愿意叫爸就叫吧。"

他将小刚抱起,走到炕那儿坐下,对李玖说:"快收起来,我看着头晕。"

于是李玖往提包里收钱。

鼓鼓的提包放在桌上了,看去再多一捆也塞不下了。小刚居中,两个大人一个孩子紧挨着坐炕沿上,都以望一种神圣之物的目光望着提包。

罗一民:"我只能住这儿,可钱不能放这儿。"

李玖:"今天就得存上,是不?"

罗一民点头。

李玖:"我下午不上班了,跟你一块儿去存,你一个人带着这么多钱,我太不放心了。"

罗一民:"咱俩去存,一路都不太安全,最好找几个可靠的人保护着。"

小刚:"要是有一百元的钱就省事了,那三十捆就变成三捆了。"

李玖摸了他头一下:"儿子真聪明,才一年级,这么大的账都算对了!"

罗一民:"让儿子把你爸妈找来?"

李玖:"他们太老了,遇到情况也不顶事儿呀。"

罗一民:"怎么也还是能顶点儿事的,除了他们也没人可找呀。"

李玖:"找张继红他们怎么样?都是特勇敢的哥们儿,那再安全不过了。"

罗一民:"我最先想到的也是他们,可这时候也不知上哪儿找他们去啊,还是把你爸妈请来吧。"

李玖:"那好吧。儿子,回家去叫姥姥、姥爷,别说是我的事儿,叫他们赶快来就是了。"

小刚:"妈,那究竟怎么说呀?"

李玖:"就说……就说妈和你罗叔叔又吵架了,一分钟都不能耽误!"

小刚:"真这么说呀!"

罗一民:"别听你妈的!"

李玖:"就照妈的话说,快去!"

小刚:"保证完成任务!"起身跑了。

罗一民:"说什么不可以?"

李玖:"我家那是个客人不断的人家,万一偏偏碰上了外人在场,照实说多招人嫉妒?"

她一边说一边也起身往外走。

罗一民:"你干什么去?"

李玖:"我得去再把大门关上呀!"

奔跑在路上的小刚。

几个孩子迎着小刚跑来,其中一个孩子大声地:"小刚,前趟街有耍猴的!"

小刚:"不看!"跑过去。

那孩子困惑地:"这家伙,怎么连耍猴的都不看了?"

小刚风风火火地跑回家。李玖父亲在磨刨子刃,李玖母亲蜷在沙发上打盹。

小刚急急地诉说着。

李父李母都行动起来了。李母慌里慌张地穿鞋,李父则从门后操起了一根木方子。

两个老人、一个孩子匆匆走在街上,小刚跑得快,不时停下来等等姥爷姥姥。

小厂屋里。李玖偎着罗一民,罗一民一手搂着李玖肩,两人仍在深情地望着提包。

两人听到了砸门声。

两人一块儿走到院子里去,罗一民开了院门。李母率先进了院子,对罗一民指手画脚,大声地嚷嚷。

罗一民不知回说了一句什么,惹恼了李父,他朝罗一民举起了木方子。

罗一民闪到了李玖身后。小刚从前边往后推姥爷,结果将姥爷推得坐在了地上。

李玖大笑,笑罢解释什么。

四个大人、一个孩子都进了屋。

李玖拉开提包让父母看。李母身子摇晃,欲晕倒,李父和李玖从左右扶住了她。

李父和罗一民共同用一根行李绳捆扎提包。

李玖又找到了一条绳子,指父亲的腰,指罗一民的腰。

人行道上。罗一民和李父一前一后,用木方子抬着提包在走。两人腰间各系了一圈绳子,而绳子的另一端都系在提包上。

李玖、李母和小刚走在两旁,李母手里拿着长炉钩子;李玖肩上扛着大号擀面杖。

有路人驻足好奇地看他们。

他们一行人进了储蓄所。保安手持电棍上前干涉,李父和罗一民只顾从腰间往下解绳子。

胆小的人们惊慌躲避,有人甚至夺门而出。

李玖解释着什么。

一位负责人绕出柜台,半信不信地蹲下,摸提包;罗一民也蹲下,拉开了一段拉链。

那负责人赶紧拎起提包,另一只手往柜台内请罗一民。

一名女工作人员拿起一块牌子跑出，挂在门外。牌子上写的是：暂停营业。

李玖上班的街道小工厂。李玖哼着歌回来了，坐在自己的工作台那儿糊纸盒。

有女工不满地："还没事儿似的唱呢！"

厂长走过来严肃地："李玖，没你这样上班的啊，动不动就旷工，还经常迟到早退的，连假也不请一下。没人批准你上午参加活动了，下午就可以这时候才来，这都快下班了！"

李玖："厂长，今后我一定改！"

厂长："我得从今天起就对你严加要求，扣你两个小时工钱！"

李玖："扣吧扣吧！应该扣嘛！把以前迟到早退的钱一总都扣了吧！"

厂长："你明明有错，我不得不批评你几句，你怎么还说气话呢？"

李玖："厂长，我没说气话。大家看我样子像是在生气吗？我是在高高兴兴地说呀！那什么，厂长，为了表达我接受批评的诚意，下了班我请姐妹们全体吃饭，咱们去最好的饭店，点最贵的菜，行不行？"

厂长困惑地看她，又看大家。

众女工异口同声："行！"

厂长严厉地："不行！"

一片寂静。

厂长："今晚我有事儿！"转脸对李玖请求似的："玖子，你请客，少了谁也别少了我呀，就改星期天吧，啊？"

李玖连连点头，大声地："都听清了，厂长让改在星期天了！"

林超然家住的那条小街。骑着自行车的林超然迎面碰上了静之，下了车。

静之:"哪儿去?"

林超然:"上班啊。"

静之:"糊涂了?今天星期天。"

林超然:"工作方面的事,去一下办公室。你什么事?"

静之淡淡地:"星期一我们学校那件案子开庭,我告诉大爷大娘一下,希望他们一块儿去听。"

林超然:"为什么让他们去听?"

静之:"我是那小青年的辩护律师。"

林超然:"律师?他又不是什么大人物,还需要律师替他辩护?"

静之:"非得大人物犯法,才有请律师辩护的资格呀?"

林超然:"犯法了就是犯法了,罪行就是罪行,辩护不就是为了轻判吗?都有律师进行辩护,都轻判了,那法律的威严还存在吗?"

静之:"你的问题不是简单的几句话就能回答明白的。咱俩要讨论这个问题的话,我得认认真真地给你上几堂法律学的启蒙课。"

林超然笑了:"那你以后再启蒙我吧。他们都在家,你快去吧。"

静之:"再见。"转身走了。

林超然也又骑上了自行车。

林超然回味着静之的话:"再见?怎么这么别扭!"

他骑着自行车兜一个小圈,又追上了静之;静之默默看着将自行车横在她面前的林超然。

林超然:"为什么?"

静之:"为什么非得我替他辩护?"

林超然:"你们法律上的事我不感兴趣。那些事和我无关。我指的是咱们之前的关系!打算以后跟我说话再也不叫姐夫了?"

静之:"先纠正你第一句话,不管一个人对法律常识感不感兴趣,每一个人都可能因为某件事被推到法律面前。别忘了你就差点儿被判刑,你在报上发表那篇文章,也就等于你的自我辩护书。至于以后再叫不叫你姐夫,那完全取决于我高兴不高兴。高兴时才叫。"

林超然:"今天不高兴了?"

静之:"往这儿走的时候还挺高兴来着,见了你的面反而不高兴了。"

林超然:"你跟我说话什么都不叫了,我心里很别扭!"

静之:"咱俩说了这么多话了,你一句也不问我伤口怎么样了,我心里更别扭!"一说完又想走。

林超然拽住了她:"伤口怎么样了?"

静之:"我正是这边肩膀受的伤。"

林超然立刻放手了。

静之:"我对非主动性的关心不愿回答。"

林超然:"你上了大学以后,怎么……怎么反而变得刁蛮无礼了?"

静之笑了。

林超然:"笑什么? 我在严肃地批评你!"

静之:"那是因为,以前的你,自以为永远拥有批评我的特权,一旦面对反批评,还很不适应。林超然同志,您要对新的问题感兴趣,要适应新的情况,包括我们之间的关系。你对我诲人不倦、三娘教子的时代,基本上一去不复返了。一个新的时代开始了,那就是,何静之不断督促林超然追赶上社会发展的时代。"

林超然:"少跟我贫! 为什么只希望我父母去听,却不问问我想不想去听?"

静之:"你刚才已经说了你不感兴趣,幸亏我没问,否则多丢面子?"

林超然张口结舌了。

静之:"再说星期一你得上班,怎么会为了关心我的表现就请半天假呢?"

林超然张张嘴,还是没说出话来。

静之:"超然同志,那么,我又得说再见了!"

她第二次转身走了。

林超然呆呆地望着她的背影。

热水沏在茶杯里,茶叶翻滚。袁玥家里。林超然和袁父坐在茶几两旁,袁玥沏完茶,坐在两人斜对面的椅子上。

袁父:"星期天还让你到家里来汇报工作,没什么意见吧?"

林超然:"您如此关心我的工作情况,我心里只有感激。"

袁父:"你是我举荐的干部,我当然要关心你的工作情况啰。说说吧,怎么样的一个难题?"

林超然:"我们知青办收到了一封群众来信。写信的人虽然是知青的母亲,但也是一位退休的老教师。我们觉得,单单以返城知青政策对待这件事是不够的,可具体应该怎样回复这样一封群众来信,我们也拿不准。所以,特别希望能听到您的看法。她家情况都写在信中了,您一看就明白……"

林超然从军挎包里取出信,双手递向袁父。

袁父接过,表扬地:"都是副处级干部了,还背着当年知青时的挎包,保持一种朴素的青年干部形象,很好嘛。能很负责任地对待一封群众来信,更好嘛。"

林超然:"谢谢您的表扬。"

袁玥这时替父亲取来了眼镜。

袁父戴上眼镜,一边看信一边又说:"不是表扬,是敲警钟。你要记住,如果以后听我对你说的话像是表扬,那实际上都是敲警钟。千万别学有些人,即使刚刚当上副科长,说话的腔调都立刻变了,给人一种开始不说人话的感觉了。"

林超然:"我向您保证,绝不会那样的。"

袁玥:"你喝茶。"

林超然端起茶杯喝茶。

袁父却摘下了眼镜,头往后仰在沙发靠背上,闭上了眼睛。

袁玥:"爸,这么快就看完了?"

袁父:"没看完。这种信,我看不下去。"

林超然不由与袁玥交换担心的目光。

袁玥:"爸,看不下去,也还是应该看完。要不,您怎么向林主任提建议呢?"

袁父:"那是。"又戴上眼镜看起信来。

袁玥问林超然:"我父亲在练书法,想看看他的字不?"

袁父:"别现我的丑。"

袁玥:"他还能笑话您呀?再说您写得挺好的。"

于是林超然起身,跟随袁玥走到了办公桌那儿。袁玥从书架中取出一幅裱好的字展开给林超然看,同时耳语:"别担心,有我呢。"

林超然瞥着袁父问:"他为什么说看不下去?"

袁玥:"我也不知道。夸夸他的字,大声点儿。"

林超然:"我不懂书法。怎么夸?快教我。"

袁玥:"你就说,哎呀,这字太见风骨了,文如其人,真是一点不假呀……"

林超然张张嘴,显然说不出口。

袁玥:"谁都喜欢夸,别不好意思。他一只耳朵在'文革'中被打聋了,大声点儿。"

林超然又张张嘴,还是说不出来。

袁玥急得跺了一下脚:"别失去机会!"

袁父却又开口道:"我看完了。"

林超然和袁玥走回到了袁父跟前,都有些担心地坐下。

袁父:"终于看完了一封看不下去的信。"

袁玥:"爸,他觉得您的字特好,够得上书法家的水平。"

林超然:"特见风骨。文如其人,这话真不假呀。"说得极难为情。

袁父:"我不敢说自己是个多么值得学习的人,但风骨嘛,的确还是有一些的。几年前,逼我写伪证,诬陷别的老干部。那种事,我是宁肯把牢底坐穿,也断然不为的。"说着站了起来,走到桌前,放下信,背手踱步。

林超然张大嘴却极小声地问袁玥:"还怎么夸?"

袁玥耸肩,摊手。

袁父站住了:"你俩在小声说什么?"

袁玥:"爸,他刚才说,他特敬佩您。"

林超然:"是啊是啊,我打心眼儿里……"

袁父:"林超然,你别奉承我!"

林超然惴惴不安了。

袁父走到了他跟前,面无表情地:"那个高老师的事,你别管了。凭你一个小小知青办的副主任,想管那也管不成。"

林超然失望地呆了。

袁玥的表情也顿时沮丧了。

袁父又开始踱步。

林超然和袁玥只有默默地看着他。

袁父站到了袁玥身边,命令地:"坐我桌子那儿去!"

袁玥默默坐过去了。

袁父:"看那种信,恼火、同情、惭愧,我们这种人,太对不起高老师那样的人。她的事,我管了,一管到底!"

林超然和袁玥都喜出望外地笑了。

袁父:"女儿,桌上有笔有纸,我说,你记。替我整理一份建议,明天亲自交给新来的市委书记同志。"

袁玥:"爸,我是您女儿,那不好吧?"

袁父:"没什么好不好的。你亲自交,市委书记会看得更快,那么批示也就快。高老师家的困境,理应尽快得到解决。"

走走停停,越说越激动的袁父。

飞快地记录的袁玥。

望着袁父,认真听他每句话的林超然。

骑着自行车,心中愉快,如沐春风的林超然。

林超然的目光被什么景物吸引,他将车速慢了下来,终于刹住,一脚着地,望着不走了。他看到有一名油漆工,正站在木架上,描刷法院的大徽标。

庄严的法庭。法官及书记员一干人等已就座,旁听席座无虚席。

法官:"下面,请辩护人为被告进行辩护。"

静之从辩护席上站起,从容不迫地:"尊敬的法官,原告代理律师,首先我坦率承认,我也是受害人之一,我的左肩,也留有被被告所刺的伤疤……"

法官等极为诧异,听众席上也响起一片诧异之声。

听众中的林超然,他像望着一个陌生人一样望着静之。

静之:"我和我的老师同是受害人。我的老师并不放弃作为原告的起诉权,却鼓励我作为被告的辩护人,这起初使我很不理解。当我了解了被告的成长史,并走访了被告的亲人、邻居、中小学老师和同学,我开始理解了。尤其是,当我和我的一个亲人就此事交换过看法以后,我更加理解了。我的那一位亲人,是我所十分敬爱的。他说'不就是一个小无业青年吗?有什么必要替他进行辩护?'"

林超然感到了意外。

一个个认真倾听的听众。

静之:"他还说'辩护不就是为了使他的罪行得以减轻吗?犯罪就是犯罪了,如果替每一个罪犯都进行辩护,那又怎么能维护法律的威严?'而我要强调指出,即使此时此刻,那个因为刺伤了我和我的老师,因而站在被告席上的青年,他还不是严格意义上的罪犯。要等到法官宣读完毕对他的判决,法锤落下,他才成为法律概念上的罪犯。在这一点上,人人平等。现在,我已经与被告之间达成了共识,他以完全的信任委托我替他进行辩护。我的委托人原本有一个幸福和睦的家庭,在他五岁的时候,'文革'开始了。他的父亲当年由于莫须有的罪名被判刑入狱,没有经过今天这样的公开审判,没有人替之辩护,也被剥夺了自我辩护的权力。这位不幸的父亲后来冤死狱中,这是我的委托人直至粉碎'四人帮'以后才获知的。而他的母亲,当年受政治压力的迫使,与他的父亲离婚了,不久也自杀了。这使我的委托人当年成了实际上的孤儿。他在孤儿院度过了四年的成长期,九岁才被舅舅从孤儿院接出。可舅舅当年是极不情愿地对他担起抚养责任的,并且因为他母亲的死而怨恨他的父亲,又由于对他父亲的怨恨而迁怒于他。连他的舅舅,当年也经常斥骂他'狗崽子'。我的委托人后来的成长期饱受各种歧视,那种歧视不仅经常发自同代人,也经常发自成年人。我的委托人,他的成长期,比高尔基的自传体小说《在人间》里所描写的情形还不如……他自卑,从小就背负了有罪感的沉重十字架,没有同情和亲情来温暖一下他幼小的心灵。"

被告席上,那犯了罪的青年,双手捂脸,无声哭泣,哭得伏在了栏杆上……

听众席中,有人流泪了。

林超然不看着静之了,高高地仰起了脸。

静之:"请法官原谅我的辩护词的冗长,不要制止我……"

法官:"本庭允许你充分进行完毕你的辩护。"

看得出,连法官也很动容。

静之:"我要援引俄国伟大的作家托尔斯泰对高尔基说过的话……他泪流满面地读完了《在人间》,见到高尔基时还是忍不住又流泪了。他说的第一句话是'上帝啊,你没有成为罪犯,反而成为了作家,这简直是一个奇迹啊!'我的委托人,他多么希望同样的奇迹也发生在自己身上呢!他热爱绘画,一心想要考取黑大艺术系美术专业。连续三年,他的绘画专业成绩都过了录取分数线,但文化课的成绩却考得一年不如一年。本届文化课的部分题目,由我的老师所出。所以,这一个对人生绝望到了极点的青年,将我的老师视为报复对象了。事发当日,他喝了一些酒之后,更加丧失了理智。鉴于他认罪态度良好,我请求法官,对我的委托人予以从宽判处……"

听众席上,一张张沉思的脸,不少人脸上有泪痕。

坐在林超然旁边的一个男人,哭得一把鼻涕一把泪。

林超然掏出手绢塞给他。

那男人:"我是他舅舅。"

林超然抓握了他手一下,不无自豪地:"我是辩护人说的那个,她敬爱的亲人。"

原告代理人:"法官,诚如被告辩护人所述,被告的成长过程实有令人同情的方面。但是,我们都明白的,一个人的犯罪行为,通常是由两种因素导致的。一是主观,一是客观。就本案而言,本人认为,使被告犯罪的因素,不能完全归于客观。他的年龄已经超过了十八岁,他属于具有行为自主能力的成年人了。而且,也正如被告辩护人所言,被告的犯罪动机是出于扭曲的报复心理。并且此种报复心理,在其喝了一些酒之前就已经形成了。故我方反对从轻判处。因为从轻判处,将开了一个不好的头,会使类似的犯罪人以为,他们的犯罪行为主要不应由他们本身负责,而似乎应该由时代负责。基于这种对法律严正性的考虑,我方恰恰要求严判。因为只有严判,才能对全社会类似的犯罪潜伏者,起到应起的威慑作用。"

法官:"辩护人,有什么要反驳或补充的吗?"

静之:"有。"

法官:"请讲。这一次,我要限制你的发言时间,不得超过十分钟。"

林超然不再望着静之,抬起手腕,低头看表。

静之:"本人认为,法律对社会的作用,不在于威慑这样的人或那样的人,而在于维护社会的公平正义以及公民生活的安全。判决是以法律的名义对社会进行的特殊教育。既曰教育,便有效果如何的问题。有因才有果,无好可言的'文革'时代,即不但完全改变了,而且严重伤害了一个青年的成长期,这是因为我的辩护,意在提醒法官量刑时考虑到因果之间确有不容忽视的必然联系。所以,我也只不过要求从轻判处,而并没有要求无罪释放。这证明,在我们所依据的法律理念中,是并不回避被告犯罪的主观责任的。而对方要求严判,却是根本忽略了客观因素。如果按照对方的威慑思维来从重判处,那么连冉·阿让也丝毫都不值得同情了,芳汀也不值得同情了,雨果更显得迂腐可笑了,我们可能就没有《悲惨世界》可读了。而沙丁,倒似乎更可敬了……"

听众席中有人喊:"还有苔丝!"

"多给辩护人一点儿时间!"

"辩护人,你还有两分钟!"

听众席中人有些骚乱。

林超然:"静之,抓紧时间!"

静之这时才发现了林超然;惊讶,随即朝他点头。

法官敲了一下法锤,大声地:"肃静!"

静之:"普遍的良心是法律的基础,良心就是良好的心。我们人类良好的心要求我们的法律,在进行判决时不能将因果完全分开,就本案而言,将因果分开尤其不符合我们良心的情理感受。"

林超然:"说得好!"站起大鼓其掌。

一名法警快步走过来,将他从座位上请了起来。

那青年的舅舅替他求情:"他是辩护人敬爱的亲人。"

法警一言不发地往外推林超然,而他扭头激动地望着静之。

法庭门外。林超然向法警认错:"请原谅,请原谅,我知错了,绝不那样了,让我在门口再看一会儿行不? 就一会儿,我可是请了半天假来的!"

法警：“那你不许再回到听众席上了，只许站在门口。”

林超然：“谢谢，谢谢。”

法警：“因为你是辩护人敬爱的亲人，我可是破例啊！”将门开了一下。

林超然闪入，贴墙站在最后边。

原告代理人：“法官，我对辩护人动辄引用作家的话和文学作品的辩论方式表示不满！”

法官：“没有明确的法律条文禁止那样，所以我无权禁止。但我给予你同样的权力。”

原告代理人一愣。

林超然觉得好笑，微微一笑。

站在他身旁的法警：“不得再出任何声音啊！”

林超然：“绝不了。”

原告代理人侃侃而谈。

静之侃侃而谈。

林超然眼中的静之，一忽儿变成了凝之了，一忽儿又变成静之了。

林超然晃晃头，退了出去。他沉思着踏下法院的高台阶，在一级台阶上缓缓坐下去。

休庭了，人们涌出法院的门，一双双脚从林超然身边踏下台阶。

台阶静空片刻，静之的脚踏下了台阶。她穿的是一双半旧的黑布襻鞋，没穿袜子。

静之的脚在林超然身边站住。

她也缓缓坐了下去。

她和他都向对方转过了脸，两人互视着，都微笑了。

第二十七章

　　静之:"大爷大娘怎么没来?"

　　林超然:"昨天吃早饭时还说一定要来的。可夜里,我父亲胃疼起来,我带父亲去医院看了一次急诊,打了一针止疼药,回到家里,睡到快下两点了。医生说那药有安眠作用。他今天早上没醒,我和我母亲都没忍心叫他。结果我母亲也不能来了,再说,孩子若托付给邻居看着,她也不放心。"

　　静之:"大爷胃疼好多次了,应该再陪他去医院仔细检查检查,并且应该照照胃镜。"

　　林超然:"我也是这么说的。可他一听照胃镜,立刻大声嚷嚷,说他那是老毛病,不值得非往胃里插管子,受那份儿洋罪。"

　　静之:"老人也像孩子,有些事得反复说服。"

　　林超然:"是啊。我再说服说服吧。"

　　静之:"你如果还说服不了他,及时告诉我,我去说服。"

　　林超然:"那估计他会听,他喜欢你。"

　　静之:"机关单位一般星期一都不准请假,你怎么来了?"

　　林超然:"不来不行啊。我母亲说……我俩老的都不能去了,那你当儿子的必须替我们去。人家静之特意来家里告诉过的,如果站法庭上四下一望,竟然没有咱林家一个人,那太对不起人家孩子了!"

静之:"如果大娘不这么说,你是不会来的,对不?"

林超然:"错。你在我家街口跟我说过这事儿的当天,我就下决心一定要来,所以星期六请准了假。"

静之:"骗人。"

林超然:"真的。可我有些奇怪了,你们家怎么也一个人都没来?"

静之:"我爸妈才不会因为我这种事请假呢。慧之倒是说请假也要来,是我阻止她别来的。她来到这里再回到江北去,太远了。"

林超然:"你大姐去世以后,你和慧之的关系,是不是比以前亲密多了?"

静之点点头:"也不完全是因为我大姐去世了……"

林超然:"还因为什么?"

静之:"不告诉你。"

林超然:"又拿这个敬爱的亲人当外人了? 不告诉算了! 可,你的老师和同学怎么也一个都没来?"

静之:"来了几个呀。人家法院限制人数,只给了我们学校五张旁听证,我们系才分到了两张。在听众席上忍不住喊起来的,那就是我们学校的两名男生。"

林超然:"我也忍不住喊了,还站起来鼓掌了……"

静之心理极大满足地笑了:"看见啦,还让法警给推出去了……哎,你猜休庭以后,那小青年对我说了句什么话?"

林超然:"从今天起就叫我'哎'了吗? 那我不猜了。"

静之:"那我就告诉你,他走到我跟前,恭恭敬敬地鞠了一躬,特大声地说:'姐,我更爱你了!' 搞得法官们好生奇怪。"

林超然:"我也奇怪啊,你怎么成他姐了呢?"

静之不好意思地笑了:"征婚启事惹的事儿! 我家住在学校平房里

的时候,你战友们帮着砌火墙那天,他还找到我家去了呢!"

林超然望着远处说:"那时候,你在我眼里,好像是永远也长不大的捣蛋鬼。和现在的你,太不一样了。我在你面前,有时候都会因为觉得无知而羞愧了。"

静之沉默片刻,看一眼手表说:"走吧。要不你下午该迟到了。"

林超然:"再陪我坐一会儿。亲人之间,好久没这么聊聊了,挺好。"

他说完,又望着远处。

静之也就又沉默。

远处天空上,有几只高高飘飞的风筝,两人同时望着。

静之:"在想什么?"

林超然终于又向她转过了脸,凝视地:"现在的我,好想吻吻你。"

静之:"在这种地方?"

林超然:"这种地方不错啊。也许一换地方,我的好情绪又变了。"

静之:"情绪好的时候,才想吻人家,太大男子主义了吧?"

林超然叹了口气:"你批评得也对,那就忍住吧。在你面前,我不仅十足的大男人主义,有时还特虚伪,心口不一,还……"

静之的一只手捂住了他的嘴,柔情地:"那就别忍了……"

林超然捧住了她的脸,在她额上吻了一下,之后凝视她。

静之:"给我法庭上的表现打几分?"

林超然:"满分。"

他情不自禁地将她拖入怀中,俯首向她的双唇吻下去。

天空上的风筝。

林超然骑着自行车,后座上坐着静之,自行车行驶在通往黑大的郊区路上。

林超然:"可我还是挺糊涂的……你老师要是真的不愿那小青年被判刑,别告人家就是了嘛!为什么一定要告,又一定要让你替那小青年辩护呢？不是完全多此一举吗？"

静之："如果他不起诉，当然就没有今天的开庭。没有今天的开庭，坐在旁听席上的许多记者，就不会对控辩双方的辩论进行报道，那么一些法律思想就不会迅速传播到民间。我老师认为，全中国人都应该补上许多方面的法律课，我们大学的法律系师生，有必要在这一点上起推动作用……"

林超然："难怪你一开始就把我的话抛出来，当成批判教育的靶子！"

静之："当时生气了吧？"

林超然："那倒没有……'一个我敬爱的亲人'，你不是把这一句我肯定爱听的话说在前边了嘛！"

静之："按我的准备可没这么一句。那句话原本是'有些人认为'。我一发现你也在旁听席上，临时决定那么说的。"

林超然："你呀，狡猾狡猾的！"

静之："一休庭，记者们就围住了我，都少不了问这么一句……'那你所敬爱的亲人是你什么人呀？'"

林超然："你怎么回答的？"

静之："当然只能回答'无可奉告'了，要是如实回答了，大大的'敬爱的姐夫'五个字和我的名字连在一起，登在多家报上，那人们还能思考法律吗？不街谈巷议小姨子和姐夫的关系才怪呢！那咱们两家四位父母饶得了咱们吗？"

林超然："还撇清！法徽高悬，见证了你是爱我的！"

静之："别忘了是你主动吻的我！"

林超然："好好好，我承认行了吧！你这张小嘴呀，就是不让人。告诉我，最后怎么判的？"

静之："没当庭宣判。但可以肯定，我的辩护产生了作用。我也觉得自己表现挺出色的……"

马路对面有一段路是摊市,买的卖的人挺多,与静之同宿舍的几名黑大女生也在那儿,其中一人看到了他俩,大叫:"静之!何静之!"

林超然刹住车,静之跳下。同学们围过去,七言八语:

"静之,辩护得怎么样啊?"

"气死我了,只给了咱们系两张旁听证,结果还被俩男生抢去了!"

"没想到不是演习,是真枪实弹的一场战斗吧?"

"哎哎哎,都别急着问,先听她给自己打多少分!"

林超然洋洋得意地:"满分!我给她打满分!静之,那我走了啊!"从一名女生手中劈下一个香蕉,推着自行车走了。

静之:"还要向诸位汇报一个战果,他今天第一次主动吻了我,在法院的台阶上!"

一女生:"吻在额头吧?那也值得一说?大人吻小孩儿才那么个吻法!"

静之:"才不是呢!嘴对嘴,唇对唇……"

一女同学:"哇噻,短兵相接呀!"

她们一起望向林超然背影,林超然没走多远,吃完最后一口香蕉,将香蕉皮扔进垃圾筒,听到她们的齐喊:"姐夫!"

林超然转身,倒扶车把。

女同学们齐声:"我、们、爱、你!"

林超然也大声地:"我只爱一个!"用另一只手行了一个骑士礼,骑上自行车,远去。

女同学们笑作一团。

一个卖水果的女人和旁边卖服装的女人看不惯地:"这时代成了什么样子?女大学生也没个女大学生的样子!光天化日地,嚷嚷着爱姐夫,丢人!"

另一个女人:"哎,一代不如一代,往后这国家可咋整呢!"

女同学们听到了,全都不高兴了,皆反唇相讥:

"这时代怎么了?比'文革'那时代还不如吗?"

"几年前允许你们光天化日地摆摊吗?那时候你们这叫滋生资本主义的温床!要割掉你们的尾巴!"

"光天化日之下女大学生就不能开开玩笑了?从前的大学生什么样你见过吗?九斤老太!"

两个女人翻了翻白眼,也不示弱,发起了话语反击:

"你们才长尾巴呢!你们尾巴翘到天上去了!要割先割你们的!"

"没见过也知道,反正比你们强!"

静之劝同学们:"别吵别吵都别跟人家吵,咱们这成什么样子啊?"

拿着香蕉的女生:"是她们先把咱们想得不成样子嘛!不买香蕉了!"将香蕉往摊床上一放,气愤地:"退钱退钱!"

别的摆摊女人们加入了争吵。

双方都指指点点地激烈舌战。

女同学们先"停战"了。因为在她们面前,站着系主任了。

静之和同学们齐声地:"主任好!"

主任的脸色才不好呢,他愠怒地瞪着她们。

女人们又对主任七言八语地数落她们:

"你们学校的女生也太凶了,小声议论两句就跟长辈吵哇?"

"还说要割我们的尾巴呢!你们怎么教育的呀?"

"你们是不是还把她们当'文革'时候的小将宠着啊?"

"戴上大学校徽,就高人一等了不起呀?"

系主任左转头右转头,一肚子窝火地看着冲他嚷嚷的女人们。

静之向同学们使眼色,大家溜走。

晚上。静之的宿舍里。

静之双手抱膝,坐在床上想心事;一名女生坐在桌子那儿,照着小镜修眉毛；另一名女生仰躺床上看字典。

看字典的女生："哎，静之，知道小姨和小姨子，这两种称呼有什么不同吗？"

静之瞥她一眼，不接话。

修眉毛的女生："你白痴呀？小姨是母亲的妹妹，小姨子是妻子的妹妹，差着辈分呢！"

看字典的女生："为什么多了一个'子'，就差了辈分呢？"

修眉毛的女生张张嘴，没答上来。

看字典的女生："只知其一，不知其二了吧？在一切外语中，可能只有'妻妹'这种关系称谓，根本没有'小姨子'这种叫法。'子'在汉语中一是指普遍的知识男性，如'诸子''学子'，二是指小辈分的人，如'处子'，少女也。'小姨子''小叔子''小舅子'，都是……"

静之冷冷地："别背字典了行不行？也不怕别人烦！"

看字典的女生坐了起来："你这是为什么？打从外边回来你就闷闷不乐，这会儿又冷语伤我！"

静之："真伤着了？我还就怕伤不到你心里去！你们当时为什么那么凶地跟人家吵？劝都劝不住！我左思右想，觉得还是我们的表现不怎么样！就都没看出系主任当时有多生气呀？回来一个个还都没事儿似的……"

修眉毛的女生："我也觉得当时咱们是太过了点儿。吵都吵了，别想了。系主任整天那么多事儿，不会认真对待白天那点儿不愉快的事。"

门忽然一开，另一名女生进入，将书包往床上一甩，诡秘地："最新报道！外文系宣传栏那儿，波谲云诡，风生水起！"

静之及两名同学的目光集中在她身上。

后进来的女生："暑假那会儿，他们有一些同学不是自发组织去黄山游玩了吗？照了好多照片，在他们系的宣传橱窗里贴出来了，还都起了题目。其中一张照片的题目是……'天之骄子'。"

拿着字典的女生:"那又怎么样? 除了议论人家感觉太良好了点儿,还能议论人家别的吗?"

后进来的女生:"黄山上不是有些扛夫吗? 就是肩背上绑着一把竹椅,专门扛老人、孩子或咱们女人上山下山的当地农民。照片上那天是个雨天,一名扛夫浑身淋得落汤鸡似的,大概眼里也进雨水了,一只手在揉眼睛,看上去像哭了似的……"

"别说了!"修眉毛的女生不修眉毛了,往床上一仰,自言自语,"我就是黄山脚下村里的,我爸我叔农闲时都做过扛夫。你一说我想家了,也想我爸想我叔了……"

拿着字典的女生:"让她说完,都说一半了……"

后进来的女生:"一大半了……"

修眉毛的女生:"那我不听,我躲出去!"一跃而起,冲到了门外。

后进来的女生:"她别听也好。静之,你还记得外文系有个最胖的男生吗? 他爸是一个大干部的那个……"

静之:"就是有人要撮合你跟他谈恋爱,你嫌他太胖的那一个?"

后进来的女生:"对,就那兄弟。他高高坐在那扛夫的头顶上,一手打着伞,一手拿个大红苹果,一副开心自得的样子! 你俩想,那照片给人什么印象?"

门忽然又开了,那名拒绝听的女生站在门口,气愤地:"要是他骑在我头上,我走到地势险要处,一歪肩膀,摔死他!"

静之走过去,把她拉进屋,按在床边坐下,安抚地:"别太生气,听说那男生平时挺安分的,是个善良的人。他当时肯定只顾玩了,没考虑那么多……"

后进来的女生:"幸亏我没和他成一对儿,要不……"

静之:"少说两句行不行? 火上浇油啊!"

拿着字典的女生:"好事儿。起码对咱们几个是好事儿。你们想啊,有了那张照片引起的风波,咱们白天吵架的事儿不就被冲淡了吗?"

静之："你俩看住她,不许她也去看!"

她退出宿舍,关上了门。

静之匆匆走在校园,不少学生从她身边跑过。

静之走到了外文系的橱窗那儿,橱窗前人头攒动;她并没接近过去,而是站在不远的地方看,听。

男女同学的议论声:

"外文系为什么也要把这样的一张照片贴出来? 他们应该有同学站出来解释解释!"

"这是身为大学生,又成心毁坏我们大学生的形象! 狼子野心,何其毒也!"

"是可忍,孰不可忍!"

"今天已经不是'文革'时代了,我反对继续滥用'文革'语言!"

"批判之声不受语言限制!"

于是看上去情形发生了肢体冲撞。

静之沉思地,也可以说是呆呆地望着。吵嚷之声消失,四周静得出奇。

在她的眼中,所见情形变为黑白照片似的,没了色彩的情形……

那些学生们,变成了当年穿着准军服,腰扎皮带的红卫兵;激动万分地辩论,冲撞……

静之独自坐在校园某处的长椅上,那里很幽静,也挺隐蔽。

静之沉思的脸。

有人在她身旁坐下,是一名男生,替静之买到过奶粉的那名中文系男生。他坐得紧挨着静之,静之不愿意地往旁边挪了挪。

那男生:"在外文系的宣传橱窗那儿,我发现了你。"

静之:"我请同学转给你的奶粉钱,收到了吧?"

那男生:"其实何必呢?"

静之:"你写给我的那封信,我也封在信封里,加进了我的一封信……"

那男生:"也有人交给我了……"

静之:"那么,我们之间,不可能有同校同学以外的关系了,这一点你看明白了吧?"

那男生:"明白了,当然看明白了……可,我认为我还有争取的希望。即使你是一座碉堡,我觉得只要我发起不断的进攻,迟早也会把你攻克!"

静之不禁笑了:"你们中文系的,说起话来就是形象。可为什么男人非得将女人视为碉堡呢?男人和女人的关系完全可以不必是攻守的关系啊!让我们作为朋友吧!一个男人和一个女人,如果不能成为夫妻,能成为朋友对双方不是也很好吗?"

她真诚地转脸看着对方,又开玩笑地说:"在这个难以买到奶粉的年代,我还真希望交一位能很容易就买到奶粉的朋友!将来我做母亲了,孩子吃的是你这位叔叔给买的奶粉……咱俩谁大?"

那男生:"你大,大我三岁半。"

静之:"我这命!总碰上年龄比我小的追求者。等我的孩子长大了,我告诉他:'要是没有叔叔们经常替你买奶粉,你不会长得这么壮实,你要对他们心怀感激。'而你,一定是我家所欢迎的客人,这样的关系很糟吗?"

那男生低头不语。

静之伸出了一只手:"如果愿意,握握手。"

那男生抬起头,摇头。

静之放下了手:"那我就不知再说什么好了。"

那男生:"我也愿意那样,但有一个条件。"

静之:"学弟,咱俩像是在做交易了,说说看。"

那男生:"让我吻你一下。"

静之犹豫。

那男生可怜兮兮地:"求你……"

静之:"答应。就一下啊!"她偏过了一边脸。

那男生在她那边脸上吻了一下,自然极不满足;突然拥抱住她,要继续强吻。

两人撕扯了一番,那男生被静之推倒在地。

静之站了起来,生气地:"你这样还够朋友吗?"

那男生起身就跑。

静之:"站住!"

那男生站住了。

静之:"你不够朋友,我不能也不够朋友,咱俩一块儿走吧。"

寂静的校园里并肩走着他俩的身影。

在静之那幢宿舍楼前,静之又一次伸出手;那男生握了她手一下,难为情地笑笑,转身跑了。

林家。林超然坐桌子那儿,在笔记本上写什么;林母则在翻日历牌,而孩子安睡在炕上。

林母:"超然,你写半天了,在写什么?"

林超然:"今天走访几名生活困难的返城知青家庭,我在排一下顺序,将来好帮他们。"

林母:"将来是什么时候?再过十年中国的困难家庭会少些不?"

林超然叹了口气:"我也不知道。"

林母:"下下个星期日是静之的生日,不知道何家为她过一下不?要是过,你应该代表咱们林家去一下,再带点儿礼。要是他们不呢,你争取把静之请咱家来,我给人家孩子做顿可口的,你就说我的意思。"

林超然:"记住了。"

林母:"看看你爸在外屋捣鼓什么呢?催他进屋早点儿睡,你也早点儿到那边屋睡吧。"

林超然:"好的,妈。"合上笔记本,走到了外屋。

厨房里。林父蹲在地上,一手拿着小盘,小盘里有小小一截点燃的蜡烛;地上放一张报纸,他在从地上捡起什么往纸片上放。

林超然:"爸,干什么呢?"也蹲了下去。

林父:"枸杞。我想往酒瓶里泡,手一抖,全撒地上了。"

林超然:"捡起些就算了。"

林父:"宝贵的东西糟蹋了那多罪过!人家慧之专门为我淘换的,都没舍得给她爸留点儿。"

林超然也只得帮着捡。

林父:"黄芪也是慧之为我淘换来的,我已经泡酒瓶里了。有时我胃疼了,喝一口,能止疼好一会儿。"

林超然:"爸,捡干净了,起来吧。"

由于蹲久了,林父起来得挺费劲儿,林超然扶他站了起来。他将枸杞放在碗里洗,替父亲往瓶里装,边说:"爸,星期天咱们到医院去。"

林父:"你工作那么忙,除了工作的事,还有哥们儿的事,能挤出时间?"

林超然:"别管我有没有时间,首先是您愿不愿意的问题。"

林父:"那行。这次我听你的。医院那种地方,没家人陪着,我还真不愿去。"

外边响起了沉闷的雷声。

林超然:"如果医生建议做胃镜,那您也不许含糊。"

林父："就没那必要了吧？人老了，这疼那疼免不了的。一当回事儿过细地检查，明明没大毛病也检查出大毛病了。"

雷声。

林超然："静之今天说，您如果不肯做胃镜，让我务必告诉她，她要来说服你！"

林父："好好好，听你的，也听医生的，行了吧？"

林超然："那咱们说定了，不许反悔！"

林父："说定了，不反悔。你睡去吧，没你事儿了。"

林超然闪开，林父拿起了大瓷缸子，要往酒瓶里注水。

林超然提高了声音："爸你这是干什么？"

林父："兑点儿凉开水。"

林超然声音更大了："不许！"从父亲手中夺去了酒瓶子。

林父："那是六十度的酒，对满一瓶，不是能多喝些日子嘛！"

林超然："您这才叫没必要！不兑水，有养生保健的作用。一兑水，那成酒水了！咱家还供不起您喝点儿酒了呀？您自己有退休金，我妹在深圳自己能养活自己，我现在的工作又稳定了，工资还不少，咱们至于嘛！"

林父："给我瓶子！你们挣多少那是你们的，我不花你们的酒钱！"

林超然激动地："爸！"

林父也不高兴地："你今天这是干什么？怎么处处管着我！"

林父争夺酒瓶子。

里屋门开了一道缝，林母探出头制止地："你们父子俩唧咯什么呢？一声比一声高的，别惊醒了孩子！"

林超然："我爸要往酒里兑水！"

林父："是凉开水！"

林母走了出来，往外推儿子："哎呀你快睡去吧！他自己喝，又不招待人，爱兑就兑吧！走走走！睡前把窗关好，别溇进屋里雨。"

林超然:"那你别让他兑!"

林母:"我负责了!"将林超然推了出去,插门。一转身,见林父已经在往瓶子里兑水了。

林母谴责地:"你就不明白儿子是为你好?"

林父:"怎么不明白? 你就不明白我是为你好? 我抠抠索索地这省点儿那省点儿,万一哪天走你前边,不是能给你多留点儿?"

林母:"以后你少说这种不吉利的话!"

屋外。林超然平伸一只手,仰脸望天,天空黑沉沉的。

雨下起来了,落在他手上,落在他脸上。

他在心里默默地说着:"老天爷,我从没求过你。今天我林超然求你,保佑我爸妈都健健康康的,长命百岁! 他们这一辈子太辛苦,我还没好好地尽过孝,我还不能没有了做儿子的感觉……"

大雨哗哗地下着,寂静的黑大校园,法律系的学生宿舍淋在大雨中。

静之的宿舍里。静之们在安睡,有一张下床却空着。

门突然开了,一个人影站在门口。

有一名女生惊坐起来:"谁?"

静之开了灯,欠起了身。

睡着的无一例外都醒了,站在门口的是那名安徽籍女生,浑身淋透。

安徽籍女生:"我去看过那张照片了……"

静之下了床,将她拉入宿舍,关上门。之后,将她的被褥掀开,扶她坐在床边。

安徽籍女生手拿一张撕过的照片,看着说:"我把橱窗砸了,被他骑着的是我父亲……"

她将照片捂在胸口,号啕大哭。

静之紧紧搂抱住了她。

其他上下床的女生全都愣住。

一名女生自言自语："世界上真不该有巧合这种事儿……"

天亮了。知青办里。

林超然们在开会,窗外,还在下着不大不小的雨。

曲主任："那么,就从今天起,照超然同志的主张办。超然,我当主任多年,别的功劳谈不上,只不过省出了三四百元办公费、宣传费、活动经费,咱们干脆都把它花了,买成礼物带上,分头去看望看望那些家里困难的返城知青……"

林超然："别的事我们想办也办不成。这件我们可以做到的事,当然要议了就决,决了就做!"

雨中。林超然和老刘各穿简易雨衣,骑着自行车行驶在某居民区之间。

两人推着自行车寻找门牌号。

老刘："怎么从十二号一下子就跳到了二十四号?"

林超然："十八号肯定在这两个号之间,只能敲哪一户人家的门问问了。"

雨中。孙大姐和小姚一组,各打一把伞,拎着东西,站在一户人家门外;两人对视一眼,孙大姐敲门。

雨中。曲主任独自一人打着一把伞,拎着东西,也在寻找门牌号。

知青办里。这是一个明媚的大晴天。窗台上,有一盆君子兰的花蕾绽放了。

林超然、曲主任、老刘和孙大姐聚在一起吃饭。

林超然："忘了,我这还有下饭的好东西呢!"他从柜子里取出一个罐头瓶,打开,往饭盒盖上拨出些炸小虾,说:"给我面子,都尝尝,我岳父安徽老家寄来的。"

老刘:"这是河虾! 稀罕稀罕……"

孙大姐吃了一口,赞道:"嗯,味道好!"

曲主任:"找女婿,就得找副主任这样的,跟别人说起岳父母来,口气里总透着股子亲,这样的女婿岳母不疼那才怪了!"

门一开,小姚兴冲冲地进入,一手拿着饭盒,一手拿着一份文件,大声地:"批下来了! 我在食堂见到了袁秘书,她让我把批件带回来。"

所有人的目光都望向她,似乎一时都没反应过来是什么事。

小姚:"我说高老师的事儿批下来了! 而且不是在高老师的信上批的,是专门发了一份市委的红头文件!"

曲主任站起,一把将文件夺过去,于是大家的目光又集中在他身上。

曲主任念文件:"现责成市知青办的同志,联系公安局户籍部门,尽快将高老师之儿媳与孙女在本市落户的问题予以解决;并要求解决之后,及时经知青办向市委汇报。又,要求市教委及各区教委,尽快查实全市退休教师原住房在'文革'期间被占用情况,并动员腾还。凡主张搬回权益者,应本着原房归原主的原则,予以满足……"

老刘:"这下,高老师一家的处境有转机了! 她家我是进去过的,那么小的屋子住四口人太难为她们了。"

孙大姐:"很少有高老师那么老实的人,'文革'结束都快五年了,房子的事硬是从没提过。"

曲主任:"唉,'文革'中被整怕了。第一次见到我这个知青办主任时,说话都有点儿提心吊胆的。好像生怕哪一句话我不爱听了,会对她大发脾气似的……"

小姚:"居然能把她家的事给解决了,对咱们可太不容易了!"

只有林超然一人,在那会儿始终一句话没说;只不过谁说话,他的目光望向谁。

他仿佛心不在焉,想着别的。

曲主任:"副主任,最应该高兴的是你啊,怎么反倒不吭声了?"

林超然:"我……有点儿不知说什么好……"

曲主任:"我给你支的招英明吧? 如果不按退休老教师的困难反映情况,不可能这么快。这就叫迂回包抄达到目的,于是'尼古拉的大门'被咱们打开了。"

老刘:"袁玥她老父亲这层关系起了关键性的作用,要不才不会有这么一份市委的红头文件。"

林超然:"是不是有了这一份红头文件,办起来就一路绿灯了?"

曲主任:"那当然! 不但一路绿灯,还得对咱们敬着几分地办! 这是中国的红与绿现象。要想绿,没有红撑腰那不行!"

林超然:"那,要是袁玥不配合我,他父亲不愿过问,咱们的事还能办得成吗?"

曲主任:"那可就两说着了!"

孙大姐:"那,就是红与黑了,咱们也只能同情了。"

曲主任拍拍林超然的肩:"太容易了,反而一时转不过弯子了? 人人都有这种情况,心理学方面叫'超预期逆反'。好比一个孩子,原本以为只有大哭大闹一场才能得到一件玩具,没曾想仅仅讨好了大人一下就得到了,反而高兴不起来了。"

林超然:"我想出去走走!"说罢一起身就出去了。

曲主任们一时互相看着不明所以。

门一开林超然却又回来了,拍曲主任衣兜,并问:"烟?"

曲主任:"没带。我打算戒……"

老刘:"我也没了,正想买去。"

林超然:"都这么看着我干什么呀? 我心里跟你们一样高兴呀! 怎么会不高兴呢,只不过有点儿……"

小姚:"超预期逆返。"

林超然:"对。就是主任说的那样!"

他倒退着出去了。

小姚:"他怎么了?"

曲主任:"他还不太能适应红与绿的现象,想得太多了。"

兆麟公园里,林超然又坐在小亭子那里,独自沉思。

他对面仿佛又坐着高老师了,在说:"我也不知写过多少封信了,能想到的单位和部门都寄去过,可是据说都转到你们知青办了。我也知道你们知青办没什么实际权力,渐渐地,就有点儿认命了。要不是别人告诉我你这个返城知青当上了副主任,我不会又来找麻烦的……"

有些水点溅到了亭子里,一名老养花工浇树浇到了这里。

老养花工:"对不起,对不起……"

林超然笑笑:"没事儿。"

老养花工关了水龙头,踏上亭子,也坐在一角吸起烟来。

林超然:"老师傅……"

老养花工向他转过了脸。

林超然:"能……给我一支烟吗?"

老养花工:"能,能,太能了!"移坐到林超然对面,不但给了林超然一支烟,而且按着打火机替他点燃。

林超然:"谢谢。"

老养花工:"便宜烟,您凑合吸吧。"

林超然:"贵庚了?"

老养花工:"过五十九了,就要退休了。"

林超然:"做这份工作多久了啊?"

老养花工:"那可有年头了!打一有这公园起,我就在这儿种花栽树的。后来呢,连假山也让我带着人造了。看那些老树,差不多都是我当年栽的。当年我还是小伙子呢!"

林超然:"听您的话,对这份工作很喜欢啊。"

老养花工:"那当然!不止喜欢我这份工作,我对这公园感情还深呢。夏天望着处处花开了,心里那个美。如果死了一棵树,那就很伤心。"

林超然:"工资还行?"

老养花工:"说到工资,那可就另一回事儿了。这一行又没个级别,刚干的时候,每月才十几元。如今都干一辈子了,退休也不过能领四十多元。好在儿女们都成家了,不指望我贴济了。一个人花,马马虎虎够了。"

林超然:"年轻时,就没想过换一份工作?"

老养花工:"想是想过,换也换过,但都没干长。后来悟出了一个道理……人这一生,许多事身不由己。工作不由你选择,你就会埋怨。但如果让你选择时,差不多又都选那收入高点儿,论起来有地位的工作,却并不问问自己心里喜欢不喜欢,适合不适合自己的性情。"

林超然骑自行车行驶在回家的路上。老养花工的话响在他耳畔:"有的人,到老了才抱怨,我干了一辈子自己不喜欢的工作。那抱怨给谁听呀?晚了啊!早干什么了啊!我这一辈子,在别人看来太普通了呀!但我对自己这一辈子还挺知足,起码我一辈子在做自己喜欢、高兴、顺心的工作……"

林家。林超然怀里抱着儿子在和父母吃晚饭;他一边用小勺喂儿子吃,一边说:"爸,妈,如果我哪一天不想当知青办的副主任了,你们会生气吗?"

父母不由困惑对视。

林母:"你不是说知青办以后准会取消,那市委就会重新安排你的工作吗?"

林超然:"我的意思是……其实,我恐怕不太适合当干部……"

林母:"和同事们闹不和了?"

林超然:"那倒没有。我们知青办的同事关系挺团结的。"

林父:"在兵团的时候,你都当过那么多年知青营长了,怎么忽然说自己不适合当干部?"

林超然:"感觉很不一样。"

林父板起了脸:"有什么不一样?"

林超然:"当知青营长的时候,做些该做的事,做起来容易些。在市委机关那种地方,要想做些该做的事,往往做起来太难了。没有领导批示,红头文件开路,有时只能心里边想想,最终就灰心了,不做了。还得这么安慰自己……是我的官还当得不够大,没法子……"

林母:"这就是当干部的人和一般人的区别呀!一般人想有你的烦恼还没资格有呢!那你就一步步争取当上更大的官嘛,官越当越大,那证明越来越进步!"

林超然:"可我这一辈子,如果整天寻思着怎么样才能当上更大的官,那不是不知不觉的就会变成一个官迷了吗?"

林父:"别说了!你这叫矫情!如果你哪天背着我把副主任辞了,那我肯定生气。"

林母:"我也肯定生气。"

林超然:"爸妈你们别太认真啊。我只不过嘴上那么一说,当成个话题和你们聊聊而已。"

林父将碗筷一放,仰躺到床上去了。

林母埋怨地:"你饭桌上聊点儿什么不好,偏聊些起争论的,都惹你爸不高兴了。"

林超然:"爸,别不高兴啊,我绝不会瞒着你们辞职的。"

林父没说话。

林超然:"星期天做胃镜的事,可别又变卦啊!"

林父没好气地:"我说不去了吗?"

星期日。医院。胃镜检查室门外,长椅上排了不少人,林超然和父亲坐在一起。

林父:"几点了?"

林超然:"十点半了。爸饿了吧?"

林父:"饿饿也好,兴许中午回家能多吃点儿。"

林超然:"别急。再过两三个就轮到咱们了。"

王志和张继红匆匆出现,发现了林超然,匆匆走过来。

林超然站了起来,迎上去,不悦地:"找我?"

张继红:"不找你找谁啊!先到的你家,你妈说你和大爷到这所医院来了。"

林超然:"又什么事?"

王志:"执照批下来了,告诉你这个好消息,我俩也代表弟兄们,当面来谢你。"

林超然:"别说得这么好听!又要我干什么?"

张继红亲密地搂着他肩说:"对你的要求一点儿不难为你。不但热照批下来了,我们的第一单大活儿也把合同签了。当下缺少建筑工,我们正好有了执照,顺利打了个短平快!人家对方很给面子,没提任何私底下的条件,只不过要求咱们请一顿饭,还希望能认识一下你这市知青办的副主任。"

林超然火了:"你干吗跟什么人都提我啊!"

张继红蛮有理地:"你目前是我们返城知青中唯一在市委当干部的人!是我们交人办事的招牌,凭什么不让我们提你?!"

林超然:"你!"压住火问:"什么时候?"

王志:"今天中午……"

林超然:"休想!没见我父亲坐在那儿吗?他胃疼好久了,我是来陪他做胃镜的。"

张继红看一眼手表,对王志说:"可快十一点了,咱们一方得早到,千万不能让人家对方们先到了,反而等咱们。"

王志:"超然,你看这样行不行? 咱们一块儿去跟大爷说说,让继红留下陪着大爷,你跟我走?"

林超然:"不行!"

张继红:"怎么不行? 我也是他干儿子,我陪着你还不放心吗? 这样,看大爷的。大爷说行就行。如果连大爷都说不行,我俩今天认栽了!"

王志:"你栽得起,我这个法人代表可栽不起! 超然,我以前一次没求过你,今天我求你了! 别忘了,在黑大干活时,你还欠过我一份情。"

张继红:"别跟他啰唆,一块儿问大爷去!"

张继红和王志一左一右,一个拽一个推,将林超然"挟持"到了林父跟前。

两人你一句我一句地向林父说些什么;林超然要插嘴,被张继红推开。

林父听得连连点头。

张继红坐下,二郎腿一架,一只胳膊搂着林父的肩,扬起另一只胳膊朝林超然和王志挥手。

林超然被王志拖走。

一间颇体面的饭店包间里,林超然、王志还有另两个,曾和林超然一块儿干过活的返城知青,与对方的三个人在饮酒,用午餐。

桌上的菜肴不同以往,很是丰盛,在当年算是很高级的一餐。林超然并不开心,强作欢颜,不情愿地碰杯、对饮。

王志不时地向他使眼色,唯恐冷场,给客人添酒、夹菜。

林超然被迫与一位客人划拳,输了,不得不饮下一杯酒……

第二十八章

黑龙江大学。一间大约有两百个座位的阶梯教室,已经座无虚席,四周还贴墙站满了人。

黑板上,写着这样的美术体字:

我们!

我们?

我们?

我们……

一名学生会的男生:"安静! 现在开会了,首先,请学生会的副主席何静之同学,就组织这一次辩论会的主旨介绍一下背景。"

静之在大家的注视之下走上台去,在就要一步踏上台时摔倒了。

一名男生的喊声:"穿高跟鞋了吧? 几寸的? "

静之站到了麦克风那儿,她郑重地:"我并没穿高跟鞋。对于鞋子,我更愿意穿那种能使我脚踏实地的。"

她的话使气氛顿时肃静了。

她竟弯腰脱下了一只鞋子,高举着说:"看,一双普普通通的平底扣襻女鞋! "

笑声又起。

静之:"事实上,我是因为大家的参与热忱而倾倒的!"

更大的笑声。

静之在笑声中穿上鞋子。

静之也笑了一下,立刻又恢复庄重的表情,从容不迫地:"各位同学,我想纠正一下。刚才主持人说到了'辩论会'三个字,而我却更希望大家以'讨论会'的心态参加。有些事,孰对孰错,在正常的情况下,何须辩论? 讨论就不能提升我们的认识了吗? 我是正确观点的代表人,舍我其谁? 这往往是辩论者的姿态。而我更喜欢这样两句话……不要自以为自己的每一种观点都是对的,这容易使人骄傲自大,犯主观主义的错误,也不要听到不同观点就一味反对,因为那就会失去机会明白错误的为什么竟是自己……"

一名女生:"谁的话?"

静之:"梁漱溟。"

另一名女生:"梁漱溟是谁? 怎么从没听说过?"

站在墙边的一名年龄较大的男生:"以后问你们老师,别打岔!"

有人递给主持人条子,主持人交给静之。

她看着说:"我正想谈到黑板上的字,有同学已经迫不及待地递条子问为什么了,现在我回答……在座有的是返城知青的同学们,大家一定还记得,我们这一代人刚返城时,某些报纸登出了耸动的标题——'狼孩回来了',所以,第一行'我们'两个字后边,是惊叹号。后来,我们这一代人中的大多数,通过许多人生方面从零开始的坚忍表现,证明了我们已不再是当年的我们,所以城市渐渐开始对我们刮目相看,那么,第二行'我们'后边就有个问号。无论我们这一代,还是六十年代以后出生的学弟学妹们,我们都是大学生了,怎么做人做事不愧于我们胸前的大学校徽呢? 我认为这个问题值得我们思考,于是'我们'后边又有了问号。我相信,今天我们在这里进行的讨论,将有助于提升我们的认识,但却不一定就能得出统一的认识。那么当然,'我们'后边应以删节号为好。讨论题是我想出来的,黑板上的字是我亲笔写上去的。我的字并不好,请大家说服自己的眼睛就接受了吧。如果,大家觉得由我想出来的论题不好,完全可以擦去,我不会感到那对我是多么沉重的打击……"

片刻的肃静后,响起整齐的掌声。

坐在边座上的林超然尤其起劲地鼓掌。他旁边的座位空着,是他为静之占的。

几名男女生登上了台,在麦克风前排起了队。

静之:"谢谢大家的掌声。"

她刚离开麦克风,一名男生立刻占据之。

那名男生:"何静之同学请留步!本人要向你提一个问题:你自己对照片风波是怎么看的?"

他说完,作了一个"请"的手势。

静之又站到了麦克风前,坦诚地:"据我了解,外文系的那名男生,并非真的以骑在劳苦大众身上为乐事。他当时只不过因为玩得开心,一时兴起,做出了那种深受指责的事情。后来他也意识到自己太过分了,几分钟后就下来了。但我对背着他将那张照片贴在宣传橱窗里的同学深为不满,因为这使那张照片产生了接近摄影作品的影响。它使我联想到了油画《父亲》,而照片的效果与《父亲》的效果截然相反……"

一名男生:"何静之同学,您说得够多了,请休息一会儿,休息一会儿,听听我这个外文系的同学怎么看。"

静之礼貌地让开,下台,快步走到林超然那儿,坐下。

林超然:"没不高兴吧?"

静之:"什么事儿?"

林超然:"我觉得那家伙在讽刺你。"

静之:"怎么会不高兴呢,当学生会的干部,被冷嘲热讽是常有的事儿,何况我也经常讽刺别人。在大学里,这很是正常,在我的生日这一天,

785

又成功组织了一次活动,我特有成就感!"

林超然握了她手一下。

台上那名外文系的男生:"自从那张照片引起风波以后,我听到了太多关于大学生良心的谴责。良心属于道德范畴,那么我不禁要反问:如果我们系的'胖子'是不道德的,那么一个工人那样就道德了吗?工农一家亲,亲人为了游玩花钱骑在亲人肩上,分明也不怎么道德。不消说,干部那样子更不道德,因为实在有违公仆形象。军人也是不可以的,人民子弟兵尤其不应骑在人民肩上。女人就另当别论了吗?否。男女平等绝不意味着女人反过来骑在男人肩上就理所当然!儿童和少年那样子是不是就完全可以了呢?按照道德论者的逻辑,儿童和少年应该从小确立特别尊重劳苦大众的感情立场,那样子有利于他们成为道德的人。如此说来,只有老人和残废者那样子才不至于受到道德谴责了。可在想登上黄山的游人中,老人和残废者终究是少数。那么,使许多黄山背夫,眼望着一拨拨游人从眼前经过,又仿佛一个个无视他们的存在,令他们招徕不到生意,挣不到钱,反而是道德的了吗?打倒伪道德论!"

听众间一个声音强烈不满地:"反对!你没有资格扮演黄山背夫的代言人!"

外语系的男生:"与你们所有人比起来,恐怕我多少还是有点儿资格代表他们说几句话的。因为,他们中有些人已是我的朋友,而我,已连续三个假期成为他们中的一员。为了减轻家里供我上大学的负担,我肩膀上也深深留下了和他们一样的勒痕,如若不信,那么请看……"

他居然脱下了上衣,将背转向台下,他肩上的两道勒痕果然清晰可见。

片刻肃静之后,一名女生登上了台,温文尔雅地:"这位学长,快请穿上衣服。"她是与静之同宿舍的一名女生。

等外文系的男生穿好衣服下了台,她接着说:"本人法律系的,也是哲学系的旁听生。道德是哲学范畴的概念,我很奇怪为什么没有哲学系的同学发言？恕我当仁不让。首先我要表达对刚才外文系那位学长的敬意，他勤工俭学的精神值得我学习。但是我立刻就要批评他张口说出的'残废人'三个字，因为身残绝不等于人废！我提议，以后我们当以'残障人'称呼他们。"

掌声。

静之的同学："我接下来的观点，也许会被刚才那位学兄视为伪道德之说了。我认为他犯了一种思想方法的错误，那就是以个别否定普遍。我认为普遍的道德是存在的，西塞罗曾言：道德的原则之一，就在于所作所为的每件事，合乎理性的尺度。而普罗提诺也说，灵魂经自己的本性而领会了道德，因而再现了铭记在灵魂深处的那些原始而温暖的形象……"

林超然："给我笔。"

静之将笔给了他。

林超然往手心写什么。

外文系那男生站了起来："何必引经据典，请你干脆回答……如果你是'胖子'又会怎么样？"

静之的同学："我会用那十元钱买几瓶汽水，分给那些背夫，使他们感受到来自大学生的温暖！中国需要这种同胞间的温暖！"

外文系的男生："如果你当时给予我的是汽水，我肯定会对你说……汽水你自己喝，请骑到我肩上，给我挣你十元钱的机会。因为渴是我能忍受的，但十元钱却是我迫切想要挣到的！"

静之的同学："那我们这个社会，就要从根本上消除一些同胞仅仅为了想要挣到十元钱，便渴望另一些同胞骑在自己肩上的现象！这种现象使我联想到武训，是一种使人悲伤的现象！"

外文系的男生："那要等到什么时候？共产主义实现以后吗？"

静之的同学一时语塞。

静之猛地站起，大声地："因为有我们，应该不会那么漫长！因为有我们,中国的许多事可以改变得快一些!"

一个又一个学生上台发言,个个慷慨陈词,也有一个又一个学生从座位上站起,激情表达。

林超然推着自行车,与静之走出黑大校门。

静之:"大爷做胃镜的结果怎么样?"

林超然:"听继红讲,没什么大事,还做了体检,继红说他会替我去医院取体检报告。"

静之:"大爷身体底子好,别太担心。"

林超然看一眼手心:"西塞罗是什么人物? 普罗提诺又是什么人物。"

静之:"我也不知道。"

林超然"友邦惊诧"地:"还有你不知道的人物?"

静之:"我怎么会知道得那么多呢? 知识像印刷厂的存纸库房,而我只不过是一页刚写了几行字的稿纸。"

林超然:"看来你没有你的同学读书多。"

静之:"那不见得,我俩不过读不同的书罢了。她呀,经常现炒现卖,我们同宿舍的都戏称她'快餐娘子'。知识虚荣心,大学生都有点儿,我也有。但我认为这种虚荣心只要不成了毛病,对大学生有益无害,会促使我们多读些书,总比讲究吃穿讲究享受追求荣华富贵那种虚荣心可爱点儿,对吧?"

林超然:"对。"

静之:"那么,你也等于承认了,我身上毕竟也有可爱的方面。"

林超然:"你身上可爱的方面不少。"

静之笑了:"爱听,请再说一遍。"

林超然:"别人爱听的话说多了就成了哄人了,我只夸你,不哄你。到了你们大学几次,我想成为大学生的心也死灰复燃了,咋办?"

静之:"什么叫咋办啊！早就希望你也考上大学了！"

林超然骑上了自行车,静之坐在后座。

林超然:"可我年龄是不是太大了呢？刚才会场中,有那么多二十来岁的学生。"

静之:"可也有不少三十来岁,是咱们这一代人的学生啊。同志,在知识面前,别面子第一好不好？"

林超然:"刚返城时,我因为自己是老高三,很有知识优越感。这才过了两三年,优越感渐渐变成知识焦虑感了。如果我希望通过上大学改变现在从政的人生方向,你怎么看？"

静之:"第一,理解。因为你这个人,从性情上来说就不适合从政。第二,支持。违背性情的人生将是苦恼的人生,不能眼见亲爱者将长期陷入人生苦恼而态度暧昧。第三,助力。让我们共同来定一下复习计划,我们教学相长！"

林超然:"这么说,是你帮我啰？"

静之:"那当然,我现在有这种资格,也有这种水平了。别的不论,好专业要考英语的,而你一句不会,我的英语成绩却一向是优。"

两人在何家住的那幢楼前下了车。

静之:"你先进去,我十分钟后再回家。"

林超然:"这可又不像你了。"

静之:"有点儿像你了。但还是与你的虚伪有区别,我这是明智。"

何家。何母在做饭,何父打下手。

门铃声响起……何父开了门,门外站着林超然。

何父:"超然啊,我当是静之呢,快进来。"

林超然进了门,边换鞋边说:"我爸妈派我作代表,来沾点儿慧之生日的光。"

何母从厨房出来,对何父说:"你看着点儿锅,超然初次来,我陪他参观参观咱们的新家。"

何父:"怎么愉快的事总是归你啊!"

何母:"别争,看会儿锅就不愉快了?"

她引领女婿这儿那儿包括阳台厕所"参观"起来。

她推开了慧之房间的门:"这是慧之的房间。"

林超然的目光被墙上的"飞天"所吸引:"又是杨一凡的大作。"

何母:"可不嘛,走,咱俩到静之的房间说点儿事。"

两人进入静之的房间,都坐在床边,林超然的目光又被凝之的照片吸引,呆呆地望着。

何母起身将凝之的小相框从桌上拿起,递给林超然。

何母:"超然啊,你说慧之和杨一凡,他俩的事可该怎么结果呀? 我和你岳父愁死了!"

林超然:"我也不是没替你们向慧之言说过利害,我有我劝她的难处……"

何母:"这我们理解,杨一凡和你关系那么亲,有些话你也不好背着他跟慧之说。可慧之现在根本听不进我们的劝了,所以呢,我和你岳父,还是得把最后的希望寄托在你身上,要不可叫我们往谁身上寄托呢?"

林超然低头看着凝之的照片,未语。

何母:"我们清楚,静之她是爱上你这个姐夫了,而你肯定也是喜欢她的,是吧?"

林超然犹豫一下,微微点头。

何母:"这也好。甚至可以说,很好。我们何林两家,又是拆不开的亲家关系了。小楠楠呢,也等于是有了亲妈一样了。你和静之的事,我现在就代表你岳父,表示一种同意的态度。但是呢,慧之与杨一凡的事,你可也要再替我们费心思化解,啊?"

林超然不知说什么好。

门铃又响起。

林母:"来啦!"起身离开房间去开门。

门外站着静之和慧之,慧之手捧一盒生日蛋糕。

客厅里,生日蛋糕摆在了桌上,静之准备吹蜡烛。

何母阻止地:"你别! 又不是你过生日,是你二姐过生日!"

静之不好意思地:"眼里只有蛋糕了,都忘了是谁过生日了,那么尊敬的二姐,您请亲自吧!"

慧之:"我看你是什么事儿都抢惯了! 我过生日,我自己掏钱买的蛋糕,你却还想抢个先!"

静之推她一下:"快吹行不? 再不吹我流哈喇子啦!"

她迫不及待地唱了起来:"祝你生日快乐! ……"

何父何母拍手合之。

慧之一口气吹灭蜡烛,静之与慧之对拍了一下掌。

何父:"什么意思?"

静之、慧之对视。

慧之:"爸,有什么问题吗?"

何父:"好像在就要分享生日蛋糕的时候,一般没有互相击掌这一细节。"

静之:"我们革新一下。"

何母:"互相击掌往往表示鼓励,你俩击掌想表示什么?"

慧之:"人生不易,我们也是互相鼓励的意思啊,除此之外,安有他意?"

何母对何父说:"那咱俩也互相鼓励鼓励。"

于是他两人也击了一下掌。

林超然:"既然没人和我击掌,那我切蛋糕吧!"

大家都笑了。

蛋糕不大,分为五块,各自品尝珍馐般地吃着,互相说着话。

何母:"以前你们过生日,往好了说也不过就是全家跟着沾光吃顿面条。有时候呢,过生日的那个碗里多个鸡蛋,还得是家里养鸡的孩子才有那种优待。要不怎么不少人家也不顾卫生不卫生的,都想在厨房养一两只母鸡呢!鸡蛋那么稀罕的东西,想要花钱买那也没处买啊!"

慧之:"现在也还是不好买,不信我出钱,你们谁出去买买试试。如果限时两个钟头,十有八九得空手回来。"

何父:"鸡蛋姑且不论,毕竟,现在咱们分享着慧之的生日蛋糕了。中国要一寸一寸往前变就好,要看到中国的变化,我支持改革开放!"

林超然:"爸说得对,我也支持。"

慧之与静之交换眼色,那意思分明是:听,多会说话。

静之笑了,推慧之一下,问:"哪儿买的?"

慧之:"中央大街那家老字号的点心店。当时买是买不到的,得预订。人家怕做出来了没人舍得花钱买,赔了,我提前三天就订了。"

静之:"我明年过生日,也要为自己买个大的。"

何母问慧之:"多少钱? 你过生日,该爸爸妈妈出钱买蛋糕,一会儿妈把钱给你。"

慧之:"四元多。"

何父:"你可真敢花钱!"

慧之:"人一年就过一次生日嘛!"

静之:"爱听。"

何母:"慧之,你每月才三十几元工资,以后别大手大脚的!"

慧之:"妈,再说钱的事儿,可别怪我起身就走啊!"

何父对何母说:"同志,那你就省下四元多钱,凡事别勉强。但是呢,凡事有章程又比没章程好,比如这过生日的事,我主张咱家以后谁过生日都别买蛋糕。咱们中国人,何必非赶外国的时髦? 还是全家吃顿面条好。四元多钱那能买多少鸡蛋? 只要提前两天给我任务,生日那天保证把鸡蛋买回来。"

慧之:"得,刚说过拥护改革开放的豪言壮语,几分钟之后就倒退回去了! "

静之吸吸鼻子,突然地:"饭煳了。"

五人开始吃饭了。菜还摆了一桌子,但以家常素菜为多,慧之倒酒,林超然在为每人盛米饭。

何母对静之说:"这饭焖得多好,一点儿没煳! 你呀,上了大学了,还学会装模作样骗爸妈了!"

林超然:"静之在大学里可表现出色,我好几次亲眼所见。"

何父何母不由交换眼色。

静之:"今天菜的样数倒不少,可除了一盘猪头肉,另外全是素的! 本人可不是素食动物。"

何父:"别不知足,这盘子里只猪头肉吗? 还有粉肠没看见? 为了买到,我骑自行车去过四家副食商店。"

慧之:"妹,这我说句公道话,你太该知足了! 你的粮食关系已经迁学校去了,我和爸妈加起来每月才六斤大米,今天可是为你焖的大米饭! "

静之:"好好好,别声讨了,知足,知足! "

五只杯碰在一起了。

每人刚喝了一口啤酒,门铃第三次响了。

慧之起身去开了门,门外站着一男一女两个中年人。

女人:"这是何校长家吗?"

慧之:"请进,爸,找您的。"

何父已站了起来,颇诧异地:"哎呀,蒋处长,韩同志,欢迎,欢迎。"

何母也站了起来,何母向两位客人介绍:"这是我二女儿慧之,护士。这是我小女儿静之,在黑大读法律。我大女儿的不幸,你们都知道的。他就是我大女婿,市知青办的副主任……"

她介绍的话,说得有点儿伤感,但更多的是慰藉……时间能淡化许多种悲伤。

何父:"今天是我二女儿生日。你们吃午饭没有?没吃别见外,赶上就坐下吃!"

女人:"你们都坐,都坐。我们有点儿事要及时与何校长沟通一下,所以,明知星期日突然来访不礼貌,但蒋处长性子急,非拽上我一块儿来。"

何父:"我们学校,出了不好的事?"

男人:"别误会别误会,绝对不是为不好的事而来,区教委、市教委还有两级教育局,对您的工作成绩可称赞了!"

何父:"那,请到这边屋里谈吧?"

女人:"沈老师,您也一块儿听听吧?"

何母就也困惑地跟入了静之的房间,林超然往静之的房间搬过去两把椅子。

门关上了。

静之:"我怎么有种不妙的感觉。"

慧之:"别瞎猜,没听人家那位处长夸咱爸嘛!听说又要严打了,也许是防止初中生高中生犯罪方面的紧急工作。"向林超然翘翘下巴,又说:"我倒想问问你,听到爸妈怎么介绍林副主任了?'我大女婿!'我看由大女婿到小女婿,这个弯子他们不好转。"

静之:"反正比你俩那个弯子好转。"

林超然:"你俩别太放肆啊!老猫旁边忙,小猫要上房。"

慧之:"开开玩笑都不行了?看到我房间里的壁画了?"

林超然点头:"饭桌上别那么多话,招呼饭。"说罢,自顾吃起来。

慧之:"麻烦你再回答一句,印象如何?"

林超然:"不错。"

慧之:"敢当着我爸妈的面称赞不?"

林超然:"这可第二句了。当然敢,但没那个必要。为什么要哪壶不开,偏提哪壶?"

静之问慧之:"怎么没带杨一凡来?"

慧之:"我倒不是不敢,他需要好好补一觉。这几天,我每天晚上都到他那儿去,他累着了。"

林超然不由得放下碗,瞪着慧之愣住。

静之也瞪着慧之愣住。

慧之却不再说话,吃起饭来。

静之站起,向林超然使眼色,林超然也站起,跟着她走到厨房那儿。

静之小声地:"这你可得说她几句,那也太现代派了吧?连我都没法接受。"

林超然也小声地:"叫我说什么?怎么说?"

静之:"她别哪天怀孕了!那我们家有戏可演了。"

林超然:"依她的性格,要真想那样,谁也挡不住。"

"你俩鬼鬼祟祟嘀咕什么呢?"慧之在厨房外大声说。

静之:"何慧之,你可不许做下太出格的事儿来!爸是校长,妈是老师,非叫他们在人前觉得没面子,那就是你不对了!"

慧之:"改革开放的年代,什么叫对,什么又叫不对,许多人都得改变思维方式。我和一凡统一认识了,要么,带给亲人们一份儿惊喜,要么,被侧目。真那个结果我们也认了……"

静之对林超然更小声地:"这可怎么办?听她的意思是想哪天抱回个孩子来!"

林超然瞪着静之张张嘴,却没说出话。

静之那房间的门开了,何父何母跟两位客人出来了。何父何母的表情别提有多难看,像是能拧出一盆水来,两位客人的表情也特别不自然。

林超然、静之、慧之看出准是客人带来了什么不好的消息,都有几分不安地看着何父何母将客人送出门外。

何父何母重新坐在了饭桌旁。

林超然和静之也重新坐下了。

何父:"吃饭。接着吃饭。"

何母:"是啊,吃吧。菜都凉了吧? 要不要我去热一下?"

林超然和两姐妹谁也没动筷子没动碗。

静之小心翼翼地:"爸妈,他们……来谈的什么事儿。"

何父:"都吃饭啊! 吃完饭再说。"

慧之:"您要是不说,我们能吃得下去嘛!"

何母:"那……那就现在说了吧。"

何父:"好。现在说就现在说。"干咳一声,看着静之和慧之接着说:"总之,对咱们何家,是一件不好的事,太不好了,非常不好,我说了你俩谁也不许哭!"

静之慧之对视一眼,都点头。

林超然:"我吃饱了……"

他站起来想走开。

何母:"超然,你坐着,我家的事不避你。"

林超然又缓缓坐下了。

何父:"是这样的……有一位退休的老教师……"

问何母:"姓什么来着?"

何母:"姓高。"

何父:"对,姓高,女的,她丈夫也是一位退休教师。老夫妇两人教了一辈子高中……"

何母:"都是哈尔滨解放后第一代高中教师……"

何父："到底我说你说?"

何母："你说你说,还是你来说。"

何父："他们教过的学生,有不少考上了大学……哈工大的,哈军工的,还有考上清华、北大的,'文革'一开始,他们就被从家里赶出去了。现在,市委下了红头文件,要求尽快落实对他们的平反政策,包括归还原住房。"

静之："咱们家住的,是他们的房子?"

何父何母点头。

静之："怎么会……搞成这样?"

何父："是啊。我也问教委的同志,怎么会搞成这样? 他们抱歉地说……'文革'一结束,强占了这套房子的造反派被撵走了,房子由教委收回了,没人向教委主张权利,结果,负责具体工作的人认为是无主房,分给了咱们。而市委红头文件的原则是……原屋原主……"

静之："爸,可……可当时分给您,不也带有落实政策的性质吗?"

何母："是啊是啊,可落实政策,也要讲个谁急谁缓啊!"

林超然呆如木鸡。

慧之早已流泪了,忽然大声地:"我不搬! 我喜欢这个家! 我喜欢我的房间!"

何父严厉地:"你叫喊什么你? 小孩子呀? 不许胡闹。"

慧之起身跑入了自己的房间,门关上时,又飞出她的一句话:"我刚住出好感觉来……"

林超然:"我……我出去一下。"

他一起身,大步走了出去。

外边。小烟亭那儿,林超然买了一盒烟,迫不及待地撕开,叼上一支后,照例没有打火机点燃……

又是卖烟的借给他打火机用。

他大口大口地吸烟不止……

又下雨了,秋雨,淅淅沥沥的,满目秋凉景象。

医院门口的公共电话亭那儿,张继红在打电话,表情从没见过地凝重。

张继红出语困难地:"超然,我在医院门口。大爷的病历什么的在我手上了,我详细地问过医生了……不知道该怎么跟你说……是癌……最恶性的那种……"

他捂住话筒,他蹲下哭了。又说:"我详细问过医生了,据医生说,估计……已经全面扩散了……"

知青办。林超然握着话筒,像石头人。

话筒传出张继红的声音:"超然! 超然! 你说句话!"

声音大得曲主任也听到了,他想从林超然手中拿过去话筒;拿不过去,林超然的手仿佛与话筒黏住了。

曲主任终于得到了话筒,替林超然说:"过会儿再打来……"

他放下话筒,同情地看着林超然。

林超然绝望的孩子似的:"我怎么办? 我怎么办……"

曲主任:"回家吧。以后的几天别来了。"

林超然扶着自行车站在家门前,门锁着。

邻居一位大娘走出家门,走到他身旁,怕惊着他似的,轻声细语地:"超然啊,快去医院吧。你爸今天上午吐血了,你妈吓哭了。院里男人们都上班了,是几个女人和半大孩子,帮着把你爸送医院去了……"

林超然骑着自行车朝医院飞驶而来,由于刹车太猛,摔倒了。

医院急诊室门外,何母搂着林母坐在长椅上,张继红、王志、罗一民、杨一凡、李玖、静之都站着,却互相无语。

林超然匆匆而至,张继红迎上去。

林超然:"我父亲怎么样?"

张继红:"到医院都已经昏迷了,在抢救……"

林超然:"妈……"

林母:"你爸他……太能忍了! ……他怎么,那么能忍啊!"

林母伏在何母身上哭了。

何母:"你岳父过会儿就来……"

张继红将林超然拥向对面的长椅,小声地:"坐下。现在你是你妈主心骨,她哭可以,你得忍着点儿……"

林超然六神无主地坐下。

罗一民走到了他跟前,也小声地:"超然,咱用最好的方法治,花多少钱不是问题! 我银行里存着三万元呢,随用随取!"

李玖:"不打借条都行!"

罗一民狠瞪她一眼。

杨一凡走过去问:"营长,有大爷的近照吗? 任何一张都可以。"

林超然呆呆点一下头。

杨一凡:"我要给大爷画一张油画遗像,用坦培拉尼画法,就是用鸡蛋黄调油彩……"

王志走了过来,搂着他肩,耳语地:"一凡,陪我出去待会,听话,啊……"

他将杨一凡那么搂着走了。

张继红对罗一民说:"让他静会儿。"

罗一民走开了。

张继红又对李玖说:"你也一边去。"

李玖也走开了。

张继红向静之招手。

静之走过来。

张继红:"你陪他坐会儿。"

静之紧挨着林超然坐下了。

张继红也走开了。

静之握住了林超然一只手。

林超然已泪流满面。

静之:"罗一民告诉的杨一凡,我也给慧之打了电话,她正忙,估计今天是没空儿从江北过来了……"

慧之却匆匆走来,手持一大捧野花,静之起身迎上去,接过了花。

慧之:"来了这么多人呀,大爷怎么样?"

静之:"情况很不好。胃癌,晚期。吐血了,现在还昏迷着……"

慧之呆住,接着,低声哭了,双拳直往静之身上擂:"你骗我,你说一般性住院! 我以为没什么大事儿,才采了那么多野花……"

野花插在玻璃瓶中,摆在窗台上。这是一个明媚的上午,阳光照入小小的单人病房,林父躺在病床上,林超然坐在病床边,跟父亲小声说着话。

林父:"怎么还把我弄到单间里了?"

林超然:"继红他们的意思,都说为了来探望您方便,听他们的吧。"

林父:"这是高干的优待,我可享受不起,明天就把我调到普通病房去!"

林超然:"爸,这也是很普通很普通的单间,贵不了多少钱的。"

林父:"那也是贵,贵多少?"

林超然:"这我不清楚,等继红来了您问他吧,前天您刚住进来的时候,我脑子都发懵了,一切手续都是继红他们办的。"

林父:"发懵了,我的病很重?"

林超然:"爸放心,您的病倒不重,只不过是胃溃疡。医生说好好在医院调理几天,动一次手术就会彻底治愈的……我不是没经历过嘛。"

林父:"怕我死?"

林超然:"怕。"

林父:"儿子,你也放心,爸不会这么早就死的。我还不到七十岁,还没活够呢!信爸的话,啊……"

林超然忧伤地点头。

林父:"我刚才做了一个梦,梦见你弄坏我那把玻璃刀子的事了,你还记得吗?我这辈子,就买过那么一次便宜东西。小日本投降那年,在八杂市买到的,德国货,刀头上镶的那叫金刚石,切起玻璃来那叫快,别人都说买值了,可你却偷偷给我搞成废物了……"

林超然:"我想用捡来的废玻璃做三角板,也为同学们做,可用的不得法,一使劲儿,那粒金刚石掉了。那么小,趴地上,瞪着两眼满地找也没找着,当时我心里害怕极了,就用胶水往刀头上黏了一小粒玻璃碴儿……"

林父:"你说你小时候有多能鼓捣啊!我哪儿会知道呢!前街的人家请我去帮着切块玻璃,结果我把人家的整块儿玻璃糟蹋了,还划破了自己的手。当时我以为我自己把玻璃刀弄坏的,心里那个懊糟。后来想,不对。我一向是把刀头朝上放套里的,从套子里取出来时是反放的,肯定有谁动它了嘛,你妈不会动,你弟你妹都不知我放哪儿,那除了你动还有谁?我气的呀!什么叫七窍冒烟,当时我就气成那样。"

林超然:"你想等我回到家,拽过来,按倒掀翻就暴打一顿。"

林父:"对。"

林超然:"为什么却没打我呢?"

林父:"我往家走的路上,耳朵边好像有人在悄悄对我说……你看你这个父亲,你在儿子眼里怎么是个霸王爷似的呢?一个十几岁的孩子,要把那么小一粒玻璃碴黏在玻璃刀头上,那是容易事吗？他如果不是太怕你了,他会不敢承认吗？他那小脑袋瓜里,会憋出那么一种并不聪明的法子骗你吗？"

林超然:"其实,也算挺聪明的。"

林父:"那叫聪明？亏你想得出来,你小时候真的那么怕我？"

林超然:"真的。"

林父:"我在你们几个孩子眼里就那么厉害？"

林超然:"对。门一响,我们听出是你下班了,就不敢嘻嘻哈哈地闹着玩了。"

林父:"当年我一路往家走,耳边那声音一路劝我,句句都批评我不对,说一个让儿女害怕的父亲不是一个好父亲。到家门口了,我的气也消了。再回忆回忆那声音,哪儿是别人的声音,明明是我自己的。所以进了家门,我装没事儿似的,连审问都没审问你一句,是吧？"

林超然笑着点点头。

林父:"以后我脾气改多了吧？"

林超然又点头。

林父:"总体来说,我还算是一个好父亲？"

林超然:"不是算,本来就是。"

林父也笑了,笑得甭提多欣慰。

林母来到了病房,林超然起身,将椅子让给了母亲,走到窗前,从瓶子里抽出蔫了的花枝。

林母坐下后,问林父:"你们父子刚才在聊什么？"

林父:"我在跟他提我那把玻璃刀的事儿。"

林母:"还好意思提。那么经使的一把玻璃刀,你那双笨手,居然就能把它使坏了。"

林父:"儿子,听到了吧,实情我都从没告诉你妈！"

林超然:"妈,当年是我偷偷使坏的。"

林母:"我哪儿有心思为你们爷俩断当年那桩案子。他爸,我给你揿了点儿面片,吃点吧?"

林父:"不想吃,胃里总是胀胀的感觉。"

林母:"还是多少吃几口吧,啊?越什么都不吃,胃里越会那样,坐起来,我喂你吃点儿,啊。"

林父顺从地坐了起来。

林母喂林父吃面片,林超然深情地、默默地看着那情形。

一扇扇病房的窗推开了,有病人伏在窗台倾听。

林父那间病房的窗外。张继红、王志、罗一民、杨一凡,还有另两名返城知青,组成了一个小小的乐队,破旧的手风琴、扬琴、口琴、笛子、箫,倒也合奏得挺好听。居然还有人像模像样地指挥。

林超然坐在病房里拉二胡。

林父靠坐在病床上,很享受地听。

林父忽然大声地:"超然!"

林超然停止了拉二胡。

林父:"我想刮刮胡子。"

林超然:"爸有这心情太好了,我替爸刮。"

林父:"刮脸刀我让你妈给带来了,在抽屉里。"

林超然:"我去打热水。"林超然拿着盆走出。

林父头在床尾,枕林超然双膝上;林超然坐在椅上,双膝并拢,用安全刀片仔细地为父亲刮胡子。

林超然用热毛巾替父亲擦脸,之后将小圆镜递在父亲手中;林父左照右照,表情显得满意。

林父:"扶我起来。"

林超然扶起了父亲。

林父:"扶我到窗口。"

林超然替父亲穿上拖鞋,扶父亲走到窗口。

林父一手扶窗台上,伟大领袖似的摆摆手。

窗外的知青们停止了演奏,一起望他。

林父一抱拳:"孩子们,谢啦谢啦!光嘴上说谢不行,得有行动是吧?我也要为你们唱几句什么,那才显着谢的实在是吧?唱《大海航行靠舵手》给你们听听?"

知青们摇头。

林父:"那,《咱们工人有力量》?"

知青们摇头。

林超然:"爸,您不必的。"

林父:"我这会儿不是高兴嘛!有了,我在西北时学过几句秦腔,就唱秦腔给你们听听!"

他酝酿了一会感情,高声唱起了秦腔。

天黑了。林超然他们曾做过饺子的那排砖房,有一扇窗亮着灯。

屋里。罗一民扎着围裙在切什么肉食,李玖则坐在破椅子上,脚搁在炕沿上。炕沿上摆着小半导体,嗞嗞啦啦地在播姜昆与李文华合说的相声《照相》。

罗一民:"别听了,嗞嗞啦啦地噪耳朵,都听多少遍了啊!"

李玖:"那也爱听!"

罗一民:"好好好,宝贝儿听吧,听吧。"

李玖大声地:"爱听!"

罗一民:"我说了,爱听那就听吧!"

李玖关了半导体,走到了罗一民跟前,深情地看看他说:"我更爱听你叫我宝贝儿。"

罗一民："为了亲自做一顿你最爱吃的炒肝儿,我跑一家回民小馆儿去学了半天。"

李玖："不是回民买不到这些,你能耐不小,怎么买到的?"

罗一民："咱们知青战友中不是也有回民吗? 求他们帮着买的。"

李玖在他脸上很响地亲了一口:"真爱你! "

罗一民："是我真爱你。"

李玖："再说几句吧! "

罗一民："再说什么?"

李玖："宝贝儿呀。"

罗一民："那种话像味精,不能往感情里多加的。"

李玖从背后搂住了他腰,撒娇地:"你很少说。咱俩的感情之中鲜味儿不够,再多加点儿嘛! "

罗一民："别闹,我这掌刀呢! "

李玖扭动身体:"求你嘛! "

罗一民："好好好,宝贝,看看外屋煤油炉里的油够不够,不够添满,一会儿还要为你炒个葱爆羊肉,得用大火。"

李玖："不行! 第一句你带儿音了,刚才那句没带儿音,不合格! 带儿音的听着才够味儿,重说! "

罗一民："唉,我的命啊! 女人可真是的,她爱你你不爱她,她变着法儿折磨你。你被折磨得终于爱她了,她还是变着法儿折磨你! "

李玖："这是幸福的折磨,你心里受用得很! 快,再那么叫我一次,带儿音的! "

罗一民："宝贝儿,亲亲爱爱的宝贝儿,别闹了,啊? 照我的话去做! "

李玖又很响地亲了他一下,到外屋去了,片刻进入,说:"满的,够用。"

罗一民："那你剥葱。"

李玖乖乖坐下剥葱。忽然想起了什么,站起来说:"哎宝贝儿,今天我整理旧物,发现了当知青时的日记,念儿段给你听啊!"起身翻挂在墙上的书包。

罗一民自言自语:"宝贝,宝贝儿,宝贝,宝贝儿……"他摇头苦笑。

李玖已翻出了日记,大声地:"今天是星期天,我们几名知青一致认为,革命青年不应该有星期天。除了睡觉,我们生命的每一分每一秒都应该属于革命。"

罗一民:"那上厕所呢?列宁都说,不会休息就不会工作,二百五!"

李玖瞪他。

罗一民:"二百五宝贝儿!"

李玖:"不许气我,更不许打断!"

她接着念:"最近我们发现了一个值得特别重视的情况,那就是有些人不戴毛主席像章了。从不戴像章开始,就会一步步滑向不忠于的边缘。这是极其危险的,也是极其严重的政治现象!所以,我们集中了一些像章,分散到各个路口,看到没戴像章的人,命令其请罪,再送他一枚像章。天快黑时,我们总共发现了三个没戴的人。其中一个是'老右',他也不配戴。另两个说丢了,我们一人给他们一个。当然,前提是,他们请罪了。我们都认为,这也是战斗。我们要像最高指示说的那样,只要还有一个人,这个人就要继续战斗下去。"

罗一民边洗葱边说:"唉,二百五宝贝儿,我加儿音了啊——你那是哪儿跟哪儿啊!"

李玖:"你说,我们当年怎么会那样?"

罗一民:"应该问,是谁把我们变成了那样。"

李玖:"是啊。太羞耻了!"忽然想起来地:"哎,我先回家一次啊!"

她将日记往桌上一放,一转身跑了出去。

罗一民:"哎,早点儿回来!"

李玖家。她往袋子里放麻酱、腐乳、馒头什么的。

李父李母呆呆看她。

李玖:"爸,还有那个……那个……没有?"

她分明不好意思说明。

李父:"你说明白啊!"

李玖说拼音:"就是那个 jiu……明白?"

李父:"jiu?……jiu……酒?"

李玖连连点头。

李父:"柜子里有瓶没开的……"

李玖打开柜子,取出就往袋里装。

李父:"那可是五粮液! 给爸留半瓶,啊?"

李玖:"看情况。"往外就跑。

李母:"要不要芥末?"

李玖:"免了!"人已在外边了。

李父李母互相看。

李母检讨地:"幸亏女儿当初没听我的。"

李父:"幸亏我一直暗中做她的坚强后盾。"

李母:"别往自己脸上贴金! 谁操棍子要打小罗来?"

李父:"那是误会!"

李玖的头探了进来:"今晚别给我留门了啊!"

她话一说完,头即缩回。

小刚揉着眼从里屋出来,往外追:"妈等等我,我也跟你去罗叔叔那儿!"

李母一把拽住小刚:"别跟去! 和姥姥在家,姥姥给你讲故事!"又问李父:"她探进头说了句什么?"

李父:"说今晚别给她留门了!"

李母:"别给她留门了? 啥意思啊?"

李父:"你猪脑子啊,自己想!"

厂房里,罗一民与李玖在干杯。

罗一民:"好吃吗?"

李玖:"好吃,好吃! 唉,我的命呀!"

罗一民:"你的命还不好啊? 还想咋样?"

李玖:"我学你的话,是幸福的感叹! 干吗不把灯都开了?"

罗一民:"那多浪费电? 晚点儿回去行不行?"

李玖脉脉含情地:"不回去也行!"

罗一民喜出望外:"真的?"

李玖:"我回家主要就是声明一下嘛!"

罗一民又满了一盅酒,一口饮光,却没咽,含嘴里,起身走到李玖身边,捧住她脸,边吻边给了她半口酒。

两人同时咽酒。

两人各夹了一口菜让对方吃。

李玖:"真他妈幸福!"

罗一民:"幸福就幸福,别带他妈的。"

李玖:"幸福感太强烈了,不带他妈的不足以表达!"

罗一民就又深吻她。

屋门外。红粉笔写着八个大字:一概来人,请勿打扰!

屋里。桌上的盘子碗已空了,瓶子里的酒也光了。

有炕的小屋。两人已躺在床上,李玖枕着罗一民手臂。

罗一民:"宝贝……儿,跟你……商量个事儿。"

他口齿不清了。

李玖:"尽管……直说……你的话,是最高……指示……"

罗一民:"我想……取出一万……元钱……给我,营长家……送去。"

李玖:"他开口借了?"

一涉及钱,她口齿清楚了。还晃了晃头,拿起床头椅子上的半杯茶,咕咚咕咚都喝光了。

罗一民:"他倒是没开口借钱……"

李玖:"那就等他开口借时再跟我商量!"显然不情愿,一翻身,背对罗一民了。

罗一民扶她身上哄她:"在医院里时,你不是也亲口说的,不用打借条吗?"

李玖:"那也要等人家开口借!"

罗一民:"我觉得主动点儿好。我了解我营长,不到万不得已,他是不会开口向人借钱的。咱们明明知道他肯定需要钱,为什么非要等他万不得已……"

李玖一下子坐了起来:"你怎么说话连贯了?"

罗一民也坐了起来:"你不是也口齿清楚了吗?"

李玖:"我看,你没醉!"

罗一民笑了:"你也明明是在装醉啊!"

李玖:"我装醉是因为好玩儿!我要使幸福增加喜剧色彩!"

罗一民:"宝贝儿,听清楚没有?我加儿音了啊,没听清楚我再说一遍!咱俩不是心有灵犀一点通嘛!我装醉也是为了使幸福增加喜剧色彩啊!"

李玖:"不行!"将罗一民推倒。

罗一民又扶她起身:"宝贝儿,行吧。你说不行,显得多无情无义啊!"

李玖流泪了:"明白了,你的好表现是计谋!为了达到目的,还企图把我灌醉!哼,小样!你醉了我也醉不了!"

罗一民:"那是。我宝贝儿天生海量,我有自知之明,所以我的好表现不是计谋,我会那么二百五吗?"

外边,一只手从木板缝间伸入,拔开了院门插,林母进了院子。

林母用手电照屋门上的粉笔字。她只认得"一"和"人"两个字,念出了声。

屋里,罗一民还在劝李玖。

罗一民:"宝贝儿,你可一向是知情知义的人……"

李玖:"甭夸我! 一万万万不行,三千可以考虑!"

罗一民:"六千吧! 六六大顺,也许林大爷借这个吉数会闯过鬼门关!"

李玖:"给你个面子,四千!"

罗一民:"四千多不好,不吉利! 五千吧,五千怎么样? 五五……"

李玖:"五五二百五! 唉,我的命啊,刚成了有钱人! 这以后类似的事儿多了,不是每一次都等于割我的肉嘛!"

拍门声。

两人愣住。

拍门声更大。

罗一民:"你不是跟你爸妈说好了吗?"

李玖:"不会是他们……"

林母的声音:"一民! 大娘知道你住在这儿了,快给大娘开门!"

罗一民:"是林大娘!"匆匆穿衣,穿鞋。

罗一民搀扶林母进了屋。李玖也已穿上衣服,卷好了被子,坐在炕上。但她一只脚上穿了袜子,另一只脚上没穿。

李玖站了起来,发窘地:"是大娘呀,快请坐。"

她搀扶林母坐在椅上。

林母:"李玖也在啊。"

李玖:"那什么……一民他不是胆小嘛,非死乞白赖地央求我,陪他待晚点儿,给他壮壮胆儿。"

罗一民:"是啊是啊,我也不知道怎么了,近来特胆儿小。大娘这么晚来,有急事儿?"

林母:"当着李玖的面,我都不好意思开口了。"

李玖:"大娘,我还成外人了呀? 只要我和一民力所能及的事,大娘您尽管开口!"

罗一民:"是啊大娘,她都快成我宝……快成我老婆了,自家人嘛!"

林母:"那,大娘可就豁出老脸来说了,你大爷这一得了癌,家里急需钱啊! 人家何家倒是慷慨,肯出一笔钱。可凝之不在了,咱花人家的钱,心里不安啊! 于是大娘就想到了你。超然坚决反对向你开口借,但钱即使保不住你大爷的命,起码也能保他多活些日子啊! 所以呢,趁超然在医院陪他爸,大娘左思右想睡不着,深更半夜地,不由自主就来了……"

她哭了。

罗一民和李玖互相看看。

罗一民:"大娘,我和李玖,我俩之间,她管钱,但三四千的,我还做得了主。我向您保证,可以随用随取。"

林母:"那,大娘太感谢了。"

李玖:"大娘,别说三千四千,就是四千五千……"

罗一民:"就是一万,李玖她也会二话不说就往外拿的。"

李玖张大嘴,愣住。

罗一民:"是吧宝贝儿?"

李玖:"是……是啊是啊!"

林母:"能从你们这借一万当然更好了,那估计绰绰有余了,大娘这心里一块石头落地了,那,大娘不搅扰你们了,你俩快睡吧!"

罗一民扶林母走出。

李玖气得咬牙根,抓起枕头,一记记往炕上摔。

罗一民回来了,见李玖双手叉腰瞪他。

罗一民:"怎么了宝贝儿? 刚才夸你夸不对了?"

李玖拧他耳朵:"你那不是夸我,是挤对我! 挤对得我说不出二话来!"

罗一民:"哎呀哎呀,你怎么不分好赖话呢! 人家又不是要,人家是借嘛! 我营长现在都是副处级干部了,你还怕人家还不上啊!"

李玖:"就他每月那点工资,猴年马月才能还上? 我打你打你打你打你……"

她又抄起枕头打罗一民,罗一民绕着桌子躲。

白天。罗一民存过三万元那家银行,几个人在办存储。

李玖进入,走到一个窗口,四下看看,小声地:"我取钱。"

办理员接过存折,问:"取多少?"

李玖声音更小地:"一万。"

左右还是有人听到了,惊讶地看她。

办理员:"请稍等。"拿着她的存折,起身跟一个负责人嘀咕什么。

负责人出来了,彬彬有礼地:"同志请跟我来。"

李玖跟他进了一个房间。

负责人:"同志,现在利息很高,您如果不急用的话……"

李玖:"我急用,特急,十万火急!"

负责人无奈地:"那,好吧!"

一块写有"此处施工请绕行"的提示板醒目地摆在小街中间,木马横于小街中段,那儿的下水道口的铁盖半掩半开,下水道口另一边倒放着一只塑料桶。

李玖的身影从小街那头走来,肩挎大布兜。

一个男人迎她走来。李玖看着他,站住,犹豫一下,继续往前走。

那男人走近她时,猝然将她推得贴着一面墙了。男人的一只手卡住她脖子。

男人:"要钱还是要命?"

李玖惊慌一下,随即镇定地:"要钱。"

男人:"要钱我捅死你!"

李玖:"捅死我也要钱。"

男人:"你? 别人这种时候,可都是保命要紧!"

李玖:"别人是别人,我是我,我与众不同。"

男人:"以为我不敢捅死你是不是? 告诉你,我可杀人不眨眼!"握在男人另一只手上的刀锋,压在了李玖的脖子上。

李玖:"行行行,算你狠。我兜子里有一万元,你放开我,一半归你。"

男人犹豫。

李玖:"那,四六开,你六我四!"

男人还犹豫。

李玖:"三七! 我三你七,这是我底线,见好就收,你懂不懂?"

男人放开了她,别好刀,双手抻衣襟,预备兜着钱。

李玖另一只手深入兜子里,迅速抽出一把菜刀。

男人大吃一惊,后退。

李玖:"王八蛋! 你姑奶奶防着你们这种人呢! 我他妈先要你的命!"

她闭上眼睛,挥刀乱砍:"砍死你砍死你砍死你……"

男人转身,尥蹶子就跑。

一阵响声,接着一切归于寂静。

李玖缓缓睁开眼睛——见塑料桶滚到了一边,下水道口的盖子也翻过来了,几乎盖严了下水道口。

下水道传出男人的声音:"救命! 救命!"

李玖冷笑,收起了菜刀。

两名水道工拖着塑料管子走来,见李玖盘腿坐在下水道盖上。

一名水道工:"哎,你怎么偏往这坐啊?"

李玖:"有烟吗?"

另一名水道工小声地:"看来精神不好,千万别戗着来,要顺毛'摩挲'……"

第一名水道工掏出烟扔给李玖一支,将打火机给了同伴,也小声地:"我怕这号人,你来。"

对方蹲下,按着打火机,防范地伸长胳膊,替李玖点着了烟。

李玖吸烟,她手一个劲地抖。

一名水道工对另一个说:"别急,等她吸完烟就会走的。"

李玖吸完了烟,使劲按灭地上,忽然仰起头,母狼嚎似的:"来人啊!有人掉下水道里啦!"

医院,林父的病房里。罗一民拿一又旧又小的半导体在摆弄,按不出声音。

林父在看着,而李玖在从网兜里往外取食品。

窗台上,瓶子里是一束鲜花。

李玖从罗一民手中夺下半导体,扔纸篓里。

罗一民:"哎你……也许是电池没电了。"

李玖:"那都是十好几年前的破玩意了!旧的不去,新的不来!"取出了纸盒,拆装,是新的半导体,给了林父。

罗一民:"你倒是早说呀!"

李玖:"我不像你,一贯言语大于行动。大爷,忠不忠,那得主要看行动,是吧?"

林父感动地:"哎呀闺女,你想得可真周到,大爷收下了。但是那什么,钱你们一定带回去!我是老工人,医药费不是可以报销嘛!"

罗一民:"大爷,有些好药是报不了的,咱得为你用好药!"

林父："如果是治不了的病，无论于公于私，就不必浪费许多钱了嘛！"趁李玖不注意，从纸篓里捡起半导体，塞于枕下。

医生与护士来查房了。

林父："你们仔细看看她，她现在可是名人，认出没有？"

医生摇头。

护士："她……她是那个……报上登的那位，赤手空拳擒拿拦路抢劫惯犯的那位宝贝？"

罗一民骄傲地："要加儿音。宝贝儿。我对记者随口这么一说，不曾想被写到标题字里了。"

林父也骄傲地："她是我干女儿，他是我干女婿。"

护士一转身跑出。

医生对李玖尊敬地："荣幸，见到您是我的荣幸！我们医院就有同志被那惯犯拦路抢劫过。放心，老人家在我们这儿一定会得到很好的照顾！"

忽然进来四五名护士，有的将笔和小本伸向李玖，有的向她伸着衣襟和帽子，七言八语：

"李玖同志，向您致敬！"

"李玖同志，请给我签在帽子上吧，我要留作纪念！"

"李玖同志，请签我衣服上！"

李玖一边签名一边纠正："我不叫李玫，叫李玖。汉字玖。数字里边玖最大，是天数！女人我最大，半边天那么大！"

天黑了，病房中拉上了窗帘，瓶中的花枝更少了。林超然侧身站窗前，用小剪刀修剪花枝，何父坐在床尾一角，目光眷恋地望着林父，林父靠坐床上，静之、慧之，一个坐在床左的椅子上，一个坐在右床边，各自握着林父一只手。

林父幸福地对何父说："住院的感觉还挺好。我这辈子，从没被这么多人当回事儿过。"

何父:"那就别急着出院,多住几天。"

静之:"只要你觉得好,费点儿钱亲人们也都高兴,别考虑钱嘛。"

林父:"你看,静之、慧之,一边一个,这么亲地握着我手不愿放。医生护士都以为她俩是我女儿呢!"

何父:"当然也是你的女儿。"

林父:"想当初,超然和凝之决定结婚前,我的态度还不太积极,怕和你们知识分子结成亲家,以后关系不好处,哪曾想,咱们越处越亲……"

静之:"那是因为您和大娘处处礼让着我爸妈。"

林父:"哪里,是你爸妈处处让着我和你大娘。"

慧之:"大爷,您和大娘,就像我们三姐妹的另两位父母。"

何父:"静之、慧之,让你们大爷早点儿睡,咱们走吧。"

于是静之、慧之依依不舍地站了起来。

何父:"亲家哥,刚才也没机会握你的手,现在咱俩也握一下手吧?"

林父:"不跟你握的。别人说,在医院,太正式的握手不吉祥。"

何父:"好。那就不握,接你出院时再握。"

林超然送出何家三口后,父亲对他说:"扶我躺下。"

林超然扶父亲躺下了。

林父:"坐我旁边。"

林超然坐在了床边椅子上。

林父伸出了一只手:"儿子,你也握着我的手。"

林超然用双手握住了父亲那只手。

林父闭上了眼睛,给小孩讲故事似的:"我小时候,常听老辈人说,这么样亲人握着亲人的手,阎王爷派出索命的小鬼一看,就想他们在阳间的亲人了。一想,心就软了……"

林超然:"爸,您刚才说了不少话,睡会吧。"

林父:"再说几句。你信不信?"

林超然:"我嘛,半信半疑的。"

林父:"我……也是。"

林父:"我困劲儿还真上来了。听我儿子的,不说了……"

林超然:"爸,那就睡个好觉……"

天亮了。林超然握着父亲的手,上身斜伏在父亲腿边,也睡着了。

护士进入,拉开窗帘,林超然醒了,又走到窗前,挑出枯萎的花枝。

护士走到床边,细看林父,俯身倾听林父的呼吸,惊慌,跑出门去。

林超然转身,吃惊地望着父亲,挑出的枯花从他手中落在地上。

瓶中只剩下了两枝花,一白一红。

护士又回到了病房,一男一女两位医生也来到病房。男医生摸林父脉搏,用听诊器听林父心脏。

男医生向女医生摇头。

女医生向林超然摇头。

护士欲用被子盖住林父的脸,林超然不许。

医生护士互相使眼色,皆退出。

林超然坐下,用小剪刀为父亲剪指甲。

他伏在了父亲身上,双肩剧烈耸动。

第二十九章

这是一天的中午。何家在中学校园里住过的那幢砖房,几扇窗子都敞开着。

屋里,站着慧之与杨一凡。慧之照例穿上了白大褂,戴上了白帽子,挽着双袖,一手拿笤帚,而杨一凡背着的是一个马桶兜。屋里的情形,显然被修缮过。这里那里的裂缝,出现一道道或白灰或水泥抹过的痕迹。当初杨一凡画出的图案,不但褪色了,还被抹过的痕迹破坏了。

杨一凡:"张继红他们来过?"

慧之点头。

杨一凡查看那些被抹过的痕迹,称赞:"他们干得很细心。"

慧之:"也不想想是给谁家干啊!可抹出这么多黑黑白白的道子,多难看。也不说用灰刷一遍,你还夸他们。"

杨一凡:"我想,他们是不忍心完全覆盖了我的作品,把最有创意空间的活留给了我。起码,我能恢复我作品原先的色彩。"

慧之:"我也给你带了一件白大褂,换上吧?"

杨一凡:"不。那会弄脏的,我穿我自己带的。"

慧之看一眼手表："现在快一点了，估计咱们得干到几点？"

杨一凡："争取五点结束。"

杨一凡换上了一件蓝色的布满油彩点子的大褂，站在椅子上，高举笤帚刷墙。

慧之在用另一把笤帚扫地。

杨一凡在收拾门前、窗前的杂物，重摆砖围子，扫地，忙个不停。

慧之在擦窗。

屋里，杨一凡开始站在椅子上描画图案了，慧之照例充当助手，一会儿端起盛着彩色灰浆的盆，一会儿递刷子。

慧之忽然失声尖叫，盆从手中落地；还好，盆中已没多少灰浆。

杨一凡奇怪地看她，她指杨一凡放在地上的马桶兜；杨一凡下了椅子，走到马桶兜那儿蹲下，倒拿手中刷子，用刷柄拨弄兜子里边。

杨一凡捧起了一只很小的小猫；慧之喜欢地笑了，接过小猫，爱抚。

中午的太阳偏西了，转眼变成为火红的夕阳。慧之和杨一凡站在屋里，双双伏于同一窗台。另几扇窗子已关上，玻璃擦得明明亮亮。

原先的图案已焕然一新；至于那些抹过的道子，皆被画成了海草或珊瑚，旁边有各种美丽的热带鱼仿佛在漫游。

学校的操场上，几位男生在踢足球。

杨一凡："咱们提前半小时完工了。"

慧之："别急着走。一会儿咱俩都洗把脸，然后我请你吃饭。"

杨一凡："我急着听到你的称赞。"

慧之扭头亲了他一下，却叹口气道："说心里话，我还是更喜欢我们即将搬出的那套楼房。住这儿，家里又得预备尿盆了，冬天又得烧煤，烧木柴,倒煤灰,麻烦死了……"

杨一凡:"不同的生活,有不同的滋味儿。火炉、火墙、火炕的温暖,比起暖气的温暖,更是温暖。听一壶水嗞嗞响着,在火炉上渐渐开着,和在煤气灶上烧开,是不一样的心情。"

慧之:"你呀,总是和别人不一样。"说罢,亲了小猫一下。

操场上不断传来男生们的喊叫声。

杨一凡:"为了你,我已经在尽量处处装得和别人一样,说不使别人诧异的话了。"

慧之握了他手一下:"别为了我装,那太委屈你了,也没必要。"

杨一凡:"在儿童、少年、青年和老年四种人生阶段中,你更喜欢哪一种?"

慧之想了想,认真地:"儿童阶段。你呢?"

杨一凡:"青年阶段。"

慧之:"因为你像儿童,所以我喜欢儿童阶段。"

杨一凡:"因为我喜欢爱情,所以我喜欢青年时代。因为我是青年,所以爱你爱得甜甜蜜蜜,快快乐乐的。"

慧之不禁扭头凝视他。

杨一凡:"这样的话,还不算正常人的话吗?"

慧之:"听来还是特像儿童的话。"

杨一凡沮丧了:"我很笨,是不是?"

慧之:"太聪明了有什么好?"捧住他脸,深情地吻他。

小饭馆里,只有慧之和杨一凡在吃饭,清静。

杨一凡将口中嚼过的饭吐在掌上,喂小猫;慧之温柔地看着。

杨一凡:"它太小了,由我来养吧?我会好好照顾它的。"

慧之点头,问老板娘:"生意还行?"

老板娘边嗑瓜子边说:"马马虎虎。小猫挺漂亮,留这儿吧。"

慧之:"那可不行! 你看他会舍得吗?"一回头,杨一凡不在了;她用目光一找,发现杨一凡钻桌子底下了,柔声地:"咪咪,我不抓你,听话,自己过来……"

老板娘:"你什么人?"

慧之:"猜。"

老板娘:"你弟。"

慧之:"错。我爱人!"

老板娘:"爱人? 整个儿一大孩子!"

慧之:"已经爱上了,那咋办?"

老板娘几乎幸灾乐祸地:"那是不好办了,谁叫你摊上了呢!"

慧之望着钻出桌子,抱着小猫的杨一凡,幸福地:"是啊,谁叫我摊上了呢!"

林家。何父坐在椅上,抱外孙于膝,背诗给外孙听:"君不见,黄河之水天上来,奔流到海不复还! 高堂明镜悲白发,朝如青丝暮成雪……"

他白头发明显地多了。

外孙傻傻地看着他。

而林母和静之,则一个坐炕上,一个坐炕沿,默默包饺子。

何母扎着围裙,端着一大盘凉菜,从厨房走入,将凉菜放桌上,问何父:"你念经呢?"

何父:"背诗给我外孙听。"

何母:"他听得懂吗? 像你这么看孩子,早晚把孩子看傻了!"又对静之说:"静之,去叫超然过来吃饭。"

静之放下手中一个饺子,默默出去了。

何母坐在炕沿,对林母说:"亲家母,去我们那儿住几天?"

林母凄然一笑,摇头。

何母:"超然白天上班,你一个人多孤单?"

林母:"不是有孙子嘛。"

何母:"到了晚上,你们母子这边睡一个,那边睡一个,哪个心里都冷清。"

林母拉住了何母一只手:"超然懂事,最近天天晚上陪我,他睡吊铺上。你们工作忙,静之学校里也忙,慧之又在江北那么远的地方上班,你们一家,就别操心我们这边了,啊?"

何父干咳一声,之后迟迟豫豫地说:"要不,咱们大人之间说开了,说定了,就让静之……我的意思是,都支持他俩的事成了吧!"

何母:"亲家母,你说那么样,好不?"

林母连连点头:"好,好,怎么不好……"

她一扭头,无声地哭了。

林家小偏厦子里,桌上并排摆着三幅遗像。中间是大一些的林父的油画像,两边是凝之和林超越的。

林超然倒坐在一把椅子上,双手叠于椅背,下颌放在胳膊上,呆望着亲人们的遗像;而静之,双手背于身后,贴墙站在门口那儿,呆望着林超然。

静之:"走吧,要不大娘或我爸妈,会亲自过来叫的。"

林超然:"先是让我当不成哥了;没几年,突然地又让我当不成丈夫了;现在,又让我当不成儿子了……如果命运是一个人,我非和他拼了不可……"

静之走到他跟前,低声地:"命运什么都不是,只不过就是人生的一些内容。"

林超然流泪了,抬头望着她说:"我没准备好……我怕了……"

静之情不自禁地搂抱住他的头,安慰:"吃饭的时候,不能再流泪了,更不能再哭了。你一哭,大娘不是更伤心了?"

林超然的双手也搂抱住了静之的腰,语无伦次地:"我不哭了……

我……楠楠……我每天晚上……我面对他们一老一小,我……找不到,我找不到话说我……"

他终于还是哭出了声。

下雪了,一九八二年底的初雪,一九八三年就要到了。

火车站。何父、慧之在等待上海开来的列车。慧之的生母陈阿姨要来了。慧之直到此时还不知自己的身世。

列车开来,乘客下车。慧之与父亲奔向一节车厢,望着车门口,慧之手拿陈阿姨的军装照。

陈阿姨下了车,仍一身棉军装,只不过没领章帽徽肩章,她转业了。

慧之认出了她,叫:"陈阿姨!"

陈阿姨的目光望向她。

慧之迎上去,拥抱住了陈阿姨,趁机耳语:"千万别提我大姐!"

何父也迎上去,接过了陈阿姨手中的东西。

何父:"淑兰,如果走在路上碰到了,还敢认我吗?"

陈阿姨摇头:"你老了,我也老了,都老了……"

慧之:"阿姨不老,精神着呢!"

陈阿姨:"你这么说是成心哄阿姨高兴呗。连你我也不敢认了,你是哪个? 静之还是慧之?"

慧之:"阿姨,我是慧之。我妈没给您寄我们的全家照?"

何父:"看你问的,你们都返城后,一直说抽空儿照张全家福,不是这个有事儿,就是那个有事儿,照成过吗?"

慧之:"总说有事儿的那是您!"

陈阿姨:"慧之,让阿姨好好看看你,我那儿只有你们姐妹小时候的照片。你如今长成大姑娘了,像秦怡年轻的样子嘛!"

慧之不好意思了:"人家是大明星,我哪儿比得上人家年轻时漂亮啊!"

何父:"走吧,挺冷的,别让你陈阿姨站这儿挨冻了。"

雪天中。何父蹬着三轮平板车,车上坐着慧之和陈阿姨。

陈阿姨小声地:"为什么不许我提你大姐? 离婚了?"

慧之摇头,解开两颗扣子,让陈阿姨看她袄里。她袄里缝着一块长方形黑布。

慧之小声地:"十月份的事,我好几件衣服上都缝了。静之也和我一样。"

陈阿姨明白了,戚然,随之搂住了慧之。

何家。何父推开家门,往屋里请陈阿姨。

陈阿姨进了屋,环顾四壁,十分惊讶。

何父:"这么不伦不类的一个家,都不好意思往家里接你。"

慧之望着陈阿姨,期待她的说法。

陈阿姨:"多美丽的一个家啊! 只有童话里才会出现!"

慧之笑了。

陈阿姨见何母呆呆地望着自己,微笑道:"你那么看着我干什么? 坐我边上。"扯了何母一下。何母坐在她身旁,感慨地:"都十来年没看到你了。想你的时候,就看你的照片。看惯了照片上的你,现在一下看到眼前的你,有种一时对不上号的感觉。"

陈阿姨:"我和我的照片比,老了那么多嘛?"

何父:"她老多了,你可没太大变化。"

陈阿姨笑了:"你也哄我呗。哄我可以,我爱听,但也别哄一个,打击另一个嘛。"

何父也笑了:"私下里我也总哄她,我还给她买过高级的蛤蜊油呢!"

陈阿姨:"就是你们往西藏寄过的那种?"

何父:"对,三元多一蛤蚧!那至今还往朝鲜出口呢。"

何母:"我这双娇气的手,一到冬天,沾水就裂。可我是主妇,能总是让他那双手弄水吗?"

陈阿姨抓住何母一只手看,之后用双手亲热地捂着,对何父说:"你替我心疼她是对的,否则我会严厉批评你的。"又对何母小声说:"我真不知该怎么感激你。"

何母朝门那边努嘴:"不许再说这种话,小心慧之听到。"

门一开慧之端一盆热水进入,绞了一下热毛巾递给陈阿姨:"阿姨,擦擦脸。"

陈阿姨接过,擦脸,看着慧之说:"慧之真懂事儿。"

慧之:"我爸妈教育得好呗。"

何父:"半大孩子都应该懂这点儿事,她气我俩的时候你是没见着过,有时候气得我真想扇她两撇子。"

慧之:"阿姨,别信我爸的话,我在爸妈面前可乖了,差不多是百依百顺!"将沏好的一瓷杯茶端给陈阿姨:"阿姨请用茶。"

陈阿姨:"来,你坐阿姨另一边。"

慧之坐到了她的另一边。

何母:"淑兰,刚才我看着你发愣,那是因为照片上的你,帽子上有红星,领子上有红旗,衣肩上有肩章,英姿飒爽。你这一转业,军服上什么都没有了,我一时反而还……难以接受你的样子了……"

何父:"你陈阿姨转业前可是副团级军官啊!"

陈阿姨左右搂住了何母和慧之:"想你们,做梦都想你,所以申请转业了。以后,来哈尔滨看你们的次数就会多了。"

电话响了,何父接听电话:"对,是的。我们刚把她接回家里不一会。"转身捂住电话对陈阿姨说:"居然是找你的。"

陈阿姨起身接电话,热情地:"大姐,我到了……不愿麻烦你们啊,

825

千万别见怪,对,我是想逛逛哈尔滨的雪景,哎呀,太……行行行,听你们的。"

她放下电话对何父何母和慧之说:"是我战友中一位老大姐,现在是警备区副司令员的夫人,我来前和她通过了电话,告诉了车次,没想到她们也派人去车站了。没接到,车往这里开来了。"

何父:"你一路上坐我的专车上,那不就算逛了哈尔滨的雪景了吗?"

陈阿姨:"我那位老大姐的性格固执得很。她要是替谁安排的事,谁就只有服从。要不她会生气的!"

何父:"千万别让她把你安排到别处住啊。你和慧之要天天住这儿,我和慧之她妈还住办公室去。"

慧之:"阿姨,求求你和我多住几个晚上吧。我还有好多心事要跟你说呢!"

何父严肃地:"该说的跟你阿姨说,那不该说的,别乱说啊!"

慧之:"我的心事,该说不该说,得由你来决定?"

何父:"对,一会儿你陈阿姨离开了,我要和你单独谈话。"

慧之逆反地:"又来那一套!"

何父:"哪一套?"

慧之:"高压手段那一套!"

陈阿姨一会儿看这个,一会儿看那个,分明地,她看到的使她暗暗吃惊。

何母:"老何,当着淑兰的面,你这是干什么你!没你这么管教孩子的,好孩子也会让你管教坏了。"

何父意识到自己失态了,摸了慧之头一下,掩饰地:"我逗她玩呢,我可爱逗她玩了!"

慧之一拨头:"我还是小孩吗?"

何母:"慧之,当着你陈阿姨的面,你也少说几句!你陈阿姨刚夸你懂事!"又对陈阿姨说:"淑兰啊,你刚才说,来电话的,是警备区副司令员的夫人对不对？"

陈阿姨点头。

何母："跟你感情很深？"

陈阿姨点头。

何母："如果咱有事儿求她，她能尽量帮忙不？"

陈阿姨："我想，能吧。"

何母："太好了，慧之她现在上班的医院，在松花江北边，离家远，交通又不方便。而且，还是一所精神病院。何不求求你那位老大姐，把慧之调到警备区医院去，要不，我可不顺心啦。"

何父："对对，好想法，要不我也不顺心。真调到警备区医院去，慧之不也能穿上军装了。"

陈阿姨沉吟地："这……咱们以后再商量。"

慧之大不高兴地："爸，妈，你们怎么这么好意思啊？这叫不正之风！一些干部一被平反，重新一掌权就又利用职权谋取私利，老百姓特烦！把我陈阿姨接到家里来没多一会儿呢，你们就想为我走她的后门，脸红不脸红啊？我有过这种要求吗？我在江北精神病院表现良好，大家都喜欢我！如果我走后门调离了，我不就成了别人议论的话题啦？我不愿那样！"

一阵肃静。

何父："别说得那么严重好不好？我只不过一中学校长，算什么干部？"

何母："别人议论一阵就过去了，为了你好，妈一点儿都不脸红。"

慧之："那不成了厚脸皮了吗？"

陈阿姨："慧之，你给我住口。"

慧之万没料到，愣住。

又是一阵肃静。

外边响起汽车喇叭声。

陈阿姨瞪着慧之说:"你怎么可以那么跟你爸妈说话?我忍你半天了。亲有过,谏使更。怡吾色,柔吾声。这十二个字,你以后要给我记住。"

慧之眼泪汪汪了。

陈阿姨又对何父何母说:"车既然到了,我总得坐着去兜一圈儿。保证不住别处,一定回来吃晚饭。"

何父、何母点头。

陈阿姨走到门口,在门口站住,回头对慧之说:"跟我出来一下。"

慧之抹了一把眼泪跟出。

外边,陈阿姨对慧之说:"陪不陪我去?"

慧之摇头。

陈阿姨:"你爸妈把你拉扯大多么不容易,一个知道感恩的女儿是不会那么跟父母大声嚷嚷的,更不会当着外人的面大声嚷嚷!"

慧之:"我没拿您当外人。我尊敬您。不愿爸爸妈妈使您做违心的事,损害您军人的荣誉……"

陈阿姨:"这我明白……既然你不愿陪我去,我也不勉强。回屋后,不许跟爸妈拌嘴了啊!"

慧之哭出声:"阿姨说那十二个字,我不知道是哪十二个字?"

陈阿姨替她擦眼泪:"好声好气地问你爸妈,他们知道。"说着往屋里推慧之。

上海牌小汽车的前门开了,下来一名现役军人。向陈阿姨敬礼,拉开了车后门。

陈阿姨坐入车里又说:"告诉你爸妈,我也是要为他们去买份见面礼,而且是我们年轻时共同喜欢的。"

车门关上,车开走了。

雪还在下着。松花江畔。

陈阿姨与那位军人的身影在雪中走着。

军人："首长,雪不小。请还是回到车上吧。"

陈阿姨："不许叫我首长,我一个副团职,算得上什么首长,再说我已经退役了,叫我大姐。"

军人不好意思："是,大姐。"

陈阿姨："我喜欢雪,尤其是在雪天行走。就像有的南方人,喜欢在黄梅雨季撑着伞,在小街小巷漫无目的行走。"

军人："西藏的冬季也下雪,您在西藏军区服役了多年,还没看够雪?"

陈阿姨："西藏的雪和东北的雪是不一样的,那边的雪很硬,像盐粉,往往结不成雪花儿。"用一只手接住雪花,看着又说:"这里的雪很柔软,结成的雪花像艺术品。哎,你不是说江边有卖画的吗?怎么一个都没看见?"

军人："肯定是由于下雪啊!往常卖什么画的都有,国画、油画、板画,一排排一溜溜儿,现在哈尔滨也有外国人来了,他们最喜欢买。因为哈尔滨画家画的构图好,又便宜,但就是……"

陈阿姨："说下去。"

军人："有关方面是会驱赶他们的,不服从的还会给抓走,没收他们的画,宣布他们破坏了社会主义经济基础。"

陈阿姨："那没收了,怎么处理呢?"

军人："这我就不太清楚了,听说,一般是要烧了的。"

陈阿姨："那你怎么看?"

军人一愣:"我没看法。"

陈阿姨："任何人对任何事都会有看法,也应该有看法,你怎么会没看法?"

军人："大姐什么看法?"

陈阿姨："我的看法非常明确,抓人、烧画,那是'文革'遗风!加强管理是可以的,但更要提供方便。将来喜欢买画,在家里挂幅画的中国人会越来越多。这是我的看法,你也请说说吧。"

军人:"我……还是没看法。"

陈阿姨笑了,打他一下:"你这位同志啊,狡猾狡猾的。"

军人又不好意思了,忽然指着说:"大姐你看!"

远处有一个身影——杨一凡的身影,伫立雪中,扶着大画框。

陈阿姨和军人走到了杨一凡跟前,杨一凡身上已落了很厚的一层雪,显然,他站在那里多时了,而画也几乎完全被雪覆盖住了。

陈阿姨:"卖吗?"

杨一凡点头。

陈阿姨:"画的什么?"

杨一凡:"自己看。"

军人:"都落满雪了,别人能看到什么啊?"

杨一凡:"谁想买,谁就应该把雪擦去。"

军人:"你这话说得就不对了,既然你想卖画,就应该时不时地擦一擦雪。那样别人才能一眼看见你画的是什么。"

杨一凡:"我与众不同。"

陈阿姨与军人不由互相看一眼,军人掏出手绢。

陈阿姨:"我亲自来。"接过手绢,擦画上的雪。几擦之后,显现出了慧之带护士帽的面容。

杨一凡:"请先扶一下。"说完竟然跑了。

陈阿姨和军人又一时互相看看发愣,再看杨一凡,他边跑边喊:"停住! 停住! 赶快停住!"

原来江面上有一个男青年在推着爬犁跑,爬犁上坐一扎红头巾的女青年。爬犁停住了。

杨一凡:"前面有好几个钓鱼的冰窟窿,危险!"

爬犁拐弯了。

杨一凡竟伏在栏杆上愉快地看起来。

一只手拍在他身上;他一转身,跟前不但站着陈阿姨和军人,还站着一戴水獭帽子的香港人——是杨雯雯她外公的秘书。

军人:"不卖你的画啦?"

画上的雪已经擦尽——画的是白帽子白大褂的慧之。

杨一凡:"真想买?"

陈阿姨:"你画的?"

杨一凡点头。

陈阿姨:"你画的什么人?"

杨一凡:"我爱的人。"

陈阿姨:"她叫什么名字?"

杨一凡:"我的秘密,不能告诉别人。"

秘书:"哎,我不问这么多,卖给我吧。"

杨一凡:"那不行,他们先要买的,他们不买才能轮到你。"

陈阿姨:"多少钱?"

杨一凡:"八十四元五毛二。"

军人:"你怎么还带几分几毛的零头?"

杨一凡:"我的秘密,不能告诉你。"

军人:"八十四元怎么样?"

杨一凡:"一口价,少一分也不行。"

秘书:"卖我,卖我,给你一百元,卖给我!"

他说着,掏出了大钱包。

杨一凡:"别急,先问他们买还是不买。"

秘书:"哎你们这买的卖的,怎么都这么啰唆啊?"

杨一凡:"凡事都有先来后到,嫌啰唆你别等了。"

秘书:"我可一开口就给你一百元啊!"

杨一凡:"轮到卖给你也是八十四元五角二。不多收一分,不少卖一分。"

秘书气得干瞪眼不知说什么好。

陈阿姨:"我再什么也不问了,买了。"又对军人说:"我没钢镚儿,你那有没有?"

军人:"大姐,我也没有。"

杨一凡:"我兜里有不少,找得开。"

秘书生气地转身便走,嘟哝:"简直是神经病!"

突然一声断喝:"杨一凡,又是你! 这第几次了!"

一名巡警出现了。

杨一凡:"好几次刚要卖成就让你搅黄了,我还想说又是你呢!"对陈阿姨小声地:"别理他,他不真管我。"

巡警大声地:"这次我要真管! 走,走! 拿上你的画走。"

军人拍拍巡警的肩,示意对方到一边说话。

杨一凡小声对陈阿姨说:"他精神有点儿不正常。"

晚上。为了欢迎陈阿姨的到来,何母亲自在厨房忙碌,林超然在打下手。

何母:"超然,把这盘菜也端上去。"

林超然接过菜,进了屋。

屋里,何父、静之、慧之在陪陈阿姨看电视。电视里,又是姜昆在表演相声《照相》。然而,由于主人们不笑,陈阿姨也不笑,主人客人都安静无声地看着。

林超然往桌上放菜时,静之扭头看他。

林超然张大嘴,不出声地说:"笑……"

静之困惑。

林超然只得用手在空中写一个大大的"笑"字。

静之看明白了,却纳闷儿似的:"你们怎么都不笑啊?"

何父:"是啊是啊,当年太可笑了!"

慧之:"是太可笑了。"

陈阿姨奇怪地看何家父女,不过还是都没笑,气氛反而有点儿莫名其妙了似的。

林超然:"陈阿姨……"

陈阿姨回头看他。

林超然:"姜昆当年也是我们兵团的,他带宣传队到我们马场独立营演出过,我还跟他合过影呢!"

慧之:"他爱人也是兵团的。"

静之:"陈阿姨,慧之当年可笑的事,比这段相声还可笑!"

陈阿姨:"是吗? 说来听听!"

静之:"人家慧之,当年日记里记了一则革命得不得了的日记,还被他们连的宣传队谱上了曲。他们连的知青轮流敲钟……"

慧之:"不许说!"

静之站了起来,连说带比画:"当我手拿敲钟铁,我就想到了我是为革命在敲钟。上工敲钟是催同志们马上去战斗;批判会前敲钟,是号召同志们准备和思想上的敌人拼刺刀;我敲的是革命的钟,我敲的是战斗的钟,我敲的是资本主义的丧钟,我敲的是无产阶级的警钟……"

陈阿姨、何父、慧之都不看电视了,转身看静之。

静之:"革命的钟、战斗的钟、红色的钟、路线的钟,越敲精神越抖擞,直到敲出一个红彤彤的新世界!"

大家这才笑了。

连慧之自己也笑了,佯怒地:"揭人家短,我打你!"

她站起来欲打静之,静之往林超然身后躲。

林超然:"别闹了,慧之,帮我点儿忙。"

慧之随林超然往外走时,林超然小声对她说:"到门外等我,有话跟你说。"

门外。林超然问:"听你爸说,你也请一凡来了?"

慧之点头。

"我到了。"两人一回头,见杨一凡已在他俩跟前。

慧之双拳齐抡,连说:"打你! 打你! 打你! "

杨一凡连连后退,莫名其妙。

慧之指着他大声地:"来了也不许你进门! "

林超然将她推入了屋里。

杨一凡:"谁惹她生气了?"

林超然:"先不说她,先说你。你今天千万要表现良好。家里来了一位客人,这位客人极为特殊,你千万千万别让客人感到你和别人不一样。"

杨一凡又天真又认真地:"到何家来的,还有比我更特殊的客人吗?"

林超然:"你算老几?"

杨一凡摇头:"我不知道,营长,那你告诉我,我算老几?"

林超然对牛弹琴无可奈何地:"我的意思是,你别把自己当客人! "

杨一凡认真地:"我从没把自己当客人,我时刻提醒自己,我是慧之的爱人。"

林超然:"给我记住,进了门,就要自觉忘记你是慧之的爱人! "

杨一凡:"营长,这对我可太难了。"

林超然:"我强烈要求你,难也得做到! "

杨一凡:"那,我尽量。"

屋里。杨一凡的画靠墙放着,陈阿姨又在欣赏,何父何母站她两边,静之在包饺子。

慧之洗罢手,帮静之包。

陈阿姨:"画得真好,多像慧之啊!"

何父:"是啊是啊,没想到让你这当阿姨的给买回来了。"

慧之:"要是让别人给买去了,我非登报再高价买回来不可!"

何母:"慧之,大人们在说话,保持一会儿沉默,啊?"

林超然搂着杨一凡的肩一块儿进来了。

林超然:"陈阿姨,他就是我的兵团战友杨一凡。当然,也是慧之间接的战友。"

陈阿姨:"战友怎么还分直接间接的啊?"

静之:"他俩在兵团时不认识,返城之后才认识的。"

陈阿姨:"小杨,虽然咱们见过了,那也再正式认识一下吧!"说着,向杨一凡伸出了手。

杨一凡:"我不和您握手。"

众人皆愕。

杨一凡:"慧之叫您阿姨,所以您也是我的阿姨。正式认识我应该向您鞠躬。"

他恭恭敬敬向陈阿姨鞠了一躬。

陈阿姨乐了:"这孩子,真懂礼节。"转向何父何母:"如今懂礼节懂到这么细处的青年不多了,是吧?"

众人都暗松一口气。

何父:"是啊,是啊。"

何母:"他也就这一点有时候还算正……"

静之赶紧接言到:"还算正合我妈的心意。"

何母瞪她一眼:"少接一句,能把你当哑巴?"

何父:"我认为,静之接话接得对,动机和效果要统一来看。"

林超然:"同意。"也洗了手包饺子。

陈阿姨："你们的话怎么都怪怪的？"

杨一凡："在精神有点不正常的人听来，许多自以为精神正常的，恰恰爱说些怪怪的话。"

众人又愕。

陈阿姨："对，小杨你说的对，接近是格言！"

杨一凡笑了。

大家都笑了，但何父、何母笑得极不自然。

慧之："你别得意！我问你，为什么把为我画的肖像卖了？"

杨一凡："你的脚在兵团冻伤过，我要为你买双靴子！"打开带来的鞋盒，里边是一双半高腰的皮靴。

静之："嘿，真漂亮！"

杨一凡问慧之："喜欢吗？"

慧之一扭头："不稀罕！反正我心里很不高兴！"

杨一凡："脚比画重要。"

慧之："对于我，画比脚重要！"

杨一凡："画卖了，还可以再画。脚冻坏了，不可能再生出一双好脚。"

林超然："你俩打住，都不许再争论，行不？"

何父："对对，不许再争论！"

何母："反正又没卖到别人家去。"

陈阿姨："我同意小杨的话。喜欢画是浪漫主义，爱护脚是现实主义。在人生更多的时候，浪漫主义得为现实主义让路。"

杨一凡又笑了。

陈阿姨："可是小杨，能告诉我吗，为什么非要卖八十四元五角二？"

杨一凡："这双靴子的价格是一百一十元，我所有的钱，加上储币罐里的分币，总共才二十五元四角八分，所以我必须卖八十四元五角二分啊！"

众人愣愣地看他。

慧之："那,你一分钱也没有了?"

杨一凡:"还有十几元饭票。再过几天开工资了,我不吸烟不喝酒,过几天一分钱也没有的日子,不算委屈的事儿。"

陈阿姨:"慧之,快说谢谢!"

慧之装没听到。

陈阿姨:"慧之!"

何母:"慧之,连陈阿姨的话也不听?"

慧之大声地:"我谢在心里了行不行啊!"

众人皆笑,杨一凡笑得最天真。

屋里,所有人都坐在桌旁了。

何母对陈阿姨亲热地:"淑兰啊,上海菜我都做不大好了,你凑合着吃啊!"

陈阿姨:"这不做得蛮好嘛,样样都是我爱吃的,亏你还记得。"

慧之:"阿姨,有没有人向您介绍过我和……"

何父赶紧抢过话:"慧之,你自己不必再介绍了嘛,爸能不替你介绍啊!来来来,都举一下杯……"

慧之:"慢,他还是我……"

何母又抢过话去:"他还是……那个……他教慧之学画,算是老师吧!"

陈阿姨对杨一凡说:"我很欣赏你的画,包括画在墙上的。"

杨一凡:"可我并不是教慧之学画的老师。"说罢,看一眼林超然,意思是:我这么说算正常话吗?

林超然点一下头。

慧之:"他还是我男朋友。"

何父:"对对对,他们之间呀,既是当年的兵团战友,又是返城之后的朋友。不分男女,男男女女的,互相之间都称朋友。"

慧之:"不完全是我爸介绍的那样。确切地说,他是我未婚夫,只不过我爸妈到现在还不愿接受他。"

陈阿姨的目光望向了何父何母。

杨一凡:"因为在兵团的时候,我的神经受过刺激。"

陈阿姨:"当年我的神经也受过刺激。"

杨一凡:"所以,有那么一段时期,我的精神不太正常。"

陈阿姨:"我也是。可粉碎'四人帮'后,一高兴,就正常了。"

杨一凡:"我的情况跟阿姨一样。"

陈阿姨:"我还写诗写散文呢!都别急着碰杯,我有一本新出的诗集要向你们炫耀炫耀!"

她起身离开,从包里翻出了一本诗集递给杨一凡,得意地:"我加入了上海市作家协会。"

静之:"小杨是省美术家协会会员,目前在鲁迅美术学院读研究生。"

慧之:"秋天的时候,我天天下班以后给他去当模特。现在我可以宣布了……那幅油画已经在北京中国美术馆参展,题目是《护士》。我给起的,我觉得文艺作品的题目越普通越好。"

陈阿姨:"那么,现在真的有理由共同碰下杯了!"带头举起了杯。

于是大家共同举杯一碰,何父何母难免有点儿不自然。

杨一凡:"阿姨,我可以朗读一段吗?"

陈阿姨:"当然可以了。"

杨一凡很有感情地读了起来:

当最后一片雪花

在暗夜里消失;

当黎明漫上

斗大的窗口;

我知道

春天已经开始。

因为在铁条和铁条的间隙，

那棵老杨树的眼睛

又亲切地与我对视；

并且默默告诉我

春天的信息。

呵,我又想写诗!

因为春天

真的已经开始……

何母带头鼓掌,于是大家都鼓掌。

何父:"好诗!"

陈阿姨:"诗倒是太一般了。但小杨你读得很好,谢谢。这本,一会儿我签了名送给你吧。"

杨一凡彬彬有礼地:"我也谢谢阿姨。"

静之向林超然使眼色。

林超然举起了杯:"我提议,为爱情干杯!"

于是大家第二次干杯。

何母:"大家吃菜,吃啊,谁也别客气!"

何父夹了一筷子菜,犹豫一下,放在杨一凡盘中。

杨一凡:"谢谢岳父大人!"

大家都笑了。

雪后的月亮好大,白如银盘。

陈阿姨、慧之和杨一凡三人在校园里散步。

慧之挽着陈阿姨,杨一凡走在陈阿姨另一侧。雪地亦白如银毡,被三人踩出吱吱的响声。

陈阿姨:"小杨,那么你究竟爱上了慧之哪一点呢?"

杨一凡:"她漂亮。"

"噢?"陈阿姨站住,转脸看慧之,坦率地:"我认为,其实慧之不属于那种称得上漂亮的姑娘。"

慧之:"我自己也这么认为。情人眼里出西施,我也没法子。"

杨一凡:"她有点儿像年轻时的秦怡。"片刻又说:"我说的是有点儿。"

慧之:"阿姨也这么说过。我没看到过秦怡年轻时候的照片,只能姑妄听之。"

杨一凡:"'文革'前,我们北京的中学生,不少人有十大明星的剧照贺年片,我见到过。我从不为了讨好谁而说不符合实际的话,对慧之也是。"

陈阿姨又看慧之:"秦怡年轻时的照片我当然也见到过,你是有那么一点儿像她。"

杨一凡:"阿姨,我敢说,您年轻时肯定也有那么一点儿像秦怡。"

陈阿姨:"照你这么说,我和慧之不是也有那么一点儿像了吗?"

杨一凡绕到陈阿姨、慧之对面,端详这个,端详那个,认真地:"我画家的眼睛向我证明,你们确实也有那么一点儿像。"

陈阿姨与慧之对视,都笑了。

陈阿姨:"那我也只有姑妄听之了。可,除了漂亮不漂亮,你还应该爱上慧之点儿别的方面吧?"

杨一凡:"她善良。"

陈阿姨:"这倒是的。据我所知,她们三姐妹都善良。所以,'文革'中她们不跟着发狂发癫的,绝对不做伤害别人的事。慧之,这一点,你应该感谢你爸妈对你们教育得好。"

慧之点头。想了想,说:"我大姐也做出了好榜样。"

陈阿姨:"我也要替你感谢你爸妈,还要感谢你大姐。"

慧之："为什么？"

陈阿姨："因为我也爱你呀！如果你居然不善良，那我会十分伤心的。每一个人，都要对那些教育出了善良青年的人心存感激。因为青年如果不善良，那任何一种所谓能力都不会使他成为好青年。"

慧之："阿姨，一凡也很善良。"

陈阿姨："这我的眼看得出来，尽管我的眼不是画家的眼。小杨，还有什么补充的吗？"

杨一凡："慧之是经常说我言行不正常的人。可是呢，恰恰在她面前，我觉得自己的言行比正常人还正常。"

陈阿姨："这可就有点儿太深奥了。慧之，你经常那么说小杨是不对的。"

慧之："我那是经常跟他开玩笑。"

杨一凡："阿姨，我经得起她那种玩笑。"

陈阿姨："慧之啊，如果你爸妈就是不理解你们呢？"

杨一凡："那我们就只相爱，不结婚。就那么心心相印地相爱一辈子，也挺好。"

陈阿姨："嚯，悲壮起来了。"

慧之："我也是那么想的。有情人何必终成眷属？在爱情问题上，现代一点儿又何妨？"

陈阿姨："比起有情人终成眷属来，只相爱，不结婚，终归是有些遗憾的。再心心相印，那也是遗憾的心心相印……"

慧之有些急了："阿姨，那您说我们该怎么办啊？"

陈阿姨微笑了："你爸妈特听我的劝。我替你们劝劝他们呗！"

慧之："阿姨真好！"拥抱住陈阿姨，雀跃了几下。

杨一凡也笑了。

陈阿姨："估计，只要我一劝，你们的爱情阻力就渐渐解除了。孩子们，你们要好好地相爱。没有了什么家庭出身，什么父母的历史问题政治问题,没有了阶级斗争路线斗争什么的干扰爱情,这多好!这实在是好啊!来,孩子们,让阿姨搂搂你们。"

杨一凡和慧之靠近了她的左右。

陈阿姨张开双臂,搂着他们说:"这种感觉也真好!你俩愿不愿意同我回上海,并且留在上海玩几天?"

慧之:"愿意!"

陈阿姨:"能请下假吗?"

慧之:"估计没问题!"

陈阿姨又问杨一凡:"你呢?"

杨一凡:"我只要有画交给老师,哪儿都可以去。我要把上海的弄堂全画遍!"

三人都笑了。

何家屋里。只有何父、何母还坐在桌旁。

何父:"超然和静之呢?怎么一转眼,他俩也不见了?"

何母:"去超然家了。超然决定明年考大学,静之跟去帮他复习功课。"停顿一下又骄傲地:"现在,超然甘当静之的小学生了!"

何父一边剥花生吃一边说:"超然当副主任不是当得好好的吗?连处级干部都不想当了?"

何母:"我没问那么多。"

何父:"有些事,该问还得问。现在,我们又有该问的责任了!"

何母:"我可操心操够了,再不想担那么多责任了,随他们愿意怎么样就怎么样吧!"

何父:"我今天可是一百个没想到。"

何母:"没想到什么?"

何父:"没想到淑兰对慧之和杨一凡的事儿,来了那么一种开明的表态。慧之一开口,我心里七上八下的,生怕淑兰立刻不高兴起来,那饭桌上会闹得多尴尬？"

何母："我倒是猜到了几分。你想啊,淑兰那是思想多开化的女性！当年在大学时期就写文章为潘金莲翻案的人啊！宣布我的爱情我做主,全系批判也不在乎的人啊！"

何父："马后炮！忘了为慧之的事哭唧唧的时候了？"

何母："人的思想总是在不断变化嘛！"

何父："你变我没变。变了的要向没变的预先打招呼,否则等于是背叛统一战线！"

何母："什么年代了你还上纲上线的？我不是也怕我估计错了嘛！"

何父："那也难以原谅你,除非陪我干一杯。"

何母："你就明说你没喝够得了呗！好,陪我先生喝一杯。"

她倒满两杯酒,两人碰一下杯。

何父："为了孩子们的幸福。"

何母："为了孩子们的幸福。"

两人一饮而尽。

何父轻轻放下杯,又说："一年左右的时间里,何、林两家,各失去了一个亲人。对于每一家,等于都失去了两个亲人。可我们的亲家关系,却比以前更亲密了。死者不能复生,活着的,都要好好地活,继续活出那么一股子化悲痛为力量的劲儿来,同意不？"

何母点点头,小声地："好好活也是需要力量的。"

何父醉意重重地唱了起来:

> 一条小路曲曲弯弯细又长,
> 一直通向迷雾的远方。
> 我要沿着这条细长的小路啊,
> 跟着我的爱人上战场……

雪地上,一条被重物拖出的痕迹,仿佛一条被坦克碾出的小路;在郊区的一处地方。这是几天后的一个傍晚,大雪纷飞!满天飘舞的雪花中,可见一些身影在拖拉什么东西;一个巨大的铁家伙!

号子声……齐而高亢,有力。

张继红带领工友们在拖一个锅炉。张继红在衔着哨子指挥,他嗓子已经喊哑了。

锅炉在缓缓地向前移动。

有人在前边铺木板。是罗一民。他滑倒了,情形危急。另一个人及时拖起了他,是林超然。

两人谁也没顾上看谁,也都握住了大绳。

喊号的张继红。

绷直的大绳。

哨声。

王志:"歇会儿! 都歇会儿!"

大绳一松,许多人坐在地上。

罗一民拍林超然肩:"哥们儿,谢了!"

两人这才互相认出。

罗一民:"营长,你怎么来了?"

林超然捣了他一拳:"还叫营长! 改改不行啊!"举手一指:"没车来不了。"

公路边停着一辆上海牌小车。

罗一民:"谱够大的呀,还没车来不了啦!"

林超然:"去办公事儿,我求司机绕了个大弯。"

另一边,哨子还在响,像是张继红在叨着哨子说话。

罗一民问一个走过来的人:"他那是干什么?"

那人:"哨子黏住他嘴唇了。"

林超然和罗一民互相看一眼,急忙走过去。

张继红用手绢捂嘴,手绢上有血了。

林超然:"快陪他去医务室!"

罗一民:"这荒郊野地的,哪儿有什么医务室?你可真是高高在上了!"

有人拎着医药箱跑来,给张继红上药。

林超然:"你们这是干什么?"

王志:"你看,厂房地基刚打好,锅炉却提前运来了。没法子,只得先把它在地基内里归了位。有事儿?"

林超然:"知青办组织了一次兵团回访,市里给调了一辆大客车,我替你们留下了两个名额。多一个也不行。你们这儿的人能请下假吗?"

王志:"我们干的是程老先生的工程,他对我们挺好的,没问题。批两个人几天假我就做得了主。"

罗一民:"那我算一个,早就想回去看看了。"

汽车喇叭声。

林超然掏出钱塞给罗一民:"我刚开资,又借了点儿。不能空手回去,你负责用这一百元钱给老战士们家弄点儿酱油、醋、味精什么的……"

罗一民:"放心。"

林超然:"三天后,早上八点,在和兴路口那儿上车。"

王志:"记住了。"

汽车喇叭声。

林超然走到了张继红跟前,按着他肩嘱咐:"千万注意安全,别出事故!"

张继红仍用手绢捂嘴,不能说话,点头。

王志:"一会儿我喊号子。"

林超然:"那我走了。"

大家目送他跑向公路。

　　林超然跑到车旁,背后号子声又响起。他转身深情地望着雪花中的人影。

　　天黑了,林超然推自行车走在回家路上,见路边有两个人影蹲在那儿烧纸。

　　他觉得像是母亲和静之的身影,试探地叫了一声:"妈……"

　　两个身影站起,果然是母亲和静之。

　　三人一起往家走,静之扶着林母。

　　林母:"儿子,别说我。我知道这不起作用,可不给你爸和凝之、超越送点纸钱花花,我这几天睡不着觉。"

　　林超然:"妈,我不反对。"

　　林家小偏厦子里,林超然和静之坐在小炕桌对面,静之手拿笔,面前是翻开的笔记本。

　　静之:"要不要我把黑大都有哪些学科说给你听?"

　　林超然:"不用。我已经有想法了,考你们黑大的哲学系。我知道北大哲学系有名,但我太没把握。我只不过渴望在大学那么一种氛围里,多读书,多参加思想交流活动,把我以前想不明白的事想想明白……"

　　静之:"太使我意外了,为什么偏偏是哲学?"

　　林超然:"以后再告诉你。"

　　静之:"这我可有点儿不知怎么帮你了。"

　　林超然:"替我借书就行。古今中外,关于哲学的书,能借到的都帮我借……"

　　静之:"那我今天晚上不等于白来了?"

　　林超然:"也不白来。咱俩讨论一个问题……'一切存在的,都是必然的',和'一切存在的,都是合理的',这两种说法有什么不同?"

　　两人平静地互相看着,你说一句,我说一句,时而这个点头,时而那个摇头。

灯忽然灭了,不知是断电了,还是灯泡坏了。

林超然点上了一截蜡烛。烛光下,两人继续平静地讨论着。

天亮了。和兴路那儿停着一辆大客车和一辆有篷的大卡车。

林超然骑着父亲那辆旧自行车在客车旁停下,罗一民从客车上下来。

林超然将车筐里的一袋东西递给罗一民:"我给我弟买了半个大列巴,几根红肠。"

罗一民:"我一定到超越坟上看看。"

林超然:"怎么还跟辆卡车?"

罗一民扯着林超然走到了卡车后边,车上装了半车纸箱。

罗一民:"大伙一合计,带少了不行,不够分,也太寒碜。就由王志去向甲方要求预支给每人二十元钱,程老先生很理解,批准了,还为我们派了这辆车……你怎么又骑上那辆旧自行车了?"

林超然:"想骑旧的了。新车给静之骑了,她也需要自己有一辆车……"

车上有人喊:"要开车了,车下的,快上来!"

林超然目送客车和卡车开走。

林超然来到知青办,小姚在分报纸。

小姚将一份报放在老刘桌上:"你爱看的《新民晚报》。"

曲主任:"老刘,上海有什么值得大家知道的新闻,念一念啊!"

老刘:"我翻翻看。"

林超然擦桌子、浇花。

曲主任:"副主任,这我就放心了。"

林超然询问地望向曲主任。

曲主任:"我退休后,有人爱护我的花了嘛。"

老刘:"安静……咱们一名哈尔滨返城知青,在上海成烈士了……"

林超然和曲主任的目光都望向他。

小姚和孙大姐也从外屋进入里屋。

老刘念报:"现已查明,上个星期为救一名少年,不幸碾在车轮下的人叫杨一凡……"

水杯从林超然手中掉在地上,碎了。

他一把从老刘手中夺去报,急切地看。

他跌坐在椅上。

晚上,火车站台。

二十几名返城知青站在一起。

何父、何母、林母、林超然、静之、张继红、王志、李玖站在第一排;人人臂上都戴了黑纱。

列车进站。

下车的乘客四散而去,站台很快人少了,寂静了下来。

慧之下车了,她戴着黑纱,捧着骨灰盒。林超然和静之首先迎上去。林超然接过了骨灰盒,静之搂抱住了慧之。

慧之哭了。

其他亲人围了过去。

张继红等摘下了帽子,默哀……

何家门前的丁香树又开了……

哈尔滨市美丽的夏天又到来了……

北大荒色彩斑斓的秋季也到来了。

八一农大的图书馆里,林超然在读书。

一个男人走到他身旁,小声说:"超然,校长叫你去一下,要向你介绍一位美国朋友。"

林超然:"为什么要向我介绍他?"

那男人:"对方是美国的土壤学专家,是专门来咱们北大荒进行考察研究的。他经常这去那去的,有时候招呼都不打。美国人嘛,自由散漫惯了。学校怕他哪一天走迷路,丢了……"

林超然和那个男人走在校园里。

那个男人继续说:"你是党员,政治上可靠,身份又只不过是一名学生,所以领导们决定让你经常陪陪他。他外出时,当当他的向导,不至于使他有一天下落不明……"

校长办公室。林超然与约翰·保罗握手。约翰·保罗六十来岁了,留着一脸漂亮的胡子。

保罗:"约翰·保罗。"

林超然:"林超然。"

保罗:"双木林?"

林超然:"对。"

保罗:"超越的超,大自然的然?"

林超然:"都对。您汉语很好。"

校长:"保罗先生是汉语通。那,我可就代表学校,把他委托给你了。"

林超然:"没问题。我整天用绳把我俩拴一块。"

三人都笑了。

林超然与保罗骑马走在荒野上。

保罗:"你为什么非要考农大呢?"

林超然:"也不是我非要不非要。我报考的是黑龙江大学,并且考的分数很高。可忽然有了一条新规定,三十五岁以上的人不录取了,我的年龄已经超过三十五岁了。北大荒没忘了我,对我很厚爱,破例招收了我这名超龄生⋯⋯"

保罗:"我听说,你享受很特殊的待遇⋯⋯只要保证交几份好作业,考试成绩是优,你不想上课的时候可以不上课。而且,还分给了你一间只有教师们才有资格住的宿舍⋯⋯"

林超然:"他们希望我毕业后能留校工作。"

保罗:"你怎么打算?"

林超然:"那也未尝不可,每个人总得有一份工作。"

保罗:"可你原来是有职业的。据说如果你不辞职,将来是苗子。"

林超然:"苗子? 什么苗子?"

保罗:"就是你们中国人常说的,将来当领导的苗子啊!"

林超然笑了:"你知道的还真多! 我有自知之明,不是那块料。"

保罗:"不后悔?"

林超然:"一点儿也不。我喜欢终生从事和书籍为伴的工作,觉得那是一种幸福。我正在向我的幸福接近。轮到我问你了吧? 是什么吸引你到我们中国的北大荒来了?"

保罗:"发现的冲动。我研究的各种资料显示,在这里有可能发现地球上少见的寒带湿地⋯⋯"

林超然:"那,有时间我要带你远行。"

保罗:"太好了! 正是我想提出的请求。"

林超然与保罗走在大峡谷边缘。保罗一边拍照一边激动地说:"林,这是很有地理特征的地方! 在你们北大荒有这样的地方,太不可思议了!"

林超然却从肩上取下一捆绳子,一边往保罗身上系一边说:"为了你的安全我必须这样做,所以我才带了一捆绳子。"

他将绳子另一端拴在一棵树上后又说:"现在,你想怎么拍就怎么拍吧!"

保罗示意林超然站在某处,要为他拍照。林超然站了过去,保罗连连按动快门。

保罗:"姿势! 这样的姿势……"

他学当年红卫兵的典型姿势。

林超然皱眉,摇头。

保罗:"我需要你那样!"

林超然冷冷地:"可我不需要。"

他坐到一块石头上,不理保罗了。

保罗意识到自己的话很成问题,也坐到了林超然身边。

保罗:"生气了?"

林超然:"照完了没有? 照完了走。我带你来的,我要负责任地带你回去。"

保罗:"如果我的话使你不高兴了,我向你道歉。"

林超然:"是不是在你想来,所有我这一代中国人,当年必定都是狂热的红卫兵?"

保罗诚实地:"难道这种想法不对吗?"

林超然:"请你记住……不是所有我这一代人全是没有自己头脑的。而我有幸是他们中的一个,我的头脑使我当年从不曾对我的国家丧失过清醒。所以你要我那样使我反感。"

保罗:"对不起。"

林超然:"我们的孔子你知道吧?"

保罗点头。

林超然:"还要请你记住他的一句话……己所不欲,勿施于人。"

保罗："其实,我很想和你成为朋友。"

林超然："这也是我的想法。"

保罗掏出一块巧克力掰开,分给了林超然一半。

两人吃起巧克力来。

两人的背影。

保罗的声音："但是,我们有可能成为朋友吗?"

林超然的声音："为什么没有可能?"

保罗的声音："我们两个国家,有过历史形成的敌意。"

林超然的声音："地球上互相没有过敌意的国家已经很少了。由于领土问题、民族问题、宗教问题、政治问题等等。于是引起战争,千百万人流血、伤亡。但是如果将现实与历史加以对照,世界不是正在减少敌意吗? 如果你对中国深怀敌意,我想你就不会来到中国。"

保罗："如果你对美国深怀敌意,你就不会给予我的考察许多帮助。"

两人相视而笑。互相伸出了手,互相拉着站了起来。

保罗："替我照一张。"

林超然接过了相机。

保罗站到了他刚才站过的地方,摆出了红卫兵姿势,问:"我自己这样照,可以吗?"

林超然笑了:"你在中国绝对享有这种自由,我尊重你这种自由。"

两人往回走了,保罗亲密地搂着林超然的肩。他腰上的绳子没解下。

保罗："其实我那样没有恶意,只不过觉得好玩儿。"

林超然："其实我也不是一个容易生气的人,只不过那种姿势对于中国是记忆伤痕,刚才我为我的国家又痛了一下。"

保罗被绳子一扯,差点滑倒,超然及时扶住了他。

两人发现绳子,大笑。

夕阳如血,湿地的景象广袤而旷远。四野一片寂静,芦苇静止于夕照之下。

林超然和保罗骑在马上的背影一动不动；另有一匹马,驮着帐篷什么的。

保罗的声音:"我们出来几天了?"

林超然的声音:"四天了。"

保罗:"寒带湿地,我终于发现了它。"

林超然:"我们早就发现了它。在兵团时期,我加入过一支测绘队,来过这里几次了。"

保罗:"我是第一个见过这里的美国人。"

林超然:"你何不多拍几张照片,也许可以发在你们的《国家地理》上。"

保罗:"对,对!"

他开始摆弄照相机。

一群水鸟飞起。

保罗遗憾地:"没胶卷了……"

两人望着水鸟飞向天边,天边晚霞似火。

旭日东升,北大荒的早晨景象极为壮丽。

三匹马、两个骑者的身影出现在地平线上。

保罗的声音:"你的英文水平不错。"

林超然的声音:"我的英文水平很低,那是别人替我翻译的。"

保罗的声音:"看得出,是一位女性的笔迹。"

林超然:"对。她是……我的爱人。"

保罗的声音:"为什么,要寄到国外的大学学刊去?"

林超然的声音:"说到底,中国的改革开放,首先需要突破许多思维定式。我们中国人的思想被束缚得太久了,需要从新的思想宝库中借鉴经验。我希望我的文章像一只小鸟,将中国的思想形象描绘给世界……"

林超然和保罗在一个小院门前下了马,院墙外盛开着扫帚梅。

一只小狗从院里跑出来;一个孩子也追了出来,是林楠。

林超然:"楠楠!"

林楠高兴地:"爸爸!"

林超然抱起了儿子。

静之出现了,扎着围裙,笑微微地望着林超然。

保罗:"看来,我晚上不能请你吃饭了。而且,得由我去归还马匹和东西了……"

晚上。林超然的房间里,林楠在床上蹦着说:"是奶奶和小姨妈妈批准我来的,我路上可听小姨妈妈的话了!"

这是间一个屋一张小双人床的招待所式房间。林超然在看书,静之在整理提包里的东西。

林超然:"你刚才怎么叫小姨的?"

林楠:"小姨妈妈。我自己发明的……"

静之笑。

敲门声。静之开了门,门外是保罗。

保罗:"对不起打扰你们了,我……忽然觉得很寂寞。"

静之:"那,需要我们怎样帮助您呢?"

保罗:"希望你们同意楠楠睡到我那里去,我那里可是套间……"

静之看林超然。

林超然:"楠楠,今晚愿意跟这位大胡子爷爷睡他那里吗?"

保罗:"小狗也在我那呢。"

林楠高兴地:"愿意!"

保罗问静之:"您呢?"

静之点头。

保罗向林超然挤挤眼睛,抱起楠楠就走;林超然将他送出了门。

林超然回到屋里后,静之一边继续收拾东西一边问:"他为什么向你使眼色?"

林超然:"你发现了?"

静之:"当然啰。"

林超然从后搂抱住了她:"那我只得承认,是我俩串通好的……我想你了……"

静之转过了身。

林超然:"是可以原谅的小阴谋,对不?"

两人深情相吻。

两人躺在床上了。静之偎在林超然胸前,林超然一只手臂搂着她。

静之:"现在可以告诉我,当初为什么要考哲学系了吧?"

林超然:"'文革'前,我是学校将要派往法国留学的学生。而且,当时学校、专业都是在国内确定了的……西方哲学是我的学习任务。据说派中国学生出国学这一门专业,当年在高教部争论就很大。最终,还是周总理批准的。'文革'一开始,我成了黑苗子。其实,当年我虽然是高三学生了,但对哲学二字不甚了了。可这么多年过去了,哲学反而成了我内心里的一种情结,我起初只不过想要圆了它。读过你帮我借来的那许多书以后,我忽然悟到,国家与国家之所以如此不同,说到底是因为人类的思想成果丰富多彩,我多想去了解啊……"

他俩聊了很久,不知不觉中,天亮了。林超然、静之、楠楠在食堂吃饭。

保罗进入食堂,兴奋地:"林! 好消息! 我收到法国方面的复信了! 你当年要去留学的那一所大学,他们不但要将你的文章发表在他们的学刊上,而且还欢迎你如今去留学!"

林超然和静之喜出望外地笑了。

保罗祝贺地与林超然拥抱:"他们认为文章很好。又查了一下档案,当年的资料中居然有你的名字,这使他们也非常高兴。"又对静之说:"只可惜,你翻译的英文稿等于白翻了。他们要汉文原稿,说他们有一流的汉学家,可以最准确地翻译成法文……"

静之:"就是那篇《古老哲学的中国与现代哲学的西方之刍议》?"

林超然点头儿。

静之:"你昨晚都没提!"

林超然挠挠头,不好意思了。

保罗要回美国了。吉普车停在一条路边,林超然抱着儿子,与静之一起送他。

保罗与林超然拥抱:"我还会再来这里的!"

林超然:"可那时我已经离开这里了。"

保罗:"回忆我们的友谊也挺好。"

他与静之握手。

静之:"一路顺风。"

保罗:"祝你们早点儿结婚!"

静之不好意思地笑了。

吉普车开走……

林超然:"儿子,爸爸又要开始洋插队了!"

楠楠:"我还和小姨妈妈一块儿去看你!"

静之:"洋插队,我喜欢这种说法。"

在广袤的大地上,三个人的身影越来越远。

"洋插队",在返城年代,成为中国社会的"哥德巴赫猜想"……

图书在版编目（CIP）数据

返城年代 / 梁晓声著 . — 青岛 : 青岛出版社 ,2014.12
（梁晓声文集 . 长篇小说 ; 16）
ISBN 978-7-5552-1319-2

Ⅰ . ①返… Ⅱ . ①梁… Ⅲ . ①长篇小说—中国—当代
Ⅳ . ① I247.5

中国版本图书馆 CIP 数据核字（2014）第 283751 号

责任编辑　　常　红